I0641601

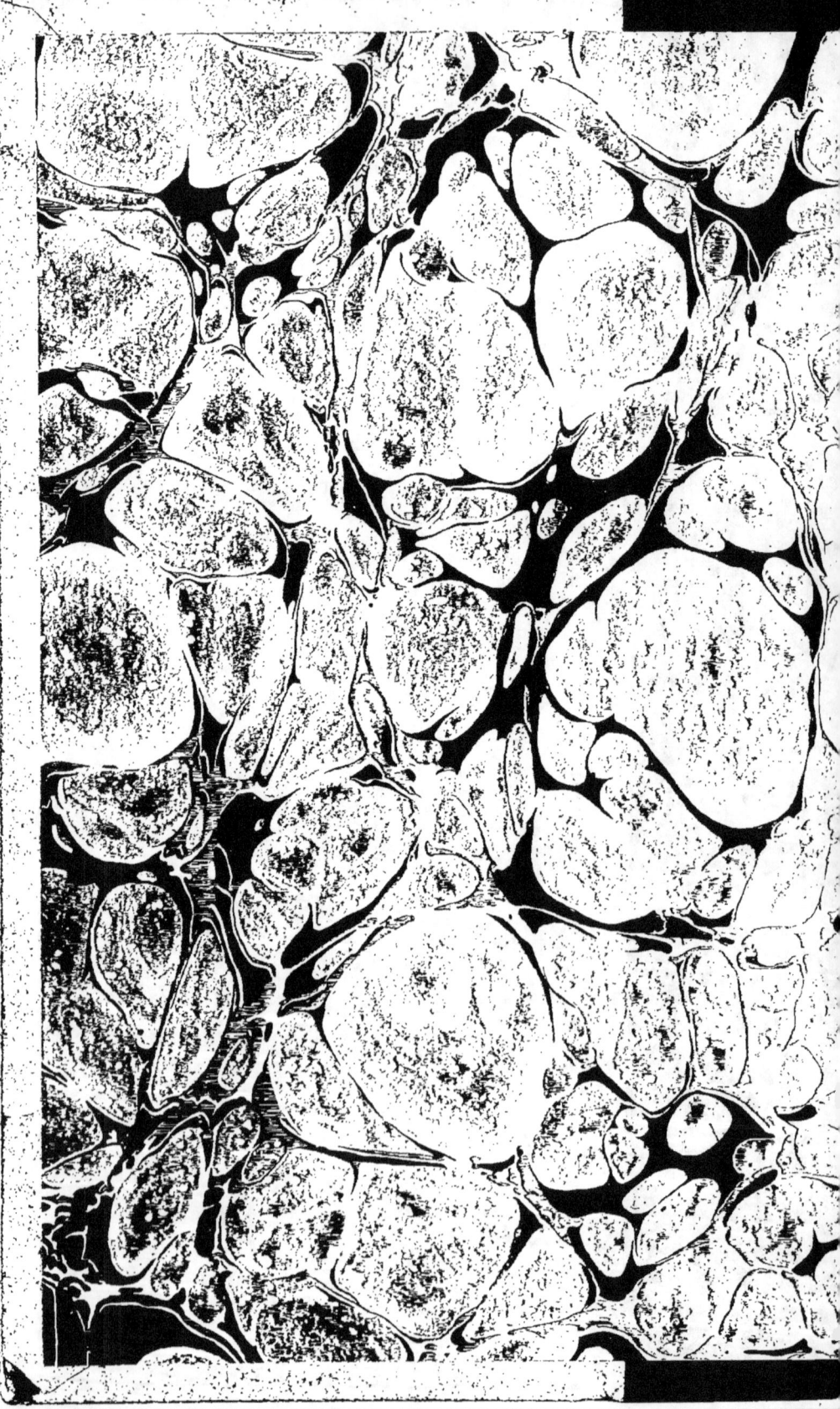

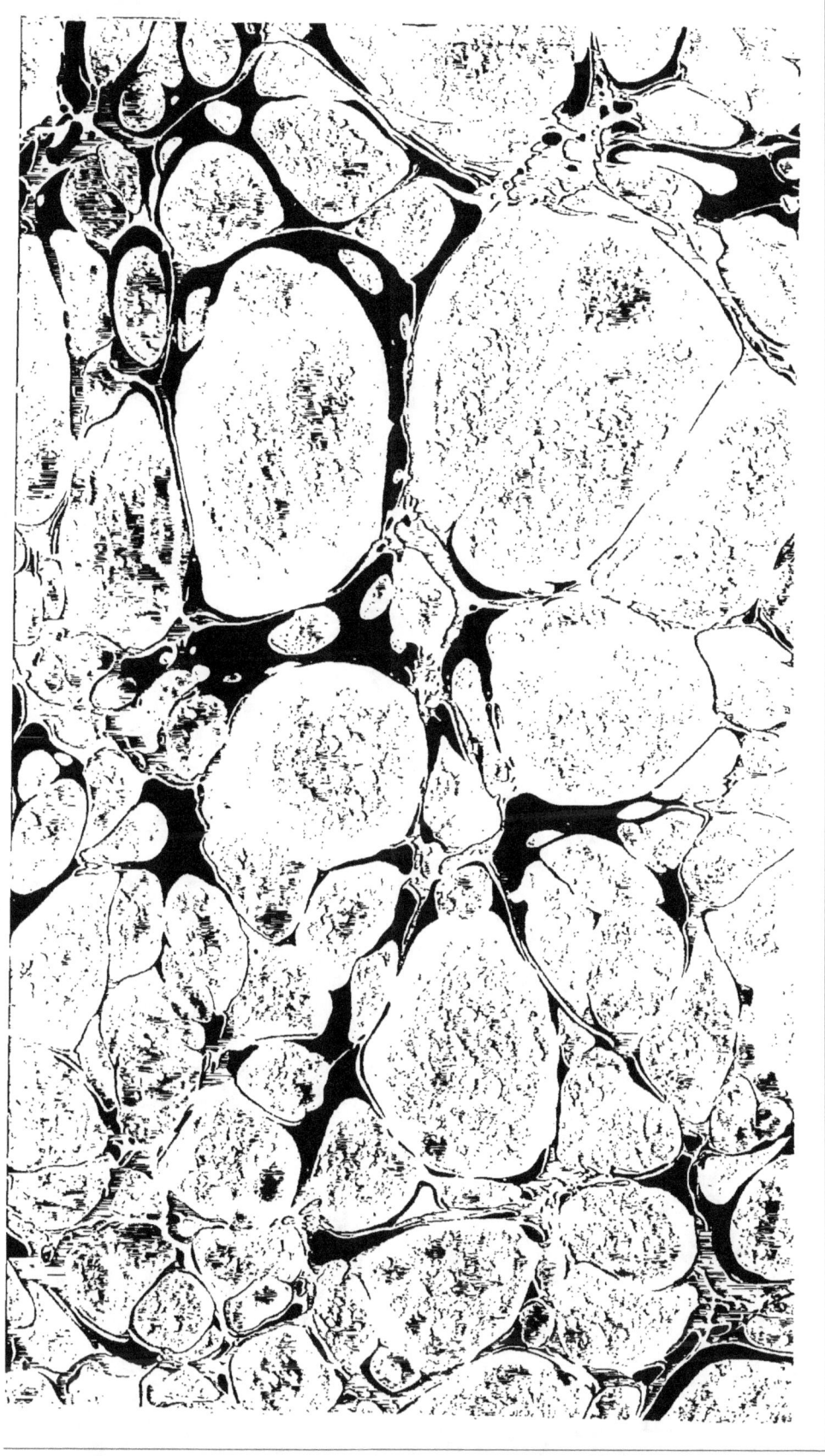

ŒUVRES COMPLÈTES

DE

GEORGE SAND

SOUVENIRS DE 1848

CALMANN LÉVY, ÉDITEUR

OEUVRES COMPLÈTES

DE

GEORGE SAND

FORMAT GRAND IN-18

Imprimerie de Poissy — S. Lejay et Cie.

SOUVENIRS

DE 1848

PAR

GEORGE SAND

C · L

PARIS

CALMANN LÉVY, ÉDITEUR

ANCIENNE MAISON MICHEL LÉVY FRÈRES

RUE AUBER, 3, ET BOULEVARD DES ITALIENS, 15

A LA LIBRAIRIE NOUVELLE

—

1880

SOUVENIRS DE 1848

I

LES RUES DE PARIS EN 1848

La rue, la place publique, voilà où circule la vie de la France en ce moment. Tout Français, empressé et heureux de saluer l'avènement de la République, accourt et interroge avec curiosité l'aspect nouveau de cette ville qui ne ressemble plus à rien de ce qu'elle était naguère, à rien de ce qu'elle a jamais été.

Étrange spectacle, en effet, et qui a changé de jour en jour, d'heure en heure, depuis un mois. Le lendemain des événements, Paris, pour notre compte, nous semblait trop calme. Les riches semblaient attendre des événements nouveaux et se cachaient. Le peuple, accablé de fatigue se montrait peu, si ce n'est aux portes de l'hôtel de ville et du Luxembourg. Les patriotes appelés aux affaires publiques étaient absorbés par des travaux exorbitants. On ne voyait

1

dehors que cette portion de la population paisible,
par tempérament, qui laisse faire, accepte tout en
doutant de tout, et regarde passer l'histoire sans y
prendre part. Paris était dépavé dans tous les sens.
On eût dit qu'un léger tremblement de terre avait on-
dulé sa surface. Les voitures circulaient avec peine.
Il y avait une grève générale de force majeure, où
personne ne protestait en particulier contre l'inaction
apparente de tous. La circulation des passants et des
véhicules de toutes les classes s'est rétablie avec une
rapidité surprenante. Si beaucoup de grands personnages ont pris la fuite ou supprimé leurs équipages
de luxe, l'œil ne s'en aperçoit guère, et on a beau se
dire que, pour le moment, cette panique est désastreuse et coupable, il est difficile d'y songer, tant on
a de choses intéressantes sous les yeux et d'émotions
nouvelles dans le cœur.

Pourtant la bourgeoisie, dite *conservatrice*, s'alarme
ou s'indigne de ce qu'elle voit. « Que font tous ces
paresseux sur le pavé de la ville? dit-elle, à voix
basse, en entr'ouvrant sa croisée avec précaution. Il
leur sied bien de se promener nuit et jour en agitant
des drapeaux et des torches, en chantant *la Marseillaise*
et en faisant toutes ces manifestations puériles, au
lieu de travailler pour avoir du pain ! Il n'y a plus
moyen de faire la sieste et de digérer en paix. Les
pétards et les coups de fusil nous éveillent en sursaut.
A chaque instant, on croit que l'émeute envahit le
quartier. C'est le tambour qui bat, ce sont les crieurs
qui promènent les journaux, ce sont les enfants qui

demandent des lampions, c'est la *mobile* qui passe, c'est l'arbre de la liberté qu'on plante, on ne sait auquel entendre. Et puis ce sont des délégations, des cérémonies, des prêtres, des soldats, des Italiens et des Polonais qui se permettent de chanter dans nos rues *la Marseillaise* de leur pays. Que sais-je! on n'y comprend rien, et tout cela fait peur. Oui, osons le dire au gouvernement provisoire et au préfet de police, et que la France l'entende : nous avons peur ! Disons notre mécontentement, protestons contre ce qui se passe, il est temps de se montrer, nous avons peur ! »

— Vous avez peur? c'est bien beau d'avoir peur en France à l'heure qu'il est ! C'est bien touchant, c'est bien noble, c'est bien français, et il y a de quoi se vanter ! La bourgeoisie conservatrice nous pénètre d'admiration ; elle a peur, et elle le dit ! elle cache son argent, elle a un sourire convulsif d'adhésion sur le visage, et les genoux lui tremblent. Elle paralyse le travail et elle reproche au peuple de ne pas travailler. Elle sème l'épouvante de proche en proche, elle fabrique de fausses nouvelles, elle a des visions, elle se plaint de la crise financière, et elle l'augmente tant qu'elle peut. Que voulez-vous! elle a peur ! Elle menace et nuit sourdement, et, quand on lui demande pourquoi elle compromet le sort de l'État, pourquoi elle regrette un pouvoir qui lui était devenu onéreux et dont elle murmurait à mesure qu'elle le voyait s'affaiblir, elle répond qu'elle a peur, et s'étonne qu'un pareil mot n'éveille pas toutes les sympathies et n'at-

tire pas tous les respects, tous les hommages d'une
nation qui s'appelle la France !

Honnêtes bourgeois que vous êtes ! vous ne savez
donc pas, vous, ce que signifie ce mot, *la France?*
Vous avez donc oublié que depuis vingt siècles, le
nom de cette nation a été dans le monde entier le sy-
nonyme d'honneur et de courage ? Vous ignorez donc
qu'on dit à l'étranger : *Brave comme un Français ?*
Vous n'avez donc pas vu en juillet et en février des
femmes et des enfants de Paris aller au-devant de la
mitraille la poitrine nue et les mains vides ? Non, sans
doute, vous n'avez pas vu cela, vous vous cachiez,
vous aviez peur !

O poltronnerie ! fantôme honteux et ridicule, laideur
grotesque et méprisée, que viens-tu faire parmi nous,
au moment où l'héroïsme des peuples proclame la liberté du monde ! La malice de notre nation croyait
t'avoir reléguée sur les tréteaux, et il n'était pas un
enfant de nos faubourgs qui ne se crût en droit de
rire de ton masque blême et contracté. Mais te voilà,
tu existes, tu n'es pas une fiction, un type de la comédie burlesque ; tu t'approches en tremblant, tu
regardes d'un œil effaré passer nos fêtes civiques, et,
quand on te demande d'où tu sors et qui tu es, tu réponds : « Je sors du régime auguste et salutaire de la
paix à tout prix ; vous me connaissez bien : c'est moi
qui craignais toujours la guerre, l'insurrection, le mouvement, le progrès : c'est moi qui m'opposais à tout ce
que voulait le pays ; je suis celui qui proteste toujours,
celui qui tremble toujours. Je suis celui qui a peur. »

— Sans doute, nous vous connaissons bien et votre nom est Cassandre. Éternellement méfiant, vous n'êtes pas moins éternellement dupe. Toujours en colère, vous fuyez toujours. Vous avez dans la main une canne dont vous menacez tout le monde et que vous jetez bien vite pour mieux courir. Esclave et courtisan, vous êtes grondeur et despote. Vous opprimez. quiconque ne peut se défendre, vous reculez devant quiconque vous regarde en face. Vous êtes infatué de votre édilité de comédie. Vous ne voulez pas qu'on chante sous vos fenêtres, qu'on respire dans votre air, qu'on marche dans votre rue. Hélas! nous vous plaignons! votre règne est fini; l'air et la rue sont à tout le monde aujourd'hui. Le peuple a tant d'insolence, qu'il ose passer, respirer, marcher, chanter à deux pas de vous, sans savoir si vous êtes encore là, sans demander à personne si c'est dans la cave ou dans le grenier que vous vous êtes refugié. Qu'y faire? Il faudra pourtant voir si le préfet de police qu'on dit être un brave homme, ne pourrait pas prier le peuple de rester chez lui ou dans les ateliers, à moins pourtant que le peuple n'ait pas un domicile très confortable, ou qu'il n'y ait pas d'ouvrage dans les ateliers, ce qui rendrait la chose difficile. Dans ce cas, vous pourriez demander au citoyen Caussidière de faire répandre une épaisse couche de paille dans toutes les rues de Paris, comme l'on fait, dans les beaux quartiers, devant le domicile des riches malades, pour amortir le bruit des voitures. Il faudrait qu'il eût bien peu de savoir-vivre s'il vous refusait de faire mettre un crêpe sur les tambours, pour rendre le son moins éclatant à vos oreilles chéries. Enfin on cherchera des moyens et il faut qu'on en trouve, car vous avez un droit suprême et inaliénable, un droit magnifique, le droit de la peur. Bonsoir, seigneur Cassandre, et que les dieux anéantissent le genre humain, plutôt que d'ôter une heure à votre sommeil angélique !

Cette parade se joue à Paris, à toutes les portes cochères, à toutes les fenêtres, dans toutes les rues, à toutes les heures ; on peut la voir et l'entendre gratis.

Mais quelle est l'épopée qui succède à cette farce ? Un cortège étrange s'avance du fond de la rue, non pas avec cette roideur de l'ordre militaire qui fait de l'homme une machine perfectionnée, mais avec cette aisance, ce laisser aller du soldat volontaire qui sent l'homme libre, satisfait, passionné pour l'action. L'ordre est pourtant dans les rangs de cette jeune milice qui s'aligne d'elle-même, fière de s'imposer une discipline improvisée. Un Anglais, qui se trouvait près de nous et qui regardait de tous ses yeux, nous demandait un jour où était la *mobile*. « Elle est devant vous, elle passe, vous la voyez. — Comment, ces petits enfants-là ? — Oui, monsieur, prêts à vous aider à planter l'arbre de la liberté à tous les carrefours de l'univers, et même sur les quais de la Tamise si le cœur vous en dit. »

Ce sont des enfants, en effet, pour la plupart, des enfants de petite taille et d'une apparence assez frêle ; ce sont les enfants de Paris, les enfants du miracle, ceux qui naissent dans la misère, qui s'élèvent dans la souffrance, qui vivent dans les privations. Tempéraments bilieux, nerveux, lymphatiques aussi, et pourtant excitables et sujets à de violentes réactions, organisations compliquées, comme l'on voit, et par conséquent très riches en émotions, en intelligence, en activité. Tout cela vit par la pensée ; le corps paraît faible, mais le cœur est si fort ! Il n'y a pas de géants qui résistent à l'élan de cette milice adolescente. Faut-il renverser des omnibus, couper des arbres, déraciner une grille, élever une montagne de pavés sans levier, sans coignée, sans outils d'aucune espèce, avec ces bras maigres et ces mains assez menues qui caractérisent la race urbaine ? l'ouvrage est fait, la barricade est élevée avant qu'on ait eu le temps de comprendre et de voir le prodige. Et puis après, comme nous sommes artistes, comme nous aimons la couleur, l'élégance, la parure, nous mettons en ornement des branches vertes, des banderoles rouges, un drapeau, un trophée quelconque au sommet de l'édifice ; car il ne suffit pas que ce soit un rempart, il faut encore que ce soit un autel. Partout le spiritualisme vague mais exalté de l'enfant artiste, ouvrier et guerrier de Paris, met son cachet sur son œuvre.

Pendant que nous examinions les futurs libérateurs de l'Europe, le cortège continue. Les prêtres marchent au son du tambour et emboîtent le pas sans y prendre garde ; l'image du crucifix plane au-dessus de la foule à côté du drapeau de la République, alliance naturelle et parfaitement logique, quoi qu'en dise

Cassandre, qui traite d'hypocrites et d'apostats ces lévites attendris et entraînés.

Si le tambour n'existait pas, il faudrait l'inventer ; sa voix rauque et vibrante ressemble à celle du peuple ; elle frappe sur les nerfs, elle excite le sang, elle déchire l'oreille et remue la fibre belliqueuse sans qu'on sache comment et sans qu'il soit possible de s'en défendre, quelque habitué qu'on y soit. — Puis viennent des ouvriers pêle-mêle avec des étudiants, des délégués de toutes les écoles, des membres de toutes les corporations ; la blouse, l'habit militaire, l'habit bourgeois, la veste se confondent ; les bras enlacés proclament la *fraternisation*, c'est-à-dire la prise de possession de l'égalité fraternelle.

Mais ce n'est encore là que l'avant-garde, immense serpent qui se déroule dans la rue étroite et profonde, et qui pourtant ne gêne et ne froisse personne, et n'empêche pas la foule ordinaire de remplir les marges de la colonne et de circuler sans obstacle et sans retard. Quels sont ces robustes travailleurs qui s'avancent couronnés de feuillage, la pioche, la bêche ou la coignée au bras en guise de fusil? Ce sont des paveurs, des terrassiers ou des bûcherons au type accentué, à la barbe grisonnante de bonne heure, au teint solide, à la démarche grave et assurée. Derrière eux, cinquante autres portent légèrement sur leur épaule un pin énorme, dont le branchage vert, soutenu par les enfants, est préservé de la souillure du pavé : c'est l'arbre de la liberté, c'est le symbole de la République qui passe. Otez votre chapeau, Cassandre, personne ne vous y contraint; mais des regards fiers et brûlants vous le conseillent, et d'ailleurs vous n'êtes pas homme à vous faire prier.

Voilà les processions qu'à chaque instant, à chaque pas, on rencontre dans Paris; d'autres fois, ce sont des corbeilles tricolores dont on se fait honneur de porter les longs rubans, et qui, au passage, se remplissent d'offrandes volontaires pour la République. Des ouvriers portent aussi sur leurs épaules de lourdes cassettes et vont en cérémonie offrir au gouvernement provisoire le prix d'une journée de travail des diverses corporations. Manifestations touchantes, sublimes deniers du pauvre !

Artistes froissés dans votre orgueil ou dans votre intérêt personnel, ne voyez-vous pas ces mouvants tableaux, ces figures expressives, et le sentiment qui a présidé à ces compositions improvisées ne dira-t-il rien à votre cœur ou à votre talent?

Et toi, Cassandre, rouvre ta fenêtre, et vois qu'il n'y a pas de têtes au bout des baïonnettes et pas de sang sur les pavés. L'ordre règne à Paris, mais ce n'est pas celui qui régnait à Varsovie il y a seize ans!

8 avril 1848.

1.

II

LA JOURNÉE DU 16 AVRIL 1848

RÉACTION DE LA SECTE
ET RÉACTION DE LA CASTE CONTRE L'ÉGALITÉ

Qu'est-ce qu'une secte ?

Si c'était seulement une réunion de croyances et de volontés ayant pour but la prédication ou la démonstration de certains principes non encore acceptés par la société, mais vaguement répandus dans la conscience publique, une société, avide de s'éclairer, pourrait et devrait, au moment où elle se transforme, chercher dans toutes les sectes les éléments de son progrès volontaire. Chaque chef de secte, ou chaque disciple éminent, devrait être appelé comme membre d'une haute commission chargée d'examiner les problèmes que le temps a mûris, ou que l'avenir évoque.

Le pouvoir gouvernemental, le pouvoir vraiment politique, aurait pour mission de faire au temps présent,
dont il serait, par sa nature, à même de bien connaître
la situation morale, intellectuelle et matérielle, l'application convenable de ces principes. Un troisième
pouvoir serait chargé de l'exécution. Ainsi, quelque
forme que prît la société, elle serait inspirée par la
pensée libre et sans bornes, gouvernée par le sens
pratique, agissante par ses propres forces vivement
excitées d'une part, sagement employées de l'autre.

Cet idéal est-il immédiatement réalisable dans la
forme?

Non : parce que les sectes actuellement existantes
n'étant pas nées sous le régime de la liberté, mais, au
contraire, sous celui de la compression, et réduites
à l'impuissance d'agir dans leur sphère de haute inspiration, sont devenues quelque chose de personnel
qu'il importe de bien définir.

La secte, qu'elle se constitue en société secrète
sous le régime de la persécution, ou en petite église
sous le régime de l'étouffement, perd son caractère
d'enseignement général ; d'utile et de fraternelle
qu'elle serait dans le grand air de la liberté, elle
devient nécessairement amère, intolérante ou superbe
sous le régime de l'intolérance qui la comprime.

Alors la secte ne se renferme plus dans la prédication des principes; elle veut pratiquer, réaliser son
idéal dans son propre sein, pour montrer aux hommes
qu'elle ne se repaissait point de chimères, et que ses
membres sont, au milieu de la société qui les nie, les

plus savants, les plus purs, les plus heureux des hommes.

C'est un mal que les sociétés stationnaires engendrent et qu'elles ne peuvent détruire, sous peine de devenir odieuses. C'est un mal qui survit à ces sociétés, et qui les trouble au moment où elles renversent l'obstacle qui les empêchait de vivre.

En effet, toutes ces pensées ardentes ou romanesques, généreuses ou fanatiques, avaient une œuvre à tenter sous le régime de la compression ; une œuvre utile sans doute ; car, de quelque manière que se manifeste l'*esprit*, l'esprit est nécessaire, et souvent il arrive que les sectes, au milieu de mille erreurs et de mille égarements, conservent et entretiennent, le feu sacré dans le temple désert et fermé de l'intelligence. Mais, quand le temple s'ouvre et que la foule y revient, les sectes devraient se transformer, rompre leur pacte d'exclusion et se précipiter à bras ouverts dans cette foule qui est venue les délivrer, et leur apporter le bienfait de la pensée libre, de la pensée en commun. Elles devraient alors disparaître en quelque sorte et chercher dans ce monde des vivants, dont elles s'étaient séparées, les formes nouvelles de la vérité vivante. Elles devraient comprendre que leur temps est fait en tant que sectes, se contenter d'avoir été les instruments courageux et persévérants d'une lutte épuisée, et bannir toute pensée de lutte matérielle désormais inutile.

Pour mieux nous faire comprendre, nous dirons que, sous la tyrannie, la société secrète, la secte à l'état de conspiration peut être un devoir, et que, dans une vraie république, une telle secte devient un crime ; de même que la secte, à l'état de pratique individuelle, qui était un droit sous la tyrannie, devient, sous la république, un abus.

Les sectes disent :

« Nous avons la vérité.

» Si nous n'en étions pas persuadés, nous n'existerions pas. C'est grâce à nous que la société, après s'être débattue dans les liens de l'erreur, commence enfin à ouvrir les yeux. Nous qui avons protesté contre la société aveuglée, nous sommes donc les initiateurs véritables, et, maintenant, si on nous conteste cette supériorité, on nous fait injure, on manque au respect et à la reconnaissance qu'on nous doit.

» Nous voulons l'autorité ; nous y avons droit par nos travaux, nos lumières et le long martyre que nous avons subi : nous voulons prendre la direction de cette société nouvelle qui, sans nous, va marcher au hasard et se perdre dans les ténèbres. »

Voici ce que nous, peuple, nous avons le droit de répondre aux sectes qui raisonnent ainsi :

Vous avez une portion de la vérité, vous n'avez pas toute la vérité. Les hommes ne l'ont jamais tout entière ; ce serait nier le progrès et proclamer l'infaillibilité d'une papauté nouvelle. Mais consentons, pour hâter la discussion, à nous servir de votre langage superbe et à vous reconnaître possesseurs de la plus grande somme de vérité possible. Le peuple n'est pas ergoteur, admettons que vous ayez la vérité. Mais nous, ne l'avons-nous pas aussi? nous qui, par notre sang versé, assurons toujours son triomphe, sommes-nous dans les ténèbres?

Si vous avez plus de science, si vous connaissez mieux l'histoire, si vous avez lu et écrit plus de livres que nous, en résulte-t-il que nous n'ayons aucune lumière naturelle? Tenez, gens habiles que vous êtes, il y a deux manifestations de la vérité de Dieu dans l'homme, la vérité qui vient dans la méditation et celle qui vient dans l'action, la vérité de l'esprit et la vérité de l'instinct. Eh bien, nous avons l'une et vous avez l'autre, et ces deux vérités ne peuvent rien de complet l'une sans l'autre. Il est bon que vous instruisiez, il est bon que nous agissions. Mais consultez nos instincts et ne les frappez pas d'anathème sans les connaître. Donnez-nous un idéal, nous le voulons bien, mais ne nous l'imposez pas. Si vous voulez l'autorité, n'y prétendez qu'autant que nous vous l'aurons concédée librement et après vous avoir connus et examinés avec attention. Cela est d'autant plus nécessaire que vous-mêmes vous ne nous connaissez pas. Vous avez vécu renfermés dans la secte et l'esprit de la secte vous a isolés de notre esprit. Vous n'avez pas vécu dans le peuple, en croyant y vivre; une petite fraction du peuple, dogmatisée par vous avec soin, et dressée par vous au mécanisme d'une société de votre invention, modèle en petit de la grande société que vous faisiez à votre image, n'est pas le peuple. Vous n'avez eu là que des disciples, et les disciples sont des flatteurs sincères, dévoués, naïfs, bien différents des courtisans qui trahissent, mais encore plus dangereux pour l'homme d'intelligence qui les consulte, car leur encens, moins grossier, monte plus haut et persuade à l'homme qu'il est plus que les autres hommes.

Voilà votre mal, chefs de secte, vous méprisez l'ignorance et vous froissez sans charité, non seulement ceux qui vous contredisent, mais encore ceux qui ne vous comprennent pas. Vous avez eu des ennemis, il est vrai, des ennemis injustes, aveugles ; mais, quand vous n'en avez plus, pourquoi combattez-vous encore ? Pourquoi vous êtes-vous drapés avant l'heure dans le manteau de la persécution? Si vous la provoquez, elle vous atteindra, car la persécution est une force aveugle, poltronne par nature, et par cela même féroce. C'est un monstre qu'il faudrait laisser dormir. L'orgueil l'irrite et la déchaîne, cachez donc votre orgueil.

Sous la République rien ne doit conspirer, ni le progrès, ni la réaction. Le progrès est par lui-même la grande, la seule conspiration permise à la face du ciel. Que le peuple se rassemble par grandes masses, et qu'il émette ses vœux, sans autres armes que celles de la parole sincère et paternelle, il n'y a pas là de conspiration. Que des clubs, des associations se réunissent et s'entendent la veille pour exprimer en commun leurs désirs, il n'y a point là de conspiration. Que les sectes se joignent à ces manifestations avec la résolution de s'en remettre à la décision unanime, ou de se retirer calmes et silencieuses si le jour d'avènement de leur pensée n'est pas venu, tout cela

est conforme à l'esprit de liberté, et c'est un grand
progrès dans leurs mœurs, c'est une grande preuve
que nous sommes mûrs pour la République.

Mais que la secte veuille profiter d'un épouvantable
malentendu pour s'emparer du pouvoir par surprise,
voilà une résolution qui, sous la tyrannie, peut être
un acte d'héroïsme, et qui, sous la république, à l'aurore d'une république encore ébranlée par les irréso-
lutions, devient un acte de personnalité coupable.

Ceci n'a point encore eu lieu depuis l'avènement de
notre jeune République. Nous ne pouvons croire aux
accusations portées par la voix d'une panique trompeuse contre quelques hommes. Mais quelques hommes, il faut bien le dire, ont donné lieu à cette panique
par une attitude et un langage que l'esprit de secte
peut seul inspirer. Voilà pourquoi nous déplorons que
l'esprit de secte ait survécu parmi nous au régime
d'oppression qui pouvait le faire excuser. Voilà pourquoi nous disons au peuple : Si nous voulons pratiquer
en commun quelques idées nouvelles, soyons avant
tout dans la charité et dans la fraternité. Ne nous
imposons point de papes, car tous les papes veulent
être infaillibles, tous les papes disent : « Hors de mon
église point de salut. » Et, quand un groupe d'hommes aura proclamé ce principe, il deviendra naturellement l'ennemi de tous les autres groupes, jaloux à
leur tour d'avoir la vérité absolue.

Qu'on veuille bien faire attention à la distinction que
nous tâchons d'établir. Nous ne repoussons pas les
essais de doctrine particulière, quand ces doctrines

sont pures et inoffensives. La société qui proclamera
la liberté absolue des croyances n'aliénera point pour
cela son droit, son devoir de haute tutelle et de saine
police sur la pratique des croyances individuelles. Si
Fourier revenait, sous la République, inaugurer son
idéal des *bacchants* et des *bacchantes*, nul doute que le
citoyen Caussidière n'eût le droit et le devoir d'intervenir pour modérer les orgies de la secte. Mais toutes
les fois qu'une secte ne portera atteinte ni à la morale
ni à la sécurité publique, elle aura le droit d'exister,
et lui susciter une persécution de fait serait indigne
du régime de tolérance véritable où nous devons
entrer.

Mais ce que nous combattons, c'est le démon de
l'orgueil qui s'est jusqu'à présent glissé dans les
sectes, et qui a rompu le pacte de famille entre elles et
la société. Un catholique n'a jamais voulu qu'un protestant fût aussi avant que lui dans les bonnes grâces
du ciel. Allons-nous donc recommencer ces vieilles,
ces misérables querelles de religion ? Le conformiste
va-t-il être un sujet de scandale pour le non-confor-
miste ? Allons-nous avoir des puritains et des presby-
tériens ? Avec les noms qui changent, l'esprit des
sectes ne va-t-il donc point changer ?

Tout cela nous paraît bien nécessaire à dire dans ce
moment-ci, à propos d'un fait qui a mis Paris en émoi,
dans un émoi presque ridicule le 16 avril dernier.
A propos de quelques noms propres, on se fût égorgé
entre frères, si nous eussions été au moyen âge. Une
portion du peuple, armée et bouillante de courage,

s'élançait vers l'hôtel de ville, croyant qu'on y égorgeait quelques membres du gouvernement provisoire. Une autre portion du peuple, désarmée, et par cela même aussi courageuse que la première, accourait aussi, avertie par je ne sais quelles criminelles rumeurs qu'on égorgeait une autre partie de la représentation nationale. Le peuple armé et le peuple désarmé se trouvèrent en présence, courant sur la même ligne, et là, se reconnaissant les uns les autres, ils se demandèrent la cause de leur concours et de leur effroi. L'alarme fut bien vite dissipée. Les deux portions du peuple marchèrent fraternellement au cri de *Vive la République !* et le gouvernement provisoire tout entier rassura la foule tout entière.

Pourtant deux idées distinctes conduisaient cette foule. Les ouvriers armés portaient sur leur bannière : *Vive la République!* et marchaient au secours de la République faussement menacée. Les ouvriers désarmés portaient sur la leur : *Vive l'égalité !* avec une définition formulée qui pouvait se prêter à diverses interprétations plus ou moins acceptées par l'unanimité populaire. Cette devise n'avait rien d'hostile, rien de menaçant pour la masse des dissidents. Ce n'est pas la première fois qu'une notable portion du peuple demande l'association libre et l'encouragement de l'État pour son principe de fraternité. l'État n'a ni le droit ni l'envie de s'y opposer. La masse, étrangère à l'adoption de certaines définitions, n'avait pas encore eu la pensée de voir dans cette sorte de grande secte née sous le souffle de la République, une menace à sa liberté de conscience et à ses habitudes d'organisation. Les deux opinions pouvaient donc marcher de front, sans se heurter, pour aller dire au gouvernement: « Protégez nos libertés ; à nous qui avons reconnu le principe d'association, le droit de nous associer ; à nous autres la liberté de ne pas nous associer si nous n'avons pas encore compris le principe de l'association. » Y avait-il là prétexte à un désaccord, à de mutuelles méfiances ? Il n'y avait point de prétexte possible, puisque, malgré de mutuelles défiances, les deux manifestations simultanées ont marché fraternellement et se sont dispersées ensuite sans hostilité aucune.

Mais pourquoi ces méfiances ont-elle existé pendant quelques instants ? Pourquoi de fausses nouvelles ont-elles circulé pendant toute une matinée sur le pavé brûlant que foulait le peuple de Paris ? Pourquoi le soir, une manifestation isolée, armée, enflammée d'une sorte de méfiance sombre, a-t-elle repris le chemin de l'hôtel de ville, comme pour renier toute solidarité avec la manifestation qui s'était jointe à elle quelques heures auparavant ? On savait bien que cette solidarité dans la nuance des opinions n'existait pas, et il était beau d'avoir prouvé qu'on pouvait marcher d'accord pour maintenir et consolider la République, tout en la servant sous des bannières différentes. On l'avait si bien senti, que la même affluence, les mêmes cris avaient salué l'hôtel de ville, et qu'à des heures d'effroi avaient succédé pour tous des heures de calme. Pourquoi donc ce mouvement nocturne de quelques fragments de la garde nationale, mouvement qui, dans la pensée de presque tous les témoins, était une sanction donnée au bon résultat de la journée, mais qui pouvait, aux yeux des absents, passer bientôt pour une provocation insensée?

Nous le dirons franchement sans nous occuper des questions de personnes et sans entrer dans la confusion des détails. Là, nous ne trouverions pas la vérité, parce que, quand on entre dans ces faits secondaires, on ne saisit jamais d'une manière absolue la connaissance du fait. On se trompe, on est injuste, on calomnie sans le savoir, on noircit l'histoire du fatras des interprétations. Mais nous trouverons la vérité plus haut, nous la trouverons dans l'esprit même qui préside aux faits.

Voici donc la cause première du grand malentendu du 16 avril :

C'est que, dans les deux portions du peuple qui ont comparu, le 16 avril, sur la scène de l'histoire, il s'était glissé des éléments de réaction contre la liberté. Nous ne savons pas, nous ne voulons pas savoir si ces éléments étaient représentés par des personnes. Ces éléments de discorde et de réaction, également empreints d'absolutisme de part et d'autre, se traduisaient par des clameurs, par des délations ou par des calomnies, par des noms propres jetés au vent, par de fausses nouvelles, par des alarmes puériles. Eh bien, d'une part, l'esprit de la contre-révolution s'efforçait de persuader au peuple armé en ce moment-là, que le peuple sans armes ce jour-là cachait des poignards dans son sein. Quel était cet esprit de réaction ? C'était le fantôme de la monarchie déchue, c'était l'esprit de caste et de privilège qui essayait d'armer le frère contre le frère, et d'amener le peuple républicain à s'égorger dans les ténèbres.

De l'autre côté, l'esprit théocratique, l'esprit de secte avait essayé d'agir et de mettre en méfiance la portion du peuple désarmé qui demandait la liberté d'association. Ainsi les préjugés du passé aveugle et obstiné travaillaient dans la haine, comme l'orgueil du progrès aveugle et intolérant, à étouffer le présent, l'égalité naissante, dans un déplorable conflit.

Heureusement le peuple est là, toujours sage, toujours généreux, et dégoûté, une fois pour toutes, de faire la guerre civile au profit des cupidités ou des ambitions d'autrui. Le peuple veut la liberté de con - science, et il l'aura en dépit du septicisme des uns, du fanatisme des autres. Il demande à être encouragé dans ses essais d'association, et il le sera sans nul doute. Il ne veut pas être forcé à s'associer malgré lui, et il ne saurait l'être. Laissez marcher les idées toutes seules, elles iront vite. Ne les faites pas accompagner inutilement de baïonnettes et de calomnies; elles n'en ont pas besoin. Prêchez sans anathème, préservez sans exagération

Vous avez tous la liberté de la presse et de la parole. N'abusez pas de ce droit sacré pour vous élever sur le piédestal de votre ambition personnelle. Vous avez tous la mission de défendre l'ordre. N'abusez pas de la noble fonction du citoyen pour effrayer et menacer les ambitions personnelles qui se cachent.

De part et d'autre, vous arriveriez à de déplorables méprises, ou vous y entraîneriez le peuple, ce qui serait le plus grand des crimes contre la liberté. Vous aurez beau faire, vous ne ressusciterez pas l'esprit d'intolérance du passé. La preuve que vous ne le pourriez pas au nom des idées, c'est que vous êtes forcés de calomnier les faits pour irriter le peuple ; et, si vous. réussissiez dans vos affreux desseins, si le peuple commettait des actes d'imprudente persécution, c'est vous qui seriez coupables, et non pas lui, qui aurait cru faire son devoir en comprimant, dans quelques-uns de ses frères, les prétendus ennemis de la liberté. Le peuple est un noble enfant qui ne sait pas tout ce qui se cache derrière des mots. Ne versez pas le poison dans l'âme de l'enfant, il vous le reprocherait un jour.

18 avril 1848.

III

LA JOURNÉE DU 20 AVRIL 1848

FÊTE DE LA FRATERNITÉ

Les manifestations qui se pressent sous nos yeux et dont chaque aspect nouveau est un symptôme de l'état des esprits, semblent se succéder les unes aux autres pour donner leur sanction à nos espérances et à notre foi; notre révolution sera grande et belle, n'en déplaise aux alarmistes, aux mécontents, aux peureux, aux esprits chagrins de toute espèce, qui font bien tout leur possible pour lui faire perdre son caractère de grandeur et de beauté. Mais Dieu veille sur la France et notre confiance n'est pas romanesque. Non, la joie de saluer enfin cette république tant désirée ne nous a pas rendus fous. Nous connaissons bien les côtés faibles et mauvais de la situation, nous

2

savons bien la mobilité et l'imperfection de la nature humaine. Nous savons que, pris un à un, tous les hommes, même les meilleurs, ont leurs taches et leurs misères. Nous sommes bien préparés, bien résignés d'avance à voir des erreurs prendre pour un moment l'apparence de la vérité, des préjugés remplacer des opinions, des pas risqués à côté du bon chemin, des heures de lassitude où nous semblerons avoir oublié qu'il faut marcher en avant, et marcher très vite. Tout cela c'est le détail, c'est la réalité de la vie dans ce qu'elle a d'hésitant et d'incomplet. Notre république n'est pas une utopie qui ne tiendra pas compte du temps, des hommes et des choses. Mais, grâce au ciel, on peut tenir compte de tout cela, on peut constater beaucoup de faits inquiétants ou affligeants, et on peut cependant conserver la foi au principe qui nous guide et nous éclaire, on peut surtout persévérer dans cette confiance qu'inspire un peuple magnanime, intelligent, et plein de grands instincts. Sans cette confiance serait-on logique, quand on porte dans son âme la passion de l'égalité? Oserait-on dire qu'on aime le peuple, si on n'attendait pas de lui d'admirables dénoûments à toutes les complications du drame étonnant qui se déroule sous nos yeux!

Oui, il est bien certain que l'esprit de réaction existe, qu'il se révèle dans une multitude de faits, qu'il agit, qu'il agira encore par l'esprit de caste qui résiste au progrès, et par l'esprit de secte qui veut imposer sa forme au progrès, au risque de le compromettre et de le retarder.

Mais il est certain aussi qu'une grande idée plane
sur le peuple, non seulement ici, mais dans le monde
entier, à l'heure qu'il est. Et cette idée dominera
tout. Elle étouffera les réactions dans leur germe, elle
triomphera de toutes les intrigues, elle sortira entière
de tous les pièges. Cette idée, c'est que tous les
hommes ont les mêmes droits et les mêmes devoirs,
et que l'égalité est la loi suprême, le salut final.

Voici comment, au moment où nous écrivons, l'idée
s'incarne dans le fait. Il y a trois jours, tous les éléments de discorde avaient été provoqués, soit par la
secte, soit au nom de la secte, soit sous le prétexte
de la secte. La caste essayait de se reconstituer, ses
baïonnettes tentaient de grouper autour d'elles les
baïonnettes populaires. Elle jetait des mots d'ordre
aux enfants du peuple, mots horribles, et que le peuple, depuis le 24 février, avait rayés, par un sublime
élan, du vocabulaire républicain : *A mort ! à la lanterne !* Telles étaient les douces paroles dont cette
caste, si tremblante devant les souvenirs jacobins,
faisait retentir les rues de Paris, les quais de la Seine
et la sombre façade de l'hôtel de ville. Horrible éducation que cette caste voulait donner au peuple, au
nom de sa prétendue supériorité de mœurs et de ce
droit d'initiation tant défendu par ses coryphées de
toute nuance sous la monarchie constitutionnelle.
Hélas ! oui, nous avons entendu les enfants de Paris
bégayer ces appels sanguinaires, sans comprendre
qu'un jour pouvait venir où cette manière de siffler un
auteur socialiste serait le signal d'une Saint-Barthélemy

d'enfants du peuple. Espérons que la caste n'a pas senti la portée d'une pareille provocation. Si elle en avait pesé les funestes conséquences, elle ne serait pas exposée à entendre crier aussi un jour contre elle : *Mort aux riches ! à la lanterne les aristocrates !* Abominables retours vers le passé, dissipez-vous comme un mauvais rêve ! Que ce soit le premier et le dernier de notre jeune république ! Ils ne sont ni dans sa nature, ni dans ses besoins, ni dans son esprit. Pour les rappeler un instant, il faut inventer une petite terreur promener le spectre du communisme immédiat, supposer des dangers fantastiques, et surtout se persuader qu'on a sous la main une population de sauvages prêts à tout croire et à tout faire sous l'empire d'une frayeur puérile.

Aujourd'hui, le fait mûri en trois jours, éclate comme l'évidence même. Le peuple, convoqué à une réunion de famille, apporte aux regards du monde une manifestation suprême, définitive. On l'appelle, on l'invite à se montrer. Tous les partis, tous les intérêts désirent le voir, l'entendre, le compter ! Voyons, se disait-on hier, combien sont-ils ? Où sont leurs armes ? Quelles sont leurs idées, leurs intentions, leurs moyens ? Sont-ce des ennemis qu'il faut craindre ou des instruments dont on peut se servir ? Le peuple sera-t-il acteur ou spectateur dans le cortège ? La troupe lui sera-t-elle sympathique ou hostile ? Aura-t-il des préférences sourdes ou éclatantes pour telle ou telle nuance de l'idée complexe que personnifie le gouvernement provisoire ? Demandera-t-il quelque chose, ou refusera-t-il tacitement, en refusant de comparaître, son adhésion à certains faits accomplis ? Voyons, voyons, allons-y tous et regardons-nous en face.

Le peuple ne disait point tout cela. « C'est aujourd'hui fête, disait-il, allons-y tous, que pas un de nous n'y manque. Ce n'est pas une épreuve que nous allons tenter, c'est un acte que nous devons accomplir. Une partie de l'armée rentre dans nos murs ; eh bien, l'armée, c'est nous ; c'est elle qui a fait la révolution avec nous : elle a travaillé à nos barricades par son refus de les détruire à mesure que nous les construisions sous ses yeux : elle a consacré notre victoire en feignant généreusement d'être vaincue par nous. Eh ! nous savons bien qu'elle est républicaine, cette armée qui nous a aidé à proclamer la République ; elle n'a pas plus peur de nous que nous n'avons peur d'elle. Qu'elle vienne, et qu'elle soit la bienvenue. Il n'y faut pas tant de façons. »

Quant aux prétendus communistes, nous ne les craignons pas davantage, et ils ont bien raison de ne pas prendre au sérieux notre prétendue terreur, notre prétendue colère. Eux aussi, ils sont le peuple, les cent mille ouvriers qui renient par de nobles proclamations affichées sur tous nos murs les projets audacieux qu'on voulait leur prêter contre notre liberté de conscience. Qu'ils viennent avec nous saluer l'armée, saluer le gouvernement provisoire, saluer la bourgeoisie, saluer le présent, l'avenir, et même le passé, car il faut que tout cela vive en paix, bon gré, mal gré

2.

sous la République. Nous le voulons, nous, les logi-
ciens par excellence ; nous, le libre et impartial souverain de la situation ; nous, le grand nombre qui a
toujours plus raison que chacun, et qui sera toujours
plus tranquille et plus fort que quelques-uns.

Là-dessus, le peuple se leva de grand matin. Tous
ceux qui avaient un habit et un fusil s'équipèrent à la
hâte, en riant, en chantant, car jamais le peuple français n'est plus gai que quand il a raison. Tous ceux
qui n'avaient qu'une blouse et un fusil, prirent leur
fusil et leur blouse, et ceux qui n'avaient pas encore
de fusil se rappelèrent ce vers si profondément philosophique de la complainte de *Malbrouck :*

L'autre ne portait rien.

Ce qui signifie que le Français marche quand même
avec les mains vides et l'estomac creux. Partout où il
veut aller, il porte ses bras prêts à tout, capables de
renverser des trônes et des montagnes, son cœur ardent comme la flamme, sa voix qui retentit d'un pôle
à l'autre, sa logique qui trouve toujours une solution
imprévue à tous les problèmes de la politique. Et le
voilà parti.

Mais il n'est pas seul. Ses vieux parents attendris,
ses petits enfants curieux, ses sœurs, sa femme courageuse et enthousiaste, tous veulent voir aussi la
fête et y porter leurs acclamations, leur adhésion, leur
concours ; ils iront tous. Personne ne gardera la
maison. Paris sera désert ce jour-là, à l'exception de

ses grandes veines de circulation qui, de la Bastille, de
la cité, de l'Observatoire, de tous ses points extrêmes
jusqu'à l'arc de triomphe des Champs-Élysées offriront
à l'œil stupéfait une masse profonde, étincelante,
bizarre, superbe, plaisante, inouïe de casquettes usées
et de casques brillants, de baïonnettes et de bouquets,
de bonnets de femme et de blondes têtes d'enfants, de
crânes chauves et de schakos, de drapeaux et de para-
pluies. Car il pleut, mais qu'importe ? on se mettra
six, on se mettra douze si l'on peut sous chacun de
ces frêles abris étendus charitablement sur toutes les
têtes. On sera mal abrité, mais on en rira. La journée
sera longue, le défilé durera douze heures. Aura-t-on
de quoi manger ? Bah ! on n'y songera pas. Allons
toujours.

Quel spectacle ! jamais dans les annales de la vie
humaine il ne s'en est produit un semblable ; jamais
tant d'êtres humains ne se sont trouvés rassemblés à
la fois dans un si petit espace. Un million d'âmes ! car
toute la banlieue, toute la vaste ceinture de Paris
accourait aussi, chaque citoyen avec sa famille. Du
sommet de l'arc de triomphe c'était une vision, un
rêve. Sous ce vaste ciel rayé de nuages, coupé de
pluie et de rayons de soleil, la gigantesque enceinte
d'une ville immense avec ses dômes puissants, ses
monuments superbes, ses clochers aigus, ses flèches,
sa rivière jaune, ses vastes prairies, ses maisons
innombrables. Quel cadre pour une scène sans
pareille ! La fédération du Champ-de-Mars n'était
qu'un jeu d'enfant auprès de ce qui s'est produit

aujourd'hui devant le Dieu qui préside aux destins de la France. Quatre cent mille hommes armés, marchant sur une ligne immense et dont l'œil ne pouvait voir ni le commencement ni la fin ; et, sur les flancs de cette colonne monstre, toute une population pour témoin de la manifestation de ses forces les plus vives. Douze heures pour épuiser le passage de ce flot, de ce fleuve, de cette mer humaine !

Les grandes choses matérielles causent un certain effroi. Les hautes montagnes donnent le vertige, l'océan épouvante la pensée, l'orage ébranle l'imagination. Toute admiration extraordinaire est mêlée de surprise et d'une sorte d'écrasement de notre être, qui se sent petit et faible devant les phénomènes de la création. Mais les grandes choses humaines causent une admiration tout opposée. Il s'y mêle une confiance sympathique, un élan de solidarité sans bornes, un attendrissement enthousiaste, un besoin d'aimer et d'embrasser l'humanité tout entière, qui font que notre être disparaît et que nous vivons par toutes les âmes, que nous respirons par toutes les poitrines, que nous voyons par tous les yeux, que nous crions par toutes les voix. La multitude ! qu'elle est puissante et qu'elle est douce ! Comme la loi divine est écrite sur son front, comme la vérité la conduit et la fait vibrer ! Quel magnifique et divin instrument de la puissance céleste ! C'est le génie de la terre qui marche en roi sur son domaine et qui fait tressaillir l'univers sous ses pieds. Et, quand cette âme de la création est inspirée d'une seule, d'une grande pensée, quand elle

proclame la liberté et l'amour fraternel à la face de
Dieu qui reçoit son serment, quand elle chante en
chœur l'hymne de l'amitié sainte entre tous les hommes, où sont donc ceux qui pourraient protester
contre un pacte scellé avec Dieu même? Ceux-là
mêmes n'existaient plus aujourd'hui. Ils étaient vaincus. Ils criaient malgré eux avec le peuple et comme
le peuple. Demain peut-être, ils essayeront de redevenir
ennemis. Aujourd'hui, ils ne l'étaient pas, ils ne pouvaient pas l'être. Il y a des jours comme cela dans
l'histoire, où le mensonge dit la vérité, où la haine se
met à aimer, où celui qui voulait le mal est forcé de
désirer le bien.

Peuple, donne-nous souvent de pareilles fêtes. Elles
sont une grande leçon pour l'humanité, une grande
manifestation de la Providence. Ton instinct prodi-
gieux du beau et du juste sera toujours là pour trancher toutes les difficultés et aplanir tous les dangers.
Ainsi dans la fête de la fraternité, un fait s'est produit
sur lequel personne n'avait compté et qui a donné un
caractère sacré au pacte de la famille républicaine.
Voici ce fait, dont le sens profond ne saurait être trop
médité par les esprits sérieux.

Les esprits sérieux occupés de rechercher la portée
philosophique des grands faits humains, pouvaient,
au début de cette journée, s'effrayer un peu de la
tournure exclusivement militaire qu'elle allait prendre.
On savait bien que le peuple et l'armée allaient se ré-
concilier franchement. Ils l'étaient d'avance. Il suffisait
de comprendre le mouvement fraternel qui avait para-

lysé le bras du soldat au 24 février, pour se dire qu'un soldat de la ligne était un citoyen français tout pareil à un garde national de Paris ou de la banlieue. Mais on pouvait encore se dire : « Pourquoi cet appareil de guerre lorsque l'ennemi n'est point à nos portes, et que les nations étrangères ne songent pas à nous combattre, mais à nous imiter? Pourquoi habituer le peuple à ne marcher qu'avec un fusil au bras? Les manifestations sans armes ne seraient-elles pas plus belles, plus humaines, plus dignes, plus conformes à l'esprit d'une civilisation avancée? Depuis le 24 février, le peuple s'est montré par grandes masses, une première fois au 17 mars, et il est venu là sans armes, avec la seule force morale, expression plus puissante que celle de la force armée. Le 16 avril, un malentendu déplorable a failli gâter l'attitude de ce généreux peuple. Il s'est fractionné en apparence, et le fusil s'est montré sur la place publique, comme une idée aux prises avec une autre idée. Désormais le peuple pourra croire que, sans son fusil, il n'est rien, et que la force morale ne lui suffit pas. Au 20 avril, nous le voyons arriver pour la troisième fois, et il est armé comme pour la guerre civile. La ligne et la garde nationale, Paris et la banlieue, les différentes légions de la garde nationale elle-même, sont des éléments divers qui vont peut-être représenter des principes différents, et qui vont se toiser, fièrement en passant, l'arme au bras, à côté les unes des autres. »

Voilà ce que pensaient les esprits philosophiques, qui sont toujours des esprits un peu inquiets. Ils craignaient que la réconciliation ne fût qu'une cérémonie d'apparat, une formalité républicaine après laquelle le peuple rentrerait dans ses foyers en disant : « Nous nous sommes vus, nous nous sommes comptés. Nous étions tous là, nous avions des fusils. Nous sommes d'accord, parce que nous ne pouvons pas ne pas l'être. » La force paralyse la force. Le peuple est entré dans le règne de la force, c'est le principe de la souveraineté. Il est uni, comme les pierres d'une forteresse, par un ciment indestructible, et ce ciment, c'est l'esprit militaire.

Cela est vrai, mais ce n'est pas toute la vérité. Le peuple a la force matérielle, le sentiment militaire, la conscience de son droit, et son fusil représente la ferme volonté de le conserver. Mais le peuple a une autre force plus grande et plus belle encore que celle du droit. Il a le sentiment profond du devoir, et le devoir, pour lui, c'est la fraternité, c'est l'amour de son semblable. Le ciment de la grande forteresse humaine qui s'est déployée sous nos yeux, le 20 avril, c'est l'union des âmes, c'est la solidarité des cœurs.

Et, pour qu'on ne pût pas en douter, le peuple inventa tout de suite les détails d'une manifestation qu'aucun ordonnateur de fêtes publiques n'eût songé à faire entrer dans son programme. Le peuple est le plus grand artiste du monde pour ces choses-là. Il ne les cherche pas, elles lui viennent. Or, voici ce qu'il fit. Il couvrit ses armes de rubans et de fleurs. Il appela ainsi la poésie, qui n'est autre chose que l'expression du sentiment, au secours de la force. Les

jeunes lilas à peine éclos aux premières brises d'avril
furent dépouillés et se répandirent au bout des fusils
comme une forêt qui marche. La population séden-
taire de Paris, qui s'était mise aux fenêtres pour les
voir passer, sema de fleurs et de rubans les légions
qui n'avaient pas eu le temps ou le moyen de s'en procurer. Les femmes arrachaient les ornements de leurs
coiffures, et une pluie de rubans et de fleurs donna
bientôt au redoutable appareil des baïonnettes un
caractère de fête et de triomphe pacifique. Mais ce
ne fut pas tout. Entre chaque bataillon armé, au défilé
de chaque fragment de l'immense colonne qui se
déroulait dans le cortège, des bataillons improvisés
de femmes, de vieillards, d'enfants, de citoyens non
encore incorporés dans les légions, s'élancèrent dans
les intervalles, et vinrent saluer l'arc de triomphe, où
siégeait le Gouvernement provisoire ; protestation
touchante contre toute idée de lutte possible au sein
de la République, ces phalanges populaires. marchant
entre les murailles étincelantes des baïonnettes pressées, vinrent apporter la sanction du concours unanime à cette unanime acclamation.

Le soir, lorsque l'artillerie défila aux flambeaux, il
semblait que l'appareil militaire eût dû reprendre son
aspect guerrier. L'artillerie est la plus belle arme pour
compléter un tableau de ce genre. Le bruit des cha-
riots sur le pavé arrive de loin comme celui du ton-
nerre. Les attelages, en se pressant les uns contre les
autres, exigent la force et l'adresse du cavalier qui les
lance ou les contient. Les canons, dont le cuivre lance

ses éclairs rouges aux lumières, ont quelque chose de terrible pour l'imagination. Eh bien, les enfants du peuple grimpèrent sur les canons et les couvrirent de leurs corps entrelacés, comme les femmes avaient couvert de fleurs les fusils des ouvriers. Chaque caisson défila ainsi, montrant au peuple ce gage de la paix et de l'amour, l'enfance, ôtage sacré du pacte fraternel.

Qu'on essaye donc maintenant de le rompre! qu'on rallume la discorde et qu'on répande la calomnie! Le criminel effort sera impuissant. Le grand pacificateur est debout. Il méprise les vaines rivalités. Il sait que sa puissance est dans l'indissoluble union de tous ses membres. Il appelle à son aide l'aide de Dieu, le miracle de l'amour.

22 avril 1848.

IV

PAROLES DE BLAISE BONNIN

AUX BONS CITOYENS

———

I

L'IMPOT

Nous savons qu'il y a eu du chagrin dans les campagnes à l'occasion de l'augmentation de l'impôt foncier, pour cette année. De bons citoyens se sont laissés aller à ce chagrin, faute d'avoir réfléchi à l'utilité du sacrifice que la nation leur demande.

A la première nouvelle de révolution, au premier mot de république, le premier cri des gens de campagne a été : « Plus d'impôt ; à bas les impôts ! » La République aurait bien voulu être assez riche pour leur répondre : « Vous ne payerez plus l'impôt. »

Mais la République recevait de la monarchie, pour tout héritage, une grosse dette, et elle trouvait l'État à la veille de faire banqueroute.

Il est prouvé maintenant que la monarchie n'aurait pas pu marcher deux ans de plus sans arriver à la banqueroute. Et pourtant la République ne veut pas profiter, pour rendre son travail plus aisé et plus court, du droit qu'elle aurait de déclarer l'État insolvable. La République tient à l'honneur de la France et veut payer les dettes de l'État. Elle fait un appel à tous les citoyens français. Elle leur dit : « Vous habitez le pays de l'honneur ; que chacun apporte son denier pour sauver l'honneur de la nation. »

Les habitants des grandes villes, qui voient de plus près l'état des affaires et qui entendent beaucoup parler sur les grands intérêts de la nation, ont consenti tout de suite à faire un grand et honnête sacrifice. Si les hommes des campagnes n'ont pas pensé tout de suite de même, c'est parce qu'ils n'ont pas encore eu le temps de bien connaître la vérité et de faire sur cette vérité de bonnes réflexions.

Les hommes des campagnes sont d'aussi bons citoyens, des Français aussi fiers de leur honneur que les hommes des villes. Ils sont fidèles à leurs engagements, ils respectent leur parole, ils ont la religion de la bonne foi. Quand l'État leur aura rendu ses comptes, comme la bonne foi est l'âme de la République, les hommes des campagnes diront à la République qu'elle a bien fait de compter sur eux.

Ils comprendront aussi que l'augmentation de l'impôt n'est qu'un coup de collier donné de bon cœur par tout le monde à la fois, pour sauver la nation d'un grand accident. La République, qui veut sauver la

France, ne peut pas vouloir ruiner l'agriculture, qui est la mère nourricière de la France. C'est à seules fins de pouvoir décharger le travail de la terre, de tous ses empêchements et de tous ses malheurs, qu'elle demande au travail de la terre un effort une fois fait. La terre est généreuse ; après les accidents des mauvaises années, elle n'est pas épuisée, et elle recommence à produire. Le cœur des hommes ne peut pas être moins généreux que le sein de la terre. C'est Dieu qui féconde l'un comme l'autre, et les hommes font par justice et par véritable religion ce que la terre fait par l'ordre de la nature.

On se fait de l'impôt une mauvaise idée parce que, sous les monarchies, l'impôt a toujours eu un mauvais emploi. L'impôt est destiné à prendre un peu du trop de chacun pour donner beaucoup à tous. Ainsi, c'est peu que de payer le huitième de son revenu, pour avoir les débouchés nécessaires au commerce, et la sûreté de la propriété.

Si chacun était obligé de se garder soi-même, ou de s'ouvrir un chemin pour transporter ses récoltes et ses marchandises, les plus riches ne le pourraient pas, et, pour conserver le huitième de son revenu, chacun perdrait la totalité de son revenu. Nous vivrions bientôt comme les sauvages qui renoncent à cultiver la terre et meurent de misère dans des pays fertiles.

Ce qui rend l'impôt très dur, et ce qui arrive à le faire regarder comme une grande vexation, c'est le mauvais emploi qu'en a fait la monarchie. Quand on s'épuise à donner sans recevoir des avantages, supérieurs pour chacun au sacrifice de chacun, on est blessé et on perd patience. Ainsi, jusqu'à présent, l'agriculture a été abandonnée, les accidents des mauvaises années n'ont été ni prévus ni réparés, le commerce des produits de la terre a enrichi des spéculateurs étrangers au travail des champs, et, l'an dernier, nous avons vu celui qui avait fait pousser le blé et celui qui était forcé de l'acheter, aussi malheureux l'un que l'autre, parce que le blé passait par les mains de gens qui avaient intérêt à le faire renchérir.

Sous la République, de pareils malheurs n'arriveront plus. L'État aura la prévoyance d'un bon père de famille, et les infidélités de la gestion générale ne seront plus possibles, chaque citoyen ayant part au gouvernement de la nation.

Sous la monarchie, l'impôt nous donnait droit à tous les avantages de la civilisation. Nous payions pour avoir une marine, et nous n'en avions pas; pour avoir une armée, nous en avions une belle et brave : mais, excepté en Algérie, où encore on faisait durer la guerre sans profit pour notre honneur véritable, nous n'avions que de la honte à souffrir de la part des autres nations. Nous payions pour avoir de l'instruction, et nous n'en avions pas; pour avoir de bons administrateurs, et nous n'avions que les domestiques de la monarchie, oublieux de nos intérêts. Nous payions pour les travaux publics, et nous n'étions point défendus contre les inondations qui, à différentes fois, ont ruiné dernièrement les plus beaux pays de la France. Enfin nous payions pour tout avoir, et nous n'avions que la centième partie des améliorations qui nous étaient dues. Notre argent servait à enrichir des riches, à acheter des électeurs et à nous brider d'autant plus.

La République veut réparer tous ces dommages. Elle veut que notre marine protège nos établissements et nous procure les denrées étrangères à bon marché. Elle veut que nos armées nous donnent de l'honneur en même temps que de la tranquillité. Elle veut que nous ayons de l'instruction, sans avoir à payer en détail les instituteurs que l'impôt doit payer en masse; que nos administrateurs soient les serviteurs du bien public, et nous élèvent par la liberté, au lieu de nous avilir par la vente de nos consciences. Elle veut que l'agriculture soit aidée et encouragée, qu'elle soit préservée des vimaires et enseignée comme une science qui doublera les productions. La République veut tout cela et plus encore par la suite des temps. Mais elle commence, elle a de grands embarras, et elle nous appelle à son secours. Courons-y tous, hommes des villes et des campagnes; c'est nous-mêmes qu'il s'agit de sauver. C'est notre propre intérêt que nous achetons avec l'argent de notre bourse. Quand nous sommes assurés que c'est de l'intérêt de tous nos frères et l'avenir de nos enfants, ne voudrions-nous pas acheter cela avec le sang de notre propre cœur!

II

ENCORE L'IMPOT

Je veux vous parler encore, mes bons concitoyens,
de cet impôt qui vous chagrine. Il y en a qui disent :
« C'est une faute du Gouvernement provisoire, c'est
un mal qui vient de la République. » Faites attention,
je vous prie, que, si c'est une faute du Gouvernement
provisoire, ce n'est pas absolument pour cela une faute
de la République. Certainement il eût mieux valu qu'on
pût retrancher cet impôt au pauvre que de l'ajouter à ce
qu'il payait déjà. Si j'excuse la mesure prise là-dessus
par le Gouvernement, ce n'est pas qu'il m'en revienne
profit ni plaisir, puisque je paye comme vous, et que
je vois votre chagrin. Ce chagrin là corrompt beaucoup ma joie, qui est grande par l'idée que je me fais
de la République; mais je me demande comment,
dans le moment où nous sommes, nous aurions pu,
si nous avions eu à faire le décret nous-mêmes, nous
tirer du mauvais pas où la France s'est trouvée. Cherchons ensemble comment nous nous y serions pris.

D'abord, voyons la vérité des choses. Est-il juste
que l'impôt soit réparti également, d'après le revenu
de chacun? Au premier aperçu, on le croirait. Celui
qui a beaucoup paye beaucoup, celui qui a moins paye
moins, celui qui a peu paye peu, celui qui n'a rien ne

paye rien. On fait des chiffres là-dessus et l'on dit :
« 8,000 francs de revenu donneront 1,000 francs
d'impôt, 800 francs donneront 100 francs. » Le huitième est le plus bas où l'impôt soit descendu dans
nos pays depuis longtemps. La proportion y est sur le
papier, l'œil en voit l'arrangement net, donc la chose
paraît juste.

Eh bien, elle ne l'est point; l'œil nous trompe et le
chiffre ment sur le papier. Plus on est pauvre, plus
l'impôt est lourd et nous appauvrit. La proportion
dans les besoins et dans les dépenses n'existe pas
dans le fait. Par exemple, pour 200 francs, nous avons
à location une bonne maison, bien bâtie, avec un
jardin. Pour 50 francs nous devrions avoir une maison
et un jardin qui seraient juste le quart plus pauvres et
plus petits que le jardin et la maison à 200 francs.
Point. Le jardin et la maison à 50 francs sont justes
pour sept huitièmes plus laids, plus petits, plus
incommodes et plus malsains que la maison qui ne
coûte que trois quarts de plus de loyer. Dans les
villes, c'est de même : un appartement qui coûte
6,000 francs, vaut, pour sa grandeur et sa beauté, huit
fois plus qu'un petit qui coûte le quart, c'est-à-dire
1,500 francs, et celui qui coûte 1,500 francs est souvent vingt fois meilleur que la pauvre mansarde qui
coûte 100 francs. Plus on descend, plus la proportion
disparaît.

Pour tous nos besoins, c'est la même chose; nous
n'avons point d'avance et point de crédit. S'il nous
faut emprunter, on nous prend des intérêts quatre fois

3.

plus gros qu'on ne fait aux riches : nous payons à
proporton du risque qu'on court à nous prêter. Ce
n'est pas nous qui trouvons de l'argent à cinq. Quand
nous le trouvons à dix, nous sommes contents; et,
quand nous le payons quinze, nous ne nous plaignons
pas encore beaucoup. C'est pour nous que l'usure a été
inventée, et c'est à son moyen qu'on est sûr de nous
ruiner par le menu.

Pour les affaires de ménage, c'est encore de même :
celui qui a du bien fait sa provision dans le bon temps.
Quand il a l'argent en main, il achète le blé, le vin et
tout ce qui peut se conserver, dans le moment où le
prix est abordable. Pour nous, c'est le contraire; nous
achetons quand nous pouvons, et, si cela tombe dans
le moment de la hausse, tant pis pour nous; ce
moment-là arrive toujours pour ceux qui se fournis-
sent de tout en détail et au jour le jour. Nous avons
bien vu ce qui en était l'an dernier!

Ainsi, plus nous sommes pauvres, plus nous sommes condamnés à le devenir, et l'impôt n'a pas de
proportion vraie ; c'est une chose qu'il faudrait
changer.

Voilà pour nos droits, pour la vérité et pour la
justice; mais, quand la maison brûle, s'amuse-t-on à
faire le compte de ses meubles? La monarchie nous a
laissé une dette publique en aussi bel état qu'une
maison où est l'incendie. Est-ce dans ce moment-là
que nous aurions pu changer l'assiette de l'impôt, si
nous avions pris la gérance de la République tout
d'un coup dans nos mains ?

Certains riches, ne comprenant pas nos besoins et nos malheurs, qui ne leur ont jamais été exposés comme il faut, auraient emporté ou caché leur argent, ce qui nous aurait mis, pour un temps assez long, encore plus bas que nous ne sommes.

On ne fait rien de bien par force; il y a des cas où il faut choisir entre la force et la mort d'une nation, mais ils sont bien rares, et nous n'y étions pas encore, Dieu merci! nous avons vu cela dans notre ancienne révolution, et nous n'en avons pas tiré grand profit; plus nous faisions menace de prendre, plus on cachait; plus nous tentions de moyens pour retenir les biens en France, plus on en faisait passer à l'étranger, et cela nous a conduits à des colères et à des malheurs dont nous nous sommes ressentis longtemps.

Souffrons beaucoup de choses avant d'en revenir là, et, en les souffrant, nous n'y viendrons pas. Ne brutalisons pas les intérêts d'autrui, ne violentons pas les esprits, c'est notre devoir, et, en cela, c'est notre intérêt.

Mais quand le devoir est rempli coûte que coûte, il faut songer à son droit, afin qu'il ne soit pas fait abus de notre patience et de notre respect envers la loi.

L'établissement de la République nous a causé ce dommage. Comme je vous l'ai déjà dit, la monarchie en continuant ses grands abus, nous en aurait causé un pire. Mais ce qui doit nous consoler et nous reconforter, c'est que la République porte le remède avec elle. Elle nous donne, pour commencer, une loi qui nous permet à tous de voter, pour choisir l'assemblée qui va discuter et réformer la loi sur l'impôt : c'est à nous de bien savoir et de bien vouloir ce qui nous est dû de soulagement. Si nous prenons des députés ennemis de nos intérêts, ce sera notre faute si l'on ne nous fait pas justice.

Une bonne assemblée sera bien forcée d'examiner nos plaintes, d'avoir égard à nos empêchements, de voir et de toucher du doigt l'inégalité de nos charges. Quand les riches de l'assemblée auront discuté cela avec les pauvres que nous leur enverrons pour leur dire où nous en sommes, ils se rendront à la vérité, et ils feront d'eux-mêmes le sacrifice que la justice aura prouvé nécessaire. Patientons donc. Une assemblée décidera tout, si nous votons une bonne assemblée; elle le décidera sans colère, sans violence et sans que nous ayons rien à nous reprocher; alors les riches comprendront qu'ils n'ont plus sujet de cacher leur argent, vu que notre sagesse les met à l'abri des coups de mains dont ils avaient peur. La loi qui rendra notre sort possible, rendra le leur tranquille, et ils aimeront mieux une loi qui fixera le chiffre de leurs sacrifices, qu'un décret provisoire qui leur aurait laissé la crainte de sacrifices sans fin.

Nous devons donc croire que tout a été fait pour le moment à bonne intention et avec le désir de nous conserver la circulation de l'argent, qui aurait peut-être disparu tout à fait si l'on avait marché trop vite.

Avisons à nos élections, ce sera le baume sur la blessure. Ne donnons pas nos voix à un homme parce qu'il sera riche ; ne les lui refusons pas toujours

non plus parce qu'il sera riche. Voyons quelle est
son intention et s'il est homme, je ne dis pas à sacrifier son intérêt au nôtre, nous ne lui demandons pas
tant, mais à voter une loi qui rendrait véritablement,
comme je vous l'ai montré, le sacrifice égal pour tout
le monde.

III

L'OUVRIER DES VILLES ET L'OUVRIER DES CAMPAGNES

Mes chers concitoyens, il est bon de vous dire que
nous ne sommes point tous parfaits, et vous me don-
nerez permission de vous dénoter les défauts que
nous avons, afin que nous fassions en sorte de ne plus
nous les faire reprocher. Nos défauts sont selon notre
état, et notre état étant mauvais à tous pauvres gens
que nous sommes, nous ne pouvons pas valoir mieux
que le sort que nous endurons. C'est pourquoi, en même
temps que nous nous accuserons, nous donnerons notre excuse, et nous dirons à la République. Faites-
nous une vie qui nous rende meilleurs.

Nous sommes, dans le peuple, gens de deux sortes:
Ouvriers de la terre, ouvriers de l'industrie ; gens de
ville ou de manufacture, gens de campagne. Notre
manière de travailler et d'exister s'accorde si peu,
que notre manière de parler et de penser nous rend
comme étrangers les uns aux autres.

Pour mieux définir la chose, supposons deux frères. L'aîné est choisi par le père de famille pour faire valoir et cultiver son champ. C'est l'homme de campagne. Dans les villes, on l'appelle paysan, ce qui ne veut pas dire, comme beaucoup de nous l'entendent, un homme qui parle mal et ne pense point, mais un homme attaché au pays comme le mot l'explique. Le cadet, voyant que le champ ne peut pas occuper deux personnes et nourrir toute la famille, s'en va apprendre un métier à la ville; il s'y établit en apprentissage, ou il fait son tour de France, ou, d'une petite ville, il passe dans une grande. C'est l'industriel que nous nommons *artisan*.

Voilà bien deux frères, deux hommes du même sang et du même cœur. Sortis du même nid, ils ne sont pas plus l'un que l'autre, et, en se quittant, ils s'embrassent; ils pleurent parce qu'ils s'aiment; ils se donnent parole de rester amis, de ne jamais devenir étrangers l'un pour l'autre, et de se visiter le plus qu'ils pourront.

L'artisan s'en va au loin, et bientôt il change toutes ses habitudes, toutes ses idées. L'esprit lui vient en voyant beaucoup de choses nouvelles. Il prend du goût pour une toilette qu'il n'avait pas encore portée, pour des sociétés qu'il n'avait point fréquentées, pour la politique dont il ne s'était jamais inquiété. Il sait lire et écrire, il regarde les journaux, ou il apprend par ses camarades les grandes affaires qui se passent dans le monde. Il se marie avec une femme qui ressemble à une demoiselle plus qu'à une femme de campagne, qui sait mieux parler, et qui lui tient son ménage, non pas plus propre, mais plus coquet. Les enfants viennent, et le père, qui sait quelque chose, veut qu'ils en sachent encore plus. Une fois qu'on a un peu de savoir, on ne veut point que cela sorte de la famille, et c'est comme un héritage qu'on prend soin d'entretenir.

Tout cela demande beaucoup plus d'argent qu'il n'en faut au paysan pour vivre, pour s'établir et pour élever ses enfants. Mais les journées sont mieux payées, et on se dit que, la dépense et le profit étant doubles, la chose revient au même. De son côté, l'homme de campagne, qui ne dépense pas beaucoup et qui ne gagne guère, se tourmente l'esprit pour le temps où il sera vieux, ou pour les années où la grêle, la gelée, ou tout autre accident de saison, aura fait manquer sa récolte. Le paysan pense et prévoit beaucoup plus que l'artisan. Il ne change pas souvent d'idée comme lui; il n'a qu'un souci, celui de ne pas manquer.

Aussi, dès qu'il a mis quelque chose de côté, il achète un peu de terre, et, si ce qu'il a mis de côté ne suffit pas, il s'endette, car il veut conserver.

Supposons qu'un jour l'artisan vienne voir son frère. Voici ce qu'ils se disent :

LE PAYSAN. — Te voilà bien brave, et tu gagnes plus dans une semaine que moi dans quatre. Tes enfants ont des souliers, les miens n'ont que des sabots. Tu n'as pas de bien sur terre, mais tu as un bon état qui ne craint pas les mauvaises années. Tu as de l'esprit, tu sais beaucoup de choses que je n'entends point et dont je ne me soucie pas. Tu es plus heureux que moi et c'est moi qui ai la plus mauvaise part.

L'ARTISAN. — Au moins, te voilà bien tranquille, et, si tu gagnes moins que moi à la fois, tu as sous tes pieds une terre qui assure ton pain, et, sur ta tête, le toit d'une maison qui ne te coûte pas de loyer, ou qui te coûte bien peu. Tes enfants ne savent pas ce que les miens savent ; mais ils sont plus forts, plus libres, mieux portants que les miens. Tu ne t'inquiètes pas de politique ; tu n'as pas le tourment de savoir ce qui se passe et ce qui peut arriver. Tu es plus heureux que moi et je voudrais être à ta place.

LE PAYSAN. — Mais j'ai des dettes, je n'ai pas payé tout ce que j'ai acheté, et l'intérêt me ruine. Je suis propriétaire et j'en suis plus pauvre.

L'ARTISAN. — Et moi, j'ai des dettes aussi, et, comme je n'ai pas de propriété pour répondre, je suis menacé d'être jeté avec ma famille sur le pavé. Je suis prolétaire, et l'inquiétude me consume. Quand l'ouvrage va bien, je reprends mon courage ; quand l'ouvrage manque, je me sens perdu et j'en deviens fou.

LE PAYSAN. — Aussi c'est ta faute, et tout le mal qui nous arrive vient de toi. Tu fais de la politique, tu veux du changement, tu fais des révolutions et cela me dérange et me gêne.

L'ARTISAN. — Si je fais de la politique et des révolutions, c'est ta faute. Tu es trop patient ; tu souffres tout, et tu me forces à me battre pour réparer le mal que ton indifférence nous cause. Avec toi, les mauvais gouvernements dureraient toujours.

LE PAYSAN. — Avec toi, aucun gouvernement ne dure, et on n'a pas le temps de faire ses affaires. Vous autres artisans, vous êtes des brouillons, vous dépensez trop, rien ne vous contente, vous ne pensez jamais au lendemain.

L'ARTISAN. — Vous autres paysans, vous êtes des égoïstes, rien ne vous offense, vous ne songez qu'à vous, et les villes peuvent périr; vous y consentiriez si vous pouviez vous passer d'elles.

LE PAYSAN. — Sans doute, vous êtes des étrangers pour nous.

L'ARTISAN. — Et vous, vous êtes de mauvais citoyens, qui reniez votre propre sang.

Voilà comment se disputent les deux frères et comme chacun attribue à l'autre le malheur qu'il endure. Eh bien, il n'y a pas de vérité, il n'y a pas de justice, il n'y a pas de fraternité dans ce différend, et c'est ce que je vous démontrerai, mes chers concitoyens, la prochaine fois que je vous adresserai ma parole.

IV

LE CULTIVATEUR ET L'ARTISAN

Nous avons raconté, la dernière fois, comment se querellaient deux frères, un homme des champs et un homme des villes. C'était une manière d'histoire supposée, pour montrer le mécontentement de ceux qui accusent les ouvriers de faire des révolutions, et le chagrin des ouvriers qui font des révolutions pour ceux qui ne savent pas ou qui ne veulent pas en profiter.

La vérité est que, de tous les pays de France, on entend des plaintes contre le peuple de Paris. Les gens de campagne disent qu'ils ne sont pas du même peuple, qu'ils ne veulent point recevoir la loi du peuple de Paris, et qu'ils demandent qu'on transporte l'Assemblée bien loin de Paris, afin qu'elle ne soit point gouvernée par la peur!

Gens de bien de nos campagnes, il ne faut pas dire de ces choses-là.

Si vous envoyez à Paris des députés capables d'avoir peur et de faire des lois contre leur conscience par crainte d'être violentés, vous aurez mal choisi vos députés, et il ne faudra en faire de reproche qu'à vous-mêmes.

Quant à ce qui est du peuple des villes, ce serait

mal à vous de croire qu'il est différent de vous, et qu'il y a deux nations en France : celle qui nourrit et celle qui consomme. Vous êtes les nourriciers des villes ; mais, sans les villes, vous n'auriez rien à produire, et vous péririez de misère au milieu de vos richesses et de vos campagnes.

Et puis la différence que vous faites du peuple de Paris avec le peuple des provinces n'existe pas.

Le peuple de Paris est formé d'un petit nombre de natifs de la ville et de gens domiciliés dans la ville. Le grand nombre est formé de gens de la province, venus à Paris pour employer leur tête, leur cœur ou leurs bras.

Il est peu de vos familles qui n'aient pas un proche parent ou un ami, ou une connaissance établis à Paris pour un temps, ou pour le reste de leur vie. Et ce que je vous disais dans la comparaison des deux frères, est très vrai. Pour les trois quarts les gens de Paris sont de votre famille et de votre sang, et, si l'on vous disait que Paris est pris, brûlé, massacré, pillé par l'ordre des rois, il n'y a guère de maisons en France, riche ou pauvre, où l'on n'entendît pleurer pour la mort d'un absent. Vous voyez donc bien que Paris, c'est vous, c'est la France ; c'est la grande commune des communes, la paroisse des paroisses. Rien de ce qui se passe là ne vous est étranger. Paris est à vous comme votre place publique, comme votre église est à vous.

Mais, direz-vous, nous ne refusons pas d'aimer nos frères les citoyens de Paris, de Lyon, de Rouen et de toutes les autres villes grandes ou petites ; seulement

nous blâmons Paris parce que c'est lui qui décide de
tout sans consulter. Quand nos parents et nos amis
font du bruit et de la dépense, nous ne les maudis-
sons pas, mais nous les blâmons, et nous ne voulons
pas être obligés de faire comme eux, nous qui aimons
la tranquillité et l'économie.

Certainement il y a du vrai dans ce que vous dites ;
Paris décide avant vous et vous êtes obligés de vouloir ce qu'il veut, parce que, quand la nouvelle vous
en arrive, il est trop tard pour que vous l'empêchiez.

Et puis Paris est si fort! il y a tant de monde! et
tout le peuple s'y tient en si bon accord pour vouloir
la même chose! Et vous, vous êtes tous semés sur la
terre, chacun dans son droit, n'ayant occasion de vous
voir qu'aux jours de fête et de marché.

Dans les petites villes, on s'assemble plus aisément,
mais on n'est pas assez en nombre pour résister, et la
plus grande ville de France ne pourrait pas envoyer
assez de monde pour inquiéter Paris et pour le faire
changer d'avis.

Voici ce qu'on peut vous répondre : votre résistance
paraît impossible, elle ne le serait pourtant pas, si
vous aviez le droit et la raison pour vous. Si un centre
comme Paris où vont et où peuvent aller toutes les
bonnes têtes, tous les bons cœurs, tous les bons bras
de la France, pouvait se tromper sur ce qui convient
à la France ; ou bien, chose impossible, ne pas vouloir, ce qui est bon et juste pour toute la France,
Paris ne pèserait pas plus qu'un grain de blé dans les
balances du vrai Dieu. Vous sentiriez tous à la fois et

sans désaccord, que Paris vous trompe ou vous nuit,
et, un beau matin, sans vous être donné rendez-vous,
vous vous trouveriez tous arrivés aux portes de Paris,
aussi bien ceux du Nord que ceux du Midi, de tous les
coins, de tous les bouts, du milieu, des frontières, de
toute la France enfin. Alors Paris céderait, parce que
la France aurait la justice pour elle ; Paris céderait
sans combat, comme la royauté a cédé devant la France,
pendant que Paris tout seul se battait.

Mais, si Paris a raison , si Paris a obéi à Dieu et contenté les justes intérêts de tous les hommes en récla-
mant la République, Paris ne craint pas dix armées ;
et les mécontentements mal fondés d'une partie des
citoyens de la France céderont devant la justice, dont
Paris a consenti à se faire le gardien.

Les ennemis de la République prétendent, mes concitoyens de la campagne, que vous voulez marcher
sur Paris. Ils sont mécontents et tâchent de vous
rendre mécontents. Et, comme ils sont pressés de
faire du mal à la République, et de mettre la nation en
danger, ils disent partout, dans les villes, que le
peuple des campagnes va marcher sur Paris.

A ces propos-là, le peuple de Paris ne répond
qu'une chose : « Qu'ils viennent, nos frères, nos amis
de la campagne ; qu'ils accourent dans nos bras. Nous
les recevrons au Champ de Mars, nous leur montre-
rons la vérité, nous leur expliquerons ce que c'est
qu'une Révolution qui a proclamé la République ; et,
au lieu de se quereller avec nous, ils fraterniseront
avec nous sur l'autel de la patrie. »

Oui, mes concitoyens, voilà ce qui arriverait si vous pouviez tous venir à Paris. Paris le voudrait bien, si Paris pouvait vous nourrir et vous loger tous! La République serait bien forte, si tous les citoyens que la monarchie a méprisés venaient s'expliquer avec la République, qui veut qu'on ne méprise personne. Le temps de la guerre civile est passé. C'est malheureux pour les mauvais riches; mais, enfin, c'est passé pour toujours. Voyez les malheurs de la Vendée et de la Bretagne dans les anciens temps! ces provinces-là croyaient mieux faire que la République, et leurs paysans se sont battus contre elle. Ils étaient braves et beaucoup avaient de bonnes intentions; mais ils ne comprenaient pas qu'il n'y a qu'une France, et que tuer un Français c'est faire couler son propre sang. Ils ont forcé la France à faire du mal à ses enfants; et, en croyant défendre leur droit, ils se sont élevés contre le droit de la nation.

C'est que, voyez-vous, pour une nation, il n'y a qu'un droit, comme, devant Dieu, il n'y a qu'une vérité.

Si vous êtes loin du champ de bataille où le droit du peuple gagne ses victoires, il n'y a que du regret à en avoir pour vous et pour vos frères les artisans; car, si vous les aviez vus se battre comme ils l'ont fait, si vous les voyiez à présent, comme ils défendent et conservent la justice, vous auriez été contents de les aider; et, si vous aviez été là pour les aider, vous vous seriez battus aussi bien qu'eux, et ils auraient été bien contents de votre aide.

Ne dites donc jamais, et ne croyez jamais, que leurs sentiments sont contraires aux vôtres. La prochaine fois que je vous écrirai, je vous montrerai que vos intérêts ne sont pas différents des leurs.

V

LES VILLES ET LES CAMPAGNES

Vos intérêts, mes chers concitoyens de la campagne sont les mêmes que ceux de nos concitoyens des villes. Vous n'avez pas une contrariété, vous ne supportez pas un dommage dont ils ne se ressentent. Si le blé manque dans vos sillons, le pain est cher sur la pauvre table de l'artisan. Si le vin manque, l'artisan boit de l'eau, ou du vin de fabrique, qui est plus malfaisant que la privation de vin. Si vous vendez mal la laine de vos moutons, le drap n'en est que plus cher pour lui, car le bas prix, qui fait la fortune du gros commerçant, ne profite pas plus aux petits acheteurs qu'aux petits vendeurs ; si, dans l'intérêt de sa spéculation, le gros commerçant fait faire du drap à bon marché, c'est du drap si mauvais, qu'il ne fait point d'usage, et qu'il aurait mieux valu le payer deux fois plus cher. Il en est de même pour tous les produits que le bon Dieu nous donne et que le travail de vos bras fait venir à bien. Vous ne vivez que par l'échange des denrées, et l'argent qui paye toutes choses n'est qu'un signe convenu pour faciliter cet

échange. Mais ce signe ne tombe dans vos mains
qu'à petites doses, et vous êtes trompés sur tous les
objets échangés.

C'est qu'entre vous qui fournissez le blé, le vin, la
viande, la laine, le bois, le fer, etc., tous les objets de
première main, et l'artisan qui vous rend le drap
tissé, le fer et le bois, le verre, toutes les matières
travaillées et changées en ustensiles ou en étoffes de
grande nécessité, il y a une grande main qui prend
tout au plus bas prix possible, pour vendre au prix le
plus élevé possible. Cette grande main, où reste le
meilleur de votre production et de votre profit, c'est
la spéculation ; c'est le crédit du riche ou de l'habile
commerçant, qui peut ruiner le cultivateur et l'artisan,
le producteur et le consommateur, celui qui travaille
pour se nourrir et celui qui est obligé d'acheter sa
nourriture pour travailler.

C'est ce beau crédit-là qui fait que le paysan sème
du beau froment blanc, et qu'après l'avoir bien soigné
moissonné, battu, engrangé et préservé, le paysan
mange du pain d'orge, le pain que le riche donne à
ses chiens ; c'est ce crédit qui fait que l'ouvrier des
villes, qui vit de pain blanc, est obligé de payer son
pain aussi cher que le riche, tandis que le riche n'est
pas obligé d'augmenter le salaire de l'artisan, quand
même ce salaire ne suffit pas à l'achat du pain; c'est
ce crédit qui fait que le paysan élève, nourrit et
soigne des bestiaux, et que jamais il ne mange de
viande, si ce n'est les jours de fête, et encore y a-t-il
des endroits où la misère est si grande, qu'il n'en

goûte jamais. Cela arrive tout justement dans les pays
de bruyère, où le bétail fait tout le revenu de l'habi-
tant; et, pendant que le paysan vit de racines, de
châtaignes et de mauvais fruits sauvages, l'artisan qui
mange de la viande la paye toujours trois fois, quatre
fois plus cher que le paysan ne l'a vendue. C'est
comme cela pour tout. Il n'y a pas une production qui
échappe aux gros profits que les riches peuvent
faire.

Le paysan sait se priver plus que l'artisan, parce
qu'il ne travaille pas si fort à la fois et qu'il travaille
au grand air. L'artisan, surtout quand il est à ses
pièces, travaille plus que l'homme ne le peut supporter, et dans beaucoup d'industries, il travaille enfermé
dans un mauvais air, où il périrait s'il se privait de
viande et de vin. C'est ce qui vous fait croire que, s'il
dépense davantage, il vit mieux. Eh bien, il vit encore
plus mal. Il ne peut rien épargner, et, quand la misère
tombe sur lui, il n'a pas la moindre ressource ni la
moindre consolation; car il ne reste pas, comme vous,
dans une pauvre maison, au milieu de braves gens
qui le connaissent et qui tâchent de l'aider. Il quitte
la ville où l'ouvrage manque, il va dans une autre
ville où il n'est pas connu, où personne ne l'aide.
L'artisan est forcé, à cause de cela, d'être plus fier
que le paysan. Le paysan n'est pas humilié d'être
secouru par ses voisins; on sait qu'il n'est point malheureux par sa faute, et qu'il a vraiment besoin de ce
qui lui manque. L'artisan qui arrive dans une ville est
toujours dans un état de suspicion; les maîtres n'ont

4

pas confiance dans l'ouvrier qui manque d'ouvrage et d'avances pour en attendre. On a inventé les livrets pour rendre l'ouvrier encore plus esclave, encore plus fier et plus honteux dans son malheur. Il y a d'honnêtes familles d'artisans qui souffrent tout ce qu'on peut souffrir plutôt que d'accepter l'assistance des voisins, par la crainte où ils sont qu'on ne les soupçonne d'avoir eu une mauvaise conduite ou de vouloir tromper la charité d'autrui.

Tous les malheurs de l'homme de campagne et de l'homme de ville viennent donc de ce que l'échange se fait mal, ou plutôt de ce que l'échange ne se fait pas. Car ce n'est pas l'échange qu'un commerce où il faut toujours faire la plus grosse part à celui qui en a le moins besoin et à celui qui travaille le moins. Le spéculateur répond bien que c'est lui qui risque le plus, parce qu'il fait de grandes opérations, et qu'il risque à lui seul ce que beaucoup de consommateurs et beaucoup de producteurs rassemblés ne pourraient pas exposer. Mais qu'est-ce qui est donc si fort exposé ? C'est l'argent de ce riche qui regarde ses écus comme une chose plus précieuse que la vie, la santé, l'honneur et le repos des hommes.

D'ailleurs ne le croyez pas, quand il vous dit qu'il risque fort de se ruiner. Il risque un jour ce que vous risquez tous les jours de votre vie. Il ne risque d'ailleurs que ce qu'il lui plaît de risquer. Plus le temps est mauvais et la vie difficile, moins il risque, plus il est sûr de gagner. Si l'on était sûr d'ailleurs qu'il expose un premier capital avec l'espoir de faire des

profits qui lui permettront ensuite de faire honnêtement et sagement son commerce? S'il y avait des lois
pour l'empêcher de prendre la rage du jeu et de risquer, avec son argent, la vie de milliers d'hommes?
Car vous savez bien que l'amour du gain devient une
maladie, et qu'on voit des joueurs qui joueraient leur
tête contre celle de leur prochain, s'ils n'avaient pas
d'autre enjeu! Mais non! plus l'homme gagne, plus
il veut gagner. La misère du peuple ne le fait pas
réfléchir, et il verrait une nation périr de famine plutôt que de renoncer à la folie d'amasser des millions,
et au plaisir de dire : « J'ai fait une bonne affaire. »

Artisans et cultivateurs, vous avez donc un ennemi
commun, qui vous ruine et vous pressure tous autant
les uns que les autres. Vous, gens de campagne, vous
ne pensez pas autant à cet ennemi que les gens de
la ville. Vous ne le voyez pas en face, c'est par toute
sortes de manières détournées qu'il tire à lui la sub-
sistance du pays. Vous accusez quelquefois votre
voisin d'être la cause du mal, vous allez quelquefois
voir dans son grenier s'il ne met pas du blé en réserve pour le moment de la cherté. Et souvent vous
ne trouvez rien chez votre voisin; car il est aussi
innocent que vous-mêmes du malheur des temps. Il a
peut-être vendu très honnêtement sa récolte avec peu
de profit, et le blé est bien loin. Il a passé par des
mains qui en ont pesé chaque grain, et qui vous le
rendront au poids de l'or.

L'artisan à qui vous reprochez de lire les journaux
et de s'inquiéter de la politique, sait mieux que vous

où est le mal. Il connaît les abus dont vous souffrez. Si vous les connaissiez comme lui, vous ne les supporteriez pas plus patiemment.

Ayez donc confiance au peuple des villes, et sachez bien que, quand il se révolte, quand il change les mauvais gouvernements, quand il se bat et se fait tuer pour la cause de tous, c'est un frère qui combat pour son frère, et non pas un égoïste et un brouillon qui secoue la maison sans se soucier de savoir sur qui elle tombera.

Le peuple des villes, c'est l'armée du peuple des campagnes, une brave armée qui fait la guerre à ses dépens et qui n'épargne pas son sang ; une armée qui ne reçoit pas de solde, qui va au feu sans armes, qui laisse des veuves et des orphelins. Paysans ! paysans ! ne reniez pas vos frères ; car, sans eux, vous seriez encore serfs sur la terre qui vous appartient aujourd'hui.

Avril 1848.

V

DEVANT L'HOTEL DE VILLE

28 avril 1848, dix heures du soir.

La voix du tambour ébranle les murailles, les torches rougissent de leurs reflets la façade de ce monument historique, qui a vu déjà passer tant de révolutions. Un flot de baïonnettes étincelantes circule
au-dessus de nos têtes. Les citoyens armés exécutent
des évolutions rapides et régulières sur cette place,
qui fut le théâtre de tant de dévouements décisifs. La
porte du milieu est ouverte et laisse échapper un flot
de lumière. On dépouille les scrutins. La garde nationale entoure d'une ceinture impénétrable le sanctuaire où s'agitent les destinées du peuple. Le peuple
est là, derrière les armes. Il attend la proclamation
des noms de ses représentants. Quelques-uns es-
sayent de regarder par-dessus ce flot de têtes, de

4.

saisir quelques sons distincts. Mais on n'entend que des chants patriotiques, des cris confus, le cliquetis des fusils, le bruit du tambour. Il y a tant de choses à voir et à entendre, que nul ne voit, nul n'entend.

Et pourtant, ce n'est pas une scène de confusion : le peuple est grave ; il se fractionne par groupes, et, dans cette foule immense qu'on croirait pressée et agitée, chacun circule librement, chacun interroge son voisin ou lui répond avec douceur, chacun écoute sans passion et sans méfiance ce qui se dit autour de lui, sans méfiance et sans passion. Chose étrange, on attend le résultat d'une grande crise politique à laquelle chacun a contribué par son vote, et, pourtant la masse ne semble ni impatiente ni inquiète du fait qui va se produire. On ne discute pas, on cause. Le fait préoccupe peu le peuple, l'idée l'absorbe. Le peuple a un problème devant les yeux, il voudrait le résoudre avant de s'affliger ou de se réjouir du résultat des élections. Il s'intéresse médiocrement aux noms propres. Beaucoup se demandent s'ils ont bien voté, et, pour le savoir, ils le demandent à tout ce qui s'arrête autour d'eux. Pour le demander, ils ne trahissent pas le secret de leur vote, ils cachent avec dignité l'angoisse de leur conscience sur ce point délicat ; mais ils demandent à chacun quelque lumière sur l'idée dominante, sur la question du travail.

Entrez dans le premier groupe venu, il y en a bien quatre ou cinq mille, et, quand vous aurez entendu ce qui se discute dans le premier, passez aux autres, ce sera toujours la même chose. Point d'orateurs

de carrefour, pas d'énergumènes montant sur la borne
et faisant appel aux passions. Partout des hommes qui
s'expriment simplement et clairement, et qui se con-
sultent à deux, à trois, à quatre, sans chercher à s'in-
terrompre, sons vouloir se contredire et briller aux
dépens l'un de l'autre. Écoutez: je transcris l'entretien
du premier groupe venu, et si, vous pensez que je l'ar-
range, allez-y vous-même, ce soir ou demain ; seulement, demain, ils parleront mieux encore, car cette
éducation libre de la place publique, cet enseignement
admirable de fraternité fait faire à l'homme des progrès immenses. Ce n'est pas le résultat d'une instruction. Ce que le Peuple trouve lui-même vaut mieux que
tout ce qu'on invente pour lui. Il a découvert, depuis
ces derniers jours, cette simple manière de s'éclairer,
qui est de se consulter en consultant tout le monde,
il a suffi qu'on lui dit : « Tu es libre! » pour qu'aussitôt il trouvât, sous ce rapport, le meilleur usage
possible de sa liberté. Depuis le 17 avril jusqu'au 28,
il a déjà fait plus de progrès que le serf en Russie
n'en fait dans un siècle.

DIALOGUE. Trois ouvriers : un en blouse, un autre
en bourgeois, un troisième en veste. Ils parlent également bien tous les trois. Le plus ou moins d'aisance
qu'indiquent leurs habits ne paraît avoir influé que
d'une manière peu sensible sur leur langage et leur
éducation.

A. Ne nommez personne, et ne nous embarrassons
pas de tel ou tel candidat. A présent, l'affaire est faite.
Supposons que chacun a voté pour le mieux. Chacun

saura s'il a vu clair ou s'il a été trompé, dans quelque temps d'ici.

B. Oui, c'est à l'œuvre que nous les connaîtrons. Il faudra bien qu'ils s'occupent de nous faire vivre.

C. Sans aucun doute, ils veulent tous que nous vivions, et ils savent bien que nous ne voulons pas continuer à ne rien faire.

B. Oh! cela, c'est vrai; car, pour moi, je m'ennuie beaucoup de n'avoir pas de travail, et, en supposant que je pourrais nourrir ma femme et mes petits enfants en me croisant les bras, cette manière-là ne m'irait pas du tout.

C. Ni moi non plus; car je ne suis pas encore dégoûté de mon métier, je l'aime presque autant que ma femme, et ce n'est pas peu dire.

A. Oui, du travail, il en faut. Mais ce n'est pas facile d'en donner à tout le monde, et je ne sais pas s'ils en viendront à bout.

B. Nous sommes tout prêts à rendre cela facile en nous associant.

C. Bon! oui, il faut s'associer, c'est cela. Mais comment s'associer? Il faut que l'État nous en donne les moyens.

A. Il ne peut pas faire autrement, l'État. Mais ce qu'il ne pourra pas faire, c'est de nous apprendre la manière de nous associer.

C. Pourquoi donc? C'est son devoir de nous l'enseigner.

B. Oui, s'il le sait. Mais il ne le sait peut-être pas.

A. Allez, il y en a qui le savent et qui ne veulent pas le dire.

C. Après cela, peut-être qu'il y en a aussi qui font semblant de le savoir et qui ne le savent pas.

B. En ce cas-là, c'est à nous de le chercher. On ne pourra jamais nous ôter la liberté de chercher ce qui nous convient.

A. Qui sait? le 17 au soir, on avait donné à la *Mobile* l'ordre de nous disperser. Ici même, à l'endroit où nous voilà, on ne pouvait pas s'arrêter pour causer. Si on s'était obstiné, on aurait passé pour des communistes, et, comme je n'en étais pas, je n'ai rien dit.

B. J'y étais aussi, et, si j'avais eu envie de causer, personne, je vous en réponds, ne m'en aurait empêché; mais il se disait tant de bêtises ce soir-là, que je me suis retiré sur la prière des Mobiles.

C. D'ailleurs, les groupes se reformaient aussitôt que la Mobile avait passé au milieu, et même, dans un groupe où j'étais, la Mobile s'est arrêtée et s'est mise à causer avec nous. Est-ce qu'il serait possible de nous mettre en désaccord avec la Mobile?

A. C'est nos enfants et nos amis qui sont là dedans. Ce serait drôle!

Un quatrième ouvrier, *D*.

D. Avec tout cela, je ne vois pas clair dans la question des salaires. Il y en a qui me disent : tu n'es pas fort, et il faut que tes camarades travaillent pour toi. Ça m'irait bien si c'était juste, mais ce n'est pas juste.

B. Non, ce n'est pas juste, c'est contre l'égalité.

C. Attendez pourtant, cela me paraît la loi de l'égalité.

A. Non, ce n'est pas la loi de l'égalité, c'est la loi de la fraternité.

B. Voilà qui est bien subtil. La fraternité se trouverait donc contraire à l'égalité? Je ne vous comprends pas.

A. Mon Dieu, voilà comme je l'entends. Si je ne le dis pas aussi bien que je voudrais, ce n'est pas faute de le sentir.

B. Dites toujours.

A. Voilà. L'égalité voudrait que le dévouement de chacun établît le bonheur de tous. Mais l'égalité n'est pas encore possible, parce qu'il y a encore des paresseux.

C. C'est juste. S'il n'y avait que des hommes plus ou moins forts, plus ou moins intelligents, le dévouement mettrait le niveau. Mais c'est qu'il y a des paresseux, et les bons ouvriers ne peuvent pas consentir à laisser leurs enfants mourir de faim au profit de ceux qui n'ont pas de famille et qui ne veulent rien faire.

B. Ou alors il faudrait que l'État eût tant de travail à donner, et tant de richesses pour le rétribuer, que le bonheur de l'un ne ferait pas le malheur de l'autre.

D. Attendez. Quand même nous aurions assez de richesses pour que personne ne souffrît de la misère, ce qui est juste sera toujours juste, et ce qui est injuste ne peut pas cesser d'être injuste.

A. Vous trouvez donc le dévouement injuste ?

D. Je trouve injuste de détruire l'émulation.

C. C'est vrai, cela. Et pourtant, citoyens, il y a la loi de la fraternité.

A. Oui, qu'est-ce que nous ferons pour la fraternité avec la concurrence ?

B. Dame, sans doute. La fraternité, pourtant, c'est la loi, nous la voulons, elle ne doit pas être impossible.

C. Si elle était impossible, il faudrait nous en aller chacun chez nous et faire comme auparavant.

A. C'est-à-dire renoncer à la République.

B. Je ne me croirai pourtant pas en République si on me force à m'associer d'une manière qui ne me convient pas, ou que je ne comprends pas.

C. Du moment où on serait forcé, je n'en serais plus ; au lieu que, si on me donne le temps de comprendre ce qui est juste, je m'y rendrai peut-être.

D. Eh bien, il faut attendre l'Assemblée nationale, et la question s'éclaircira.

A. Moi, je crois qu'en effet la discussion nous enseignera ce que nous devons vouloir. Alors, nous verrons ce que nous avons à faire.

D. Moi, je voudrais avoir le cœur net sur le point du salaire. L'égalité du salaire me blesse quant à présent. Pour celui qui est fort ouvrier, c'est une contrainte ; pour le faible ouvrier, c'est une aumône.

A. Le progrès cependant doit amener cela. L'esprit de fraternité nous y pousse. Voulez-vous supprimer l'esprit de fraternité ?

Tous. Non, non, certes; pour nous autres, c'est une loi sérieuse.

D. Reste à savoir si c'est comme cela que la fraternité doit absolument se manifester.

B. Pas sûr! Le plus ou moins de travail fait, donne droit à plus ou moins de repos et de bien-être, et il me semble qu'une loi qui blesse le droit de chacun blesse dans tous la loi de l'égalité.

A. Il ne faudrait pas vous butter contre cette idée-là; ce n'est pas une loi, c'est une proposition morale. A vous, à moi, à nous tous le droit de dire oui ou non.

D. Je dis non.

B. Je dis non aussi, je ne vois pas la chose possible.

A. Moi, je dis non aussi, quoiqu'à regret, car l'idée me paraît belle, et je voudrais que ce qu'il y a de plus beau fut ce qu'il y a de plus aisé à faire.

C. Nous disons non, citoyens, et je dis comme vous, parce qu'une chose dont le plus grand nombre ne veut pas est une chose qui n'est pas encore possible. Pourtant nous retirerons-nous chacun dans son atelier ou dans sa chambre, sans avoir pensé à faire quelque chose pour la fraternité.

D. Il n'est pas possible qu'il n'y ait pas un moyen pour en conserver le principe et pour commencer à l'appliquer.

C. En avez-vous un?

D. Non, pas moi; mais on en propose plusieurs, et il faudra que chacun examine ce qu'on propose.

A. On propose de laisser, jusqu'à nouvel ordre, le

ilaire sur son ancienne base, mais de partager
galement la part des bénéfices.

D. D'autres parlent de renoncer à cette part des
énéfices.

C. Au profit de tous, donc ?

A. Oui, au profit de l'association.

B. Cela, je le comprends, et je ne dis pas non ; j'y
enserai. Et vous ?

D. Moi, j'y réfléchirai, cela ne me paraît pas im-
ossible.

A. Il faudrait savoir lequel nous sera le plus utile,
u de nous partager également cette part de bénéfices,
u de la mettre en commun pour l'association.

C. Je voudrais savoir, non pas lequel nous sera le
lus utile, nous pensons bien assez à nos intérêts
quand nous consacrons l'inégalité des salaires ; mais
equel sera le plus fraternel, car c'est le principe de
a fraternité qu'il faut sauver à travers les nécessités
lu présent.

A. Vous dites bien, vous : voilà la vraie question.

B. Oui, c'est la question, c'est à cela que je
enserai.

Tous. Oui, oui, c'est bien parlé. Il faut sauver le
rincipe. Qu'on nous propose des lois qui tiennent
ompte du présent et de l'avenir, et personne ne se
laindra.

La garde nationale fait un mouvement qui brise la
onversation. Les groupes se séparent en reculant et
vont se reformer un peu plus loin avec d'autres inter-
ocuteurs. Mais vous pouvez les suivre tous, et vous

y retrouverez le même problème agitant l'esprit et le cœur d'une multitude calme dans son maintien et grave dans son langage.

Spectacle étrange, nouveau dans les annales du monde, et qui rassure beaucoup ceux qui pressentent trop de stupeur ou trop d'agitation dans la politique de l'avenir.

VI

LA QUESTION SOCIALE

— Fuyez, fuyez, citoyen, la maison brûle!

— Non, la maison ne brûle pas. Je ne vois ni feu ni fumée. Vous voulez entrer dans ma maison pour la piller quand j'en serai sorti.

— Dieu me garde d'entrer dans votre maison quand vous en serez sorti! car, à ce moment, elle s'écroulera dans les flammes. Sortez, vous dis-je, car vous êtes perdu si vous tardez.

— En effet, je sens maintenant l'odeur de la fumée, et il me semble que la maison craque par la base. Aidez-moi à sortir.

— Il est trop tard. Le premier étage est en feu. Il ne vous reste qu'à sauter par la fenêtre.

— Comment, sauter par la fenêtre? Je vais me tuer sur le pavé.

— Probablement, mais il n'y a pas d'autre moyen.

— Hélas ! hélas ! une corde, une échelle, ou je suis perdu.

L'homme qui veut rester dans sa maison et qui ne se décide à en sortir qu'en la sentant craquer sous ses pieds, c'est l'esprit du passé, qui ne voudrait rien changer à ses habitudes et qui s'est trop endormi dans une confiance trompeuse.

Le pavé qui s'offre à lui comme un abîme où la mort l'attend, c'est la conséquence funeste de l'aveugle-ment, c'est l'avenir inconnu que le passé n'a jamais voulu mesurer du regard.

La voix qui crie au passé : « Sautez par la fenêtre, où vous allez brûler avec votre maison ! » c'est le présent, qui constate le danger sans s'occuper de le prévenir. La corde, l'échelle que l'on demande à grands cris pour descendre sans catastrophe dans la rue, c'est la solution de la question sociale.

Oui, oui, hâtez-vous d'apporter l'échelle si vous ne voulez que les intérêts du passé succombent vio-lemment, sans profit pour l'avenir. Et vous, insensés, qui croyez votre maison incombustible, et qui ne voyez pas que vous y avez mis le feu vous-mêmes, vous qui avez méprisé l'échelle, unique moyen de salut, hâtez-vous de nous aider à la placer sous vos pieds ; car, nous autres socialistes tant raillés et tant repoussés par vous, nous n'avions qu'une pensée, c'était de sauver cet édifice social que vous appelez votre maison et que vous avez laissé périr ; et mainte-nant qu'il va crouler, par suite de votre imprévoyance,

nous voudrions vous sauver et vous recueillir avant
que le désastre s'accomplisse.

Vous avez eu beau faire, vous tenterez vainement
encore tous les palliatifs ; vous avez miné vous-mêmes
la question de votre propre existence, en vous imagi-
nant que le capital pouvait exploiter le travail jusqu'à
la fin des siècles. Le travail était la source du fleuve
que sillonnait fièrement votre navire. La source
menace de se dessécher. Que ferez-vous alors ? Bien
peu d'entre vous peuvent attendre, et, quand même ils
attendraient, un fleuve disparaît vite quand la source
est tarie.

Ne dites pas que la nécessité forcera le travailleur
à refaire le pacte du passé. Ce serait pour vous un
sursis de quelques jours. Il est prouvé, par la science
sociale, que ce pacte conduit le travailleur à sa perte,
au *work-house,* qui n'est lui-même qu'un dernier
temps d'arrêt entre la vie et la mort.

Il est bien possible que vous croyiez de bonne foi,
pour la plupart, à l'efficacité des petits remèdes. Cela
prouverait votre ignorance. Il est possible aussi que
vous réussissiez à persuader au travailleur qu'un peu
plus de générosité et de prudence de votre part suffira pour le rassurer. Cela prouvera aussi qu'une
partie du peuple partage votre ignorance. Mais le mal
fera des progrès sous votre emplâtre, et la solution,
pour être retardée, n'en sera que plus difficile et plus
périlleuse.

Ouvrez donc les yeux. Qui vous demande de vous
immoler ? Quelques exaltés que le peuple vous aiderait,

au besoin, à contenir. Mais encore prenez garde à la manière dont vous contiendrez ces exaltés. Si c'était par la violence et l'injustice, ce peuple, qui est généreux, prendrait parti pour eux contre vous, le lendemain.

Et, si ces exaltés vous servaient de prétexte pour étouffer toute discussion de principe, le peuple ne vous pardonnerait pas de l'avoir trompé, et l'influence purement politique de quelques noms estimés serait insuffisante pour vous conserver la vôtre.

La sagesse et la générosité sont l'air que le peuple respire. Augmentez et renouvelez, et faites librement circuler cet air dans sa poitrine. Une atmosphère parfumée de belles et menteuses paroles ne suffira pas longtemps à ses vastes aspirations. Il la rejetterait bientôt comme un poison. Il vous redemanderait l'air vital, la vérité, et, si vous ne l'aviez pas, il ouvrirait la voûte du temple pour y faire entrer le souffle de Dieu.

4 mai 1848.

VII

A LAMENNAIS

Ami de la vérité, vous la cherchez en conscience.
ul intérêt personnel, nulle mauvaise passion n'altè-
ront jamais en vous l'amour du beau et du bien.
oujours courageux, toujours ardent, toujours prêt
monter le premier sur la brèche, toujours sincère,
ersonne mieux que vous n'a le droit de prendre l'ini-
ative et de proposer au consentement populaire une
onstitution, fruit d'une vie de retraite austère et
udieuse.

Vous savez bien que ce que je vous dis là, je le
ense, moi, humble champion qui, sans partager
utes vos croyances, suis entré en lice plus d'une fois
our combattre vos ennemis, lorsqu'ils attaquaient
ichement votre caractère et la loyauté inaltérable de
os intentions. J'ai donc le droit de combattre quel-

ques-unes de vos idées, aujourd'hui que l'opinion libre du peuple vous place au-dessus de toute persécution. Ce droit, vous me l'accordez d'avance, parce que vous savez que je vous respecte et que je vous aime.

Je vous dirai donc toute ma pensée sur votre projet de constitution. Il porte le cachet d'un esprit ferme et vaste. Beaucoup d'articles expriment mes propres convictions. Plusieurs ne seraient de ma part que l'objet de certains amendements; mais il en est un contre lequel tout proteste en moi, esprit, cœur, conscience, instinct, et, plus que tout cela, la connaissance que je crois avoir des véritables instincts et de la véritable conscience d'une grande partie du peuple.

Cet article, peut-être n'y tenez-vous pas d'une manière absolue, peut-être le regardez-vous comme une simple question de forme qui ne peut altérer sérieusement le principe essentiel de l'institution républicaine. Je le vois autrement, et, sachez-le bien, ce n'est point par mes yeux seulement, c'est par les yeux d'un grand nombre d'hommes sans intérêt et sans passion que je le lis avec effroi et douleur dans un projet signé de votre nom illustre.

Vous voyez déjà que je veux vous parler de ce principe dont l'institution d'un président plus ou moins révocable est la conséquence : l'autorité remise entre les mains d'un seul.

C'est là un principe que je ne puis admettre, eussiez-vous à poser dans la balance, d'un côté, un peuple

incertain, mobile, inexpérimenté, et de l'autre un
homme capable de résumer en lui tous les types de
grandeur dont l'histoire de l'humanité s'honore. Or,
cet homme, vous ne l'avez pas, car, s'il existait, la
République serait impossible. Aux époques où le
génie de l'humanité se résume dans un seul, l'humanité est à l'état d'enfance, et l'homme du prodige gouverne par une sorte de magnétisme merveilleux que
notre génération n'est plus capable de subir. Quant
au peuple inexpérimenté placé dans mon hypothèse,
sur l'autre plateau de la balance, il existe certainement, à cette heure, mais pour combien de jours?
Avant la fin des trois années auxquelles vous limitez
l'expérience de la présidence, ce peuple sera tellement mur pour l'expérience de son droit, que son président, quel qu'il soit, deviendra l'objet de son antipathie ou de son dédain. Ah! combien vous et moi
aurions à plaindre, avant trois ans, l'homme assez
naïf ou assez audacieux pour assumer aujour-
d'hui sur lui seul la responsabilité du pouvoir exécutif!

Le principe de l'autorité d'un seul, quelque limité,
quelque responsable, quelque révocable que l'on
puisse l'imaginer, blesse, dans mon esprit, le sentiment d'égalité sur lequel repose la République. Je
vous parle du sentiment plus que de l'idée, parce
que, dans un temps où l'idée n'est encore que le domaine de quelques-uns, l'autorité universelle est
dans le sentiment, précurseur de l'idée. Les instincts
populaires sont des révélations de la vérité, antérieures

à la révélation formulée, et celui qui n'en tient pas compte, risque beaucoup d'agir contrairement à l'inspiration divine qui est déjà latente dans les masses, lorsqu'elle agite plus particulièrement les intelligences choisies.

Il ne me siérait pas, d'ailleurs, de discuter obstinément devant vous sur une pure question de principe. Le talent vous donnerait la victoire, et l'autorité de votre nom, en même temps que mon affection pour vous, me rendrait encore plus faible que je ne le suis naturellement, pour soutenir ma protestation. Mais où je puis avoir confiance en moi-même, c'est quand je parle d'un sentiment général, et quand je soutiens une protestation collective. Je vous supplie donc d'écouter cette protestation. Elle prend pour organe, en cet instant, un cœur qui n'a jamais douté du vôtre.

Une notable portion du peuple français repousse l'admission d'un seul homme au pouvoir exécutif, et il n'est pas un seul homme de bien, à l'heure qu'il est, en France, qui puisse vouloir prendre pour l'instrument de son succès une majorité oppressive. Cette majorité, admettons-le, n'est point disposée à tyranniser la minorité. L'homme de bien qu'elle aurait choisi aurait horreur d'une goutte de sang répandu pour le triomphe de sa personnalité. Oui, oui, j'admets tout cela ; eh bien, mon respectable ami, l'établissement d'une présidence unique est impossible aujourd'hui en France sans la guerre civile. Veuillez y réfléchir, veuillez regarder par vos yeux, écouter par vos oreilles, vivre dans la rue, dans les champs, terre à terre avec le prolétaire de tous les métiers. L'autorité d'un seul est le signal d'une guerre sociale. Si vous ne le voyez pas, c'est que l'apparence vous trompe, c'est que le succès du jour vous paraît un symptôme grave; c'est que la majorité vous semble l'élément où repose l'exercice de l'autorité. Moi, je crois que l'unanimité est le seul gouvernement possible dans l'idéal, et la majorité le seul gouvernement possible dans la pratique très prochaine du temps présent. Mais il est des heures terribles dans la vie des peuples, où la vertu pratique consiste à transiger avec les minorités. La majorité de l'heure révolutionnaire où nous sommes est tellement flottante, qu'un instant, un fait peuvent la déplacer brusquement. Nous ne vivons pas dans un temps ordinaire, et l'humanité n'est point dans des conditions normales. A la suite du règne de la corruption et de l'étouffement, nous sommes obligés de lutter souvent contre nous-mêmes. Aucun de nous n'a la mesure bien juste de ses propres forces, ni la conscience bien calme de ses propres besoins. L'exercice de la liberté nous enivre ou nous stupéfie. Le malheur nous exalte ou nous abrutit. Le soupçon est entré dans tous les cœurs, et, par cela même, des élans d'une confiance aveugle en certaines idées, en certains hommes, confiance qui devrait glacer d'épouvante ceux qui en sont l'objet; car elle leur impose une responsabilité à laquelle ne suffit aucune force humaine. Nous traversons une nuée d'orages; nous la traversons heureusement, et

nous reverrons bientôt la lumière si toutes les mains
se tiennent et si la conscience du péril empêche quelques-uns de se frayer une route à part.

Vous êtes sévère, vous êtes trop sévère parfois,
permettez-moi de vous le dire, envers ceux qui
tentent les voies nouvelles. Ceux mêmes qui se
trompent, et qui, au lieu d'aller dans la rue par la
porte de la maison, sortent par la fenêtre et marchent
sur le toit, ne sont point des scélérats, ce sont des
somnambules tout simplement, ne le savez-vous pas?
Et ne savez-vous pas aussi que, lorsqu'on réveille
brusquement les somnambules, ils tombent et se
brisent, au lieu que, si on les guide avec douceur et
prudence, ils reviennent achever leur rêve dans leur
lit? La sagesse de la majorité, dans cette nuée menaçante où le premier mois de la liberté nous a forcé de
nous engager tous, consisterait donc, non à repousser
hors de ses rangs et à abandonner la minorité à son
propre désespoir, mais à l'entraîner doucement, fût-
elle folle, fût-elle somnambule. Autrement la minorité
deviendra d'autant plus redoutable qu'elle sera plus
fractionnée et plus impuissante en apparence. Elle
jettera la confusion dans l'ordre de la marche, elle
excitera toutes les passions, elle forcera la majorité
à être agressive, violente, impitoyable. Ce qui vient
de se passer à Rouen se passera à Paris, et, dans ce
conflit déplorable, d'une part la réaction bourgeoise,
de l'autre la misère, qui va toujours augmentant et
dont vous ne contenez le désespoir que par l'espérance même, tomberont l'une sur l'autre, et Dieu sait

quelle sera la fin de cette épouvantable étreinte des partis d'abord, des intérêts ensuite.

Nous entrons, aujourd'hui 4 mai, en pleine révolution. Cette parole est dans toutes les bouches, à l'heure qu'il est, sous le ciel de la France, et les législateurs, enfermés dans l'enceinte de l'Assemblée, se tromperaient étrangement s'ils se croyaient destinés à la terminer dans cette première session. Quelle que soit son issue, cette révolution sera longue, puisse-t-elle être éternelle, si, comprenant dès le principe sa véritable mission, la représentation nationale nous lance dans le mouvement régulier d'un progrès désormais sans entraves. Mais que de sagesse, que de grandeur et de bon sens à la fois, que de prudence et de dévouement il vous faudra mettre en usage, hommes de la crise, pour empêcher une déviation funeste, ou vers l'anarchie, ou vers la réaction!

Que le ciel vous aide ou vous inspire! Posez des principes, il en faut, et le peuple demande la formule des instincts sacrés qu'il porte dans son cœur. C'est pour cela qu'il vous faudra mettre à toute heure votre main sur ce cœur brûlant mais encore troublé, qui ne se connaît pas toujours lui-même, et qui ne vivra de sa pleine vie que par la fraternité. Mais, si, à quelques-uns d'entre vous, les principes personnels paraissent ne devoir pas céder devant l'instinct des minorités, prenez garde, au nom du ciel! les minorités froissées sont implacables; et, qu'elles aient tort ou raison aujourd'hui, qu'elles soient demain pour ou contre le principe de la suprématie d'un seul, essayez de faire vivre et agir ensemble tous les éléments divers de l'opinion républicaine; car la présidence, en ce moment, serait forcée de devenir la dictature et tout dictateur serait forcé de marcher dans le sang. Je ne puis confier cette appréhension trop fondée, cette douloureuse épouvante de mon âme, à une âme plus religieuse et plus scrupuleuse que la vôtre.

4 mai 1848.

VIII

REVUE POLITIQUE ET MORALE

DE LA SEMAINE

Les deux événements qui, à part l'ouverture de l'Assemblée nationale, ont ému, durant cette semaine, l'âme généreuse du peuple de Paris, ce sont les événements de Rouen et ceux de Limoges. A l'heure qu'il est, d'un bout de la France à l'autre, ces deux nouvelles se sont croisées, échangées, réunies, répandues, et, sur tous les points du territoire, la population les a pesées dans une balance équitable. A Rouen, un prétendu complot communiste que le parti bourgeois écrase dans le sang ; à Limoges, un prétendu complot communiste que le peuple des travailleurs étouffe dans un embrassement fraternel de toutes les classes, de tous les citoyens, de toutes les opinions.

Tous ces jours derniers, on a comparé, en place publique et en pleine rue, ces deux symptômes de la lutte des idées contre les intérêts, et des intérêts contre les idées. Bien peu de personnes osaient approuver la Saint-Barthélemy rouennaise ; le peuple indigné eût rougi d'avoir dans ses rangs un seul avocat de cette épouvantable cause, et nous espérons fort que la majorité de l'Assemblée nationale (osons compter sur l'unanimité) repoussera avec horreur toute solidarité avec ce fait monstrueux.

Non, non ! il n'y aura pas à l'Assemblée un seul complice moral de l'assassinat. Si l'Assemblée croit devoir garder le silence jusqu'à la fin de l'instruction commencée à Rouen, du moins le jour où l'arrêt sera rendu, s'il confirme la clameur publique, l'Assemblée votera d'emblée l'infamie des bourreaux du peuple, comme elle a voté d'enthousiasme la proclamation de la République. Par sa spontanéité et son énergie dans cette circonstance, l'Assemblée prouvera qu'elle veut justifier la confiance que le peuple lui a accordée dès son premier cri d'amour pour la République.

Après la douloureuse émotion produite par les nouvelles de Rouen et de Limoges, après un silence de réprobation contre les violateurs de l'ordre républicain à Limoges, et un cri d'indignation contre le rétablissement de l'ordre moscovite à Rouen, le peuple de Paris, qui, dans ses entretiens, remonte toujours de l'effet à la cause, a encore agité, dans ces nombreux clubs en plein air qu'il appelle modestement des *groupes*, les questions brûlantes qui se traduisent encore ici, cette semaine, par les mots de *communisme* et de *réaction*. Nous dirons *cette semaine*,

parce que l'esprit public marche vite, et que la semaine prochaine, peut-être, on comprendra le vrai
sens de ces mots.

Il serait déjà bien temps d'en finir avec ce ridicule
malentendu qui dure depuis le 17 avril et qui risque
de rendre les vrais communistes victimes, dans l'opinion des simples, d'une solidarité aussi injuste et aussi
pénible pour eux que ce serait pour la classe bourgeoise prise en masse l'accusation de solidarité avec
les égorgeurs de Rouen. Encore la partie ne serait-
elle pas égale, car l'affaire de Rouen est un fait accompli, et on pourrait le citer comme un exemple de
la rage aveugle qui s'attache à l'esprit de propriété
mal entendu, tandis que l'esprit mal entendu de la
communauté n'a encore montré par aucun symptôme
qu'il fût capable de commettre un seul attentat contre
la propriété et contre l'humanité.

Le peuple a saisi la différence, encore une fois, et
s'il s'applaudit d'avoir gardé le silence lorsqu'une
fraction abusée de la garde nationale lui criait aux
oreilles : *Mort aux communistes !* c'est parce qu'il sait
qu'en révolution, il est des erreurs d'un moment qu'il
faut pardonner et laisser aboutir au néant, sous peine
de les rendre plus graves en les combattant au milieu
de l'émotion.

Nous espérons que l'Assemblée nationale ne restera point en arrière du progrès rapide qui se fait
autour d'elle dans les esprits, et qu'elle abandonnera
dès son début, cette persécution contre le fantôme
du communisme, qui n'est qu'un prétexte de mauvaise

foi de la part de quelques-uns pour étouffer l'avenir du peuple dans son germe ; une prévention de l'ignorance et de la crédulité de la part de beaucoup d'autres pour s'épargner la peine de comprendre la situation véritable des choses.

Le peuple a compris aujourd'hui ce que c'est que le véritable communisme. Il sait que M. Cabet n'est pas l'inventeur de cette doctrine, car elle est aussi ancienne que le monde. Il sait que le roman intitulé *Icarie* n'est point le code du communisme, parce que le véritable code, c'est l'Évangile quant au passé et au présent, c'est l'Évangile introduit dans la vie réelle sous le nom de république quant au présent et à l'avenir. Le peuple sait aussi que le communisme *immédiat* dont on s'est tant effrayé et qui n'existe peut-être que dans l'imagination troublée de quelques hommes, est la négation même du communisme, puisqu'il voudrait procéder par la violence et par la destruction du principe évangélique et communiste de la fraternité. Le peuple sait que la secte de M. Cabet est essentiellement pacifique et inoffensive, qu'elle n'aspire qu'à s'isoler et à se livrer à la pratique d'une utopie personnelle, rêve sans avenir d'un avenir fantastique, car l'avenir ne se prête point aux formes que le présent prétend lui imposer. Le peuple sait enfin que persécuter M. Cabet et le rendre responsable des passions violentes qui viendraient à s'agiter dans l'ombre serait une injustice et une lâcheté, car la secte de M. Cabet est faible et honnête et ne menace la tranquillité publique ni par son nombre, ni par ses intentions, ni par la puissance ou l'attrait de ses formules.

Le peuple sait enfin que ce malheureux mot de communisme, tant jeté à la face des républicains-socialistes depuis quelques années par les conservateurs de la monarchie, n'a point l'acception qu'on lui prête et ne se localise dans aucune secte.

Quant à nous, voici ce que nous répondrions à des questions faites de bonne foi, car nous ne saurions répondre à des questions de mauvaise foi. Si par le communisme vous entendez telle ou telle secte, nous ne sommes point communistes, parce que nous n'appartenons à aucune secte. Si, par le communisme, vous entendez la volonté aveugle et orgueilleuse de combattre toute forme de progrès qui ne serait pas l'application immédiate du communisme, nous ne sommes pas communistes, parce que le communisme est un contrat de fraternité idéale pour lequel nous savons bien que les hommes ne sont pas mûrs, et auquel il ne sauraient consentir librement et sincèrement du jour au lendemain. Si, par le communisme, vous entendez une conspiration disposée à tenter un *coup de main,* pour s'emparer de la dictature, comme on le disait au 16 avril, nous ne sommes point communistes, car une pensée d'avenir ne s'impose que par la conviction, et on ne se bat que pour faire triompher un principe immédiatement réalisable, l'institution républicaine, par exemple.

Mais, si, par le communisme, vous entendez le désir et la volonté que, grâce à tous les moyens légitimes.

et avoués par la conscience publique, l'inégalité ré-
voltante de l'extrême richesse et de l'extrême pauvreté
disparaisse dès aujourd'hui pour faire place à un
commencement d'égalité véritable, oui, nous sommes
communistes, et nous osons vous le dire, à vous qui
nous interrogez loyalement, parce que nous pensons
que vous l'êtes autant que nous. Si, par le communisme, vous entendez qu'à nos yeux le seul moyen
d'arrêter l'élan désordonné de la richesse pour développer l'élan sacré du travail, c'est la protection
accordée par l'État à l'association vaste et toujours
progressive des travailleurs, oui, nous sommes communistes, et vous le serez aussi dès que vous aurez
pris la peine d'examiner le problème qui menace
l'existence de la société. Si, par le communisme, vous
entendez une direction éclairée, consciencieuse, ardente et sincère, donnée par l'État au principe protecteur de l'association, à l'examen de la forme la
plus applicable, la plus étendue, la plus préservatrice
de toutes les libertés individuelles et de tous les intérêts légitimes, oui, nous sommes communistes, et
chaque jour vous prouvera que vous êtes forcés de
l'être vous-mêmes.

Mais, à notre tour, nous vous interrogerons, et
nous vous dirons: Voulez-vous, tout en nous concé-
dant ces principes, n'accorder dans l'Assemblée
qu'une attention légère à leur réalisation, en faire bon
marché à la première difficulté qui se présentera, y
substituer les intérêts de clocher relatifs à votre propre intérêt, comme faisait l'ex-chambre, des questions

d'engouement ou d'antipathie pour des noms propres, des travaux impies sur les institutions industrielles et commerciales qui recommenceraient le passé au profit du riche et aux dépens du pauvre? Enfin, voulez-vous, tout en laissant sortir de vos lèvres le mot d'égalité comme une formule banale, travailler dans un sens qui assurerait à l'inégalité un progrès contraire à la loi de Dieu et aux besoins de l'humanité? Alors, nous vous le disons avec assurance, non seulement vous avez le droit de ne pas vous dire communistes, mais encore vous avez celui de ne pas vous dire républicains. Alors, nous acceptons le titre de communistes comme une justice que vous nous rendez, qui nous est due et dont nous sommes fiers; car, à ce titre, nous nous regardons comme républicains, et, si vous décidez vous-mêmes, par votre conduite politique, qu'on ne peut pas être républicain sans être communiste, nous ne reculerons pas devant ce titre dangereux et cher qui désigne notre tête aux balles de vos bourgeois armés.

Le National a publié hier un article fort remarquable sur la question sociale. Nous sommes de ceux qui, depuis dix ans, ont protesté contre la pratique froide du *National*, contre son refus d'examiner des idées que souvent il n'a pas combattues avec toute la bonne foi possible, contre son extrême prudence dans la politique même, contre son manque d'idéal et de foi à la marche rapide du progrès possible. Pourtant, nous n'avons jamais combattu personnellement *le National*, et, si nous nous sommes tenus toujours éloignés de la discussion politique, c'est parce que nous ne voulions pas avoir à le combattre. Il nous répugnait de protester hautement contre un parti honnête, sincère, et qui devait, un jour ou l'autre, se battre avec nous pour la République contre l'ennemi commun. Nous sentions que la polémique quotidienne entraînait les idées sur le terrain des partis, et cette lutte, sous la monarchie, en présence de geôliers de la pensée, qui se réjouissaient de nos apparentes divisions, nous faisait l'effet d'une bataille entre gladiateurs pour l'amusement du sénat.

Aujourd'hui, enfin, *le National* se réveille en présence de l'ennemi. Il a marché lentement, mais enfin il est Français, c'est-à-dire loyal et brave, et, quand il se trouve sur le champ de bataille, il monte résolument à cheval. Depuis deux mois, la République lui en a plus appris que dix ans sous la monarchie ; il a fait comme le peuple, il s'est instruit de la réalité; il a abandonné de vaines discussions sur l'obscurité métaphysique des théories, discussions qui eussent dû se tenir dans le domaine de la critique littéraire et qui ne sont bonnes qu'à amuser les oisifs en temps de paix. Nous n'avons plus de temps à perdre pour combattre et railler tel ou tel livre. Nous n'avons plus celui de rire aux dépens de telle ou telle utopie trop facile à réduire au néant.

Il s'agit de savoir si nous allons céder le terrain aux catholiques, aux légitimistes, aux dynastiques ; car ce sont eux qui menacent le règne de la vérité, et non ces pauvres rêveurs qui, par nature, n'ont jamais été des foudres de guerre, on le sait bien. Il s'agit encore de résister à un corps d'armée plus puissant que le parti prêtre et le parti monarchique, c'est le corps d'armée des indifférents et des sceptiques, qui, nous le croyons, sont en grand nombre sur les bancs de l'Assemblée nationale. Ceux-là n'ont d'espoir que dans la fatigue et le découragement du peuple, et leur avis est celui de Bertrand : *Embrassons-nous, et que cela finisse.* Ne leur demandez pas de conduite politique, ni de parti pris. Ils n'en ont d'autre que celui de retourner aux habitudes de toute leur vie, et, comme ces habitudes de bien-être entraînent l'habitude de la misère, de l'ignorance et de la dégradation du prolétaire, ils n'oseront jamais croire à la nécessité d'un changement dans cet ordre de choses. Ces gens-là ne sont ni bons ni méchants, ils ne veulent pas que le pauvre meure de faim à leur porte. Ils lui donnent un sou. S'ils ont des terres, ils font travailler des ouvriers ; s'ils sont industriels, ils emploient des bras et consentent à augmenter le salaire quand ils se voient à la veille d'y être contraints. Ils traitent leurs domestiques avec douceur, ils sont *bons maîtres*, c'est-à-dire gouvernants naturels dans une société qui ne se composerait que de mendiants et de gagés. Au demeurant, les meilleurs républicains du monde, hommes sages, prudents, qui rassurent toutes les opinions et qui se trouvent, un beau matin, représentants du peuple, par la raison qu'ils n'ont jamais fait parler d'eux.

Le National a compris sans doute que la majorité de

l'Assemblée pourrait bien appartenir à ces hommes-
là, et *le National* s'est ému, avec raison, parce qu'avec
eux et quelques meneurs plus visiblement hostiles à
la République, notre République pourrait bien fondre
au soleil de mai comme une statue de cire, en dépit
des efforts des socialistes. *Le National* tend donc la
main aux socialistes. Faisons des vœux pour que les
diverses nuances de l'opposition nouvelle ne fassent
plus qu'un front de bataille bien serré et bien uni.

La *question des femmes* est venue mêler, cette
semaine, un peu de gaieté au sérieux des événements
et des préoccupations. Certains clubs sont envahis ou
menacent de l'être par les dames socialistes. Ces
dames ont raison de s'occuper du progrès que la République promet de faire entrer dans les mœurs, dans
la législation, dans la condition morale et matérielle
des femmes du peuple, dans l'éducation de l'un et de
l'autre sexe. Mais ces dames ont tort de vouloir se
jeter, de leurs personnes, dans le mouvement. On ne
leur conteste point le droit de lire, de penser, de raisonner et d'écrire; mais, quel que soit l'avenir, nos
mœurs et nos habitudes se prêtent peu à voir les
femmes haranguant les hommes et quittant leurs enfants pour s'absorber dans les clubs.

Je ne vois point que, dans l'état actuel des choses,
les femmes doivent être si pressées de prendre une
part directe à la vie politique. Il n'est point prouvé
qu'elles y apportent un élément de haute sagesse et
de dignité bien entendue; car, si une grande partie des
hommes est inexpérimentée encore dans l'exercice de

cette vie nouvelle où nous entrons, une plus grande partie des femmes est exposée à cette inexpérience, et l'essai compliquerait d'une manière fâcheuse les embarras de la situation.

Il ne nous est point prouvé, d'ailleurs, que l'avenir doive transformer la femme à ce point que son rôle dans la société soit identique à celui de l'homme. Il nous semble que les dames socialistes confondent *l'égalité* avec *l'identité*, erreur qu'il faut leur pardonner ; car, en ce qui les concerne eux-mêmes, les hommes tombent souvent dans cette confusion d'idées. L'homme et la femme peuvent remplir des fonctions différentes sans que la femme soit tenue, pour cela, dans un état d'infériorité. Nous n'avons point trouvé jusqu'ici la protestation de ces dames assez significative pour qu'il soit nécessaire de les contrarier en la discutant. Si elle se formulait d'une manière plus sérieuse, nous consacrerions un travail particulier à l'examen de leurs droits et de leurs devoirs dans le présent et dans l'avenir.

7 mai 1848.

IX

QUESTION DE DEMAIN

I

LA RELIGION DE LA FRANCE

Tandis que neuf cents législateurs s'agitent dans une grande boîte de papier peint pour savoir quelle forme de gouvernement va être improvisée, à la plus grande satisfaction des plus petites idées de trente-cinq millions de Français, sommes-nous deux, à l'heure qu'il est, en France, qui, retirés dans le silence d'une mansarde, nous préoccupons sérieusement de la religion de la France?

Du nom et de la forme de cette religion nouvelle qui se fait au milieu de nous, et pour ainsi dire malgré nous, certes nous risquons fort d'être le seul qui ait quelque souci distinct, en cet instant où la chose *temporelle*, comme disent les catholiques, absorbe toutes les pensées humaines. Les vieilles religions ont leur forme toute faite, et cette forme, qui dispense d'en chercher une autre, paraît fort commode à l'Assemblée *très chrétienne* du palais Bourbon; car entre deux présidents très recommandables et très honorables, sans doute, les citoyens Trélat et Buchez, elle a donné la préférence au plus catholique des deux. Ajoutons qu'un parfum de catholicisme s'est répandu aussi sur le choix des vice-présidents : à telles enseignes que l'auteur de *Diogène* n'a pas voulu, dit-on, faire partie du *banc de l'œuvre*. Hélas! Diogène, il n'est pas encore temps de briser le tonneau, dernier refuge de la vérité crue, et de t'asseoir parmi les marguilliers de la République...

Triste agonie officielle, et véritable embaumement final du catholicisme! Ah! si j'étais M. Lacordaire, ou bien si j'avais la foi catholique, je n'aurais pas voulu assister à cette sépulture bourgeoise ; je n'aurais pas voulu signer cet acte de décès qui va se présenter sous la forme d'une sorte de mariage entre la bourgeoisie et l'autel, mariage de convenance s'il en fut, où, la dot comptée, chacun s'en ira de son côté. Alors, le citoyen Pagnerre, éditeur du citoyen Lamennais, publiera, comme épithalame, une nouvelle édition de *l'Indifférence en matière de religion*, ouvrage qui ne manque pas d'actualité.

Nous ne verserons pas de larmes sur le cercueil de la défunte. Elle a vécu longtemps et sans se reposer. Nous rirons un peu des honneurs que lui rendra la bourgeoisie par peur du paysan, qui, en certains endroits, aime encore son curé et fait bien, puisque le curé, quand il est bon, est encore le seul ami du pauvre. Mais, tout en riant de l'hypocrisie sceptique que nous lègue l'ancienne Chambre, nous remercions Dieu, le *vrai* bon Dieu, de l'esprit de tolérance qui présidera aux fiançailles de la morte. L'Église protestante, encore plus morte, les deux Églises chrétiennes s'entendront pour donner la main à la synagogue ; tout culte sera protégé et salarié par l'État ; tout homme sera libre de conserver à son idéal religieux la forme dont il a contracté l'habitude, et, en consacrant ce principe essentiellement républicain de la liberté de conscience, la loi sera forcée d'étendre sa protection sur les petites Églises nouvelles, sur l'Église icarienne comme sur l'Église catholique, apostolique et romaine. Si M. Cabet veut organiser un clergé icarien, et demander à l'État un traitement pour ses prêtres, je ne vois pas trop de quel droit on le lui refusera, à moins que la loi ne consacre par un article spécial certaines exclusions, sous la pression des baïonnettes voltairiennes de la bourgeoisie.

Mais, au milieu de cette grande tolérance où triomphe la philosophie peu croyante du xviiie siècle, le peuple aura-t-il une religion ? Et, s'il doit en avoir une, qui la lui donnera ? quelle sera-t-elle ?

Cette difficile question ne peut se résoudre que par la plus simple des réponses. Le peuple est chrétien ; il restera chrétien. Il n'est plus catholique ; il ne redeviendra jamais catholique. Toute forme passera devant lui désormais comme un spectacle, et la Con-

6.

stitution fera bien d'instituer une police spéciale pour
que les divers acteurs de ces spectacles ne se prennent
pas trop aux cheveux dans certaines villes du Midi.
Ce n'est qu'un point de détail facile à prévoir. L'État
aussi aura à intervenir sagement dans la conduite
privée des communautés catholiques ; mais nous ne
voyons pas que, pour être conséquent avec lui-même,
il ait le droit de les dissoudre. Je crois que, l'esprit
public aidant, il leur sera de moins en moins facile
de se soustraire à l'atteinte des lois qui régissent la
société civile. Sans doute ces antres de corruption
que la croix du chaste Jésus protège contre le regard
des hommes sont une plaie vive pour la morale publique; mais, quand on ferme brusquement une plaie,
elle se rouvre ailleurs plus pernicieuse et plus obsti-
née. Laissons au temps et au progrès, laissons à l'influence de l'atmosphère républicaine le soin de puri-
fier tout. Laissons cela surtout au progrès du vrai
christianisme dans les esprits.

Le vrai christianisme, il faut le définir ; car, sur le
terrain de la religion, les formules vagues prêtent
beaucoup trop à l'hypocrisie, et finissent par se constituer à l'état de mystère ; le vrai christianisme, c'est
à la fois une philosophie et une religion. Nous avons
fait ce progrès de confondre ces deux termes, et de ne
pas croire qu'un culte rétribué fût nécessaire pour
faire passer une philosophie à l'état de religion. Chacun de nous aujourd'hui, à quelque nuance qu'il ap-
partienne, se sert de cette expression, *ma religion
politique,* pour donner toute sa valeur à l'opinion qu'il

professe. A cet état de croyance sincère et profonde,
l'Évangile est la religion du peuple. C'est pourquoi
vous l'avez vu porter en triomphe l'image du Christ
dans la nouvelle République; c'est pourquoi il n'a
point fait, comme en 1830, la guerre aux croix des
églises de Paris; c'est pourquoi l'archevêque a pu
venir bénir les morts de Février, sans exciter ni surprise ni murmure ; c'est pourquoi les arbres de la
liberté ont reçu l'eau bénite, qui ne leur a point porté
malheur dans l'esprit du peuple.

Le peuple républicain et le prêtre catholique se sont
donc réconciliés en 1848. Mais le prêtre catholique se
tromperait bien s'il croyait que l'Église a fait ce miracle. C'est l'ami du peuple, c'est l'esprit de Jésus, qui
a enseigné au peuple à traiter le prêtre comme son
frère, c'est le Christ compris enfin, qui a cimenté
cette alliance, rendue impossible en 93 par l'intolérante protestation du catholicisme. Le prêtre aura
beau ruser et caresser : s'il inspire de la confiance
à l'homme du peuple, ce ne sera qu'à la condition de
lui parler d'égalité et de fraternité, au nom du Christ.
Mais qu'il essaye de faire servir ce nom sacré à res-
susciter la tyrannie des rois et des papes, et il verra
combien, sans la vraie pensée du christianisme,
l'Église catholique est impuissante.

L'Église catholique peut-elle être sincèrement dans
la voie de l'avenir, et, dépouillant toutes les impos-
tures d'un long passé, retrouver dans son propre sein
la pensée pure du Christ !

Il semble qu'ayant l'image du crucifié sur la tête et

le livre de la doctrine avec tous ses symboles sur l'autel, elle soit plus près que nous tous de se retremper à sa source. — Eh bien, non, c'est le contraire. Elle a perdu dans l'habitude du merveilleux, qui a été son instrument de pouvoir sur les masses ignorantes, la notion distincte du vrai et du faux. Il ne dépend pas du prêtre d'être orthodoxe et croyant sans être fou, ou faible d'esprit à ce point de fonctionner intellectuellement sans le secours de la raison humaine.

Par exemple, sur quoi repose le point de départ de la croyance catholique? Sur la divinité de Jésus. Jésus, pour le croyant apostolique et romain, ne peut pas être un saint homme, un philosophe sublime. Il faut qu'il soit le Verbe fait chair, une des personnes de la trinité divine. Il faut que le divin fils du charpentier (car nous autres, chrétiens de 1848, nous lui laissons l'épithète de divin qui exprime notre enthousiasme et qui ne nous rend pas suspects d'idolâtrie); il faut, pour le prêtre, que le divin fils du charpentier soit né du commerce d'une Vierge avec l'Esprit-Saint. Il faut enfin que, sur ce point comme sur tous ceux qui en sont la conséquence dans le mythe catholique, les vieilles formes poétiques du paganisme interviennent, formes puériles et riantes qui portent une date précise et font de Jésus le dernier dieu de l'ère païenne, mais que la raison de l'ouvrier le plus simple et le moins ergoteur n'admet pas plus aujourd'hui que celle du prêtre lui-même.

Or, si le prêtre jouit de sa raison, il ne croit pas à la divinité de Jésus; donc, il ment aux hommes. Il en souffre s'il est homme de bien et religieux. Il en rit comme Satan s'il est charlatan et athée. S'il y croit, c'est qu'il ne jouit pas sainement de l'exercice de toutes ses facultés mentales. C'est un homme d'un autre âge qui se trouve fourvoyé dans le monde actuel, c'est un homme qui a oublié de mourir il y a quelques siècles et qui vit parmi nous sous le coup d'une perpétuelle hallucination.

Le peuple a une vie trop réelle, trop libre moralement, trop en harmonie avec le cours des âges pour vivre de cette vapeur que l'encens du sanctuaire fait monter pleine de fantômes et de prestiges à la tête du jeune lévite. Il est trop fin, trop mâle et trop franc, dès qu'il est sorti des rêves merveilleux de l'enfance, pour conserver, sur ses lèvres, la formule d'une prière qui n'est plus pour lui l'expression de la vérité, mais seulement un souvenir poétique. Le peuple ne croit plus et ne croira jamais plus à la divinité de Jésus, par conséquent à tout l'édifice symbolique du culte. Seulement il aime Jésus maintenant parce qu'il le comprend, parce que, ne voulant plus souffrir, entre son âme et l'Évangile, cette monstrueuse interprétation que le prêtre avait inventée au profit des tyrans et des traîtres, il a découvert que Jésus était le premier et l'immortel apôtre de l'égalité. Jésus, enfant du peuple, martyr de la vérité, victime dévouée pour la cause du faible, du pauvre et de l'esclave, Jésus est sa lumière, son ami, son symbole, son espoir. Mais le Jésus des prêtres, ce Dieu qui daigne naître dans une étable pour enseigner aux hommes à se laisser conduire, atteler et battre comme le bœuf et l'âne, ce Jésus-là est un faux dieu, et s'il faut pour, être chrétien calomnier à ce point la justice et la bonté divines, le peuple n'est pas chrétien. Prêtres, choisissez, ou des chrétiens qui rejettent les mystères et adoptent l'Évangile, ou des fous, des niais, des hypocrites qui adoreront l'idole et ne comprendront que le règne du mal, l'antique fatalité païenne.

Mais, si le peuple est chrétien dans ce sens que la philosophie chrétienne, dans toute sa pureté et avec toutes ses promesses, devient son idéal et sa foi, cela ne satisfera point les prêtres. Ils diront que le peuple est sans religion; ils ne daigneront même pas le traiter d'hérétique; ils le condamneront comme athée, et, dès à présent, les anciens croyants pensent qu'une religion sans dogme inflexible et sans culte consacré n'est pas une religion. Nous allons examiner la valeur de cette assertion, que l'usage et l'habitude font paraître assez plausible.

10 mai 1848.

II

LE DOGME DE LA FRANCE

On nous a toujours dit qu'une philosophie sans dogme et sans culte n'était pas une religion. C'est peut-être parce qu'on l'a toujours dit que cela n'est pas vrai. Il y a tant de prétendues vérités qui finissent par être des mensonges!

On pense que la morale évangélique ne peut pas exister privée du dogme catholique, et que ce dogme est si parfait, si savant, si complet, qu'on n'en peut retirer une pierre sans jeter à bas l'édifice. Il nous semble que l'édifice est à bas en effet, car on lui a retiré une à une toutes ses pierres, et il y a déjà bien long-temps que la chose est ainsi.

Comment n'est-on pas frappé de ce fait : Jusqu'à notre première République, on démolit l'Église; Vol-taire lui porte les derniers coups; et alors, malgré Rousseau, qui proteste pour sauver l'Évangile, l'Évan-gile disparaît sous les ruines du temple catholique. Camille Desmoulins nous parle bien un peu du sans-cu-lotte Jésus; mais l'Église combat, boude, s'exile, et revient en triomphe dans les carrosses de l'Empire, pour rebénir les autels profanés et sacrer un nouveau Charlemagne. La foi ne revient point avec elle. La Restauration nous ramène le règne des cagots; et, sauf quelques vieilles bonnes gens, personne ne croit, Louis-Philippe, après quelques taquineries, finit par s'entendre avec l'Église, et le voltairianisme coudoie le jésuitisme, chacun cherchant à tromper l'autre. Durant ce combat qui n'aboutit à rien, le peuple reste indifférent; il se sépare de l'Église, sans bruit, sans colère, sans rancune : il oublie qu'elle existe; s'il y entre, c'est pour entendre de la musique et voir des cérémonies; mais sa lutte contre le clergé est finie; le fantastique des mystères ne le touche plus : **tout** cela meurt de sa belle mort sans qu'il y porte la main.

Pourtant, l'idée chrétienne subsiste, trop belle pour être souillée. Plus le peuple se détache du dogme, plus il se rallie à la doctrine. Sans aucun doute, depuis ces derniers temps d'officielle indifférence en matière de religion, le christianisme est entré dans une nouvelle phase de vie, et le clergé s'y est trompé. Il a cru ressaisir sa puissance, et il n'a pas vu qu'elle était factice. Il n'a pas compris que l'image du crucifié le couvrait comme une égide, et que le temps était passé de prêcher au nom du crucifié l'abnégation de l'intelligence humaine, la résignation stupide, l'ignorance et la misère comme le devoir du pauvre devant l'omnipotence du riche. Donc, on se trompe en ne voyant pas que le dogme, qui, jadis, a servi à propager l'idée pour des générations ignorantes, étouffe depuis longtemps l'idée au sein de l'Église, à mesure que les générations s'éclairent.

Ayons le courage de le reconnaître, il n'est plus besoin du dogme, du moins de ce qu'on appelait autrefois le dogme, c'est-à-dire de la mythologie merveilleuse nécessaire aux peuples naïfs. Nous avons moins d'imagination que nos ancêtres, cela est certain; mais nous avons plus de raison, et le sens moral de l'idée est une base beaucoup plus solide que le symbole merveilleux. Nous ne sommes plus dévots, mais nous sommes religieux plus que nous ne l'avons jamais été. Laissons donc végéter sur notre sol de la liberté cette vieille forme catholique, que l'esprit de Jésus a quittée depuis longtemps. Cet esprit vraiment divin est entré en nous peu à peu, à mesure qu'il se retirait de l'Église. L'Église devenant la maison des riches, l'Évangile se réfugiait dans le cœur du pauvre, et, à présent, il y règne, il y fonde un dogme et un culte nouveaux.

Mais où est le Dieu? Il n'est plus enfermé dans un calice d'or ou d'argent. Son esprit plane librement dans le vaste univers, et toute âme républicaine est son sanctuaire. Comment s'appelle la religion? Elle s'appelle *République*. Quelle est sa formule? *Liberté, Égalité, Fraternité.* Quelle est sa doctrine? *L'Évangile,* dégagé des surcharges et des ratures du moyen âge; l'Évangile, librement compris et interprété par le bon sens et la charité du peuple. Quels sont ses prêtres? Nous le sommes tous. Quels sont ses saints et ses martyrs? Jésus, et tous ceux qui, avant et après lui, depuis le commencement du monde jusqu'à nos jours, ont souffert et péri pour la vérité.

Voilà pourtant tout le dogme dont la France éclairée et tout ce qui est éclairé dans l'univers se contente depuis longtemps. Pourquoi ne s'en contenterait-on pas toujours? Il est simple et court. Tout le monde peut le comprendre. Tout le monde peut le pratiquer, la République aidant!

Mais l'Évangile, dira-t-on, est lui-même un poème merveilleux, tout rempli de miracles, et, si vous niez les miracles, vous niez l'Évangile.

Nous ne faisons pas trop la guerre aux miracles de Jésus. La science physiologique nous a appris que la foi, l'émotion, une forte commotion dans l'ordre moral, guérissaient les maladies du corps; et, sous ce

7

rapport, la nature a encore de merveilleux secrets à nous révéler. D'ailleurs, le poème de la vie de Jésus, tout empreint de l'esprit du temps, n'est pas ce qui constitue essentiellement la doctrine évangélique. L'Évangile, pour nous, c'est l'esprit de Jésus, c'est sa parole, c'est sa révélation de l'éternelle vérité. C'est cette grande découverte de la loi d'égalité et de fraternité qui s'est présentée à lui plus complète et mieux formulée qu'elle ne l'avait été pour ses devanciers. Comme nous ne le croyons pas Dieu, nous ne prétendons pas qu'il ait tout prévu, tout annoncé, tout enchaîné dans l'avenir. S'il avait posé la borne du progrès sur la terre, il ne serait point un génie supérieur. Mais il a laissé le ciel ouvert à toutes les aspirations, et lui-même a dit : *L'esprit vivifie, la lettre tue.* Donc, tout ce qui a été beau, vrai et bon depuis Jésus, n'a été que le développement de sa pensée. Tout ce qui sera bon, vrai et beau dans l'avenir, suivra la route ouverte par lui; et, s'il faut absolument à une religion un fondateur, une tradition, un livre, je ne pense pas que l'humanité puisse mieux choisir que le christianisme vrai, le vrai Jésus et le véritable Évangile.

Quelques-uns disent que Jésus n'a jamais existé et que sa vie est un poème en quatre versions. Nous sommes persuadé, quant à nous, que Jésus a existé, que sa doctrine a été recueillie oralement et fidèlement transmise, qu'il a vraiment guéri des malades en leur inspirant une confiance et un enthousiasme qui ont donné, au miracle très naturel de la foi, l'appa-

rence du miracle surnaturel. Nous sommes persuadé
que cet homme admirable a souffert la persécution et
subi les derniers outrages, le dernier supplice, pour
avoir prêché au peuple une admirable doctrine. Quant
à sa résurrection au bout de trois jours, nous en trouvons
l'invention belle, poétique, et nous n'en voulons pas
à ses disciples d'avoir rêvé ce magnifique dénouement au drame le plus touchant et le plus instructif de
l'histoire.

Maintenant, si une partie du clergé, une partie de
la noblesse, une partie même de la bourgeoisie, et
une partie du peuple persistent à croire à la divinité,
aux miracles, et à la résurrection de Jésus, la véritable tolérance, le respect dû aux croyances naïves,
l'amour qu'un passé poétique inspire encore à la raison
du siècle, tout, dans cet ordre de concessions qui ne
compromettent en rien les lois sociales, nous fait un
devoir de laisser liberté entière à la croyance individuelle. Nous ne pouvons pas et nous ne voulons pas
nous dissimuler que la raison n'éclaire pas simultané-
ment toutes les intelligences, et que l'imagination
joue encore un grand rôle dans les croyances religieuses. Nous laissons et nous devons laisser ces
intelligences éprises du merveilleux chercher leur
ivresse dans les mystères catholiques.

Mais à quiconque n'a pas besoin de l'élément du
merveilleux, à quiconque se contente pour religion
d'une philosophie pleine d'idéal et de pureté, à quiconque accepte pour dogme la tradition bien comprise
de l'humanité et l'aspiration élevée du sentiment, nous

dirons : Soyons chrétiens dans l'Église de la fraternité,
qui s'appelle République; soyons citoyens dans le
monde de la liberté, qui s'appelle encore République;
soyons philosophes dans la société de l'égalité, qui
s'appelle toujours République.

Si l'Église catholique nous exclut de son paradis, il
ne dépend pas d'elle de nous empêcher d'être
chrétiens comme nous l'entendons. L'Église catholique
n'est plus qu'une secte, et on sait que les sectes ont
eu jusqu'ici la prétention d'avoir le monopole des formules. Le christianisme républicain ne s'absorbe
dans aucune secte; il se constitue dans les idées, dans
les sentiments et dans les actes, à l'état de religion
universelle; il ne répudie aucune nuance et ne s'en
laisse imposer aucune; il s'abandonne à toutes les
interprétations généreuses, à tous les développements
progressistes; il ferme l'oreille aux vieilles controverses et les laisse s'épuiser entre elles; il ne méprise point ceux qui conservent l'amour des formes
symboliques, et il les protège contre l'intolérance
de ceux qui voudraient despotiquement y substituer
des formes nouvelles; il prend enfin un nouvel essor
dans l'éternelle vie des idées vraies; il s'ouvre,
comme les bras du crucifié, pour appeler et bénir tous
les hommes.

Quant au culte de cette génération dont l'idéal religieux est la fraternité, soyez tranquilles, il se fera
tout seul, et sans qu'aucun inventeur puisse s'en
attribuer la création. Nous dirons seulement par quelle
déduction logique et toute naturelle des sentiments,

des idées et des événements, il deviendra un véritable culte, le culte de l'humanité.

11 mai 1848.

III

LE CULTE DE LA FRANCE

Le culte de la France, comme son dogme religieux, comme son idéal politique, c'est le culte de l'idée républicaine.

Qui donc peut s'imaginer raisonnablement, à l'heure qu'il est, que la France rendra un culte à des êtres quelconques ! Le temps de l'idolâtrie est passé, et jamais aucun homme sous le prétexte d'être un dieu, jamais aucun symbole sous le prétexte d'être une idée, ne fera fléchir le genou d'un homme véritable. Toutes les prosternations, tous les baisers déposés sur les reliques, toutes les adorations devant les images sont des coutumes païennes ; et, bien que le catholicisme ait proscrit l'adoration de la Vierge et des saints, bien qu'il ait fait comprendre aux intelligences élevées que l'image n'était point l'objet matériel du culte, la foule ignorante, surtout au fond des campagnes, a gardé longtemps le fétichisme des âges primitifs.

Il n'en pouvait être autrement, les idoles restant debout sur la terre des vieux Gaulois et n'ayant fait

que changer de nom à l'époque de l'établissement
du christianisme. Sous ce rapport, le catholicisme
chrétien des premiers temps ne pouvait pas s'affranchir du passé. Les générations n'eussent pas compris
une idée dont la forme sensible n'eût pas été mise
sous leurs yeux. Aujourd'hui, quel est l'enfant qui
confond l'arbre de la liberté avec l'idée d'être libre ?

Un culte quelconque, dans le sens qu'on a donné
jusqu'ici aux formes extérieures, est donc non seulement inutile aux Français de la République, mais il
leur serait encore impossible. L'abolition du serment
politique est un fait très significatif qui entraîne l'abolition du culte, c'est-à-dire du serment religieux, pour
tout homme libre comprenant son époque.

Le culte est, dans le passé, un commandement, une
obligation imposée sous peine de perdre le titre de
croyant. C'est un engagement pris par le fidèle; et,
s'il y manque, il ne peut rentrer dans le giron de
l'Église que repentant, confessé et absous après
expiation. Quel nouveau culte s'imposera de la sorte
à des hommes libres ? Comment pourrait-on rédiger
la formule de ce serment : *Je m'engage à être libre.*
On voit bien, par l'impossibilité même d'exprimer une
pareille idée, que la liberté s'oppose à toute aliénation
de la conscience et de la volonté humaines.

Donc, il faut que le culte se transforme avec l'idée
même qu'on s'est faite jusqu'à ce jour. Il ne faut plus
jouer sur les mots, ni prétendre que là où il n'y a pas
de mystère impénétrable, il n'y a pas de dogme ; que
là où il n'y a pas de pratique obligatoire et invariable,

il n'y a pas de culte ; enfin que là où il n'y a pas l'un et l'autre, il n'y a pas de religion. C'est comme si l'on nous disait que, sans rois et sans papes, il n'y a pas de République. La République prouvera, j'espère, qu'elle peut laisser à César ce qui est à César, c'est-à-dire le règne du passé, et rendre à Dieu ce qui est à Dieu, c'est-à-dire le règne de l'avenir. Jésus ne l'a pas entendu autrement, quoi qu'en disent les prêtres.

Que sera donc le culte ? car il faut un culte à la religion de la France.

Oui, il faut un culte à la France républicaine ; il faut un culte à tous les hommes libres. A Dieu ne plaise que nous en méconnaissions la sublime nécessité ! Le culte, comme nous l'entendons, c'est l'expression de l'idéal des masses ; c'est la proclamation de l'idée commune à tous ; et ce n'est que dans les manifestations publiques que cette idée prend une valeur religieuse. L'homme isolé aspire à Dieu et cherche la vérité comme il le peut, comme il le sent, comme il l'entend. Là, il est complètement libre et ne relève que de sa conscience. Il faut que le culte le laisse libre, mais il faut qu'il lui enseigne la fraternité, et qu'il lui en fasse subir le doux entraînement par l'enthousiasme. Le culte ne s'empare pas de la raison, il lui parle et la passionne ; car la raison isolée est froide, elle tend à l'égoïsme et cesse d'être la raison vraie. Le culte ne violente pourtant pas l'égoïsme ; il ne lui dit pas : *Viens à moi ou sois maudit*. Il l'appelle et l'attire ; il séduit l'imagination, il excite tous les besoins du cœur, et, par l'attrait d'une joie sainte, il entraîne dans ses fêtes fraternelles une foule d'amis improvisés qui ne s'aimaient pas, qui ne se connaissaient pas hier, mais qui, à l'appel du plus beau des sentiments, s'élancent, se joignent, vivent ensemble tout un jour, et oublient, dans le transport commun, l'inévitable mais triste notion de l'individualisme.

Oui, certes, il nous faut un culte. C'est la seule expression possible de l'UNANIMITÉ, cette grande loi sociale de l'avenir, que nous ne pouvons pas encore réaliser dans la société présente. Le consentement libre et spontané de tous, nous l'aurons un jour dans la politique ; mais des siècles peut-être nous séparent de cet idéal. Pourtant, c'est le but du progrès.

Trouver une forme sociale qui ne fasse pas de victimes, mais encore qui ne fasse pas de mécontents, c'est là le rêve, l'espoir et le travail de l'humanité depuis qu'elle existe. Seulement, le but est encore si loin, que nous serions *fous* de ne pas tenir compte de l'âge moral de l'humanité dans la pratique des choses. Mais aussi nous serions *coupables* de renoncer à notre foi, au progrès incessant de cette humanité, fille de Dieu, qui ne veut pas que son âme immortelle périsse, et qui s'arrache aux lassitudes et aux découragements de la réalité par la contemplation de l'idéal.

Que le culte soit donc un éclatant témoignage de notre aspiration. Qu'il vienne, de temps en temps, nous consoler et nous retremper, en nous faisant communier tous ensemble par la pensée. Qu'il dise au pauvre comme au riche : « Vous ne devez plus être ennemis aujourd'hui ; car Dieu vous a faits égaux,

et plus tard vous serez frères. Qu'en ce jour consacré
au Seigneur, comme disait l'ancienne loi, la pensée
de l'impossible disparaisse. C'est un jour d'oubli,
c'est un jour d'ivresse, c'est un jour où nos âmes sont
déjà dans le ciel, car le ciel, ô hommes infortunés
de ce siècle, c'est l'égalité réalisée sur la terre. »

Quelles seront les formes du culte? Elles seront
éternellement libres, éternellement modifiables, éternellement progressives comme le génie de l'humanité. Elles s'appelleront fêtes publiques, et déjà Paris et la France en ont improvisé les ébauches. Le
culte sera plus ou moins beau, plus ou moins salutaire, selon que l'humanité sera plus ou moins
inspirée par les événements et par les idées. Si
nous retournons à la monarchie, nous retomberons
en plein catholicisme; si nous marchons vers une
vraie république, nous aurons un culte véritable, des
artistes inspirés, des symboles magnifiques qui ne
voileront plus les pensées, des merveilles d'invention
et des chefs-d'œuvre d'art. Mais l'inspiration ne viendra aux ordonnateurs de fêtes qu'autant que l'inspiration viendra aux masses. A l'heure où nous sommes,
il nous faut des fêtes simples et dont le luxe ne soit
pas une insulte à la misère du peuple. Dans l'avenir,
les productions du génie reviendront de droit à la
grande Église républicaine, comme elles revenaient
de fait autrefois à la riche église catholique. Mais,
dans tous les temps, la beauté des fêtes résidera dans
le sentiment public: et, pour nous servir d'une vieille
fadeur provinciale, qui deviendra ici une vérité, le

7.

peuple sera, par son concours enthousiaste, *le plus bel ornement* de ses propres fêtes.

Mais l'archevêque de Paris a, dit-on, défendu à ses curés de comparaître à notre prochaine fête républicaine. Le prêtre veut garder au fond du sanctuaire, dont il a les clefs, l'image vénérée de Jésus, l'ami et le prophète du peuple. Les images *païennes* de la Liberté, de l'Égalité et de la Fraternité souilleraient de leur contact l'image du philosophe qui a sanctifié et prêché cette triple idée, mère de sa doctrine. O Jésus, devez-vous donc supporter le martyre jusqu'à la fin des siècles ? serez-vous toujours la proie des pharisiens, et votre effigie glorieuse n'échappera-t-elle jamais aux outrages que votre âme et votre corps ont subis ?

Mais quoi ! l'image du Christ est-elle la propriété de l'Église ? Les prêtres ont-ils le monopole de la tenir dans leurs mains enchaînées ? Le Christ d'ivoire des Tuileries fut-il souillé lorsque des mains noires de poudre le portèrent triomphalement en tête des héros en guenilles du 24 février ?

Il n'y a pourtant pas longtemps, prêtres, que vous avez béni nos morts, et déjà vous voulez ostensiblement vous séparer des vivants !

Vous ne le ferez pas, vous êtes trop politiques pour cela : c'est une velléité de despotisme qui vous est revenue. Mais venez ou ne venez pas aux fêtes de l'humanité, l'humanité vivra, et Jésus restera avec elle.

12 mai 1848.

X

LE PÈRE COMMUNISME

A THÉOPHILE THORÉ

Mon cher Thoré,

Je ne suis qu'à dix heures de Paris, et je vous
enverrai mes articles comme à l'ordinaire. Lorsque je
vous ai rencontré le 15 au quai d'Orsay, ignorant
comme vous ce qui se passait au même moment à
l'hôtel de ville, je vous ai dit que je partais, que
j'avais toujours dû partir le lendemain ; mais il se
faisait tant de bruit autour de nous, que vous ne
m'avez pas entendu apparemment. Je ne suis cependant parti que le 17 au soir, parce qu'on me disait que
je devais être arrêté ; et, naturellement, je voulais
donner à la justice le temps de me trouver sous sa
main, si elle croyait avoir quelque chose à démêler
avec moi. Cette crainte de mes amis n'était guère
vraisemblable, et j'aurais pu faire l'important à bon

marché, en prenant un petit air de fuite, pendant que personne ne me faisait l'honneur de penser à moi, si ce n'est quelques *messieurs* de la garde nationale qui s'indignaient de voir oublier un conspirateur aussi dangereux. Ils n'ont pourtant pas été jusqu'à dire que j'avais un dépôt de fusils et de cartouches dans ma mansarde.

Dans tous les cas, si j'avais eu l'espoir, en quittant le grand foyer des agitations politiques, de trouver la sécurité morale au fond de nos campagnes, j'aurais fait un mauvais calcul, et je serais venu me jeter dans la gueule du lion. Je ne me plains point d'être persécuté, parce que ce serait fort puéril, et que, dans un moment où l'on traque tous les socialistes comme des criminels d'État (et de plus importants que moi), il me paraît assez logique que la réaction m'enveloppe dans son système de réprobation ; mais les moyens qu'on emploie sont si variés, si bizarres, si ingénieux, qu'il est bon de les constater comme couleur historique, et que je veux vous en faire part.

Par exemple, ici, dans ce Berry si romantique, si doux, si bon, si calme, dans ce pays que j'aime si tendrement, et où j'ai assez prouvé aux pauvres et aux simples que je connaissais mes devoirs envers eux, je suis, moi particulièrement, regardé comme l'ennemi du genre humain, et, si la République n'a pas tenu ses promesses, c'est évidemment moi qui en suis cause.

J'ai eu un peu de peine à comprendre comment je pouvais avoir joué un si grand rôle sans m'en douter.

Mais enfin, on me l'a si bien expliqué, que j'ai été forcé de me rendre à l'évidence. D'abord, je suis associé aux conspirations d'un abominable vieillard qu'on appelle, à Paris, *le Père Communisme*, et qui empêche la bourgeoisie de continuer à combler le peuple de tendresses et de bienfaits. Ce misérable, ayant découvert que le peuple était fort affamé, s'est avisé d'un moyen pour diminuer les charges publiques : c'est de faire tuer tous les enfants au-dessous de trois ans et tous les vieillards au-dessus de soixante ans ; puis il ne veut point qu'on se marie, mais qu'on vive à la manière des bêtes. Voilà pour commencer.

Ensuite, comme je suis le disciple du *Père Communisme*, j'ai obtenu de M. le *duc Rollin* que toutes les vignes, toutes les terres, toutes les prairies de mon canton me seraient données, et je vais en être propriétaire au premier jour. J'y établirai le citoyen *Communisme*, et, quand nous aurons fait tuer les enfants et les vieillards, quand nous aurons établi dans toutes les familles le régime des bêtes, nous donnerons à chaque cultivateur six sous par jour, et peut-être moins ; moyennant quoi, ils vivront comme ils pourront, pendant que nous ferons chère lie à leurs dépens.

Ne croyez pas que j'exagère ni que je plaisante, ceci est textuel. Il y a mieux. Depuis l'affaire du 15 mai, où, comme chacun sait, la commission exécutive a proclamé M. Cabet roi de France, j'ai fait mettre au donjon de Vincennes les meilleurs députés, et même mes meilleurs amis ; si bien qu'un brave métayer de l'un d'eux voulait hier m'enterrer vif dans un fossé, pas davantage, pour la première fois.

Voilà pourtant ce qu'on enseigne en fait de politique à nos doux et bons paysans de la vallée Noire. On pourrait s'imaginer, si on ne les connaissait pas, que toutes ces folies prennent naissance dans leurs cervelles superstitieuses. Mais personne mieux que moi ne connaît leur bon sens et leur intelligence. Seulement ils sont crédules comme tous ceux qui vivent loin des faits, et ils ajoutent foi à ce qu'on leur dit.

Qui se charge de les renseigner si fidèlement et de leur donner toute cette instruction morale et philosophique ? Il me serait facile de nommer les professeurs de cette nouvelle science sociale; car, depuis trois jours que je suis revenu au pays, je connais ces pères du peuple et le but de leurs prédications civilisatrices. Mais il importe peu que ce soit celui-ci ou celui-là. Ce qui importe, c'est que le même fait s'est produit à la même heure dans toute la France, et que, par une admirable manœuvre de la bourgeoisie dynastique, la même explication du communisme s'est spontanément répandue au moment des élections, avec le même accompagnement de véracité, de délicatesse et de bienveillance.

En 1789, il y eut une terreur fantastique qui se propagea comme un courant d'électricité d'un bout de la France à l'autre. On annonça partout l'arrivée des *brigands ;* les villes se barricadèrent, les paysans se cachèrent dans leurs blés. Ils appellent encore cela ici : *l'année de la grand' peur.* On attendit les bri-

gands; ils ne vinrent pas. Eh bien, 1848 aura été une
seconde année de la peur. On a rêvé de communistes
anthropophages, et on a mieux fait, on les a vus. Tout
candidat mis à l'index par les réactionnaires, à quelque nuance républicaine qu'il appartînt, s'est transformé en communiste aux yeux des populations
effarées. Nous connaissons des républicains anti-
socialistes qui ont échoué comme *communistes*; des
rédacteurs de *l'Atelier* qui ont été atteints et convaincus de communisme. Comme les populations rurales,
et même celles de certaines villes, n'avaient jamais entendu prononcer ce mot-là, il fallait bien l'expliquer
par quelque fait sensible.

Ainsi, le citoyen un tel bat sa femme.

— Mais non! il se couperait plutôt le bras.

— Oh! n'en croyez rien, il la flatte en public, mais
il la martyrise en secret.

— Et pourquoi cela, grand Dieu?

— C'est qu'il est communiste.

Cet autre a mangé la dot de sa femme.

— Mais il n'est point marié et ne l'a jamais été!

— Si fait : il était marié et il ne l'était pas; il est
communiste !

Quant au troisième candidat, prenez garde! c'est un
homme de M. Ledru-Rollin, qui est communiste. —
Mais le cinquième se recommande de M. Lamartine.

— Raison de plus : M. Lamartine est communiste,
tout le gouvernement provisoire est communiste; ne
prenez que des hommes de la localité qui n'aient
jamais mis le pied à Paris, et encore consultez-nous;

car il y a bien des communistes cachés qu'on découvrira avec le temps.

Mais le sixième candidat, qui est un ouvrier; celui-là nous plairait bien.

— C'est le pire de tous, il s'enivre du matin au soir, il laisse sa famille mourir de faim, il a des dettes, il lit des livres, il sait écrire : il est trois fois communiste.

— A qui donc se fier?

— A nous seuls, car le communiste est partout. La patrie est en danger! Si vous n'y prenez garde, un de ces matins, on proclamera le partage des terres, les six sous par tête, on vous prendra vos femmes et vos enfants, et tout cela parce que vous aurez mal voté.

L'histoire enregistrera un jour cette curieuse phase de notre révolution. La postérité aura peine à y croire. Dès aujourd'hui pourtant, on peut en appeler au témoignage ou à la conscience de tous les candidats élus ou non élus de la France. Les uns n'ont réussi qu'en inventant et en accréditant ces plates extravagances; d'autres que parce qu'ils ont réussi à les déjouer. La majorité a été forcée de jurer respect à la propriété et à la famille, comme si la famille et la propriété avaient couru un danger véritable. Tous les républicains qui ont échoué ont échoué comme communistes. Beaucoup de ceux qui ont réussi peuvent dire si l'accusation de communisme n'a pas failli les faire échouer.

Si cette imputation et les imbéciles calomnies qui s'y rattachent n'avaient servi qu'à fausser l'élection de la représentation nationale, le mal serait déjà assez grand. Mais elles en ont produit un autre qui n'est pas moindre. Elles ont égaré, abaissé, gâté, abruti en quelque sorte l'espèce humaine. Elles ont fait entrer la peur, la méfiance, la haine, l'insulte, la menace, dans les mœurs des populations les plus calmes par tempérament et les mieux disposées au début de la Révolution.

Elles ont faussé l'esprit du peuple des provinces, au moment où son intelligence naturelle allait se développer et s'ouvrir à la connaissance de son droit. Elles ont souillé et flétri ce que Dieu a fait de plus pur et de plus beau, la conscience de l'homme simple ; elles ont troublé et halluciné ce qu'il a conservé de plus poétique et de plus impressionnable, l'imagination de l'homme simple ; elles ont contristé et démoralisé ce que Dieu a béni parmi les choses les plus saintes et les plus respectables, la vie de l'homme simple.

Étonnez-vous ensuite, éducateurs généreux et candides, si le peuple désabusé, après avoir bien insulté et bien menacé les républicains, se tourne contre vous pour vous demander compte de sa raison, de sa dignité, de son droit et de sa justice confisqués à votre profit ! Et s'il est rude, lui que la nature avait fait si patient ; s'il est brutal, lui qui était si doux ; s'il est furieux, lui qui était si bon, direz-vous que c'est l'effet des idées et des mœurs républicaines ?

Heureusement il est meilleur que vous, et il vous pardonnera ; mais vous jouez gros jeu avec lui, et nous craignons bien d'avoir un jour à vous défendre, vous qui essayez maintenant de le déchaîner contre nous.

Voilà où nous en sommes, mon cher Thoré. A Paris, on est factieux dès qu'on est socialiste. En province, on est communiste dès qu'on est républicain ; et si, par hasard, on est républicain socialiste, oh ! alors, on boit du sang humain, on tue les petits enfants, on bat sa femme, on est banqueroutier, ivrogne, voleur, et on risque d'être assassiné au coin d'un bois par un paysan qui vous croit enragé, parce que son bourgeois ou son curé lui ont fait la leçon.

Ceci se passe en France, l'an premier de la République démocratique et sociale.

Nous avons dévoué notre fortune, notre vie et notre âme, à ce peuple qu'on voudrait amener à nous traiter comme des loups.

A lui quand même !

24 mai 1848.

XI

PARIS ET LA PROVINCE

I

LETTRE D'ANTOINE G***, OUVRIER CARROSSIER,
A PARIS, A SA FEMME GABRIELLE G***

Paris, ce 27 mai 1848.

J'ai reçu ta lettre ce matin, ma chère bonne amie, et je l'ai embrassée de plaisir, car je commençais à être inquiet. Je remercie le bon Dieu d'avoir donné un heureux voyage à ma chère famille, et je remercie ton brave homme de père de vous avoir fait une si belle réception. Je savais bien qu'il serait heureux de vous avoir auprès de lui, ce digne père, pour vous épargner les mauvais jours de ce temps de misère. Tu lui auras bien dit que, si je me suis vu forcé de vous envoyer chez lui, qui n'est pas bien riche, et qui se ressent aussi de la gêne, ce n'est pas que je sois un paresseux ou un dépensier. Jusqu'ici, le travail avait

suffi à tout, et je ne me plaignais pas de ma peine.
Mais ce n'est pas ce qu'on trouve à faire à présent qui
peut suffire à une famille, et je ne pouvais pas vous
voir souffrir plus longtemps, quand je savais que
vous trouveriez dans ton pays un bon père, un asile,
de la tranquillité et de quoi manger tous les jours.

Tu as dû recevoir une lettre de moi du 15 au soir,
qui n'était pas longue, et qui était seulement pour te
dire de n'être pas inquiète, et de ne pas croire aux
fausses nouvelles qui pourraient courir dans les campagnes. Paris continue à être *tranquille*, comme disent
les riches, c'est-à-dire qu'on ne se bat pas. Mais, pour
répondre maintenant à toutes tes questions et tenir
ma promesse, je vais te raconter aujourd'hui en détail
comment j'ai passé la journée du 15.

D'abord je ne voulais pas aller à la manifestation,
parce que je t'avais donné ma parole de ne pas chercher le danger, et même de l'éviter, tant qu'il n'y aurait pas de lâcheté à le faire. D'ailleurs, j'avais entendu
dire qu'il y avait des meneurs dans tout cela, et tu sais
que je ne m'occupe pas de la politique des bourgeois.
J'étais donc décidé à rester tranquille, et même à ne
pas aller voir ce qui se passait, quand tout à coup
j'entendis battre le rappel, et je vis passer devant
notre porte des gens tout effarés qui disaient :

— On se bat, on tire sur le peuple du côté de l'Assemblée nationale.

Tu comprends que je ne pouvais pas rester les bras
croisés, et je me mis à courir pour savoir ce que
c'était et ce que j'avais à faire.

Quand je rejoignis la queue du défilé, c'était au milieu du pont de la Concorde, et je trouvai la garde mobile rangée sur les deux parapets, en bon ordre, mais laissant passer les curieux derrière elle sur le trottoir, et la manifestation devant elle sur le milieu du pont. On m'apprit qu'un coup de fusil était parti par accident, et que cela avait manqué amener du grabuge, mais qu'on s'était expliqué et que personne ne s'opposait au passage du peuple.

Cela me fit plaisir, je t'assure, et je m'imaginai que tout allait se passer comme au 17 mars. Cela s'annonçait encore mieux, car il n'y avait personne de vexé. La mobile faisait plaisir à voir. Il paraît qu'on lui avait donné l'ordre de mettre les baïonnettes dans le fourreau, et ces pauvres enfants étaient si contents d'obéir, qu'ils mettaient les baguettes dans le canon des fusils et les faisaient sonner bien fort pour nous prouver qu'ils n'étaient pas chargés. Il y avait auprès de moi un monsieur qui disait à un autre :

— Voilà des enfants qu'il faudra envoyer à la guerre et ne pas laisser dans Paris.

— Je crois bien, que je lui dis, que vous voudriez les faire tuer pour leur apprendre à ne pas vouloir nous tuer.

Et, là-dessus, je vis Coquelet qui était derrière ces bourgeois et qui les avait entendus aussi, et il était en colère, car tu le connais ; les yeux lui devenaient rouges, et il me dit :

— Vois-tu ces messieurs, ils voudraient que nos enfants tirent sur nous, et ils sont capables de les traiter

de lâches parce qu'ils ne veulent pas nous assassiner.
Eh bien, qu'ils s'y frottent à ces enfants-là, ces messieurs ! qu'ils nous ramènent les Cosaques, comme ils
l'ont déjà fait, ces messieurs, et ils verront ce que
c'est que les enfants de Paris !

Là-dessus, il faisait sa grosse voix, et ces messieurs s'en allèrent par prudence d'un autre côté. Moi,
je pris le bras de Coquelet pour le faire tenir tranquille, et nous marchions le long du défilé pour tâcher
de rejoindre les camarades, si c'était possible. Mais
il y avait tant de monde, qu'on ne pouvait guère se
reconnaître et se retrouver. Nous vîmes les jeunes
mobiles qui étaient debout sur le mur en terrasse de
la chambre des représentants, et qui coupaient les
branches d'arbres pour les passer aux citoyens, et
c'était un joli coup d'œil. J'en eus les yeux pleins de
larmes pendant un moment, car ces enfants, si bons
militaires déjà, et si enragés de se battre contre l'ennemi, avaient du bonheur à fraterniser avec le peuple,
dont on ne les séparera jamais, quoi qu'on fasse. Ils
ne savaient pas plus que nous, les pauvres enfants, ce
qui allait se passer. Ils croyaient, comme nous, que
les députés étaient bien aise de fraterniser aussi. Et
on riait, on se serrait la main, on criait : « Vive la
Pologne ! Vive la République démocratique et sociale ! »

Tout allait bien.

Coquelet m'amusa beaucoup en cet endroit, parce
qu'il voulait me faire une citation.

— Vois-tu, qu'il dit, c'est l'histoire de Guillaume

Tell. Il y a des bourgeois qui voudraient que l'enfant
tire des flèches à son père.

C'est le contraire, mais c'est égal. L'idée n'était pas
si mauvaise, et, quand on pense que, dans l'idée de
certaines gens, il faut dresser la mobile à massacrer
son père le peuple, cette manière-là de donner une
éducation militaire à nos enfants fait dresser les cheveux sur la tête.

Nous allions toujours devant nous, suivant la manifestation, et la devançant quand elle s'arrêtait, parce
que nous comptions toujours trouver une bannière qui
nous aiderait à retrouver nos amis. Mais nous n'allions
pas vite dans cette foule, et nous restâmes bien une
heure à aller du milieu du pont jusqu'à la place de
Bourgogne. Ce qu'il y a de singulier, c'est que, pen-
lant tout ce temps-là, il ne vint à l'idée de Coquelet,
ıi à la mienne, que tout cela ne se faisait pas du meil-
eur accord. Mais, quand nous fûmes arrivés à la porte
le la cour, et que nous vîmes qu'un flot de monde se
etait là dedans, tandis que d'autres entraient en esca-
adant les murs, cela nous donna à penser.

— Qu'est-ce qu'on fait ? disait Coquelet à tous ceux
ıu'il pouvait accrocher.

Mais on ne lui répondait point, ou bien on lui disait :

— C'est par curiosité que les jeunes gens grimpent
ur le mur ; mais les personnes raisonnables entrent
ans l'Assemblée, et défilent d'une porte à l'autre
endant qu'on lit la pétition.

— En ce cas, défilons aussi, me dit Coquelet.

Mais on nous repoussa en nous disant :

— Vous n'êtes pas des nôtres.

— Qu'est-ce que ça veut dire? pensions-nous ; est-ce qu'il y a peuple et peuple? est-ce que nous ne sommes pas du vrai et du bon?

Coquelet recommença à se fâcher. Je lui fis observer que deux citoyens, portant chacun une bannière des clubs, avaient mis ces bannières en travers pour arrêter le flot de ceux qui voulaient entrer. Cela me parut dans l'ordre, pour empêcher que trop de monde voulût entrer à la fois, et ces deux bannières croisées furent respectées.

Nous attendions notre tour quand un citoyen, qui sortait à grand'peine avec plusieurs autres, nous dit :

— Ça va bien ! l'Assemblée ne voulait pas recevoir le peuple, mais Barbès est venu lui ouvrir les portes.

— Quelle bêtise! me dit Coquelet avec son gros bon sens. Est-ce que Barbès est le portier de la maison ? Je parie que ça ne s'est pas passé comme ça.

En effet, un autre citoyen nous dit avoir vu Barbès, Louis Blanc et d'autres patriotes venir supplier le peuple de ne pas entrer de force. Un garde national nous dit encore que le général Courtais, surpris par l'arrivée de la manifestation, avait été renversé du mur où il était monté pour parler au peuple et l'empêcher d'entrer.

— Sans moi, qui étais derrière lui, nous dit-il, il se serait tué en tombant. Mes camarades et moi, nous l'avons reçu dans nos bras; il était désespéré.

— Je vois bien, me dit Coquelet, que ça se gâte, et que le peuple n'est pas raisonnable, ou que l'Assemblée ne l'a pas été en se défiant de lui. Allons-nous-en, je ne veux pas entrer là dedans.

Je fus étonné de voir Coquelet si sage, lui qui n'est certainement pas craintif. Je me dis :

— Si Coquelet recule, c'est que le peuple doit se retirer; car, pour tout ce qui est du cœur et de la délicatesse, Coquelet ne se trompe guère.

Nous nous retirâmes de la porte et allâmes nous placer à l'angle de la rue de Bourgogne et de la place pour attendre les événements. Nous n'y étions pas depuis cinq minutes, qu'on vint nous dire :

— L'Assemblée entend raison; elle accorde telle et telle chose; la guerre pour la Pologne, l'organisation du travail, tels et tels à la tête du gouvernement.

— Ça n'est pas tout ça, me dit Coquelet; allons chercher nos fusils.

Pour quoi faire, puisque l'Assemblée et le peuple sont d'accord?

— Tiens, tiens, voilà l'accord! me dit Coquelet en me montrant sur le quai une muraille de baïonnettes qui brillaient au soleil et arrivaient sur nous au pas de charge. On va massacrer le peuple, allons chercher nos fusils...

— C'est juste, lui répondis-je. J'étais bien simple de m'imaginer qu'on pouvait s'entendre de cette manière-là. Le fait est que je ne sais pas où j'avais la tête! Je crois que les cris, le soleil, l'étonnement et l'enthousiasme de la fraternisation m'avaient donné le vertige.

Je suivis Coquelet comme un somnambule.

8

Nous fîmes le tour par la rue pour gagner le quai, et voir, chemin faisant, ce qui s'y passait. Il était couvert de troupes. La mobile était immobile, attendant l'ordre de ses chefs, qui paraissaient en attendre aussi. Les dragons arrivaient en criant : *Vive la République!* La garde nationale à cheval venait ensuite, le sabre au vent, et criait : *Vive l'Assemblée nationale!* Jusquelà, Coquelet avait été d'un calme étonnant; mais, quand il vit ces gros bourgeois avec leur coquetier sur la tête, trottant comme des sacs de blé sur leurs beaux chevaux, il perdit patience.

— Voilà, dit-il, le plus vilain régiment qu'on ait jamais inventé. Ils sont gras comme des moines, et ils sont serrés dans leurs habits comme des demoiselles; ils se tiennent à cheval comme des notaires, et ils chargent en lunettes. Qu'ils en mettent deux paires plutôt qu'une, s'ils ne voient pas aux pieds de leurs chevaux, car, s'ils ont le malheur d'écraser une femme ou un enfant, gare les barricades pour cette nuit!

— Tais-toi, Coquelet, et attendons, lui-dis-je. Ils savent bien qu'on n'écrase plus personne impunément, et ils s'en garderont. Ils ne sont pas si furieux qu'ils en font semblant; ils croient nous faire peur; laissonsleur ce plaisir-là. Qu'est-ce que ça nous fait? Quand nous voudrons, on licenciera ce corps-là.

— Tu as raison, dit Coquelet; à nos fusils! Quand nous les tiendrons, nous verrons bien sur qui il faudra tirer.

Là-dessus, nous fûmes rejoints par Vallier, Laurent et Bergerac, qui étaient entrés malgré eux à force

d'être poussés dans la cour du palais de l'Assemblée
nationale, et qui s'étaient retirés bien vite en voyant
arriver la troupe.

— C'est une journée malheureuse, nous dirent-ils.
On ne s'était préparé à rien, on ne s'est pas entendu,
on n'a fait que du bruit et des folies.

Voilà du moins ce qu'ils avaient compris.

Coquelet disait toujours : *A nos fusils!*

— Oui, à nos fusils! dirent ses camarades; mais,
un petit instant, avant de nous quitter, entrons dans
la rue de Bellechasse, qui est tranquille, et causons.

Vallier nous dit alors qu'on avait proclamé un nouveau gouvernement, et il dit les noms. Chacun de nous
disait : *Bien!* ou : *Je n'en veux pas!* selon son goût
et son idée. Nous ne nous trouvions pas deux du même
avis.

— Que faire? dit Coquelet; si tout le monde est
comme nous, ce gouvernement n'est pas possible.

— Non, il ne l'est pas, dit Bergerac, et je ne me
bats pas pour tel et tel. D'ailleurs, on ne fait pas un
gouvernement par surprise, et c'est déjà fini. On s'est
dispersé; on ne fera rien à l'hôtel de ville.

— Je n'y vais point, dit Laurent; je ne me fie pas à
l'Assemblée nationale, mais je ne me suis pas dit ce
matin, en me levant, que je lui ferais la guerre aujour-
d'hui. Mon club était même décidé hier soir à ne pas
s'en mêler, et il n'a pas paru.

— Ni le mien, leur dis-je; et ce n'est pas là une
révolution. Ce n'est pas non plus une émeute; on ne
sait pas ce que c'est.

— Il faut pourtant faire quelque chose, dit Coquelet. Les bourgeois se sont réunis, armés ; ils vont tuer du monde, et nous savons bien quel monde. Quant à moi, je me moque du rappel. On m'a retiré mon fusil, sous prétexte que je loge en garni ; heureusement, j'en ai un autre dans ma paillasse, un que j'ai pris en février et que je ne rendrai pas. Je m'en vais voir ce qui se passe là-bas. Si on ne fait de mal à personne, je ne bougerai point ; mais, si on tue, je tue !

— Sans savoir pour qui ni pour quoi ? demanda Vallier.

— Quand on tire sur le peuple, j'en sais toujours assez, répondit Coquelet. Je me moque du prétexte ; je n'attaque jamais, parce que je n'entends rien à la politique. Je ne connais ni Blanqui, ni Dieu, ni diable, dans ces affaires. Je ne sais qu'une chose : c'est que le peuple est malheureux et qu'on ne le nourrit pas avec des coups de fusil. Je viens de voir passer la garde nationale à cheval. Cela m'a réchauffé le sang. Ces messieurs faisaient siffler leurs sabres à mes oreilles et me regardaient, moi, qui ne leur disais rien, avec des yeux de chouette en colère. Tous les jours, dans toutes les affaires qui arrivent depuis deux mois, on est insulté du geste et du regard par des messieurs armés en guerre qui, en passant auprès de vous, crient n'importe quoi, avec l'intention de vous vexer. Je ne connais pas Cabet, mais je n'aime pas qu'en passant devant moi on me dise : *A bas Cabet !* comme si on voulait me forcer à en dire autant, ou comme si on voulait

me défier de dire : *Vive Cabet !* En vérité, cela m'en
donnerait envie, et, si je n'avais pas ma vieille mère à
nourrir, il y a longtemps que j'aurais dit deux mots
à tous ces gens qui nous regardent de travers, et qui
ont l'air de dire : *Venez-y donc!* Enfin, ça m'ennuie, je
vous le déclare, et, si c'est la bataille qu'on veut, va
pour la bataille !

Coquelet s'animait d'autant plus que des gardes
nationaux bien équipés passaient à côté de nous de
temps en temps, en criant : *A bas Barbès !* et en nous
toisant de la tête aux pieds. Mon Coquelet n'y tint
pas plus longtemps, et il alla auprès d'un officier qui
avait un fusil de chasse à deux coups, comme s'il
allait tuer des moineaux, ou comme s'il craignait de
manquer son homme. Coquelet allait crier : *Vive
Barbès!* quand nous le prîmes au collet pour l'empêcher de se faire arrêter ou écharper par les furieux
de l'ordre. Pourtant Coquelet n'a jamais vu Barbès,
et il s'occupe si peu de politique, comme tu sais, qu'il
ne sait même pas si Barbès est un ami ou un ennemi :
mais il est bien vrai que les bourgeois se conduisent
dans toutes ces affaires-là de manière à provoquer la
blouse.

L'impatience de Coquelet nous avait gagnés, malgré
le service que nous venions de lui rendre en l'empêchant de se compromettre. Nous tombâmes tous d'accord qu'il fallait aller chercher nos armes et obéir au
rappel ; mais nous y avons tous été avec l'intention
bien arrêtée de tirer sur le premier habit qui tirerait sur
une blouse ; car, dans ce moment d'étonnement où

8.

nous ne comprenions rien du tout à ce qui se passait, nous sentions que Coquelet était mieux conseillé par son cœur que nous ne l'aurions été par la raison.

— Oui, oui, criait Bergerac, qui se montait aussi à l'idée d'une collision, quand même ce serait Barbès qui tirerait sur la blouse, et quand même la blouse cacherait Guizot, malheur à qui touchera la blouse! Coquelet a raison; voilà toute notre politique, a nous autres! Nous ne voulons pas qu'il arrive à Paris ce qui est arrivé à Rouen, et, si ces messieurs cherchent des prétextes contre nous, nous n'en aurons pas besoin contre eux.

Je te vois d'ici, ma pauvre petite femme, trembler et pâlir à l'idée de tout cela. Je t'avoue que tu aurais eu un peu sujet d'avoir peur, si tu avais pu mettre la main sur mon cœur dans un pareil moment; car il battait bien fort, et pourtant tu sais que je ne suis ni un rageur ni un raisonneur; mais c'est que, vois-tu, il est malheureux que, de part ou d'autre, on joue avec l'émotion des gens comme nous. Il ne faudrait pas la provoquer pour rien, et nous faisons bien tout notre possible pour ne pas nous émouvoir pour ou contre les noms propres. On ne peut pas dire que, depuis le 24 février, nous ayons manqué de raison et de patience. Nous nous sommes tenus à quatre pour ne pas prendre part aux querelles des hommes politiques. Mais il ne faut pas que la bourgeoisie soit moins sage que nous; car, si, pour nous imposer ses messieurs, elle nous fait trop battre le rappel aux oreilles, nous pourrions bien lui ôter le haut du pavé.

Rassure-toi pourtant, ma bonne Gabrielle, tout s'est passé mieux qu'on ne s'y attendait. Les féroces de la bourgeoisie ont fait des arrestations, mais pas autant qu'ils l'auraient voulu. Ils se sont encore servis, de leur mieux, de la crainte et de l'étonnement que les communistes inspirent à beaucoup d'entre nous, pour mettre en prison des hommes dont le peuple aime et respecte le nom. Le peuple a laissé faire, ne sachant pas ce qu'il peut y avoir au fond d'une affaire si peu prévue et si peu éclaircie ; mais le peuple ne laissera pas sacrifier les innocents, et il fera attention aux procès qu'on va instruire, je t'en réponds. On ne s'est pas battu, et la bourgeoisie s'imagine qu'elle a sauvé la République, tandis qu'elle n'a sauvé qu'elle-même, en s'abstenant d'engager un combat.

Adieu, ma femme chérie. Je suis content de te savoir dans la petite maison de ton père, au milieu des arbres et des fleurs, avec nos chers enfants, qui ont du moins là de l'air, du pain et de l'espace pour courir ! En voyant Paris, si morne sous son air d'agitation, si brûlé par le soleil, si triste dans son prétendu triomphe de la République, je me ferais un crime de regretter le courage que j'ai eu de renoncer pour quelques semaines à mon bonheur domestique. Renais et repose-toi à la campagne, ma chère famille ! et, au lieu de t'attrister et de t'inquiéter, ma Gabrielle, aie du courage pour m'en donner dans cette séparation. Dieu veuille qu'elle ne dure pas trop longtemps. Jusqu'à présent, il n'y a pas à songer à trouver de l'ouvrage dans ma partie : on vend tous les équipages, on n'en commande plus. On va fermer, à ce qu'on dit, les ateliers nationaux. Songera-t-on à mettre quelque chose à la place ? Nous avons des fusils ; nous sommes cent cinquante mille au moins dans l'indigence ; nous attendons sans rien dire, et on prétend que nous sommes des factieux et des turbulents !

Mille tendres baisers à ma Louise, à mon petit Paul, à ton père, à ta mère, et à toi cent mille.

Ton ami et mari fidèle,

ANTOINE G***.

II

RÉPONSE DE GABRIELLE G***, A SON MARI,
ANTOINE G***
OUVRIER CARROSSIER, A PARIS

4 juin 1848.

Tu as beau être exact à m'écrire, mon pauvre cher ami, je ne peux pas être tranquille : c'est plus fort que moi ! et je ne jouis de rien, parce que tu n'es pas là. Quand je pense que tu pourrais y être, et que tu n'as pas osé, je me fais un reproche de n'avoir pas assez bien plaidé la cause de mon bonheur. J'ai fait comme toi, j'ai eu peur d'être égoïste et de gêner mes parents. Pourtant, j'ai bien vu tout de suite, en arrivant ici, que mes parents s'attendaient à te voir. Ils étaient venus au-devant de nous jusqu'à la grande route ; et, malgré que tu avais écrit à mon père que tu restais encore à Paris pour essayer de trouver de l'ouvrage, il regardait toujours dans la diligence, parce qu'il croyait te voir descendre.

Je l'ai trouvé moins vieux que je ne craignais, mon pauvre père ; mais c'est ma mère qui est bien changée et bien fatiguée ! Elle n'a plus un seul cheveu noir, et on ne dirait jamais d'une femme de cinquante ans. Quand ils ont vu que tu n'étais pas avec nous, ils ont dit que cela leur faisait de la peine, et que tu ne les aurais pas gênés.

— Nous n'avons pas d'argent, mais la récolte est belle sur terre ; et, d'ailleurs, on fait comme on peut.

Voilà ce que disait mon père. Mais je lui ai fait observer que, dans sa lettre, il n'avait demandé que moi et nos enfants, et qu'il n'avait pas parlé de toi. Et il m'a répondu :

— C'est vrai que nous sommes bien gênés, et que la peur de l'être bientôt davantage m'a empêché de demander ton mari ; mais, s'il était venu, il m'aurait fait plaisir ; et, à présent, j'ai du chagrin de ne pas le voir ici.

Tu sais bien, mon ami, que mon père est un peu craintif et toujours tourmenté du lendemain, comme tous les gens de campagne. Mais il a le cœur bien placé, et, comme tous les gens de la campagne aussi, quand il se décide à rendre service, il ne le fait pas à regret. Il m'a déjà dit cent fois, en montrant son petit jardin :

— Je suis fâché que ton mari ne voie pas cela. Il serait content de voir courir ses enfants. Si les affaires ne s'arrangent pas à Paris, il faudra lui écrire de venir. Tant qu'il y aura du pain à la maison, il y en aura pour toute la famille.

Je te parle bien longtemps de mon père, et je sais que ce qui t'intéresse le plus, c'est nos enfants. On a trouvé ta fille bien pâle et bien maigre à côté de toutes ces grosses filles qui sont ici et qui ont des couleurs rouges. Mais, moi, je trouve notre Louise plus jolie que toutes celles qu'on veut me faire admirer. Pourtant un peu de soleil, de bon air et de liberté ne la gâteront pas. La pauvre enfant en a grand besoin ; mais elle n'y est pas habituée, et elle a souvent la migraine. Paul est comme un fou ; il n'a peur de rien, et il veut courir tout seul au bord de la rivière, ce qui me tourmente beaucoup. Mon père se moque de moi, parce qu'il dit que les enfants sont mieux gardés par le bon Dieu que par leurs mères, et que je suis devenue bête comme une dame de la ville. Émile a encore un peu de fièvre, mais c'est la fatigue du voyage, et j'espère que bientôt ce sera tout à fait passé.

Quant à moi, mon ami chéri, je serais bien heureuse si je n'avais pas le cœur si tourmenté à cause de toi. Je me figurais pourtant que je serais comme folle de plaisir en revoyant, pour la première fois depuis six ans, la chère petite maison de paysans où je suis née et le pays dont je n'étais jamais sortie avant de te connaître et de t'épouser. Mais, au lieu de cela, du plus loin que j'ai aperçu le toit moitié tuile et moitié

haume, avec les pigeons dessus, il m'a pris une si
elle envie de pleurer, que, sans la crainte de faire de
a peine à mes parents, j'aurais pleuré de bon cœur.
'est que j'ai tant souffert depuis le jour où j'ai quitté
na famile et mon endroit! Nous étions partis tous les
leux si confiants, si courageux, et l'amour nous mon-
rait l'avenir si beau! Et, au lieu de cela, nous avons
assé de si mauvais jours! Si c'était ta faute ou la
nienne, j'accepterais nos peines comme une punition.
Iais quand je pense comme tu as été toujours bon
uvrier et bon mari, sage, courageux, te privant de
ut pour ne pas retirer la plus petite chose à ta
mille! Et tout cela n'a servi à rien! Pour deux fois
ue tu as été malade depuis notre mariage, il nous a
té impossible de rien amasser, et la Révolution nous
surpris sans un sou d'économie. Je ne crois pas non
lus avoir quelque chose à me reprocher, si ce n'est
e t'avoir donné trois enfants... Tu me demanderas
omment une pareille idée me passe par la tête. C'est
u'ici, tous les bourgeois que je rencontre qui me
econnaissent, me disent, en regardant nos pauvres
etits anges :

— Comment! déjà trois? en cinq ans de mariage?
'est trop, Gabrielle, c'est trop! C'est cela qui mène à
hôpital.

Voilà comment ils entendent la famille, ces gens
ches! Ils ont un seul enfant, deux tout au plus,
arce qu'ils disent qu'il ne faut pas diviser la pro-
riété dans les familles ; et quand ils parlent de ceux
ui n'ont pas de propriété, ils disent que nous n'avons

pas le droit de mettre des enfants au monde, parce
que c'est autant de pauvres que nous faisons. Dans le
fait, c'est bien la vérité ; mais comment arranger
cette vérité-là avec la loi du bon Dieu et avec sa
justice ?

Je vois bien, par ce qui se passe à Paris, que nous
ne sommes pas au bout de nos peines. Je ne sais comment cela finira, mais nous passons un bien mauvais
temps. Le peuple n'a encore rien gagné à avoir fait la
Révolution. Jamais je n'ai entendu, dans les gens
de campagne, tant de plaintes et tant d'histoires ridicules. On me demande partout si tu es communiste ;
on s'imagine que tous les ouvriers de Paris veulent le
partage des terres, car on ne comprend pas autre
chose au communisme ; et il y a des gens si sauvages
de notre côté, que je ne serais pas toujours tranquille
si tu étais ici. Si tu avais le malheur de te mêler de la
moindre chose, de leur donner un bon conseil,
d'avoir une opinion sur telle ou telle personne du
pays, tu passerais pour communiste, bien sûr. Si
tu parlais contre les légitimistes, ou contre les républicains, ou contre les juste-milieu, tu serais accusé par les uns comme par les autres. La couleur
n'y fait rien. Vous êtes entre deux ennemis, et si, par
hasard, vous n'êtes ennemi ni de l'un ni de l'autre,
le premier à qui vous dites bonjour a les yeux sur
vous pour savoir si vous direz aussi bonjour à l'autre.
Alors, quand vous avez eu le malheur d'être honnête
envers tous les deux, tous les deux vous déclarent
communiste, et recommandent à tous leurs amis et

connaissances de vous traiter comme un chien enragé. Mon père, qui est prudent et assez craintif, non pour sa personne, car il est brave comme un ancien soldat, mais pour ses petites propriétés et pour sa tranquillité, fait attention à toutes ses paroles, et, à force de ne pas vouloir dire ce qu'il pense, il finit, je crois, par ne plus penser du tout. Voilà ce qui arrive à ceux qui ne veulent pas entrer dans les mauvaises querelles, et cela rend égoïste et même un peu jésuite. Je ne dis pas cela pour blâmer mon père ; car, moi-même, je sens que je n'ai pas plus de courage que lui. Comment pourrait-on être brave quand on se sent perdu au milieu de personnes qui sont toutes divisées entre elles, qui se méfient les unes des autres, qui ont toutes également peur, et qui, justement par la peur qu'elles ont d'être attaquées, sont toutes prêtes à tomber sur la première figure qui les inquiétera, ou que, de part et d'autre, on leur désignera comme un ennemi ! On ne sait pas où l'on est, on ne comprend pas ce qui se passe ; nos gens de campagne ont la cervelle si troublée par tous les contes méchants et bêtes que leur font les bourgeois, et quelquefois les curés, qu'on dirait qu'ils sont tous devenus fous. On se trouve effrayé soi-même, sans savoir pourquoi, comme si on était véritablement dans un hôpital de fous, où il faudrait s'attendre à voir ces messieurs vous dire des sottises et vous faire des menaces sans aucun autre motif que leur maladie.

Tu vois, mon ami, que la vie est devenue bien triste. Il n'est plus question de se réunir, de causer

9

avec ses amis, de se réjouir honnêtement, d'oublier
son malheur de temps en temps. On ne sait à qui s'en
prendre ; on accuse la République, on dit du mal de
tout le monde, et pourtant on ne regrette pas la monarchie et on ne voudrait pas la ravoir. On n'a que du
malheur dans le passé, dans le présent, et de la
crainte pour l'avenir.

Pourtant la campagne est belle, cette année, comme
je ne me souviens guère de l'avoir vue. J'ai trouvé ici
un peu d'ouvrage, parce que beaucoup de bourgeoises
des environs ont renvoyé leurs femmes de chambre,
et, se souvenant que j'ai été ouvrière en journée, elles
m'envoient leur linge fin à blanchir et à raccommoder.
Je vais donc le matin faire des reprises ou de petits
savonnages au bord de la rivière, dans le pré du père
Guillaume, dont tu dois bien te souvenir, et qui me
rappelle nos premiers temps d'amour timide, ce temps
où nous nous cherchions tous les deux, et où nous
avions tant peur l'un de l'autre, que nous n'osions pas
nous parler quand nous nous étions rencontrés. Tu te
souviens de ce petit endroit où l'eau est si claire et
entre dans une échancrure plantée de grands arbres,
où elle s'arrête sur des cailloux. C'est là que je vais
travailler, pendant que nos enfants jouent sur le
sable et sur l'herbe, derrière moi. Le chien de mon
père y vient avec nous, et cet animal a tant d'esprit,
qu'il garde les enfants comme si c'étaient des petits
moutons. Quand il en voit un qui s'approche un peu
trop du bord de l'eau, ou qui se perd dans le foin, il
se met à gronder pour m'avertir d'y avoir l'œil bien

vite. Ce matin, à force de jouer ensemble, les enfants et le chien s'étaient tous endormis au pied d'un saule, les uns roulés sur les autres. C'était trop joli à voir, et j'aurais voulu que tu sois là. Alors, comme j'étais fatiguée et qu'il commençait à faire bien chaud, j'ai tordu mon linge, et je me suis assise à côté d'eux, pour les empêcher d'être piqués par quelque bête et pour les regarder.

Il y avait, dans la campagne, un silence comme si on avait été à cent mille lieues dans un désert. On n'entendait que les cricris dans le foin et la caille dans les jeunes blés, mais bien loin, bien loin. Le moulin était arrêté et le rossignol dormait aussi, je pense. Quelquefois un petit poisson sautait sur l'eau pour gober une mouche, et je crois que les mouches se retenaient de bourdonner pour n'être pas surprises par ces vilains goujons qui leur faisaient la chasse en traîtres. Alors je me suis mise à penser à cette tranquillité de la campagne qui a l'air de se moquer de tout, et de défier les humains de la troubler avec leurs sottes querelles. Cela m'a rendue bien triste. Je me rappelais le temps où, moi aussi, petite fille des champs, j'étais aussi indifférente, aussi tranquille que les petites fleurs qui regardent le soleil ; le temps où je ne pensais à rien du tout, et où je n'avais besoin que d'un peu d'ombrage et de silence pour m'endormir en plein jour comme nos pauvres chers enfants dormaient maintenant sous mes yeux. Et, à présent, il me paraîtrait impossible d'en faire autant, et d'oublier pendant une minute les chagrins et les ennuis de la vie. Je vois bien toujours que la nature est belle, que l'eau est pure, que l'herbe sent bon ; il me semble que je m'en aperçois encore mieux que dans le passé, parce que tu m'as appris à me rendre compte de tout ce que je sentais d'une manière vague ; mais je n'en suis que plus triste, car je ne peux plus séparer l'idée des hommes de l'idée de la nature. Cette nature me paraissait quelque chose de grand et de mystérieux qui appartenait à Dieu tout seul, et qui n'avait pas de comptes à nous rendre. Je dormais dans son sein comme l'abeille dort dans les prés, sans savoir à qui est le pré et pour qui on le fauchera. A présent, je me demande comment, avec une nature si belle, si riche, et qui ne s'épuise jamais ; avec le printemps qui revient toujours, les blés qui se forment en épis, les fleurs des arbres qui promettent des fruits, tant d'air qui peut bien suffire à la respiration de tous les hommes, un si beau soleil qui ne demande pas mieux que de réchauffer tout ce qui respire, avec tout cela que Dieu a fait pour nous, comment se fait-il que nous mourions par milliers, chaque jour, faute d'air, de soleil, de repos, de nourriture et de bonheur ? Pourquoi enfin l'homme est si malheureux ; pourquoi l'ouvrage te manque ; pourquoi nos enfants sont pâles et sujets à la fièvre ; pourquoi il a fallu nous séparer pour ne pas mourir de faim ensemble, et pourquoi enfin tu es seul et triste à Paris, où l'on se bat peut-être, et où tu n'as pas d'autre devoir pour le moment, que celui d'aller te faire tuer, en protestant contre tant de misère et de chagrin !

En pensant à tout cela, moi qui n'y peux rien, je me suis mise à pleurer bien amèrement, et j'aurais pleuré toute la journée, si je n'avais pas été forcée de faire semblant de rire, en voyant nos enfants se réveiller.

Adieu, mon cher et bien-aimé mari. Écris-moi souvent et ne pense pas aux ports de lettres. Les tiennes me sont plus nécessaires, crois-moi, que le pain que je mange. Tes enfants parlent de toi toute la journée, et mes parents t'envoient leurs honnêtetés et leur bénédiction.

Ta femme qui t'aime,

GABRIELLE G***.

XII

LOUIS BLANC AU LUXEMBOURG

Comment l'Assemblée nationale va-t-elle résoudre
le problème du prolétariat, de la misère, de l'esclavage moral et physique du travailleur? Ce n'est pas
seulement une question de paix, c'est une question
de dignité, d'indépendance, de *liberté* en un mot.

La composition de la commission chargée de ce travail suprême n'annonce pas une *volonté* suffisante.
Pourtant, comme le principe qui devait donner la vie à
cette question n'a pas été violé au sein de l'Assemblée,
nous ne sommes pas absolument avec ceux qui disent
que la création d'un ministère du travail et du progrès
était absolument indispensable en ce moment. Si les
ministères de l'agriculture, des travaux publics, du
commerce, de l'instruction publique, comprennent
bien leur mission, les travaux de l'Assemblée im-
primeront à ces diverses branches de l'administration
la marche qu'elles doivent suivre pour le progrès et

l'affranchissement du peuple. Un ministère spécial
pour les travailleurs n'aurait pas eu plus d'initiative
que l'Assemblée nationale ne compte en laisser au
pouvoir exécutif, et nous eussions vu avec chagrin,
soit Louis Blanc, soit tout autre socialiste avancé,
assumer sur lui la responsabilité d'une lutte où l'hostilité des préventions personnelles l'eût poursuivi,
contrarié, trahi, empêché, compromis, accusé à chaque
instant et à tout propos.

Nous aimons bien mieux que l'Assemblée nationale,
qui n'est responsable que devant le peuple, prenne
sur elle toute la peine et tout le danger de l'entreprise.
Ce n'est pas à dire que nous désirions la voir encore
aux prises avec une manifestation qui, cette fois, serait
sérieuse, universelle ; à Dieu ne plaise que nous regardions comme un bien ces ébranlements successifs
qui ne réparent jamais le mal accompli ! C'est assez
la mode, en politique, que chaque parti dise de ses
adversaires : « Ils en feront tant, qu'ils attireront sur
eux la foudre. » On a dit cela de Louis-Philippe pendant si longtemps ! La révolution de février est venue
enfin pour sauver les principes et poser les bases de
l'avenir. Mais tout ce qui avait été souffert durant la
monarchie, toutes les larmes, tous les désespoirs de
la misère, les tortures des victimes, tous les malheureux qui ont succombé à la fatigue et aux privations,
tous les enfants étiolés par le travail prématuré, ou
avilis par l'absence d'éducation et de protection, tout
cela, hélas ! peut-il être compté pour rien ? Le mal
enduré par l'humanité d'hier est-il non avenu ? L'Italie

indignée va se lever contre l'égorgeur couronné de Naples ; mais rendra-t-on les enfants massacrés à leurs
mères, les maris à leurs femmes, les pères à leurs
fils ? Tout ce sang versé, tous ces cadavres qui crient
vengeance ! Nous avons bien besoin de croire à la vie
éternelle et à la solidarité des générations entre elles
pour ne pas croire que de telles infortunes, de telles
horreurs ne se réparent point !

Faisons donc, dans une sphère plus tranquille, des
vœux pour que l'Assemblée nationale sanctionne au
plus vite, aux yeux du peuple, sa propre existence,
par des actes heureux et significatifs. Car, pendant
qu'elle perd un temps précieux et l'occasion d'obtenir
la confiance générale, la misère augmente, le pauvre
souffre, les esprits s'aigrissent, l'humanité languit au
moral et au physique ; et, pour qui aime l'humanité
plus que la politique, ces malheurs-là sont sans compensation et brisent le cœur.

Mais il est juste que les hommes qui ont voulu, les
uns avec ardeur, les autres avec âpreté, arriver au
gouvernement de la nation, soient seuls responsables
des destinées de la nation. Attendons-les à l'œuvre ;
et, si le ciel fait un miracle, si l'Esprit-Saint descend
sur ces têtes froides qui repoussent l'espérance comme
une utopie, et si, tout à coup, ces hommes, qui ont
cru soupçonner et insulter, dans la personne de Louis
Blanc, les idées de l'avenir, se reconnaissent forcés
par la logique d'entrer dans ces mêmes idées, lais-
sons-leur-en le prétendu mérite. Que nous importe,
à nous, par qui le bien se fasse, pourvu qu'il se fasse ?

9.

C'est toujours Dieu qui agit par les hommes, et quelquefois sa volonté mystérieuse est de rendre fécond ce qui paraissait stérile.

Quant à Louis Blanc, c'est un devoir pour nous de prendre acte de son rôle dans cette courte et mémorable phase révolutionnaire que nous venons de traverser. L'histoire ne s'arrête jamais, et chaque note fournie par les contemporains lui servira dans l'avenir. Il n'est rien d'insignifiant pour elle, et, lorsqu'un grand trouble, une grande confusion emportent les événements dans un tourbillon d'appréciations contradictoires, il est bon qu'une parole calme résume les émotions de la veille et les soumette à la discussion du lendemain.

Sans daigner faire aucune attention à la valeur des travaux de la commission du Luxembourg ; sans tenir compte de la grandeur de l'intention première, du dévouement des hommes qui ont consenti à risquer leur popularité dans un essai terrible ; sans respect pour le nom, le caractère, l'intelligence, le courage et la foi de ceux qui, de part et d'autre, travailleurs de la pensée et travailleurs de l'industrie, se sont associés pour une recherche à la fois ardente et sérieuse des moyens de salut public, l'esprit conservateur s'est élevé contre un seul point de détail, dont il s'est fait, contre Louis Blanc personnellement, une arme toute personnelle. On n'était pas d'abord courageux au point d'insulter les délégués du Luxembourg, dépositaires présumés de la pensée, ou tout au moins de l'aspiration des masses. On a même, dans

les premiers jours, admiré et béni prudemment le
jeune révolutionnaire socialiste qui assumait sur lui
et sur quelques amis dévoués tous les dangers de la
première rencontre avec la souffrance et la colère de
ces masses lasses de souffrir, exigeantes, impérieuses,
presque égarées par la croyance que l'application
immédiate de la vérité sociale était dans le creux de
la main du gouvernement provisoire.

Puis on s'est aperçu d'un fait auquel on n'avait
jamais voulu croire avant février : c'est qu'il n'y avait
rien de bon, de généreux, de confiant, de sympathique et de disciplinable comme ces *barbares* dont on
avait tant prédit l'invasion désastreuse. Peu à peu on
s'est rassuré en voyant qu'à la parole de Louis Blanc,
en face du travail sincère et consciencieux de la commission, ces *sans-culottes* effrénés ouvraient leur
esprit et leur cœur à une explication fraternelle. Alors
on s'est inquiété dans un autre sens. On s'est dit que
les barbares pourraient bien être plus civilisés qu'on
ne l'était soi-même, et que leurs idées menaçaient les
privilèges et les abus du passé plus que toutes les
barricades de février. On s'est évertué à les paralyser,
à les concentrer, à les isoler dans l'enceinte de la
Chambre des pairs, et un réseau d'insinuations perfides, de lâches et stupides calomnies s'est étendu autour du prétendu sanctuaire où trônait, disait-on, la
personnalité d'une secte dangereuse, affiliée à des
sectes *exterminatrices*.

Il faut dire par quelles *énormes* fautes, par quelles
menaçantes utopies, par quels principes *incendiaires*

le Luxembourg avait donné prise à cette rage de peur. D'abord, dans la pressante *nécessité* d'organiser la délégation, pour ainsi dire séance tenante, on s'en était remis à l'arbitrage du sort. Il en résulta qu'en effet les corporations ne se trouvèrent pas représentées d'une manière assez régulière, et que le mandat des délégués ne fut ni assez significatif, ni assez appuyé par la majorité des ouvriers de Paris. Ce fut un inconvénient grave sans doute, car on l'exploita bientôt auprès d'un grand nombre d'ouvriers de Paris, pour les détacher de toute solidarité de vœux et d'intérêts avec les délégués du Luxembourg.

Cette faute, qui paraît avoir été inévitable sous la pression des circonstances, nous la regardâmes comme un malheur ; la bourgeoisie conservatrice la regarda comme un bienfait du sort, car elle en fit aussitôt un crime, et, en peu de jours, on murmura de tous côtés à l'oreille des travailleurs dépendants, comme à celle des travailleurs fiers et jaloux de leur liberté d'opinion : « Vous voyez qu'on se passe fort bien de vous au Luxembourg, et qu'on va décider là de votre sort sans vous consulter. On enrégimente, sous le titre de délégués, une bande de pédants en blouse dont on va faire des fanatiques. On leur prêche des doctrines auxquelles vous ne comprenez rien, et dont le résultat sera, un beau matin, de vous faire tous passer, bon gré, mal gré, sous le niveau du *communisme* immédiat. Veillez et priez, car le cataclysme est imminent. On vous dépouillera de vos biens et on brisera vos affections. Nul de vous n'aura le droit

de posséder son bourgeron et sa casquette; et, quant
à vos femmes et à vos filles... nous ne vous en disons
pas davantage. »

C'était bien assez, en effet, pour jeter le trouble
dans beaucoup d'esprits naïfs, tout nouveaux dans
l'examen des idées, et incapables de se défendre des
terreurs morales qu'un ébranlement soudain de la société produit toujours dans les masses. Qu'on ne nous
dise pas que nous prêtons à la caste conservatrice des
insinuations dont le peuple n'avait pas besoin pour
trembler devant un fantôme. Le peuple est crédule, à
Paris surtout, où il a l'imagination vive et impressionnable; mais il faut que l'on invente quelque gros mensonge pour que la crainte lui vienne au cœur, car il a,
au plus haut point, le courage physique et moral quand
on le laisse à ses propres instincts. D'ailleurs, nous
avons vu et entendu plus de cent fois ces missionnaires
de l'épouvante, bien et dûment vêtus en bourgeois
sous un petit essai de déguisement prolétaire, s'in-
stallant au milieu des groupes, et prêchant, en de certains jours, l'extermination des socialistes. La plupart
du temps, craignant de passer auprès du peuple pour
des agents provocateurs, ou de trouver par hasard devant eux quelque socialiste véritable qui les fît rougir
de leurs calomnies, ils procédaient par le sarcasme, et
Dieu sait qu'ils avaient peu d'esprit et de gaieté; à cela
seul, on voyait qu'ils n'étaient pas du peuple, car le
sel conservateur est essentiellement lourd, et ne peut
jamais arriver à l'atticisme parisien du véritable prolétaire.

L'inconvénient du tirage au sort des délégués suffisamment exploité, on passa à la menaçante utopie du Luxembourg : l'égalité des salaires. Comme nous ne pensons pas que Louis Blanc ait besoin d'un *avocat* posant sa défense d'une manière systématique, et que nous le savons homme à défendre lui-même ses idées et ses tentatives sans le secours de personne, nous dirons franchement que, après examen, l'égalité des salaires nous paraît un essai nuisible au succès de l'organisation égalitaire du travail. Séduits d'abord par l'enthousiasme qui fit accepter dans plusieurs ateliers cette inspiration hardie du dévouement fraternel, c'est dans le peuple même que nous avons trouvé des objections désintéressées qui nous ont frappé par leur justesse. Le salaire nous paraissant, dans l'avenir, devoir être remplacé par la fonction, nous ne voyons pas que ce mal transitoire et inévitable du salaire puisse être transformé en instrument de progrès. C'est chercher le moyen dans l'obstacle le plus formidable, c'est attaquer l'édifice par sa base, au risque de le faire crouler sur tous ceux qu'il protège encore, bien qu'il les protège mal et qu'il soit nécessaire de les attirer prudemment vers un autre abri. C'est enfin rendre, quant à présent, le dévouement si absolu, si sublime, si impraticable à tout homme qui n'est pas un saint et un martyr volontaire, que le grand nombre risquerait de regarder, pour longtemps encore, le dévouement comme une chimère dans le présent, comme une menace dans l'avenir. C'est pour cela que nous avons entendu des ouvriers d'un grand cœur déplorer cette trop généreuse tentative.

— Je suis faible, disait l'un d'eux : un plus fort que moi travaillerait donc le double à ma place ? Eh bien, dans l'état de misère où se trouve encore le travailleur, il se tuerait pour moi, et mon propre besoin de dévouement me défend d'accepter l'excès d'un dévouement qui tuerait mon semblable.

Voilà, selon nous, la seule critique sérieuse et conciencieuse qui ait été faite de l'essai d'égalité dans les salaires ; car elle était faite au nom de la fraternité ; et ce n'est pas au principe de l'égoïsme qu'il nous serait possible de donner raison contre la théorie de Louis Blanc.

Mais Louis Blanc n'a jamais fait appel à l'égalité des salaires que comme à une ressource extrême pour trancher des rivalités passionnées, et les maîtres eux-mêmes reconnaissent que l'adoption de cette mesure transitoire les a sauvés d'une catastrophe imminente. Il y aurait donc aujourd'hui, de la part des intéressés, une noire ingratitude à persister à se plaindre des idées romanesques du Luxembourg. Pour peu qu'ils eussent étudié l'histoire, ils sauraient que, dans les grandes crises sociales, les idées ne suffisent pas, et doivent absolument se traduire en raisons de sentiment. On ne gouverne les nations que par l'émotion, Louis Blanc l'a dit lui-même, il a dû chercher dans son cœur plus que dans son cerveau la parole d'enthousiasme qui pouvait seule gouverner la passion.

Rien de tout ce qu'on a imputé au *fanatisme* de

Louis Blanc n'est vrai, et ne s'est traduit par des faits absolus. Il n'a jamais dit, il n'a jamais voulu que l'État se fît socialiste, à ce point de détruire, même dans un avenir éloigné, la liberté individuelle, l'initiative du génie ou de la force. Il n'a jamais rêvé une société où l'homme, cessant d'être exploité par l'homme, la conséquence inévitable de cette réparation due à la dignité humaine serait l'exploitation aveugle de tous les hommes par un principe sans intelligence et sans entrailles. On s'est servi, pour pousser son système, de conséquence en conséquence, jusqu'à l'absurde, d'un système de sophisme bien connu, et contre lequel le peuple devrait enfin être en garde aujourd'hui. Les uns l'ont fait par mauvaise foi, d'autres par ignorance, d'autres encore par suite de cette légèreté française qui aime mieux condamner en riant que d'examiner, au risque de subir la fatigue d'une heure d'attention.

Hélas ! il faut bien avouer que nous en sommes encore là en France ! Nous étions menacés d'être envahis et divisés par les sectes. Nous avons tous crié, au lendemain de la révolution : *Point de sectes !* et nous avons eu raison de vouloir chercher l'unité partout, sans exclusion d'aucun élément sérieux. Mais nous sommes un peuple mobile et poussant vite à l'extrême les conquêtes de sa raison impétueuse. A force de chercher la vérité partout, il nous arrive bientôt de ne plus vouloir la chercher nulle part, et, pendant que nous perdons notre temps à critiquer les points con- testables d'un ensemble d'idées, nous oublions de sai- sir les choses excellentes qui se trouvent à côté et que

nos ennemis se hâtent d'empoisonner et de détruire.
Oui, peuple, l'ennemi vient, et, sous tes yeux, il enchaîne et refoule les forces vives de ta cause. Et pourtant, tu ris comme un enfant que tu es, charmé d'avoir
échappé à un danger imaginaire, sans voir qu'un
abîme s'ouvrait sous tes pieds, et que tes prétendus
sauveurs essayaient de t'y faire tomber tout doucement. Ah! que de grandeur, que de courage, que de
bonté, d'honneur et d'intelligence gaspillés sur la route
du progrès, par ce grand prodigue, par ce héros des
nations qui s'appelle la France !

Mais voici le moment d'être calme et d'examiner la
justice de la cause. Tous les *socialistes factieux* sont en
prison. La garde nationale bourgeoise veille, personne
n'a plus peur, j'espère. Il serait possible de jeter un
coup d'œil sur l'ensemble des travaux du Luxembourg
sans craindre d'évoquer le spectre effrayant du communisme. Le rapport de ces projets de législation
pour les travailleurs a été publié par plusieurs journaux dans les premiers jours de ce mois.

A cette époque, nous avions commencé un examen
des idées émises jusque-là par Louis Blanc. En lisant
ce rapport, nous crûmes devoir nous abstenir ; car le
rapport lui-même répondait à toutes les objections,
et les esprits les plus prévenus n'avaient qu'à en prendre connaissance pour abjurer toute hostilité et cesser
toute interprétation infidèle. Mais la mauvaise foi ou
l'entêtement ne tiennent compte de rien. Le rapport
passa, sinon inaperçu, du moins sans discussion
sérieuse. Le peuple n'eut pas le loisir de le lire, appa-

remment, et d'ailleurs le peuple n'est pas ergoteur. Il profite et se tait en attendant qu'il agisse.

Un simple aperçu des projets de la commission du Luxembourg suffirait pourtant pour démontrer aux esprits sincères que les idées de Louis Blanc, sur la situation, sont immédiatement praticables, et qu'elles offrent la solution la plus simple, la plus facile et la plus équitable du terrible problème de la misère.

Il ne s'agit ici ni de l'égalité des salaires (question purement accidentelle), ni de l'absorption de la propriété individuelle au profit de l'État. La commission développe simplement un projet de colonies agricoles et industrielles et propose la création d'entrepôts publics de marchandises.

Il ne manque en France ni de landes à défricher, ni d'étangs à dessécher, ni de terrains marécageux à assainir. La population est mal répartie sur le terri toire. Les campagnes manquent de bras, les villes en ont trop. Là est la principale cause du désordre dans la production et dans la consommation. Personne n'en doute aujourd'hui.

Or, voici l'*utopie* de Louis Blanc :

Il demande que, dans chaque département, l'État fonde une colonie instituée sous le régime de l'association, où l'on obtiendra non seulement des produits agricoles, mais aussi des objets de première nécessité ; où il y aura des forgerons, des tailleurs, des cordonniers, des bourreliers, etc., en même temps que des cultivateurs.

L'État pourra alors remplir sa fonction sociale,

c'est-à-dire intervenir en protecteur pacifique partout où il y aura des droits à équilibrer, des intérêts à garantir, et placer tous les citoyens, membres de l'association, dans des conditions égales de développement moral, intellectuel et physique.

Dans ces colonies, les ouvriers sans ouvrage trouveraient un travail utile à la société et une existence assurée. Les orphelins, les vieillards et les infirmes y auraient de droit leur asile.

La commission ne s'est pas arrêtée seulement aux producteurs. Elle s'est aussi occupée des intérêts des consommateurs.

C'est le commerce qui se charge de distribuer les produits aux consommateurs, au moyen d'un tribut, souvent exorbitant, prélevé sur le producteur comme sur le consommateur. Livré au *laissez faire*, le commerce est une source d'abus sans nombre, de fraudes, de falsifications, de spéculations éhontées.

La commission proposait à l'État de réaliser, dans un but d'intérêt public, ce que l'association des capitalistes fait dans un but d'intérêt individuel, c'est-à-dire de créer de vastes entrepôts, d'immenses bazars, où, moyennant une légère remise, les fabricants déposeraient leurs marchandises, après qu'elles auraient été examinées quant à la qualité, expertisées quant au prix de revient. Les consommateurs viendraient s'approvisionner dans ces magasins à prix fixe, où l'on serait sûr de n'être point trompé.

Ajoutez à cet ensemble de mesures, la création d'une banque nationale industrielle et hypothécaire, qui émettrait des billets garantis par la valeur des marchandises déposées dans les magasins de l'État, et par la valeur des immeubles sur lesquels ils auraient un droit hypothécaire ; et vous aurez une idée sommaire des théories *anarchiques* ou *romanesques* de Louis Blanc et de la commission du Luxembourg.

Développer l'agriculture et la production des objets de première nécessité, en recevant, dans de vastes colonies agricoles, les ouvriers sans travail et leur famille ;

Rétablir la loyauté commerciale, diminuer le prix des objets de consommation en modifiant les relations commerciales, sans violenter aucune existence ;

Former, par le moyen des entrepôts (ce qui est déjà pratiqué dans plusieurs villes industrielles), une source de crédit aux industriels ;

Donner un instrument de travail à tous les travailleurs, procurer le signe du crédit à tous ceux qui possèdent un gage, immeuble ou marchandise ;

Voilà l'ensemble d'idées pratiques qui a soulevé tant d'orages, tant de méfiances et tant d'ingratitudes. Comme si toutes ces propositions étaient la fantaisie personnelle d'un seul homme ; comme si elles n'étaient pas toutes dans l'air que nous respirons depuis dix ans ; comme si, enfin, en les résumant et en les coordonnant, Louis Blanc les avait entachées de l'esprit de secte et rendues exorbitantes.

Eh bien, la commission de l'Assemblée nationale sera forcée de chercher dans ces mêmes mesures la solution du problème de la misère qui menace, à l'heure

qu'il est, le producteur, le consommateur, le spéculateur lui-même. Elle y arrivera, ou elle périra moralement. A quoi bon, alors, avoir inauguré ses premières
décisions par une attitude hostile envers le socialisme
pratique du Luxembourg? Pourquoi, d'avance, avoir
semé dans la population tant de calomnies mons-
trueuses et ridicules? — Mais Louis Blanc a sur l'a-
venir, dites-vous, des idées plus hardies, et, si on le
laissait faire, il ferait table rase. — Où prenez-vous
cela? qu'en savez-vous? Et que vous importe l'idéal
philosophique de chacun de nous? De quel droit fouil-
lez-vous maladroitement, et sans aucune intelligence,
dans l'intelligence d'autrui? Depuis quand, dans une
époque de scepticisme comme celle-ci, et vis-à-vis
d'une classe particulièrement sceptique comme la vôtre, faut-il faire, quant à la religion de l'âme, une profession de foi qui soit identique à la vôtre, c'est-à-dire
à une négation de toute croyance? L'incrédulité intolérante! Voilà une singulière conséquence donnée à
l'esprit du XVIIIe siècle. Vous ne jugez pas les hommes
par leurs actes, par leurs travaux; vous n'en trouvez
pas le temps, vous ne sauriez vous en donner la peine.
Il est bien plus tôt fait de les mettre au ban de votre
propre opinion, en les taxant de cacher au fond de
leur pensée telle ou telle fantastique conséquence
d'une prétendue doctrine dont vous êtes les auteurs,
vous seuls.

1er juin 1848.

XIII

BARBÈS

Je suppose un parti contraire à la République, le parti du duc de Joinville, ou celui du duc de Bordeaux ; — supposons ces deux partis réunis par le fait, à un jour donné, jour de tumulte et de malentendu, comme nous en avons déjà vu plusieurs depuis que nous sommes en République ; et qu'aux manifestations produites par ces deux partis viennent s'en adjoindre d'autres ; car il existe d'autres partis : il y a le parti du prince Louis, et, dans la famille même de Louis-Philippe, plusieurs prétendants pourraient se produire et ne pas se trouver d'accord. D'abord, Louis-Philippe en personne est vivant, et pourrait dire que son acte d'abdication n'est pas plus sérieux que tous les actes politiques de sa vie ; ensuite, la duchesse d'Orléans et monsieur son fils ont toujours représenté des intérêts contraires à la régence de M. de Nemours.

Enfin, je ne vois pas pourquoi M. de Montpensier et M. d'Aumale n'auraient pas aussi leurs petites prétentions et leur petit parti. Puisque nous sommes en train de supposer, rien ne nous coûte.

Supposons donc qu'au milieu de l'anarchie morale qui marche, tous ces messieurs aient assez d'audace, assez d'argent, assez de meneurs et assez d'habileté pour chauffer la population de Paris, pour lui promettre ce qu'on lui promet toujours, ce qu'on ne lui tient jamais, et ce qu'elle ne se lasse pas d'attendre ; et qu'enfin, par une brûlante journée de soleil, de malaise, de misère et de mauvaise humeur, une émeute, composée de ces éléments divers et hétérogènes, vienne envahir l'Assemblée nationale, la violenter et la déclarer dissoute.

Pour que cela arrive, il ne faut qu'un peu plus d'horreur du travail et d'amour du temps perdu de la part de l'Assemblée nationale ; un peu plus de tendance à la réaction de la part des républicains modérés ; un peu plus de misère, d'inquiétude et de découragement de la part du peuple, qui ne tremperait point en masse dans cette abdication honteuse de son avenir, mais qui pourrait laisser détacher de son sein quelques groupes égarés. Et, pour que l'orage amassé ainsi de tous les coins de l'horizon vienne s'abattre sur l'Assemblée sans défense, il ne faut que quelques ordres mal donnés ou mal transmis, ou mal compris. Il n'est besoin ni de conspirations ni de trahisons : il ne faut que ce que nous avons vu, du désordre, du hasard et de la fatalité de part et d'autre.

Le sanctùaire de la représentation nationale ne sera jamais à l'abri d'un coup de main tant qu'on n'aura pas pris une mesure qui serait simple, économique, populaire et souveraine. Cette mesure que nous proposons aujourd'hui, avec l'espérance qu'elle sera prise en considération dans une cinquantaine d'années, consisterait à écrire sur la porte du palais de la nation : « L'Assemblée nationale n'est gardée que par la loyauté de la nation. Elle n'a pas une seule baïonnette entre elle et le peuple. Le peuple a le droit de protester et de pétitionner. Mais la nation déclare infâme tout citoyen qui franchirait le seuil de cette enceinte sans son autorisation. » Avec cela, mettez, si vous voulez, un bout de ficelle en travers de la porte pour avertir les myopes, et pour donner à ceux qui ne savent pas lire, le temps d'être renseignés par le citoyen concierge ; et, alors, si quelque français est assez insensé ou assez coupable pour abuser d'une confiance illimitée, envoyez-le aux petites-maisons ou au pénitencier.

Sans être trop optimiste et trop romanesque, je me persuade que si, le lendemain de cette triste journée du 15 mai, on eût mis, en guise de troupes, l'écriteau que je propose devant la porte de l'Assemblée, jamais assemblée n'aurait été plus tranquille et plus respectée. C'eût été là le vrai châtiment des désordres de la veille.

Au lieu de cela, un appareil militaire comme si les cosaques étaient aux portes de Paris. Quelle maladresse ! L'Assemblée ne veut pas qu'on dise que *le peuple* est le coupable, et sans doute elle a raison :

10

mais alors pourquoi donc toute la garde nationale sur pied et armée jusqu'aux dents ? C'est dire à une partie du peuple qu'on se méfie d'elle, qu'on en a peur, et qu'on la rend tout au moins solidaire des méfaits auxquels elle n'a pas voulu prendre part. Quand donc s'avisera-t-on d'un moyen de gouvernement qui n'exige pas toutes ces précautions terribles, et qui serait de témoigner de la confiance afin d'être en droit d'en inspirer ?

Mais je reviens à ma supposition, c'est que tout ce drame recommence avec de nouveaux acteurs, et qu'au lieu d'une combinaison socialiste très aventureuse, ces acteurs nous apportent pour dénouement une combinaison monarchique encore plus effrayante. Je suppose qu'au milieu de la tempête, les plus intelligents des agitateurs prennent dans leurs bras M. Marrast, M. Buchez, ou tout autre républicain modéré, comme un gage à donner à l'opinion du moment ; et qu'ils l'emportent ainsi, bon gré mal gré, à l'hôtel de ville ; et que, là, ils proclament leur nouveau gouvernement en y admettant certains républicains sans lesquels le succès de leur usurpation monarchique leur paraîtrait impossible. M. Marrast (ou M. Buchez) se refuserait-il à être membre d'un gouvernement soi-disant républicain où siégeraient à la dictature M. Odilon Barrot et autres transitions *provisoires* entre la République du *National* et la République de la régence ?

Si M. Marrast ou M. Buchez avait la seconde vue qui lui permît de distinguer ce qui se passe à travers

les murailles de l'hôtel de ville et les groupes tumul-
tueux qui le pressent, et qu'il se rendît bien compte de
l'impuissance du mouvement qui l'a emporté jusque-
là, il protesterait sans aucun doute, contre une vaine
tentative, et dirait aux *factieux* : « Vous avez eu tort
de compter sur moi. J'étais modéré, il est vrai ; je
voulais une république non sociale, mais je ne voulais pas une république monarchique. Laissez-moi,
je ne suis pas des vôtres ; je ne signerai rien. »

Mais si, par hasard, pendant une heure ou deux,
l'hôtel de ville se trouve au pouvoir des insurgés ;
que la garde nationale ne paraisse point, et que, selon
toutes les apparences saisissables à M. Marrast (ou à
M. Buchez), le peuple, égaré, démoralisé, trompé,
donne les mains au triomphe de la monarchie républicaine, il est fort possible, fort probable que M. Buchez
(ou M. Marrast) saisira résolument, en désespoir de
cause, la part de pouvoir qui lui est échue dans la
tempête.

Il n'y a aucune espèce de malveillance, aucune
nuance d'ironie dans ce que j'avance. Je crois même
que, dans ces premiers moments d'une révolution
confuse, incompréhensible, le devoir d'un républicain
du *National* serait de ne pas abandonner les rênes,
et de se maintenir à la tête du mouvement, pour l'empêcher d'être absorbé d'emblée au profit des rois ;
sauf à se retirer le soir ou le lendemain, si l'impossibilité de sauver la République par cet essai venait à
être démontrée.

N'est-ce point un peu ainsi que les choses pouvaient se passer le 24 février? Nous ne savons pas si *le National* tenait peu ou point à s'associer M. Odilon Barrot. Mais, quand cela serait, qu'y aurait-il d'illo-gique et de monstrueux? *Le National* ne croyait point alors à une révolution sociale. Pour notre part, tout en la désirant peut-être davantage, nous étions un bon nombre qui n'y comptions pas non plus. Qui s'est trompé, de ceux qui y comptaient ou de ceux qui n'y comptaient pas? Cela est encore à savoir. *Le crime* n'est donc pas, et ne peut jamais être en politique, dans l'appréciation du fait. Le mal est ailleurs, et il y a un bonhomme de proverbe qui dit qu'*on croit facile-ment à ce qu'on désire.* Eh bien, ce proverbe-là n'est pas plus vrai que sa contre-partie : *On croit voir arriver ce qu'on craint.* Il faudrait dire ce que je ne saurais pas citer en latin : « Les destins *mènent* ceux qui *veulent*, et *traînent* ceux qui *résistent.* »

Eh bien, avec d'autres acteurs, avec un autre sujet, avec un autre dénouement, quelque chose d'analogue au 24 février s'est passé le 15 mai. Je ne dirai rien des principaux acteurs, à l'exception d'un seul. Les autres, je ne les connais pas, je ne les ai jamais vus; je n'ai point de notions certaines sur leur caractère, sur leurs intentions, sur leur plan. Seulement, il est à présumer, d'après la composition même de leurs diverses listes, qu'il n'y avait pas de plan, pas de parti pris, pas même de projet formulé entre eux une heure auparavant. Voilà ce que l'un de ces personnages ne savait pas ; car il ne savait rien de ce qui arriverait, et il avait juré la veille que rien

n'arriverait par lui ni par ses amis. Il avait une violente prévention, chacun le sait, contre un des
hommes dont le nom a été mis en avant pendant
l'orage. Peut-être n'avait-il pas confiance dans les
lumières ou dans la sincérité de tous les autres. Le
fait est qu'il s'est trouvé avec eux comme une feuille
emportée par la tempête se trouve avec d'autres
feuilles, sur une cime ou dans un précipice. Il s'y est
trouvé comme Arago, ou Lamartine auraient pu
se trouver à l'hôtel de ville avec M. Cabet ou avec
M. Thiers, si M. Cabet ou M. Thiers avaient eu l'inspiration d'y aller le 24 février.

Cet homme dont je parle voulait-il étouffer la République sous une faction? Non, personne ne soutiendra
cela sérieusement. Voulait-il attenter à la souveraineté du suffrage universel? Il suffira pour savoir le
contraire de se rappeler qu'il a passé huit ans d'agonie dans les prisons de la monarchie, et qu'il a été
condamné à mort pour avoir professé la croyance au
suffrage universel. Voulait-il remettre les destinées
de la France entre les mains de ceux que l'on pro-
clama dictateurs à l'hôtel de ville? Non, il n'était à
l'hôtel de ville que pour protester contre certains
d'entre eux. Voulait-il mettre Paris à feu et à sang?
Il ne cédait à la nécessité de proclamer un nouveau
gouvernement que parce qu'il ne pouvait apprécier,
là où il se trouvait entraîné, l'état de Paris pendant
cette heure confuse et ténébreuse. Il faisait ce que fait
tout homme d'abnégation et de dévouement dans la
crise d'une révolution. Il allait sacrifier sa vie, au

10.

besoin, pour empêcher le peuple d'être égaré par un de ces moments d'inexprimable anarchie où le sang coule sur le pavé de Paris avant que l'idée soit formulée. Voulait-il donc ravir le pouvoir à tel ou tel homme pour s'en emparer?

Voilà ce qu'on croit toujours et ce qui paraît le plus croyable dans les crises révolutionnaires, parce qu'en effet la plupart des hommes de mouvement les font volontiers naître à leur profit. Mais, parmi les hommes d'exception qui donnent tout sans vouloir jamais rien recevoir, l'homme dont je parle est un des plus purs, des plus grands, des plus fanatiques, si ce mot peut s'appliquer au dévouement et au renoncement. Cet homme est né pour le sacrifice, pour le martyre, et, parmi ceux qui le blâment, il n'en est pas un seul qui ne l'aimerait et ne l'admirerait, s'il le connaissait particulièrement.

Mais qui ne le connaît? qui n'a déjà reconnu Barbès à ce que je viens d'en dire? Barbès, qui, au fond de sa prison, n'a point encore eu d'autre préoccupation, d'autre souci que la crainte de voir des innocents compromis dans sa cause? Qui n'a senti, en lisant les lettres de Barbès au colonel Rey et à Louis Blanc, qu'une grande âme était là aux prises avec une terrible destinée? Un mot bien simple du colonel Rey a frappé tous les cœurs en France d'un choc électrique! *Merci, honnête homme!* Oui, *honnête homme!* Ce titre-là est grand comme le monde aujourd'hui, aussi grand, aussi rare que le génie de Napoléon dans le passé. La gloire maintenant court

les rues, la vanité a fait un tel abus du mot de gloire !
Mais l'antique honneur, l'honnêteté politique, nous en
avons si peu, que nous serons bien forcés de nous
prosterner devant elle quand elle deviendra l'expression du caractère français ! L'avenir n'est plus au
génie individuel, à l'éclat du talent, à la force des
armes : il est à l'honneur, et le Napoléon des temps
nouveaux, ce sera l'honnête homme par excellence.

Quant à toi, Barbès, rappelle-toi le mot de l'enfer
dans *Faust* : *Pour avoir aimé, tu mourras!* Oui,
pour avoir aimé ton semblable, pour t'être dévoué
sans réserve, sans arrière-pensée, sans espoir de
compensation à l'humanité; tu seras brisé, calomnié,
insulté, déchiré par elle. J'ignore si le fer de la guil-
lotine est à jamais brisé pour les dissidences politiques. Tu l'as déjà vu de près, et son éclair ne te ferait point cligner les yeux. Mais, déjà à demi mort
dans les cachots de la monarchie, tu recommences ton
agonie dans les cachots de la République. Je crois
fermement que la justice du pays t'absoudra ; j'espère
encore dans l'idée qui préside aux destinées de la République. Mais tu n'en seras pas moins persécuté, durant les jours qui te restent à vivre, par l'idée contraire, toute-puissante encore chez la plupart des
hommes. Tu mourras à la peine d'un éternel combat;
car les forces humaines ne suffisent pas à la lutte que
ces temps-ci ont vu naître, et que ni toi ni moi ne
verrons finir. Reste donc calme ! Tu as choisi la souffrance, la prison, l'exil, la persécution et la mort. Tu
seras exaucé, toi dont l'ambition était de mourir pour

la cause du peuple. Peut-être même connaîtras-tu cette suprême douleur, peut-être boiras-tu ce dernier calice, d'être maudit par des insensés, à l'heure où tu rendras à Dieu ton âme sans souillure. Mais tu crois à la vie éternelle ; et, d'ailleurs, tandis que les ennemis du peuple te jetteront une dernière pierre, le peuple te criera par la bouche de ceux qui t'aiment : *Merci, honnête homme !*

Nohant, 7 juin 1848.

XIV

A THÉOPHILE THORÉ

SUR LA MISE EN ACCUSATION DE LOUIS BLANC

Mon cher collaborateur,

Je suis à une journée de Paris, et depuis deux jours, je n'ai pas reçu *la Vraie République*. C'est vous dire que je suis bien arriéré en fait de nouvelles, quant à ce qui vous concerne. Je vis dans une si grande retraite, que je n'entends parler que des blés qui poussent et des foins qui mûrissent. Il m'est donc impossible, là où je suis, de savoir le jugement émis par votre journal sur les dernières agitations de l'Assemblée et de l'opinion.

Mais, comme nous nous piquons de vivre entre nous sur le pied d'une république véritable, et que nous le pouvons dans les rapports intellectuels, en dépit du démenti que le monde matériel donne à notre idéal; comme nous pouvons fort bien ne pas apprécier de

même les personnes et les faits, sans cesser d'êtr
d'accord sur les principes ; comme enfin nous somme
parfaitement libres, vis-à-vis les uns des autres, d
conserver et d'exprimer notre sentiment personnel, j
vous demande de pouvoir exprimer ici le mien tou
entier. Le moment est venu pour moi de le faire, puis
que, malgré une appréciation différente, sur certain
points, de la vôtre, je suis resté avec *la Vraie Répu
blique*, à l'heure du danger, tout prêt à subir ma par
des persécutions dont ce journal pouvait être l'objet

Ce préambule était nécessaire, parce que, depui
deux jours, *la Vraie République* peut et doit même s'ê
tre prononcée sur l'attitude du gouvernement dan
l'affaire Louis Blanc. Je ne sais pas comment elle s'es
prononcée, je ne viens donc pas faire un acte systématique de contradiction ; mais, de quelque façon
qu'elle se soit prononcée, mon opinion reste la même

Vous savez l'affection que je porte à Louis Blanc
l'estime que j'ai pour son caractère et pour son talent
la sympathie que m'inspirent ses idées, qui sont les
miennes à beaucoup d'égards ; je n'ai pas vu Louis
Blanc depuis un mois, peut-être plus. Je n'ai pas reçu
de lettres de lui. Je n'ai su, ni directement ni indirec-
tement, ce qu'il pensait de la manifestation du 15 mai
mais je le sais d'une manière tout aussi certaine que
si je l'avais vu tous les jours, et que si je ne l'avais
pas quitté d'un instant. Je le sais, parce que l'honneur
d'un homme comme lui est la plus sûre de toutes les
garanties. Louis Blanc a toujours été contraire, énergiquement, absolument contraire à l'idée de la viola-

tion de l'Assemblée nationale, et le mot par lequel il a exprimé cet acte : *La violation par le peuple du principe de sa propre souveraineté*, est chez lui un principe d'une sévérité inflexible.

Je ne puis donc pas être suspect de partialité pour ceux que l'on supposerait hostiles à Louis Blanc dans une tentative de mise en prévention. Et c'est pour cela que je défendrai, avec la plus complète impartialité, l'impartialité complète du gouvernement dans cette affaire délicate.

En ce qui concerne la Commission exécutive, je ne puis pas dire que j'aie des données personnelles sur ses sentiments dans cette affaire. Je n'en ai pas et je n'en ai aucun besoin. Il me paraît impossible que les hommes qui la composent descendent à des sentiments indignes de leur caractère, et il me paraîtrait inconvenant de les disculper à cet égard. Mais je juge le fait par lui-même, et, si je tiens à dire mon opinion, contrairement à mon habitude, quand il s'agit d'un fait purement politique, c'est que, dans aucun des journaux que j'ai eus entre les mains depuis trois jours, je n'ai trouvé une appréciation sage, calme et même vraisemblable de ce fait. Les journaux de la réaction ont pris occasion d'un désaccord apparent, entre le pouvoir et la justice, pour jeter les hauts cris, et pour accabler d'injures cette Commission exécutive, objet de tant de convoitises ambitieuses de la part de la réaction. Les journaux de notre opinion n'ont pas fait beaucoup mieux. Ils ont uni leur blâme, sans réflexion, aux amertumes violentes de la réaction. Permettez-moi de vous le dire, hommes politiques, ceci est une grande faute politique. Et pourtant je ne m'y connais pas; mais cela sauterait aux yeux d'un enfant.

La Commission exécutive se disculpe par un seul mot, clair comme le jour, et simple comme la vérité *Elle a cru ne pas devoir entraver l'action de la justice*

Elle a bien fait de le croire. Elle ne pouvait pas elle ne devait pas croire le contraire. Quand même l'action de la justice lui eût semblé irréfléchie, elle n'avait pas le droit de la paralyser. L'Assemblée nationale a seule ce droit suprême de juger comme elle l'a fait. Évidemment il y a, de la part de la réaction, une grande mauvaise foi à exiger que la Commission exécutive eût une opinion faite d'avance sur la valeur des soupçons de la justice. Les magistrats eux-mêmes, qui obéissent à ces soupçons sur l'ordre de leur conscience, ont-ils un jugement porté d'avance d'une manière absolue? Ils demandent à l'Assemblée l'autorisation de s'éclairer davantage, ils croient ne pouvoir le faire sans une mise en prévention. L'Assemblée fait deux choses à la fois : elle prononce sur l'inviolabilité de ses membres, et, en même temps elle s'éclaire, durant le débat, sur la gravité des charges de l'accusation. Quel est le fait le plus important dans cet examen rapide, mais sûr, que la discussion soulève? C'est évidemment la déclaration du maire de Paris. Jusque-là, le maire de Paris ayant laissé planer un soupçon grave sur la présence de Louis Blanc à l'hôtel de ville, depuis le ministre de l

justice jusqu'au procureur de la République, depuis
l'Assemblée nationale jusqu'à la Commission exécutive, et depuis la commission de l'Assemblée jusqu'à
son rapporteur, tout le monde pouvait croire que Louis
Blanc était sérieusement compromis. Mais M. Marrast
déclare que ce soupçon n'a pour fondement que la
parole d'un homme qu'il ne connaît pas. Il affirme
qu'il est impossible que Louis Blanc soit sorti de
l'hôtel de ville par l'issue qu'on prétendait l'avoir vu
franchir. L'accusation tombe d'elle-même, et l'Assemblée se trouve suffisamment éclairée. C'est donc
M. Marrast qui met, en fin de compte, l'affaire à néant.

Le ministre de la justice avait-il le droit, comme
représentant, de voter sous l'impression de cette sou-
daine lumière? Avait-il le droit de s'apercevoir que la
religion du procureur général avait été surprise par
des bruits sans fondement, répétés peut-être, et grossis
sans la participation de M. Marrast, par de faux témoi-
gnages? (Puisqu'il s'était trouvé des misérables assez
lâches pour tromper le maire de Paris, il pouvait bien
s'en trouver pour tromper le procureur général et le
procureur de la République!) Il y aurait folie à nier
que le ministre n'eût pas ce droit, puisqu'il en avait le
devoir. La susceptibilité des deux magistrats et celle
du rapporteur a donc été, selon moi, irréfléchie et
excessive. Il importe peu que M. Crémieux ait dit ou
non aux magistrats de la République qu'il marchait
d'accord avec eux. Était-ce donc à dire qu'il devait
soutenir leur conviction quand la sienne ne persistait
pas? Cela serait bien étrange!

11

Quant à la Commission exécutive, il aurait fait beau voir qu'elle s'opposât à l'action de la justice, et que MM. Portalis et Landrin, persistant dans leur conviction, eussent donné leur démission avant d'agir Quels cris n'eussent pas jetés les journaux ennemis et même les nôtres ! Louis Blanc eût été condamné sans être entendu par toutes les opinions peut-être et l'Assemblée nationale elle-même n'eût-elle pas été indignée de voir l'autorité du pouvoir exécutif se substituer à la sienne pour trancher *a priori*, et à l'insu de l'Assemblée, une question de cette nature et de cette importance ? C'est pour le coup qu'on lui eût reproché, d'une part, sa faiblesse coupable envers un ancien collègue, de l'autre, la prétention d'usurper des pouvoirs illimités, une initiative politique contraire au droit suprême de l'Assemblée ! On eût été probablement jusqu'à dire que la Commission exécutive faisait partie du *grand complot !* car rien ne coûte à une opposition systématique, toujours décidée à blâmer, quelque parti que prenne le pouvoir. J'ai la certitude que MM. Portalis et Landrin ont porté dans leur conduite une parfaite intégrité, et j'ai beau chercher un *coupable* dans cette fâcheuse affaire : je n'en vois point par le fait, à moins que le maire de Paris n'ait encouragé trop longtemps et démenti trop tard une insigne calomnie. Mais cela est impossible à supposer, et ce qui est coupable, c'est l'acharnement avec lequel la réaction veut découvrir un mystère d'iniquité dans une suite de malentendus et d'incertitudes que la situation rendait inévitables. Ce qui est regrettable, c'est la précipitation avec laquelle nous accusons des républicains qui seraient immédiatement remplacés, au grand désavantage de notre cause, en ce moment, s'ils se décourageaient de la rude tâche que leur font, depuis quelque temps, leurs ennemis et même leurs amis.

Pardonnez-moi, mon cher confrère, de n'être peut-être pas de votre avis sur ce point. Laissez-moi toujours la liberté d'exprimer toute ma pensée à côté de la vôtre. Ce vous sera une garantie de plus de mon concours assidu, s'il vous paraît désirable. Je sais que vous me trouvez trop de candeur en politique. Mais ceci est un sentiment personnel sur un fait que je n'ai pas sous les yeux, et que je juge à distance en lisant les comptes rendus des journaux. C'est peut-être une condition favorable pour le juger sainement. Vous savez que, si je ne croyais pas à la sincérité de ceux que je défends, ma pensée se séparerait absolument de la leur, et sans autre regret que celui de m'être trompé.

Fraternité !

Nohant, 8 juin 1848.

XV

PRÉFACE

AUX *TRAVAILLEURS ET PROPRIÉTAIRES*

DE

VICTOR BORIE

I

Il y a des formules qu'on cherche longtemps et qu'on tarde à trouver, parce qu'elles sont d'une simplicité élémentaire, et que l'esprit humain est ainsi fait, qu'il procède par le compliqué avant d'arriver au simple. Dans les choses d'application immédiate, les détails frappent tout le monde, et l'analyse est déjà l'œuvre de tous, que la synthèse est encore vague et flottante dans l'esprit de ceux qui s'en inquiètent.

Une constitution est une œuvre essentiellement synthétique, dont les lois organiques sont l'analyse. La Constitution de 1848 fera-t-elle honneur au génie synthétique de la France? D'amendements en sous-amendements, sous l'inspiration de la peur et de la violence (deux émotions solidaires l'une de l'autre en politique), l'Assemblée nationale aura-t-elle trouvé la formule de vérité relative au temps où elle prend place dans l'histoire ?

Nous en doutons un peu. La fatalité a voulu que le plus grand problème de l'humanité fût débattu dans un moment de trouble et de malaise indicible. Les esprits se sont buttés de part et d'autre, et les deux faces de la question sont devenues chacune la formule de deux écoles opposées, lesquelles se subdivisent elles-mêmes en partis de diverses nuances.

Or, il ne faut point deux formules à une synthèse, il n'en faut qu'une, et on ne fait point une constitution durable avec le mariage monstrueux de deux formules qui se contredisent.

Depuis cinquante ans, nous tournons autour de cette contradiction, et nous venons de la consacrer de la manière la plus flagrante. Depuis cinquante ans les constitutions et les chartes nous disent : « Français, vous êtes égaux devant la loi. » Chaque loi ajoute : « Vous êtes présumés tous égaux. » Mais l'ensemble des lois conclut que nous ne pouvons pas être égaux, et la société que ces lois régissent nous montre chaque jour que l'égalité, même devant la loi, est encore un privilège auquel ne doivent prétendre que ceux qui sont riches.

Cependant le bon sens public nous crie à cette heure : « Il est facile de critiquer. Socialistes, qui voyez si bien la cause du mal, pourquoi n'en apportez-vous pas le remède ? »

Alors chaque socialiste se croit obligé d'apporter
son remède, c'est-à-dire son système. Il y a de grandes vérités et de grands efforts d'intelligence dans
leurs théories ; mais laquelle choisir? Car elles se
contredisent toutes essentiellement, et il n'y a rien de
plus intolérant et de plus personnel qu'une théorie
signée d'un nom propre. Et puis ces théories sont
longues et difficiles à exposer ; et, en somme, fussent-
elles parfaites, elles n'en sont que plus inapplicables
à une société corrompue et troublée.

Le bon sens public a raison d'être fatigué d'entendre parler de l'idéal dans un moment où les maux sont
à leur comble, et où le moindre adoucissement pratique nous vaudrait mieux que toutes les promesses et
tous les rêves de l'avenir. Ce n'est donc pas le moment
de rêver, on le sent, et on se plaint de l'impuissance
des théories.

Et pourtant les théoriciens auraient tort de se croire
forcés de répondre à des exigences désespérées. Le
plus grand théoricien du monde ne peut donner que
ce qu'il a, et, s'il n'a point la panacée universelle, il
n'en a pas moins le droit de critiquer, au point de vue
de sa croyance, ce qui se fait de mauvais et d'erroné
sous ses yeux. Le xviiie siècle n'a fait que de la
critique, et le xixe siècle s'en est bien trouvé ;
c'est que la critique, c'est l'analyse, par laquelle
l'esprit humain procède toujours dans les masses
avant d'arriver à la synthèse.

C'est là le malheur de l'humanité, la cause de ses
temps d'arrêt et de ses déviations dans la route du

progrès ; et ce n'est point un malheur incurable ni
éternel, autrement il n'y aurait point de progrès véritable. Le progrès lui-même (une éducation publique
meilleure) produira peu à peu des hommes à la fois
plus pratiques et plus théoriciens. Il établira dans nos
facultés un équilibre qui n'a peut-être jamais bien
existé, ou qui, du moins, est violemment ébranlé
aujourd'hui par les orages et les malheurs publics.
On s'étonne de voir tant d'intelligences produire si
peu par leur réunion, ce qu'isolément on avait attendu
d'elles ; cela était fatal. Nous avons trop de théoriciens
et trop d'applicateurs. Nous n'avons pas assez de
théoriciens pratiques, pas assez d'applicateurs théoriciens.

Est-il donc cependant absolument impossible de
faire la synthèse du présent, et de trouver la formule
de la vérité applicable aujourd'hui ? Nous sommes
persuadés qu'avant peu d'années, ce problème qui
nous agite et nous torture sera éclairci. Ce ne sera ni
par un théoricien, ni par un homme pratique, ni par
un savant, ni par un esprit inculte, ni par une secte,
ni par une assemblée législative ; ce ne sera pas l'œuvre d'un homme ni d'un concile : ce sera l'œuvre de
tout le monde, car les vérités ne se découvrent pas
autrement.

Chacun cherche à sa manière la formule de la vie,
depuis le laboureur à sa charrue, l'ouvrier à son chan-
tier et le marchand dans sa boutique. jusqu'au philosophe dans sa cellule, au légiste dans ses livres et à
l'artiste dans ses contemplations. Chacun se trompe

dix fois par jour dans ses diverses appréciations ; et pourtant un jour vient où personne ne se trompe plus sur un certain point donné, qui est devenu évident pour tous, et que chacun s'imagine aussitôt avoir connu et admis de tout temps. Comment cela se fait-il ? Par le miracle du progrès, providence qui combat sans cesse la fatalité, et qui, au milieu de mille défaites, remporte à chaque phase du temps quelque victoire signalée, et inscrit dans ses archives quelque formule impérissable.

Quand la formule est trouvée, la vérité se démontre d'elle-même, et l'application n'est plus rien, parce qu'au moment où cette formule devient claire et acceptable pour tous, les expériences sont déjà faites. On a souffert longtemps et beaucoup avant d'en venir là. On peut apprécier les causes du mal et les détruire sans combat. Ceux qui sont restés par trop en arrière n'ont plus la force morale. On n'a qu'à secouer l'arbre ; la question est mûre, le fruit tombe.

Nous disions tout à l'heure que, du mariage impossible de deux formules contradictoires, la vérité ne pouvait naître. Ces deux formules, qui luttent dans l'humanité depuis tant de siècles, sont celle du pauvre et celle du riche. De tout temps, les riches ont dit : *Nous voulons tout avoir*. Les pauvres ont dit : *Nous voulons avoir autant que vous.*

Les tyrannies, les révolutions, les religions les sophismes, la foi et l'impiété, l'oppression et la révolte, tout y a passé, et la guerre dure encore. Le riche veut rester riche ; le pauvre ne veut pas rester pauvre.

11.

L'égalité est son vœu éternel, comme l'inégalité est l'éternel rêve du riche.

Heureusement nos mœurs sont plus avancées que nos idées. Tel homme, qui combat officiellement l'abolition de l'esclavage et de la peine de mort, est doux et humain dans la vie privée. Tel autre, qui porterait volontiers le bonnet sanglant de 93, ne saurait guillotiner qu'en effigie ses adversaires politiques. On se fusille dans de certains jours, et, le lendemain, on s'embrasse dans la rue. Aux deux côtés d'une barricade, il y a de la rage et de la générosité, de la haine et de la pitié, de la grandeur et de l'aveuglement, du courage, et, ce qui est éminemment français, de la lâcheté nulle part.

Il n'y a donc point à désespérer d'une nation où le sentiment du beau et du bien atténue et répare sans cesse les égarements et les désastres de ses convulsions politiques. Il y a erreur, ignorance ou prévention dans tous les partis. Il y a peut être dans tous bravoure, bonté, désir du vrai. Il y a des individus méchants, traîtres et cupides : les masses valent mieux que les individus, et rien ne prouve mieux que nous sommes faits pour la république.

La lumière est donc proche, car les sentiments sont généralement supérieurs aux idées, et l'humanité mérite que Dieu se révèle et la guérisse de ses erreurs. Mais l'erreur est grande, il ne faut pas se le dissimuler.

L'erreur consiste généralement à traiter les questions comme si elles n'avaient qu'une face, tandis qu'elles en ont deux. Tout le monde le sait, pourtant, depuis que le soleil et l'ombre existent, depuis que l'homme est esprit et matière, depuis qu'il faut chaud et froid sur la terre où nous vivons.

Et pourtant toutes les divisions, toutes les guerres, toutes les controverses sont nées de cette fatale opération de notre esprit, qui procède toujours par la négation d'une vérité aussi banale. On nous présente un objet ; nous le voyons du côté qui nous fait face, et nous le décrivons aussitôt tel qu'il nous apparaît ; ceux qui sont vis-à-vis de nous le voient sous un autre aspect, qui est tout aussi réel, mais qui nous échappe ; et nous voilà à disputer les uns contre les autres, aucun ne voulant faire le tour de cet objet pour en prendre une notion exacte et complète. « Il est blanc », disent ceux qui voient le côté lumineux. « Il est noir ! » disent ceux qui voient le côté sombre. Et la controverse dure des siècles, à travers des flots d'encre, de sang et de larmes.

A l'heure qu'il est, nous sommes absolument ainsi autour de la question de la propriété. « Elle est sacrée ! » disent les uns. « Elle est un vol[1] ! » disent les autres. « Donc, consacrons le droit de propriété dans son acception la plus absolue, dit la Constitution, sauf à la défendre comme nous pourrons contre ceux qui disent qu'elle est un vol. — Détruisons le principe de la propriété, disent ceux que froisse le principe ainsi entendu, sauf à respecter le fait tant que nous ne

---

1. Ceci n'est point une allusion au mot de M. Proudhon qui a soulevé tant de colères. M. Proudhon n'est pas communiste et n'a pas donné à ce mot le sens qu'on lui prête.

pourrons le combattre et le détruire. D'un côté, des
propriétaires furieux qui défendent leur droit avec
passion et arrogance, ne sachant comment le concilier
avec le droit de vivre accordé au prolétaire; de l'autre,
des prolétaires indignés qui commencent à se repentir
d'avoir trop respecté le fait de la propriété, et à perdre la conscience des droits respectifs méconnus par
la société officielle.

Qu'y a-t-il pourtant au fond de cette question insoluble au premier abord? Il y a une vérité qui a deux
faces, et qui ne serait pas une vérité si elle ne les
avait pas.

II

J'ai dit que toute vérité abstraite, comme tout objet
sensible, avait deux faces, et je me suis exprimé ainsi
pour simplifier la démonstration; car toute idée comme
tout objet a autant de faces et d'apparences diverses
qu'il y a d'individus placés pour l'observer et le comprendre, à des points de vue différents. Mais ne
prenons que les deux points de vue extrêmes, et dia-
métralement opposés. Tous ceux qui seront intermé-
diaires pèseront d'autant plus dans la balance d'un
côté ou de l'autre.

A un de ces points de vue, nous trouvons la formule
de la richesse : « La propriété est une chose imprescriptible, personnelle, dont celui qui possède a le droi

d'user et d'abuser. » De l'autre, nous trouvons la formule du communisme : « La propriété est une chose
essentiellement modifiable et impersonnelle, dont tous
les hommes ont le droit d'user, dont nul n'a le droit
d'abuser. »

La question ainsi posée est fausse de part et d'autre ;
elle est insoluble parce qu'elle n'est point posée sur
sa véritable base.

Je crois que la véritable définition de la propriété
serait celle-ci : « La propriété est sacrée parce qu'elle
est toujours le fruit d'un travail, d'une conquête ou
d'un contrat auxquels l'humanité antérieure ou con-
temporaine ont adhéré. Le consentement est une
sanction imprescriptible, même pour les richesses
dont la source ne serait point pure. Nul ne peut dire :
« J'ai fait un mauvais marché avec vous : je reprends
» ce que je vous avais cédé, vendu ou donné. »

Mais il faudrait ajouter aussitôt : « La propriété est
de deux natures. Il y a une propriété personnelle et
imprescriptible. Il y a une propriété modifiable et
commune. La définition générale donnée plus haut à
la propriété est également applicable aux deux natures de propriété qu'il faut reconnaître. »

Le travail auquel ces réflexions sont annexées trai-
tera et développera cette proposition à un point de
vue qui n'est pas le point de départ de mes opinions.
Parti du principe de la propriété, comme j'étais parti
du principe du communisme, l'auteur de ce travail
rejette absolument le mot que je tiens à maintenir,
et s'attache à prouver que l'admission du principe de

deux natures de propriété éloigne à jamais le communisme de nos institutions. Sans doute, si le communisme est ce que ses adeptes veulent qu'il soit. Mais, s'il est autre chose, s'il est ce que je crois, le mot oublié ou transformé, la chose doit rester, et l'idée doit faire son temps et son œuvre dans le monde.

Au reste, peu importe que l'auteur de ce travail voie l'avenir avec d'autres yeux que les miens. Quand on en est à prophétiser, les discussions sont oiseuses et insolubles. Ce que je regarde comme important pour le principe que j'ai posé tout à l'heure, c'est qu'un autre que moi y soit arrivé en voulant combattre le communisme, comme j'y étais arrivé de mon côté en voulant le défendre. C'est que, apparemment, fatigués de contempler l'idée sous la face qui nous était toujours apparue, il nous est arrivé à l'un et à l'autre d'en faire le tour, et d'en voir les deux faces opposées. Je souhaiterais que tout le monde pût en faire autant; et, comme il y a partout des yeux au moins aussi bons que les miens, la vérité, l'esprit de justice, et la possibilité de s'entendre, y gagneraient certainement.

Je n'entreprendrai donc pas de définir ce qui est essentiellement personnel et absolu dans le domaine de la propriété privée; ce qui est essentiellement impersonnel et modifiable dans le domaine de la propriété publique. C'est l'objet du travail qu'on va lire : mais je placerai ici, pour ma satisfaction particulière, quelques réflexions sur le communisme et sur le rôle que je le crois appelé à jouer dans l'avenir.

III

Le communisme est une doctrine qui n'a pas encore trouvé sa formule : par conséquent ce n'est encore ni une religion praticable ni une société possible ; c'est, jusqu'à présent, une idée vague et incomplète. C'est pour cela qu'à l'état d'aspiration elle est très répandue, et qu'à l'état d'église elle est fort restreinte. L'idée est puissante à l'état d'aspiration, et l'avenir est à elle ; à l'état d'église, elle ne peut rien, et disparaîtra peut-être sans avoir rien trouvé d'applicable hors de son sein.

Le communisme, lorsqu'il aura trouvé sa formule, deviendra donc une religion. La question est de savoir si, étant une religion, il pourra être une forme de société.

L'humanité peut admettre et professer un idéal, bien des siècles avant que sa constitution sociale soit l'expression de cette doctrine, et même sans qu'elle le soit jamais d'une manière absolue. La logique absolue voudrait pourtant que ce divorce entre la foi et les actes n'existât plus, et l'idéal d'une société parfaite serait un état social dont les institutions seraient en harmonie parfaite avec la religion professée par tous ses membres.

Mais le règne de la logique absolue n'est point encore de ce monde, et nul n'a le droit de nier ni d'af-

firmer qu'il en sera jamais. Il ne faut prendre l'homm
ni absolument tel qu'il est aujourd'hui, car ce sera
nier le progrès, ni absolument tel qu'il devrait êtr
car ce serait trop présumer d'un avenir voilé po
nous. Il faut le prendre tel que nous pouvons raiso
nablement le concevoir, même en nous laissant all
à un peu d'optimisme ; c'est la tendance des âmes a
mantes : il ne faut point que cette tendance dégénè
en folie.

Nous ne pouvons donc affirmer dogmatiqueme
que les hommes arriveront un jour à une telle un
de vues, à un tel accord de raison et de sentime:
qu'une religion puisse s'établir parmi eux sans re
contrer de dissentiments et de résistances. Aussi lc
que nos regards peuvent porter, nous voyons le pr
cipe de la liberté humaine indissolublement basé s
le principe de la liberté de conscience. Toute religi
étant une idée plus ou moins absolue, nous ne voyc
donc pas qu'il soit possible d'identifier la loi social
la loi religieuse, la politique à la philosophie, car
serait la destruction de la liberté humaine. Que la
ligion, l'idéal servent de base et même de but au
gislateur, il le faut ; autrement, la loi est athée, et
société le deviendra ; mais il y aura toujours (les c
servateurs l'ont dit eux-mêmes et avec raison) t
distinction essentielle à maintenir entre la loi div
et la loi humaine.

La religion est, de sa nature, une libre inspirat
de la conscience individuelle, et, s'il plaît à la c
science individuelle de s'imposer une croyance ab

lue, erronée même, elle le peut. Il ne tiendra qu'à elle
de reprendre ses droits à l'examen, et de modifier sa
doctrine. Mais la loi sociale, qui ne peut point se sou-
mettre aux opérations journalières de la conscience
de l'individu, doit être à la fois plus tolérante pour le
principe, plus absolue dans le fait que la loi religieuse.

La loi, dans son application, est donc quelque chose
d'arrêté et d'absolu qu'il n'est permis à personne d'interpréter à sa guise dans les actes de la vie civile.
C'est pour cela qu'une religion qui serait imposée par
les lois civiles ou politiques serait une tyrannie à laquelle, grâce à Dieu, nous avons juré d'échapper, et
ce n'est pas pour retomber sous le joug d'une théo-
cratie que l'humanité a tant souffert et tant combattu.
L'idéal religieux nous enseigne la fraternité ; la loi
humaine ne peut nous prescrire l'exercice de cette
vertu que jusqu'à un certain point. Elle peut sévir
contre nous quand nous tuons notre frère par le
meurtre, la calomnie ou la diffamation. Elle doit ré-
primer tous les actes extérieurs qui violent le contrat
de la fraternité humaine ; mais elle ne peut atteindre
nos sentiments et nos instincts dans les actes qui ne
portent point directement atteinte à la vie et à l'honneur de notre semblable. Moïse a dit : *Tu ne tueras
point*, et il a pu faire de cette prescription une loi civile. Jésus a dit : *Tu ne haïras point*, et il n'a pu faire
de ce précepte qu'une loi religieuse. *Respecte ton semblable*, disait le premier. *Aime-le*, a dit le second. On
voit la différence. Au nom de la divinité, on peut
commander au sentiment; mais c'est de Dieu seul que

nous pouvons recevoir un ordre qui n'a son critérium que dans le sanctuaire même de notre âme. Au nom de la loi humaine, qui est notre propre ouvrage, nul ne peut dire à son semblable, qui est désormais son égal : « Je commande à ta conscience, et je te veux forcer d'être bon. »

Ce raisonnement, les conservateurs l'ont fait, je le répète ; mais toute vérité devient un sophisme dans les esprits prévenus. Ils ont conclu de cette distinction, irréfutable en elle-même, que l'État ne pouvait pas prescrire la charité, c'est-à-dire l'exercice de la fraternité sous forme d'impôt. Non certes, l'État n'en aura jamais le droit, si ce droit n'existe pas dans l'humanité à l'état de droit du pauvre. Mais ce droit existe, et il n'est pas question ici de *charité*. La charité individuelle pourra toujours s'exercer sans que la loi s'en mêle ; la loi ne pourra jamais ni l'augmenter ni la restreindre. Mais la charité n'a rien à faire dans la consécration d'un droit, et le riche ne peut pas dire au pauvre : « Tu n'as pas le droit de vivre. C'est ma charité seule qui te le permettra. »

Honte à l'humanité et malheur à la richesse si c'est là sa formule !

Mais non, ce ne l'est point. Les hommes ne sont pas si méchants qu'ils sont aveugles. Pardonnez-leur, mon Dieu, ils ne savent ce qu'ils disent !

L'auteur du livre auquel ces réflexions servent de préface s'est chargé de démontrer le droit de celui qui ne possède pas, corrélatif au droit de celui qui possède. Nous examinons ici le communisme à l'état de doctrine religieuse ; voyons s'il peut et s'il doit passer un jour à l'état de doctrine politique et sociale.

Non, le communisme ne peut pas devenir une loi politique et sociale comme la plupart des communistes l'ont cru jusqu'à ce jour. L'auteur du *Voyage en Icarie* pourra faire un roman et réaliser le rêve d'une colonie où règnera la fraternité modèle. Moi aussi, j'ai fait des romans. Il est permis à tout le monde d'en faire, et de lancer son âme à travers tous les rêves de l'idéal. Il est bon même que ces sortes de fantaisies généreuses et naïves, plus ou moins bonnes, plus ou moins folles, viennent de temps en temps chanter un cantique de fraternité évangélique à l'oreille de l'homme qui rêve loin du tumulte des passions égoïstes. Il est permis aussi à tout le monde de fonder une communauté où les âmes fraternelles viendront mettre en commun leurs croyances, leurs pensées, leurs sentiments et les fruits de leur travail. Honte à l'intolérance brutale qui menace et persécute les adeptes inoffensifs d'une croyance individuelle ! Mais honte et blâme aussi à ces adeptes, s'ils croyaient jamais avoir le droit d'imposer, par surprise ou par violence, à la société, une loi morale et religieuse que la société n'aurait point consentie ! Ils recommenceraient donc l'œuvre de l'inquisition, car le temps est passé où l'homme osait dire à l'homme : « Je t'ordonne de croire. »

Mais ne craignons rien de semblable : les romans sont des romans, et non pas des constitutions. Les associations ne sont pas des sociétés, et une communauté n'est pas une nation. Le communisme serait

bien peu de chose s'il n'avait pour organes que d[...]
romans et des essais de ce genre. Le communism[...]
est une idée aussi ancienne que le monde. C'est u[...]
des deux faces de la vérité. Il est le côté d'une id[...]
dont une moitié du monde n'a jamais voulu regard[...]
que l'autre côté. Voilà pourquoi il n'a point enco[...]
trouvé sa formule. Voilà pourquoi, tant qu'il ne l'au[...]
pas trouvée, il pourra faire des adeptes à l'état d'id[...]
religieuse, et ne pourra constituer une société.

S'il est une religion, j'y adhère de toute mon âm[...]
Si je suis riche, tout ce dont je puis disposer est[...]
tous ceux que je puis aider. Si j'ai peu, ce peu, j'[...]
ferai le même usage relativement. Ma conscience[...]
l'Évangile, qui est pour moi le plus beau des enseign[...]
ments divins, me le commandent; et c'est préciséme[...]
parce que je possède quelque chose que j'ai le dev[...]
d'être communiste. Mais, si le communisme est u[...]
société, je m'en retire, parce que je me vois aussi[...]
forcé d'être en guerre et en lutte incessante avec to[...]
ceux de mes semblables qui ne reconnaissent [...]
l'Évangile, et me voilà obligé d'être leur persécute[...]
et leur oppresseur au nom de l'Évangile, c'est-à-d[...]
de recommencer l'œuvre de Dominique, le brûle[...]
d'hommes et de livres. Or, je ne conçois pas l'é[...]
blissement d'une société pareille, et c'est pour le co[...]
que je demande à me réfugier en Icarie, ou, du moi[...]
quelques hommes sont probablement d'accord [...]
quelques points [1].

1. Et pourtant, comme, dans le moment où nous vivons, on p[...]
encore, dans les provinces, de pendre et de brûler les com[...]

Mais le communisme, lorsqu'il aura trouvé sa formule, c'est-à-dire lorsqu'il ne sera plus la moitié
d'une vérité, lorsqu'il aura fait le tour de l'idée dont
il n'a encore contemplé qu'une face, sera-t-il forcé-
ment exclu de la forme sociale et de l'action politique?
Non; tout au contraire, il y apportera l'équilibre qui
manque à la société, et faute duquel, trop chargée
d'un côté, elle s'écroule fatalement. Il est un des pi-
liers nécessaires sur lesquels reposera l'édifice futur,
et cela sera beaucoup plus tôt qu'on ne pense, si l'on
ne continue pas à se battre sans savoir pourquoi, et à
faire de part et d'autre d'inutiles et funestes prodiges
d'héroïsme et d'aveuglement.

Il deviendra alors un élément régulier de reconstruc-
tion sociale, comme le christianisme, comme toutes les
religions importantes le sont devenues en leur temps.
Mais peut être, à l'heure qu'il est, serait-il difficile de
faire admettre à ceux de ses adeptes qui se sont constitués en petite église qu'ils n'ont que deux partis à
prendre : ou protester, comme religionnaires, contre
tout ce que l'humanité professe et pratique, et se retirer au désert en communauté pour montrer qu'ils sont
vraiment les disciples d'une religion de fraternité qui

nistes, moi, personnellement, je ne répudierai point ce titre dangereux. Je ne le ferais que le jour où le communisme triompherait
en politique, et m'adresserait les mêmes menaces que les conservateurs m'adressent aujourd'hui. Jean-Jacques Rousseau disait :
« Je suis philosophe avec les superstitieux, religieux avec les
athées. » Il est des temps d'anarchie morale où cette parole de
Jean-Jacques est nécessairement la devise de tout esprit sincère
et courageux.

proscrît la guerre, les conspirations et les ambition politiques [1] ; ou rester dans la société, en accepter le fai et garder leur idéal en silence. Il y en aurait un troi sième qui serait d'examiner sincèrement si leur théori est applicable, même dans l'avenir, et de reconnaîtr qu'elle ne l'est point, à moins qu'ils ne la modifient mesure que la théorie contraire se modifiera par 1 force des choses ; car chaque école a la moitié d chemin à faire avant d'en venir à fonder une sociél durable. Mais il n'en sera point ainsi de part ni d'autr Le temps seul fera ce miracle, et nous y aurons fo peu contribué. Mais nous aurons fait notre devoir e déclarant et en répétant qu'il y a *deux natures* (*propriété* : la part *individuelle*, qui est largement fai à quelques-uns, et qu'il faudra respecter quand même *la part commune*, qui a été envahie, dérobée à tou par quelques-uns et qu'il faudra restituer.

15 décembre 1848.

1. Je suis loin de les en accuser ; mais on les en accusera to jours ; puisqu'ils représentent et personnifient ce qu'il y a de pl absolu dans l'idée communiste, ils serviront toujours de prétext aux terreurs des propriétaires et aux intrigues de la réaction.

MÉLANGES

I

PRIÈRE

Grand Dieu! protège ceux qui veulent le bien, ré-
prime ceux qui veulent le mal! Marque tes enfants au
front, afin que les impies les respectent! Détruis le
règne obstiné des Scribes et des Pharisiens! Ouvre
un chemin au voyageur qui cherche tes sanctuaires!...
Prends soin des enfants de la veuve! Ouvre l'oreille
du sourd et l'œil de l'aveugle! Ton calice n'est plus
amer depuis que tes lèvres y ont trempé! Dans nos
nuits d'agonie, nous cherchons la trace de tes pas au
jardin des Olives, et nous espérons, parce que tu as
ennobli nos souffrances, et parce que tu as fait de
Dieu un refuge contre les hommes!

Bourges, 24 juillet 1836.

12

II

ADIEUX

POÉSIES PAR H. DE LATOUCHE

Sous le titre d'*Adieux*, un volume de vers, imprimé avec une sorte de mystère, et envoyé à quelques amis, vient d'être, nous ne pouvons pas dire *publié*, mais livré à la sympathie de lecteurs choisis. Cette avarice d'un goût, trop exquis, et d'une modestie dont le public aurait fort le droit de se plaindre, est le fait d'un homme célèbre dans la littérature par ses productions originales, et dans le monde artiste par son esprit brillant et délicat. Nous disons célèbre en tremblant, car nous savons que tous les soins et toute la volonté que les autres hommes emploient à se faire connaître, M. de Latouche les a mis à demeurer inconnu autant que possible, par haine de la *camaraderie*, et par dégoût du charlatanisme, ces maladies de notre époque, qu'il a si vertement flagellées dans des pages étincelantes.

Mais, en dépit de ses efforts, l'auteur de *Fragoletta*, de *Grangeneuve*, de *Clément XIV et Carlo Bertinazzi*, l'homme de goût et de courage qui publia, aux jours les plus ombrageux de la Restauration, les vers inédits d'André Chénier, ne put éviter les émotions fatalement placées sur la route du talent énergique et sincère. Recherché avec zèle par des intelligences amies, combattu avec amertume par des rivaux blessés, M. de Latouche a traversé, comme malgré lui, ces agitations, qu'une excessive sensibilité d'esprit et de caractère lui avaient appris en vain à redouter. Ses vers sont l'expression de ces intimes souffrances, de ces mystérieux bonheurs, de ces joies tremblantes, de ces nobles dépits qu'une âme fière et une imagination impressionnable, une véritable organisation de poète, c'est-à-dire la force unie à la faiblesse, devaient lui faire rencontrer à chaque pas. Sous ce rapport principalement, son livre est une étude intéressante, quoique douloureuse. Trop de chagrin profond et de plainte chaleureuse y débordent, pour que le poète ne se soit pas injustement trompé quelquefois sur le compte de l'amour et de l'amitié. Il faudrait trop haïr, trop mépriser les êtres qui ont brisé ainsi, de propos délibéré, un cœur aimant et noble, s'ils sont aussi coupables que son désenchantement les en accuse. Mais n'y a-t-il pas plutôt à déplorer ici, quoique avec respect, la mobilité d'une âme de poète qui, rêvant partout l'idéal, se désillusionne en amitié comme en amour, comme en toutes choses, presque aussitôt qu'elle s'est éprise? Quoi qu'il en soit, il y a dans les

regrets et dans les adieux de celle-ci, une générosité
de cœur, un fond de tendresse et de bonté qui, plus
que ses reproches, accusent et condamnent les ingrats
qu'il a pu faire. Nous sommes enchanté, quant à nous,
de ne pas les connaître : car, après certaines pièces
vraiment bien belles et bien touchantes, après des
vers comme ceux-ci, nous serions tenté de leur faire
un mauvais parti :

> « Frères! il faut mourir! » répète le trappiste.
> Un mot que, chaque jour, dit le monde, est plus triste :
> « Il faut vivre ! » Il le dit; et ce monde inclément
> N'ajoute pas « mon frère » au dur commandement.

Ces quatre vers sont beaucoup meilleurs que le qua-
train célèbre de Jean-Jacques Rausseau : *Malheureux
humains que nous sommes*, etc. » pourtant ce rapprochement nous est venu à l'esprit en les lisant. Est-
ce que le poète des *Adieux* n'aurait pas à se défendre
aussi d'une de ces funestes maladies morales, qui
s'attaquent de préférence aux grandes âmes et aux
grandes intelligences, mais qui les rendent parfois
soupçonneuses et cruelles?

Ce n'est pas nous, élève indigne, mais toujours
reconnaissant et respectueux de M. de Latouche, nous
dont il a encouragé les premiers essais, et qui aurions
eu plus longtemps besoin de ses conseils éclairés et
affectueux, qui oserons porter un jugement sur le
mérite littéraire de son œuvre. Fussions-nous devenu
compétent à cet égard, nous ne nous sentons point
l'impartialité, c'est-à-dire la froideur nécessaire pour

juger le talent de celui qui fut notre guide et notre premier appui. Cependant, nous croyons fermement que notre sympathie ne nous a pas trompé, et que nous ne serons pas le seul à admirer tant de grâce exquise, tant de recherche et de goût, tant de poésie descriptive finement et poétiquement sentie. Sous ce dernier rapport, nous croyons avoir pleinement le droit d'estimer le pinceau qui a tracé, avec tant de charme et de vérité, les paysages aimés de notre enfance. Le vallon où nous avons gardé les chèvres touche à la colline où le poète des *Adieux* a rêvé le long de l'écluse, et dans

> Nos indigents sillons de seigle et de *blé noir*,
> . . . . Ces brandes sans rivages,
> Océans de verdure et de parfums sauvages.
> Là, quand la perdrix rouge, à ses douces clameurs,
> Aura su rallier tous ses enfants dormeurs,
> Sur vos fronts, dans la nue, encore au-dessus d'elle,
> Il passera, le soir, un frémissement d'aile :
> Ce sont les bataillons des oiseaux pèlerins,
> Voyageurs, comme nous, dans des airs plus sereins.
> Quand les ombres déjà pèsent sur la chaumière,
> Eux, du soleil encore poursuivent la lumière.
> Enfant, je les croyais l'essaim d'anges heureux
> Qui de la terre au ciel allaient porter les vœux.

Ces vers nous charment, et nous ne ferons pas une promenade au pays, le long des traînes de l'Indre, ou au fond des gorges de la Creuse, sans y relire avec amour tous les vers suaves et vrais que M. de Latouche a consacrés à nos douces contrées de la Marche et du Berry. Quant aux nobles sentiments de patriotisme et

de fière probité, généreuses aspirations politiques et
morales qui dominent, comme une austère consolation
et un appel à Dieu, ses plaintes éloquentes et ses mé-
lancoliques rêveries, ils trouveront un écho dans les
âmes d'élite, et le Berry particulièrement s'honorera
du poète qui n'a ni oublié ni dédaigné son berceau
rustique.

Janvier 1844.

III

PRÉFACE DE
LA BOTANIQUE DE L'ENFANCE

PAR
JULES NÉRAUD

Un de nos plus anciens et de nos plus chers amis,
Jules Néraud, a rassemblé les matériaux de ce petit
livre, en se jouant, en causant avec nous, en donnant
leçon à ses enfants au coin du feu. Adonné à la botanique par vocation dès ses plus jeunes années, il aima
trop la science en poète et en artiste pour songer à
s'en faire un instrument de gloire ou de fortune. Comme
Jean-Jacques, *il contempla l'or des genêts et la pour-
pre des bruyères*, sans songer à un plus grand bien
que celui qu'il retirait de ses rêveries solitaires; peut-
être s'est-il trop souvent égaré dans les prairies à
poursuivre les brillants insectes parmi les fleurs. Il ne

s'est pas assez dit que la toute-puissance, soit d
création, soit d'investigation, impose des devoirs
celui qui l'a reçue d'en haut, et qu'il n'est pas permi
d'être savant pour soi seul. Les connaissances qu'i
avait acquises, les observations ingénieuses qu'il ava
rencontrées, il en devait compte sans doute; il s'est tu
craignant les peines infinies qu'il faut prendre pou
sortir de l'obscurité, et qui ne sont pas moindres
avouons-le, pour l'homme de dévouement que pou
l'ambitieux.

Malgré tous nos reproches, j'ignore s'il secouer
quelque jour la poussière de ses vieux cahiers, et s'
consentira à mettre en œuvre les richesses insouciеu
sement amassées dans tout le cours de sa vie; pou
aujourd'hui, nous l'avons décidé seulement à publie
la plus modeste de ses productions; mais, dans ce ca
dre naïf d'un livre élémentaire pour l'enfance, il nou
a semblé que tant de grâce était jointe à tant de clartе
tant de savoir à tant d'humeur poétique, que ce livi
devait se recommander de lui-même dès les première
pages à l'attention des lecteurs.

Ce ne sont peut-être pas les enfants seuleme
qui l'étudieront avec fruit; ce sont les esprits litté
raires et les gens de goût même les moins versés dar
la botanique qui le parcourront avec plaisir. Il m'
semblé, quant à moi, toute prévention d'amitié à par
que ce petit ouvrage me promenait tantôt dans с
beaux jardins, tantôt dans le désert des forêts, et qu
je faisais ce voyage imaginaire sous la conduite d'u
causeur savant et amusant (ce qui ne se rencontre pа

toujours), naïf comme un enfant, malin comme un campagnard du temps de Montaigne, aimant le merveilleux poétique, et portant bien en lui, dans son esprit enjoué, dans son cœur tranquille et doux, la bonhomie sérieuse avec laquelle Rousseau et la Fontaine examinaient la grâce d'un brin d'herbe ou le naturel d'un insecte.

Je ne sais si c'est le souvenir de ma jeunesse et de mes joies les plus pures qui se rattachent à la botanique qui m'a fait trouver tant d'attraits à cette lecture. S'il en est ainsi, je ne dois pas craindre d'être le seul, car quel est celui de nous qui n'a pas gardé la mémoire des riantes promenades de son enfance, et à qui le nom d'une fleur ne rappelle pas, avec le parfum qu'elle exhalait, le site où elle croissait et mille douces pensées qui se lient à ce souvenir?

La méthode de ce traité élémentaire ne m'a pas moins frappé que la rédaction. Plût à Dieu qu'on pût appliquer à toutes les études ce procédé si simple et si attrayant! Mais la botanique est peut-être, de toutes les sciences, celle où l'analyse offre le plus de charme, où la synthèse s'en dégage le plus nettement avec une bonne direction. Cette méthode doit nécessairement créer une occupation pleine d'attraits aux enfants les moins studieux et à beaucoup d'entre nous, grands enfants, qui fuyons la peine et reculons d'effroi devant le technique des définitions générales; elle doit prendre comme par surprise les esprits paresseux et ranimer les mémoires engourdies. Elle est, comme toutes les choses excellentes, si simple et si

logique que chacun, en se l'appliquant, s'étonnera d
ne pas l'avoir trouvée de lui-même. Enfin, le sty
aura comme la forme cet inimitable et irrésistible a
trait des œuvres faites avec amour et abandon.

14 mars 1843.

IV

RÉPUBLIQUE ET ROYAUTÉ EN ITALIE

TRADUIT DE

J. MAZZINI

AVANT-PROPOS DU TRADUCTEUR

Avec la brochure publiée récemment sous ce titre : *Le Pape au XIXe siècle,* le rapide résumé dont nous donnons ici la traduction pose les bases d'un des procès les plus éclatants, les plus scandaleux, les plus douloureux dont l'histoire des hommes puisse offrir l'exemple. Dans le premier ouvrage, la question religieuse et philosophique est esquissée à larges traits, mais avec la sûreté et la puissance que possède seule la main d'un maître. Dans le second, la question politique, l'histoire du fait est tracée avec la même *maestria,* la même grandeur, la même vérité. Mazzini n'est pas seulement un grand caractère et une grande intelligence, c'est par-dessus le marché, pour ainsi dire, un grand écrivain. Sous sa plume éloquente, les points

13

les plus arides se colorent et s'enflamment au fe
intérieur d'une âme enthousiaste et sainte. Un de
hommes les plus méconnus, les plus calomniés, le
plus lâchement insultés par l'esprit réactionnaire, e
un des plus grands hommes de ce temps-ci; c'e
dans l'ordre. L'Italie et la France révolutionnaires
savent. L'Italie et la France réactionnaires le save
aussi. De là cette haine, cette calomnie, cette perse
cution.

Que personne ne s'en plaigne. Que les amis (
Mazzini, c'est-à-dire les amis de la véritable Itali
subissent ces outrages avec l'auguste sérénité do
Mazzini lui-même et les autres principaux martyrs (
la cause ont fait preuve. La loi des temps, la fatali
providentielle qui plane sur l'histoire du mond
depuis que le premier souffle de la liberté et de
vérité a passé sur lui, la volonté divine qui promet
l'humanité de grandes victoires pour prix d'atroc
souffrances, l'avait ainsi ordonné. Ce n'est pas le f
et la mort, ce n'est pas la prison et l'exil contre le
quels les croyants de l'avenir doivent s'armer de pl
de courage et de stoïcisme; c'est l'injustice des co
temporains, c'est le mensonge des adversaires, c'e
l'erreur de la foule qui sont les véritables tourmer
des âmes dévouées. Qui ne le sait en entrant dans
carrière? Il faut aujourd'hui, comme aux premie
temps de la mission chrétienne, le bouclier de la f

Mais, hélas! la main qui trace ces lignes est frém
sante encore de douleur et d'indignation. Elle pourr
signer ces vers de Racine :

Je vous donne un conseil qu'à peine je reçoi :
Du coup qui vous atteint vous mourez moins que moi.

Oui, le pâle traducteur des brûlantes paroles de Mazzini a souvent manqué de courage, non devant ses propres chagrins (ils n'ont rien qui mérite une plainte personnelle), mais devant les épreuves qu'il a vu subir, aux peuples d'abord, ensuite aux apôtres de la cause des peuples, aux meilleurs hommes de ce temps-ci. Tous dans la servitude, dans les fers ou dans l'exil, ce n'est rien ; c'est le sort de la guerre, et ils savaient bien, au moment où ils se sont levés pour la guerre, qu'ils étaient un contre dix ; mais tous calomniés, tous méconnus ! Hélas ! mon Dieu, pardonnez-moi ce reproche, c'est affreux, c'est infâme ! Si je ne craignais de blasphémer, je dirais c'est trop !

Si, depuis deux ans, je n'ai point élevé la voix, moi qui avais encore du loisir et de la liberté, pour défendre une à une toutes ces victimes du mensonge, ce n'est point le sentiment d'une fausse modestie qui m'a retenu. Je savais fort bien qu'une voix sincère, si peu harmonieuse et si peu retentissante qu'elle soit, a sa valeur comme son droit, dans la foule ; mais, je l'avoue, le dégoût m'a fermé la bouche. Ce n'est pas le nombre des adversaires qui impose, c'est la valeur morale de leur opposition ; mais, moi, j'ai senti ma parole étouffée, non par la crainte, mais par le dégoût de cette opposition jésuitique et systématique aux vérités les plus simples, aux notions les plus élémentaires de justice. Que peut-on répondre à ceux qui mentent sciemment et qui se font un honneur et un devoir de mentir à Dieu et aux hommes? Si l'on jette à la face d'un jésuite ce mot insupportable à la dignité d'un homme: *Vous mentez !* le jésuite ne se fâche point, il ne tend pas l'autre joue à l'exemple du Christ. Il sourit, il sourit d'orgueil et de satisfaction intérieure, il s'applaudit d'avoir su mentir, et, s'il pouvait rougir, ce serait d'avoir fait, par malheur, un mensonge maladroit et inutile. Si j'écris ces quelques lignes aujourd'hui, en tête de l'ouvrage d'un frère respectable et d'un illustre ami, ce n'est pas avec l'espoir de faire tomber les calomnies qu'en haine de sa croyance, on a essayé de déverser sur ses intentions. A Dieu, à l'avenir, à la raison des peuples détrompés et éclairés appartient seul l'arrêt suprême qui fera éclater le crime et la vertu. Je le fais uniquement parce que c'est un devoir de prendre note, en temps et lieu, d'une grande protestation, qui sera étouffée encore aujourd'hui par le mensonge, mais qui demain peut-être sera enregistrée au tribunal de l'Europe. Il faut que cette pièce soit publiée, avec ou sans retentissement, peu importe; il faut que la presse française en soit saisie en même temps que celle des autres nations. Je n'y ajoute rien en y ajoutant mon nom; mais, à un jour donné, la plume du premier secrétaire venu doit être au service de la cause, comme le fusil du premier combattant venu dans une bataille

Et après ce devoir accompli, tâchons de reprendre courage, malgré le spectacle navrant de l'Italie livrée aux vautours, et des autres peuples frémissants dans leurs chaînes. L'écrit de Mazzini démontre jusqu'à l'évidence deux grandes vérités que les nations en travail de liberté n'ont pas assez comprises : la première, propre à l'Italie, c'est qu'elle ne pourra jamais conquérir son émancipation par les princes, et qu'elle doit se rallier autour du principe républicain, qui est l'ancre de son salut; car, indépendamment des prodiges de courage et d'enthousiasme qu'une foi nouvelle peut seule enfanter, cette nation ne peut pas rester en arrière du mouvement européen qui entraîne fatalement la démocratie vers la république. C'est en reconnaissant cette forme logique de toute organisation démocratique qu'elle sera au niveau des grandes tendances de l'avenir.

La seconde vérité démontrée par Mazzini, et qui est universelle, c'est que les nations ne peuvent rien isolément, et que la politique étroite et impassible du *chacun pour soi* mène droit à la tombe. La ligue des rois n'est pas dissoute, elle sera toujours puissante contre la désunion des peuples. Que le peuple français, celui qui semblait marqué par les destins pour être l'initiateur de tous les autres, ouvre son cœur et son esprit à de nouvelles notions sur ce qu'on appelle la politique étrangère. Il est temps, car la coalition des princes travaille toujours, elle se resserre et s'approche. La France croit qu'il lui est impossible de donner jamais au monde le déplorable spectacle que l'Italie vient de fournir. Nous aussi, nous le croyons; mais, si nous le croyons, c'est parce que l'idée dont nous parlons se répand en France; car cette idée seule peut nous sauver des intrigues et des lâchetés qui nous menacent, ici comme ailleurs, pour le jour, peut-être prochain, d'une lutte formidable, décisive, entre le principe de la monarchie et celui de la république. — Nous le croyons, parce qu'il n'est pas probable que l'exemple de la pauvre Italie soit perdu pour nous, ni son expérience pour elle-même. — Nous le croyons, parce que l'affaire de Rome a porté ses fruits, fruits amers dans le présent ; malheur pour l'Italie, honte, faiblesse et danger pour nous : mais fruits d'expérience qui profitent à l'avenir, comme ces poisons dont la science tire de puissants remèdes.

Nous le croyons, enfin, parce que la France est dans des conditions d'unité que l'Italie avait à conquérir. Mais ce n'est pas une raison pour s'aveugler sur des dangers immenses. Ce danger n'est point en haut ; ou plutôt, il est plus haut encore que dans le sein des camarillas politiques et des diplomaties perfides, il est dans le sein du véritable souverain, le peuple. Si le peuple abusé remettait encore une fois ses destinées aux mains de la réaction, qui sait à quel degré de misère et d'abaissement la France pourrait descendre ?

1850.

I

TENDANCES NATIONALES

Le mouvement italien prenait chaque jour davantage le caractère national qui constitue sa nature intime.

Le cri V*ive l'Italie!* retentissait au fond de la Sicile, grondait dans chaque manifestation de mécontentement local, et terminait, comme le *Delenda Carthago* de Caton, chaque discours politique. Ailleurs, les populations, lasses de misère et d'inégalité, s'agitaient dans le rêve d'un nouvel ordre de choses, social ou politique : en Italie, pour la seule gloire et par la puissante espérance des grandes choses de l'avenir, elles s'insurgeaient ou aspiraient à s'insurger pour une idée. Elles cherchaient la patrie ; elles regardaient vers les Alpes. La liberté, *but* des autres nations, était pour nous le *moyen*.

Ce n'est pas que les Italiens, comme d'autres l'ont cru ou ont fait semblant de le croire, fussent insouciants de leur droit ou imbus de préjugés monarchiques. — Excepté dans quelques coins de Naples et de Turin, je ne crois pas qu'il existe un peuple plus démocrate et par conséquent plus républicain par ses traditions, par la conscience de son égalité civile, par les fautes de ses princes et par l'instinct de sa mission future, que le nôtre. — Mais ils avaient un sentiment trop élevé de leur dignité pour ne pas savoir que l'Italie, devenue nation, serait libre, et ils auraient sacrifié la liberté, pour quelque temps, à quiconque (soit pape, soit prince, soit pire) aurait voulu les guider et faire d'eux une nation. L'obstacle, non pas le plus réel, mais le plus apparent, à la fraternisation de tous ceux qui peuplent cette terre sacrée de l'Italie, c'était l'Autriche. Ils invoquaient donc, avant tout, la guerre contre l'Autriche, et le peu de liberté qu'ils réussis-

saient à arracher à leurs maîtres servait presque
exclusivement à rendre ce cri plus fort, plus unanime
et plus solennel.

Déjà, en avril 1846, la pétition adressée aux légats
pontificaux assemblés à Forli se terminait, après avoir
constaté les doléances des provinces, par la déclaration
que les questions de mauvaise administration locale
n'étaient pour les hommes de la Romagne que des
questions secondaires : que la question italienne était
la principale, et que le péché le plus grave de la cour
papale était celui d'être le vassal de l'Autriche.

A Ancône, en août 1846, la nouvelle de l'amnistie
pontificale rassemblait la foule sous les fenêtres de
l'agent autrichien, et la joie s'exhalait naturellement
dans ce cri : *Chassons les étrangers !*

A Gênes, lorsqu'en novembre 1847, le roi allait
visiter cette ville, et que quarante mille personnes,
applaudissant à une espérance, passaient devant lui,
le drapeau arraché aux Autrichiens, en 1746, par les
Gênois, flottait au-dessus de ces masses, comme le
programme éloquent de leurs vœux. Il en fut ainsi
partout et chez tous.

Metternich comprenait les tendances nationales du
mouvement. « Sous le drapeau des réformes admi-
nistratives, disait-il au comte Dietrichstein, dans une
dépêche du 2 août 1847, les factieux tâchent d'accomplir une œuvre qui ne pourrait rester circonscrite
dans les États de l'Église, ni dans les limites d'aucun
des États dont l'ensemble forme la péninsule italienne.
Les factions cherchent à réunir ces États dans un seul

corps politique, ou; au moins, dans une confédération d'États soumise à la direction d'un pouvoir central suprême. » Metternich disait vrai, seulement toute l'Italie était *faction*.

Ce fut un moment sublime que le frémissement d'une nation et le tintement de l'heure qui devait apporter dans le monde de Dieu une nouvelle vie collective, l'apostolat de vingt-six millions d'hommes, aujourd'hui muets, qui auraient annoncé aux nations, leurs sœurs, la parole de paix, de fraternité et de vérité. Si dans l'âme de ceux qui régnaient eût couvé une seule étincelle de la vie italienne, ils auraient été émus, ils auraient oublié dynastie, couronne et pouvoir, pour se faire les premiers soldats de la sainte croisade, et ils se seraient dit : « Mieux vaut une heure de communion dans une grande pensée avec un peuple qui ressuscite, que toute une existence dans la solitude d'un trône menacé par les uns et méprisé par les autres. » Mais, par un décret de la Providence, qui veut substituer l'ère des peuples à celle des rois, les princes ne peuvent désormais s'élever jusqu'à cette idée : ils se jouèrent de la généreuse mais imprudente tendance qui poussait les peuples à oublier et à sacrifier la liberté civile à l'espoir de l'indépendance nationale. Ils trahirent l'une et l'autre ; et, trompant le plus beau mouvement populaire qui fut jamais, ils nous repoussèrent dans l'abîme où nous sommes aujourd'hui.

Entre le supplice des frères Bandiera et la mort de Grégoire XVI, une race d'esprits avait surgi, qui,

13.

élevée à moitié dans le matérialisme sceptique du
xviiie siècle, à moitié dans l'éclectisme français,
radotait néanmoins de christianisme et de religion,
et se parait du nom de *modérés :* comme si, entre
l'être et le néant, entre la société future et les gouvernements qui en combattent le développement, il
pouvait jamais exister un chemin de milieu! Ces gens-
là s'étaient posé, pour problème à résoudre, la conciliation des inconciliables : la liberté avec la royauté,
la nationalité avec le démembrement, la force avec
une direction incertaine. Aucune classe d'hommes
n'eût pu opérer cet étrange prodige, celle-là moins
que tout autre. C'étaient des écrivains doués de talent,
mais sans l'étincelle du génie; suffisamment pourvus
de cette sorte d'érudition italienne qui s'acquiert dans
les livres avec les morts, mais que ne féconde point
l'impulsion vivifiante des synthèses. Ils ne comprenaient pas le travail de fusion qui s'était accompli
mystérieusement dans les trois derniers siècles. Ils
n'avaient pas conscience de la mission italienne,
encore moins la faculté de communier avec le peuple
qu'ils croyaient corrompu, qui, pourtant, valait mieux
qu'eux, et dont les éloignaient les habitudes de leur
vie, certaines dissidences traditionnelles et des instincts non cachés d'aristocratie nobiliaire ou littéraire.
Par cet isolement moral et intellectuel, par cette séparation d'avec le peuple, qui est désormais l'unique
élément progressif et l'arbitre de la vie des nations,
ils étaient déshérités de toute vraie science et de toute
foi dans l'avenir. Leur conception historique flottait,

avec de légères modifications, entre le guelfisme et le
ghibellinisme. Leur conception politique, quoi qu'ils
fissent pour la revêtir d'une forme italienne, n'allait
pas au delà des termes posés par la doctrine que
Montesquieu avait enseignée en France, et qui,
recueillie par les Mounier, les Malouet, les Lally-
Tollendal et autres modérés de l'Assemblée nationale,
fut réduite en système par les hommes qui dirigèrent
l'opinion publique en France, durant quinze années,
après le retour de Louis XVIII. C'étaient des monarchistes avec une nuance de liberté, juste ce qu'il en
fallait pour rendre tolérable la monarchie, pour s'attribuer à eux-mêmes la faculté de publier leurs opinions, et de siéger dans une consulte quelconque,
sans étendre pourtant cette liberté jusqu'aux masses,
de peur de susciter en elles l'idée de droits qu'ils
détestaient et de devoirs qu'ils ne soupçonnaient même
pas. En somme, ils n'avaient aucune croyance ; leur
foi dans le principe monarchique ne relevait pas du
dogme du droit divin incarné dans quelques familles,
ni de cette affection chevaleresque pour certaines personnes, qui plaçait autrefois le monarque entre Dieu
et une femme aimée : *Mon Dieu, mon Roi et ma Dame.*
C'était un acquiescement passif, inerte, sans vénération ni amour pour un fait qu'ils avaient devant les
yeux et qu'ils n'essayaient même pas d'examiner ;
c'était une couardise morale ; c'était la peur du peuple,
dont ils voulaient arrêter le mouvement ascensionnel,
par la monarchie : la peur d'un choc inévitable entre
les deux éléments qu'ils ne se sentaient pas capables

de maîtriser. C'était la peur que l'Italie ne fût pas assez puissante pour reconquérir par ses propres forces populaires, même cette petite part d'indépendance vis-à-vis de l'étranger, qu'eux aussi, *tendres* qu'ils étaient pour l'honneur italien, auraient seule voulu revendiquer. Dans leurs écrits ils donnaient, avec une affectation de gravité, avec des allures d'hommes profonds et clairvoyants, des conseils empruntés d'une époque de développement normal et d'hommes habitués aux luttes parlementaires, déjà citoyens de nations plus avancées, à un peuple qui, d'un côté, n'avait rien, et qui, de l'autre, avait tout à conquérir, existence, unité, indépendance, liberté. Le peuple répondait à leurs voix d'eunuques par le rugissement et le bond du lion, chassant les jésuites, exigeant l'institution des gardes civiques et la publicité des débats, arrachant des constitutions aux princes, tandis qu'eux recommandaient le silence, les voix légales, et suppliaient de s'abstenir de toute manifestation pour ne pas affliger le cœur paternel des maîtres. Ils s'intitulaient hommes *pratiques, positifs...* On aurait dû les nommer les *arcadiens* de la politique.

Voilà quels étaient les chefs de la faction, et je n'ai pas besoin de les nommer. Et aujourd'hui, quelques-uns, soit ambition du pouvoir, soit vanité blessée par la solitude qui s'est faite autour d'eux, se trouvent à la tête de la réaction monarchique en Italie.

Mais, dès l'avènement à la papauté de Pie IX, on vit se grouper autour d'eux plusieurs jeunes gens qui valaient beaucoup mieux que de tels chefs, attirés soit par l'influence de leurs discours et le prestige des premiers actes du pape, soit par l'espoir de frayer à l'Italie un chemin plus facile vers un meilleur avenir, après le brusque découragement des nombreuses tentatives avortées dans le passé. Ames candides et saintement dévouées à la patrie, trop flexibles néanmoins et pas assez fortement trempées, par leur nature et par la souffrance, dans la sévère et énergique foi du **vrai immuable**, elles avaient été formées parmi nous au culte de l'idée nationale, mais elles s'étaient fatiguées trop tôt des inévitables douleurs de la lutte ; et se méprenant sur le besoin d'autorité qui nous domine tous, elles se prosternaient devant celle qui existait alors et qui avait l'air de se régénérer.

Au-dessous de ceux-ci, se pressait, toute joyeuse de voir que les sacrifices et les obstacles allaient diminuer, la foule des hommes de calcul, des esprits et des cœurs médiocres, des tièdes repoussés par l'Évangile, de ceux dont notre cri de guerre troublait le sommeil et à qui le programme des modérés promettait, au contraire, les honneurs faciles du patriotisme, à la seule condition d'écrire des articles pacifiques dans les journaux, ou de soulever d'inoffensives polémiques avec le *Lloyd* sur le chemin de fer, ou encore de supplier le prince de vouloir bien se montrer un peu moins tyran.

Et, plus bas encore, lèpre de tous les partis, on voyait grouiller la race affairée des jongleurs politiques, hommes de tous les métiers, véritables harpies qui souillent tout ce qu'elles touchent, prêts dans tous les pays à jurer et à se parjurer, à exalter ou à calomnier, à oser ou à ramper selon le vent qui souffle, pourvu que dans une agitation sans danger, ils puissent acquérir une importance microscopique quelconque ou un tout petit emploi public ou secret. Race, Dieu merci, plus rare en Italie qu'ailleurs, mais plus nombreuse cependant, par suite d'une éducation jésuitique, matérialiste et tyrannique, qu'on ne voudrait la voir au milieu d'un peuple grand dans son passé et appelé à être grand dans l'avenir.

Des premiers (les chefs modérés) s'élevait une voix qui disait : « Notre première question est l'indépendance ; notre premier conflit est avec l'Autriche, puissance gigantesque, tant par les éléments qui lui sont propres que par ses liens avec les gouvernements de l'Europe. Or, si vous menacez vos princes, non seulement vous n'aurez pas d'armées, mais vous les aurez hostiles : notre peuple est corrompu, ignorant, désaccoutumé des armes, indifférent, sans volonté ; et avec un peuple semblable, on ne fait ni une guerre nationale, ni une république fondée sur la vertu. Il faut auparavant l'instruire, l'habituer aux fortes actions, à la morale du citoyen. Le progrès est lent et marche par degrés. Avant tout, l'indépendance, puis la liberté éducatrice, constitutionnelle-monarchique ; puis enfin, la république. Les affaires des peuples ne se régissent que par l'opportunité, et qui veut tout n'a rien. Ne persistez pas à recopier le passé, le passé de la France. surtout. L'Italie doit avoir son propre mouvement et des règles propres à ce même mouvement. Vos princes ne vous sont contraires que parce que vous les avez attaqués : unissez-vous à eux ; excitez-les à s'allier entre eux par des ligues commerciales, douanières, industrielles ; ensuite viendront les ligues militaires, et vous aurez alors des armées toujours prêtes et sûres. Les gouvernements étrangers commenceront à vous connaître, et l'Autriche apprendra à vous craindre. Peut-être réussirons-nous à reconquérir notre indépendance pacifiquement et par des sacrifices pécuniaires ; sinon nos princes, réconciliés avec nous, nous la donneront par les armes. Alors nous penserons à la liberté. »

Les seconds (les bons cœurs à illusions) chantaient des hymnes à Pie IX, âme d'honnête curé et de mauvais prince, en l'appelant le régénérateur de l'Italie, de l'Europe et du monde ; ils prêchaient la concorde, l'oubli du passé, la fraternité universelle entre les princes et les peuples, entre le loup et l'agneau ; ils entonnaient d'une voix émue un cantique d'amour sur une terre vendue, trahie pendant cinq siècles par les princes et les papes, et qui buvait encore le sang des martyrs fraîchement égorgés.

Les derniers (les intrigants) allaient, venaient, s'agitaient, s'entremettaient, débitaient les plus étranges nouvelles d'*intentions royales*, de promesses, de transactions avec l'étranger ; ils répétaient des paroles qui n'avaient jamais été dites, répandaient des médailles. Au peuple, ils racontaient des choses folles sur le compte des princes ; à nous, ils tendaient la main avec mystère, en murmurant, à demi-voix : « Laissez faire chaque chose a son temps ; pour le moment, il nous faut profiter des hommes qui ont du canon et des armées ; après, nous les renverserons. » Je ne me rappelle pas un seul d'entre eux qui ne m'ait dit ou écrit : « Je suis en théorie aussi républicain que vous l'êtes vous-même, » et qui, en même temps, ne calom·niât de son mieux notre parti et nos intentions.

Nous, nous étions républicains de foi ancienne, fondée sur ce que nous avons dit plusieurs fois et redirons encore ; mais, avant tout, pour ce qui touche à l'Italie, nous étions républicains parce que nous étions unitaires, parce que nous voulions que notre patrie fût une nation. La foi nous faisait patients. Le triomphe au principe qui formait et qui forme notre croyance est tellement certain, qu'il ne sert à rien de se hâter. Par décret de la Providence, décret lumineux qui rayonne au loin dans le progrès de l'humanité, l'Europe court vers la démocratie. La forme logique de la démocratie, c'est la république ; la république est donc dans les faits de l'avenir. Mais la question de l'indépendance et de l'unification nationale exigeait une solution immédiate et pratique. Comment l'atteindre ? Les princes ne voulaient pas ; le pape ne voulait ni ne pouvait. Restait le peuple. Et nous de crier comme nos pères : *Popolo ! popolo !* acceptant toutes les conséquences, toutes les formes logiques du principe contenu dans ce cri.

Il est faux de dire que le progrès se *manifeste* par degrés : il *s'opère* par degrés ; et, en Italie, la pensée nationale s'est élaborée dans le silence de trois siècles de servage commun à tous, et pendant près de trente années d'apostolat assidu, bien souvent couronné par le martyre des meilleurs d'entre nous. Une fois le terrain préparé par un travail latent, le *principe* se révèle, d'ordinaire, par l'insurrection, en un mouvement collectif, spontané, anormal des multitudes, en une subite transformation de *l'autorité*. Une fois le principe conquis, la série de ses déductions et applications se déroule par un mouvement normal, lent, progressif, continu.

Il est faux que la liberté et l'indépendance puissent être disjointes et revendiquées l'une après l'autre. L'indépendance, qui n'est que la liberté conquise sur l'étranger, exige, pour qu'elle ne soit pas un mensonge, l'œuvre collective d'hommes ayant la conscience de leur propre dignité, la puissance du sacrifice, et la vertu de l'enthousiasme, qui n'appartiennent qu'aux hommes libres. Cela est si vrai, que, dans les conflits bien rares qui ont été soutenus par l'indépendance, sans l'intervention apparente de la politique, les peuples ont puisé leur force dans l'unité nationale déjà conquise.

Il n'est pas vrai que l'on ne puisse pas fonder de république sans le concours de toutes les vertus républicaines les plus sévères. Une pareille idée n'est qu'une vieille erreur qui a servi à fausser la théorie gouvernementale dans presque tous les esprits. Les institutions politiques doivent représenter l'élément éducateur de l'État, et l'on fonde précisément les républiques pour que les vertus républicaines, que

l'éducation monarchique ne saurait produire, puissent
germer et s'enraciner dans le sein des citoyens.

Il n'est pas vrai que la force aveugle des canons et
des armées suffise pour reconquérir l'indépendance.
Dans les combats de la liberté nationale, il faut, avec
les forces matérielles, une idée qui préside à leur
ordonnance et qui dirige leurs mouvements ; la bannière qui s'élève du milieu des armées doit être le
symbole de cette idée ; et — les faits l'ont irrévocablement prouvé — cette bannière vaut la moitié du succès. Du reste, l'accord franc, hardi, durable, entre six
princes, plusieurs de race autrichienne, presque tous
de race étrangère, jaloux et méfiants les uns des
autres, tremblants devant le peuple par la conscience
de leurs méfaits, n'ayant contre lui d'autre secours à
espérer que celui de l'Autriche, voilà, pour soutenir la
guerre d'indépendance, une utopie bien autrement
extravagante que la nôtre.

Vous ne pouvez donc espérer fonder une nation
qu'avec un *homme* ou avec un *principe*. Avez-vous
l'homme? Avez-vous parmi vos princes le Napoléon
de la liberté, le héros qui sache à la fois penser et
agir, *aimer* plus qu'aucun autre, et combattre? Avez-
vous l'héritier de la pensée de Dante, le précurseur
de la pensée du peuple? Faites qu'il surgisse et qu'il
se révèle; sinon, laissez-nous invoquer le *principe*;
n'entraînez point l'Italie à la remorque d'illusions
pleines de larmes et de sang.

Nous disions ces choses non publiquement, mais
dans nos entretiens particuliers et dans notre corres-

pondance, à des hommes placés très avant dans la confiance des *premiers*, des chefs du parti modéré. Les *seconds*, les amis qui nous abandonnaient, nous les regardions tristement, en nous disant : « L'épreuve faite, vous nous reviendrez ; mais Dieu veuille que cette épreuve ne déflore pas votre âme et ne vous ôte pas la foi dans les destinées de l'Italie. » Des *derniers*, les intrigants, nous nous éloignions pour ne pas nous salir. Amis ou ennemis, nous étions et nous voulions nous conserver noblement loyaux. « Les nations, disions-nous souvent, ne se régénèrent point par le mensonge. »

A notre dernière interrogation, les *modérés* répliquaient en nous montrant du doigt Charles-Albert.

II

MOTIFS DE LA GUERRE ROYALE

Je ne parle pas du *roi*. Quelque effort que tentent les adulateurs et les politiques hypocrites qui font aujourd'hui de leur enthousiasme posthume pour Charles-Albert une arme d'opposition à son successeur régnant, — quelque sentiment qu'éprouve aujourd'hui le peuple, saintement illusionné, et qui symbolise en ce nom la pensée de la guerre d'indépendance, — le jugement de la postérité n'en pèsera pas moins avec sévérité sur la mémoire de l'homme de 1821, de 1833 et de la capitulation de Milan. Mais la nature, la trempe de l'individu suffisait à elle seule pour exclure tout espoir d'une entreprise de sa part en faveur de l'unité italienne. Le génie, l'amour, la foi manquaient à Charles-Albert. Du génie qui se révèle par une existence tout entière, dévouée logiquement, résolument, efficacement à une grande idée, la carrière de Charles-Albert n'offre pas le moindre vestige. L'amour était étouffé par la méfiance continuelle envers les hommes et les choses qu'entretenaient en lui les souvenirs d'un triste passé. La foi lui était interdite par son naturel incertain, hésitant, sans cesse oscillant entre le bien et le mal, entre faire et ne pas faire, entre oser et reculer. Dans sa jeunesse, une pensée, non de vertu, mais d'ambition italienne, de cette ambition pourtant qui peut profiter aux peuples, lui avait traversé l'âme comme un éclair. Il avait reculé devant elle tout effrayé ; cependant, le souvenir de cet éclair de ses jeunes ans se réveillait en lui parfois et le poursuivait avec insistance, plutôt comme le picotement d'une ancienne blessure que comme une excitation à la vie. — Entre le risque de perdre, s'il échouait, la couronne de sa petite monarchie, et la frayeur de cette liberté que le peuple, après avoir combattu pour lui, viendrait à revendiquer, il marchait, ce spectre devant les yeux, presque chancelant, sans énergie pour affronter les périls qu'il redoutait, sans pouvoir et sans vouloir même comprendre que, pour devenir roi d'Italie, il fallait d'abord oublier qu'il était roi de Piémont. Despote par instinct enraciné, libéral par amour-propre et par pressentiment de l'avenir, il subissait alternativement l'influence des jésuites et celle des hommes du progrès. Un désaccord funeste entre la pensée et l'action, entre la conception et la faculté de l'exécuter, perçait dans tous ses actes. La plupart de ceux-là mêmes qui travaillaient à le placer à la tête de l'entreprise étaient forcés d'en convenir; quelques-uns de ses familiers allaient jusqu'à chuchoter aux oreilles qu'il était menacé de folie. C'était le Hamlet de la monarchie.

Avec un pareil homme, l'entreprise italienne ne pouvait certainement pas réussir. Metternich, esprit non puissant, mais logique, l'avait jugé depuis longtemps, lui et les autres. Dans la dépêche déjà citée, il disait : « La monarchie italienne n'entre pas dans les desseins des factieux. Un fait positif doit les détourner de l'idée d'une Italie monarchique; le roi possible de cette monarchie n'existe ni au delà ni en deçà des Alpes. Ils marchent à la république. »

Les *modérés*, dont l'esprit n'était ni puissant ni logique, comprenaient pourtant bien, eux aussi, que, quand même Charles-Albert l'aurait voulu, il ne l'aurait pas pu, et, sous cette impression, ils transigeaient en substituant à l'*Italie* invoquée la puérile conception d'une *Italie du nord*, de toutes les conceptions la plus mauvaise qu'un cerveau humain pût enfanter.

Le royaume de l'Italie septentrionale sous le roi de Piémont aurait pu être un simple *fait* créé par la victoire, accepté par la reconnaissance, subi par les

autres princes par impossibilité de le détruire ; mais,
lancé en guise de programme antérieur aux premiers
éléments du fait, il devenait une pomme de discorde,
là précisément où la plus parfaite concorde était nécessaire. C'était, par la négation de l'unité, jeter le gant
aux unitaires ; — c'était une supercherie pour les
républicains, car il substituait à la volonté nationale,
la volonté des partisans de la monarchie ; — c'était
faire une blessure à la Lombardie, qui voulait bien se
confondre avec l'Italie, et non pas sacrifier son indivi-
dualité à une autre province italienne ; — c'était une menace adressée à l'aristocratie de Turin, que le contact
absorbant de la démocratie milanaise épouvantait déjà ;
— c'était un agrandissement suspect à la France,
attendu qu'il se faisait en faveur d'une monarchie contraire depuis longues années aux tendances et aux
révolutions de ce pays ; — c'était un prétexte fourni
aux princes d'Italie pour se détacher de la croisade à
laquelle les peuples les poussaient, — une semence
de jalousie plantée au cœur du pape, — un refroidissement à l'enthousiasme de tous ceux qui étaient disposés à prêter leur concours et même à donner leur
vie pour une entreprise nationale, mais non pour une
spéculation d'égoïsme dynastique ; — c'était créer une
série de nouveaux obstacles sans en écarter un seul ;
c'était créer, en outre, une série de nécessités logiques
de nature à dominer la guerre. Et, en effet, elles la
dominèrent et l'étouffèrent dans le malheur et dans
la honte.

Néanmoins telle était la soif de guerre contre l'Autriche, que le malencontreux programme, prêché de toute sorte de manières, tant licites qu'illicites, fut accueilli sans examen par le plus grand nombre. Tous mettaient leurs espérances dans l'initiative royale, tous poussaient Charles-Albert et lui criaient : *Faites à tout prix*.

Charles-Albert n'eût jamais rien fait si l'insurrection du peuple milanais ne fût venue le mettre dans l'alternative de perdre sa couronne, de se voir une république aux flancs, ou de combattre.

Le livre de Charles Cattaneo [1], homme qui honore éminemment notre parti, me dispense d'indiquer les causes immédiates de la glorieuse insurrection lombarde, causes étrangères, en tout, aux manœuvres et aux fausses promesses des *modérés* qui s'agitaient entre Turin et Milan. C'est un livre qui, pour l'importance des faits et des considérations qu'il énonce, demande à être lu de tous, que personne n'a réfuté, que personne ne réfutera. Mais, dans ce livre, faute de documents, l'opinion que je viens d'exprimer n'est qu'indiquée rapidement.

« Il paraît, dit-il (p.96), que, dans un manifeste adressé à toutes les cours de l'Europe, le roi aurait attesté qu'en envahissant le Lombard-Vénitien il n'avait d'autre but que d'y empêcher la proclamation de la République. »

A l'heure qu'il est, les *documents* [2] sur les affaires

---

1. *De l'insurrection de Milan* en 1848, *et de la guerre qui s'ensuivit* (Mémoires de Charles Cattaneo, Lugan, 1849).
2. *Correspondance respecting the affairs of Italy. Part 12 from*

d'Italie qui viennent d'être communiqués par le ministère de Palmerston au Parlement anglais, consta-
tent ce fait de la manière la plus péremptoire, et révèlent comment, au mépris du bavardage *modéré*, le
gouvernement piémontais, avant même de rien entendre, visait bien plus à la question politique qu'à la
question italienne. La guerre contre l'Autriche n'était
au fond et ne sera jamais, tant qu'elle sera commandée
par des chefs monarchiques, qu'une guerre contre la
démocratie italienne.

   L'insurrection de Milan et de Venise, invoquée par
tous les vrais Italiens, surgit du frémissement d'un
peuple irrité par trente-quatre ans d'une servitude
imposée à la Lombardie Vénitienne par un gouvernement étranger, abhorré et méprisé. Elle fut détermi-
née, quant à l'époque, par les féroces provocations
des Autrichiens, qui cherchaient à étouffer une émeute
dans le sang et qui ne croyaient pas à une révolution.
Elle fut activée par l'apostolat et par l'influence que
s'était acquise à bon droit, parmi le peuple, un noyau
de jeunes gens appartenant presque tous aux classes
moyennes, et tous républicains, à l'exception d'un seul
qui alors néanmoins se donnait pour tel. Elle fut résolue, et ce fait, bien que trop peu connu, n'en retentit pas
moins à la louange éternelle de la jeunesse lombarde, elle
fut résolue lorsque déjà l'on venait de publier à Milan
l'abolition de la censure avec d'autres concessions :

January to June 1848, présentée par ordre de Sa Majesté aux
deux Chambres, le 31 juillet 1849.

c'est que la Lombardie Vénitienne voulait non pas des
améliorations, mais l'indépendance. Elle commença
sans avoir été ni prévue ni voulue par les hommes de
la municipalité ou par les autres qui parlementaient
avec Charles-Albert. La jeunesse de Milan se battait
depuis trois jours, que ceux-ci, en étaient encore à désespérer de la victoire, à regretter qu'on eût abandonné
les voies légales, à parler dans une proclamation de
l'absence imprévue de l'autorité politique, et à proposer des armistices de quinze jours. Elle fut soutenue
par la bravoure d'hommes du peuple pour la plupart,
qui combattaient au cri de *Vive la République*[1]! et
dirigés par quatre hommes du parti républicain, réunis en conseil de guerre. Elle triompha toute seule en
coûtant à l'ennemi quatre mille morts parmi lesquels
trois cent quatre-vingt-quinze canonniers. Ce sont là
des faits incontestables, et à jamais acquis à l'histoire.

Le combat du peuple commença le 18 mars. Le
gouvernement de Turin était fort inquiet des nouvelles
venues de France et de la fermentation extraordinaire
qui croissait chaque jour dans le peuple piémontais.

---

1. « Des bandes de citoyens parcourent la ville armés de fusils
de chasse, de carabines, de pistolets, de hallebardes, portant
des drapeaux tricolores, leurs chapeaux ornés de cocardes
pareilles, et criant : *Vive Pie IX! vive l'Italie! vive la république!* » Dépêche du 18 au 22 mars, envoyée de Milan à lord
Palmerston par Robert Campbell.

Pour ce qui regarde la condition des combattants, voir le
registre mortuaire des barricades, et Cattaneo, pag. 309.

Deux dépêches témoignent de la frayeur produite par les affaires de France : la première, expédiée le 2 mars de Turin par lord Abercromby à lord Palmerston ; la seconde, signée par Saint-Marsan, également le 2 mars, et communiquée à lord Palmerston par le comte Revel, le 11. La fermentation intérieure força le roi de publier, le 4 mars, les bases de la Constitution (*Statuto*), et, le 7, à Gênes, elle éclata en une émeute, pendant laquelle le peuple menaça de suivre l'exemple de la France.

La nouvelle de l'insurrection lombarde parvint à Turin le 19. L'enthousiasme fut indescriptible. Les ministres, réunis en conseil, ordonnèrent la formation d'un corps d'observation sur la frontière, avec Novare, Mortara, Voghera pour points centraux. Les bruits répandus étaient d'un mouvement ouvertement républicain, et une dépêche du 20, expédiée de Turin par Abercromby à lord Palmerston, en faisant mention de ces bruits, les désigne comme une des causes qui agissaient le plus sur les décisions ministérielles.

En attendant, on expédia l'ordre de barrer le chemin aux volontaires qui, de Gênes et du Piémont, s'empressaient d'accourir à Milan. Quatre-vingts Lombards furent désarmés sur le lac Majeur [1].

Le 20, les nouvelles qui couraient à Turin étaient incertaines et légèrement défavorables à l'insurrection. Les portes de la ville, disait-on, étaient toujours aux mains des Autrichiens, et le peuple perdait du

---

1. Voir un document dans le livre de Cattaneo, pag. 99.

terrain, faute d'armes et de munitions. La fermentation continuait toujours à Turin. Un rassemblement de
peuple demandait des armes au ministère de l'intérieur ; il était repoussé. Le comte Arese, arrivé de
Milan pour demander qu'on vînt en aide à l'insurrection, ne réussit pas même à voir le roi, fut froidement
accueilli par les ministres, et repartit le même jour,
découragé, désillusionné.

Le 21, les nouvelles étaient meilleures. Ce fut le
comte Henri Martini, agent voyageur des *modérés*,
qui fit aux hommes de la municipalité milanaise et du
conseil de guerre la première proposition de secours
royal, à condition d'une *reddition absolue* et de la formation d'un gouvernement provisoire qui en ferait
l'offre. Honte éternelle aux courtisans qui, nés Italiens, trafiquaient, pour une couronne, du sang des
braves jaloux de mourir pour la patrie, au moment
même où Martini disait à Cattaneo : « Savez-vous
qu'il n'arrive pas tous les jours de pouvoir rendre
pareil service à un roi [1] ? » — A un roi ! — Le dernier
des ouvriers qui se battaient gaiement sur les barricades pour la bannière de l'Italie, sans se demander
à quels hommes profiterait la victoire, valait devant
Dieu et vaudra un jour devant l'Italie plus que dix rois
ensemble.

Le 22, la victoire couronna cette lutte héroïque.
Porta Tosa, reprise par Lucien Manara (plus tard martyr de la cause républicaine à Rome) ; Porta Ticinese,

1. Cattaneo, pag. 68.

occupée par les insurgés; Porta Comasina, délivrée
par ceux qui arrivaient de la campagne, la soldatesque
ennemie séparée et menacée d'une destruction immédiate; le soir, Radetsky ne se retirait pas; il
fuyait.

Et alors, dans la soirée du 23, quand la victoire
était assurée et que l'isolement aurait inévitablement
arraché Milan à la monarchie sarde pour la donner à
l'Italie, — tandis que les volontaires de Gênes et du
Piémont faisaient irruption sur les terres lombardes,
et que les populations, indignées de l'inertie royale,
menaçaient de faire pis à l'intérieur, — le roi qui, le
22, avait fait donner par son ministre, au comte de
Buol, ambassadeur d'Autriche à Turin, l'assurance
qu'*il désirait le seconder en tout ce qui pouvait confir-
mer les rapports d'amitié et de bon voisinage existants
entre les deux États* [1], signa la proclamation de
guerre.

Les premières troupes piémontaises entrèrent à
Milan le 26 mars.

Le 23 mars, à onze heures du soir, Abercromby
recevait à Turin une dépêche signée L.-N. Pareto ; on
y lisait : « M. Abercromby connaît aussi bien que le
soussigné, les graves événements qui viennent d'avoir
lieu en Lombardie : Milan en pleine révolution, et
bientôt au pouvoir des habitants, qui, par leur courage
et leur fermeté, ont su résister aux troupes discipli-
nées de Sa Majesté Impériale, l'insurrection dans les

---

1. Fiquelmont à Dietrichstein : dépêche du 5 avril.

campagnes et villes voisines, enfin *tout le pays qui borde les frontières de Sa Majesté Sarde en feu.* » — Cette situation, comme M. Abercromby peut bien le comprendre, réagit sur l'état des esprits dans les provinces qui appartiennent à Sa Majesté le roi de Sardaigne. La sympathie qu'excite la défense de Milan, l'esprit de nationalité qui, malgré les délimitations artificielles des différents États, se fait néanmoins très puissamment sentir, tout concourt à entretenir dans les provinces et dans la capitale une telle agitation, qu'*il est à craindre qu'il n'en puisse résulter d'un moment à l'autre une de ces révolutions qui mettraient le trône en grave danger ; car on ne peut se dissimuler qu'après les événements de France, le danger de la proclamation d'une république en Lombardie ne puisse être prochain.* En effet, d'après des renseignements positifs, il paraît qu'un certain nombre de Suisses ont grandement contribué, par leur intervention, à la réussite du soulèvement de Milan ; si l'on ajoute à cela les mouvements de Parme et de Modène, ainsi que ceux du duché de Plaisance, sur lequel on ne peut refuser à Sa Majesté le roi de Sardaigne le droit de veiller comme sur un territoire qui doit lui revenir par droit de reversibilité ; si l'on ajoute qu'une grande et sérieuse exaspération a été excitée en Piémont et dans la Ligurie par la conclusion d'un traité entre Sa Majesté Impériale et les ducs de Parme et de Modène, traité qui, sous l'apparence de secours à fournir à ces petits États, les a réellement englobés dans la monarchie autrichienne,

14.

en portant les frontières militaires, du Pô, où elles devraient finir, jusqu'à la Méditerranée, et en rompant ainsi l'équilibre qui existait entre les diverses puissances de l'Italie, il est naturel de penser *que la situation du Piémont est telle que, d'un moment à l'autre, à l'annonce que la république a été proclamée en Lombardie, un mouvement semblable éclaterait aussi dans les États de Sa Majesté le roi de Sardaigne,* ou que, du moins, il y aurait quelque grave commotion qui mettrait en danger le trône de Sa Majesté. C'est dans cet état de choses que le roi... se croit obligé de prendre des mesures qui, en *empêchant que le mouvement actuel de la Lombardie ne devienne un mouvement républicain,* épargneront au Piémont et au reste de l'Italie les catastrophes qui pourraient avoir lieu, si une telle forme de gouvernement venait à être proclamée[1].

Abercromby se rendit vers minuit chez le comte Balbo, et en obtint des renseignements plus détaillés. « Lui et ses collègues, d'après les divers rapports officiels qui leur avaient été transmis par le directeur de la police, *sur le danger imminent d'une révolution républicaine dans le pays, en cas que le gouvernement différât encore à porter secours aux Lombards,* et voyant l'impossibilité de mettre un frein à la grande excitation qui s'étendait dans tous les États de Sa Majesté Sarde avaient décidé, etc.[2]. »

Le marquis de Normamby écrivait de Paris, le 28,

1. Dépêche du marquis Pareto à l'honorable Ralph Abercromby.
2. Abercromby à lord Palmerston.

à lord Palmerston, le récit d'une conversation qu'il venait d'avoir avec le marquis de Brignole, ambassadeur sarde en France. Celui-ci lui avait répété, d'après une dépêche de Turin, les raisons déjà énoncées; et il insista, en outre, sur le fait que « Charles-Albert avait repoussé par un refus la première députation de Milan, lorsque la ville était encore aux mains des Autrichiens, ajoutant que la seconde députation avait déclaré au roi que, s'il ne se hâtait pas de leur porter secours, on entendrait le cri de *république*, et que le roi n'avait commencé les hostilités que pour *maintenir l'ordre* sur un territoire laissé, par la force des choses, *sans maître* [1]. »

Dans une autre dépêche du 25 mars, Abercromby exposait à lord Palmerston avec de plus amples détails l'état des affaires du Piémont à l'époque de la décision royale, — les intentions toutes pacifiques du cabinet Balbo-Pareto ; l'insurrection lombarde ; — l'immense action exercée par le peuple, qui menaçait de se révolter en Piémont, et d'attaquer les Autrichiens en dépit de l'autorité du gouvernement; — et le danger imminent de la monarchie de Savoie, qui avait *forcé* les ministres aux hostilités [2].

Mais ce n'est pas tout. Dans les instructions que le ministre des affaires étrangères expédiait de Turin au marquis Ricci, envoyé sarde à Vienne, il était dit : « ... Il y avait lieu de craindre que les nombreuses

---

1. Normanby à Palmerston.
2. Dépêche du 25, d'Abercromby à Palmerston.

associations politiques existant en Lombardie et la proximité de la Suisse, ne fissent proclamer un gouvernement républicain. Cette forme aurait été fatale à la nation italienne, à notre gouvernement, à l'auguste dynastie de Savoie. Il fallait prendre un parti prompt et décisif. Le gouvernement et le roi n'ont pas hésité, et ils sont profondément convaincus d'avoir agi, au risque des dangers auxquels ils s'exposent, pour le *salut des autres États monarchiques*[1]. »

Cette idée était tellement enracinée dans les esprits, que, le 30 avril, quand déjà la guerre était commencée, et qu'il n'était plus nécessaire de dissimuler, mais seulement de vaincre, Pareto déclarait de nouveau à Abercromby *que, si l'armée piémontaise avait tardé à franchir le Tessin, il eût été impossible d'empêcher Gênes de se révolter et de se séparer des États de Sa Majesté Sarde*[2].

C'était sous de pareils auspices et avec de pareilles intentions que la monarchie piémontaise et les *modérés* marchaient à la conquête de l'indépendance. La nation, trompée, les applaudissait, eux, Charles-Albert, le grand duc de Toscane, le roi de Naples, le pape. Tant d'amour inondait l'âme des Italiens, en ces rapides et bienheureux jours, qu'ils auraient embrassé leurs plus mortels ennemis, pourvu que ceux-ci eussent porté sur la poitrine une cocarde tricolore !

1. Pareto à Ricci.
2. Abercromby à Palmerston.

III

EXIGENCES ET CONSÉQUENCES FUNESTES
DE LA GUERRE ROYALE

Dans la genèse des faits, la logique est inexorable.
Il n'est ni utopies de *modérés*, ni calculs de politiques
obliques qui puissent la fausser. En politique, comme
en tout autre chose, un *principe* entraîne inévitablement avec lui un système, une série de conséquences,
une progression d'applications faciles à prévoir pour
quiconque a du bon sens. A toute *théorie* correspond
une *pratique*. Et réciproquement, si le principe géné-
rateur d'un *fait* est faussé, trahi dans ses applications,
ce fait est irrévocablement condamné à disparaître, à
périr sans développement, programme inaccompli,
page isolée dans la tradition d'un peuple, prophé-
tique pour l'avenir, mais stérile en ses conséquences
immédiates. Pour avoir oublié cette vérité, le mouvement italien de 1848 devait périr, et il périt.

Le mouvement italien était un mouvement *national*
avant tout, mouvement de peuple qui tend à définir, à
représenter, à constituer sa propre vie *collective*; il
devait se soutenir et vaincre par une guerre de peuple,
par une guerre à laquelle concourraient toutes les
forces nationales d'un bout de l'Italie à l'autre.

Tout ce qui tendait à faire converger vers ce but la plus grande somme de forces, favorisait le mouvement ; tout ce qui tendait à les amoindrir devait lui être fatal.

La mesquine idée dynastique contredisait la pensée mère du mouvement. La guerre royale avait un but tout différent, et par conséquent des règles également toutes différentes, et qui ne correspondaient pas au but que l'insurrection s'était proposé. Elle devait donc étouffer la guerre nationale, la guerre de peuple, et avec celle-ci le triomphe de l'insurrection.

Les pauvres esprits qui, contraires à notre parti, reconnaissent néanmoins leur impuissance à nous réfuter sur notre propre terrain, se sont systématiquement appliqués à travestir sans cesse nos idées. — Confondant république et anarchie, pensée sociale et communisme, le besoin d'une foi conforme, active, et la négation de toute croyance, ils ont souvent affecté de voir dans la guerre de peuple une guerre désordonnée, mêlée d'éléments confus, sans idée régulatrice, sans uniformité d'ordres et de matériel, au point qu'ils en sont venus jusqu'à affirmer que nous voulions faire la guerre sans canons et sans fusils, choses ridicules qui ne nous appartiennent pas, car le peu de faits émanés du principe républicain, et qui serviront de prologue au drame de l'avenir, l'ont assez démontré. Le petit nombre d'hommes réunis dans deux villes d'Italie autour du drapeau républicain [1],

1. Rome et Venise.

ont fait une guerre plus opiniâtre et plus savante
que toute cette foule attachée à la bannière de la monarchie.

Par guerre de peuple, nous entendons une guerre
sanctifiée par un but national, dans laquelle l'on met
en mouvement le plus grand nombre de forces possible appartenant au pays, en se servant d'elles selon
leur nature et leurs moyens ; — dans laquelle les éléments réguliers et irréguliers, distribués sur un terrain adapté à leurs aptitudes diverses, alternent leur
action ; — dans laquelle on dit au peuple : « La cause
pour laquelle on combat ici est la tienne ; le prix de
la victoire sera à toi ; les efforts pour l'obtenir doivent
être faits par toi ; » — dans laquelle un *principe*, une
grande idée hautement proclamée, loyalement appli-
quée par des hommes purs, intelligents, aimés, vigi-
lants, consciencieux, excite à une vie extraordinaire,
exalte jusqu'à la fureur toutes les facultés de lutte et de
sacrifice qui se réveillent et s'endorment si facilement
dans le cœur des multitudes ; — une guerre dans laquelle aucun privilège de naissance, de faveur ou d'ancienneté sans mérite ne peut présider à la formation
de l'armée, mais où le droit d'élection aussi largement appliqué que possible, l'enseignement moral
alterné avec l'enseignement militaire, et les récom-
penses proposées par les compagnies approuvées par
les chefs et données par la nation, font sentir au soldat qu'il n'est point une machine, mais bien une partie du peuple, un apôtre armé dans une cause sainte ;
— une guerre dans laquelle les esprits ne s'habituent

pas à reporter exclusivement leur salut sur une armée, sur un homme ou sur une capitale, mais où ils apprennent à créer des centres de résistance partout, à voir la cause de la patrie tout entière là où une poignée de braves élève une bannière de victoire ou de mort ; — dans laquelle un plan prudent et bien combiné étant tenu en réserve pour le cas de revers sérieux, les actions procèdent audacieuses, rapides, imprévues, calculées plus qu'on ne l'a fait jusqu'à ce jour sur les éléments et sur les effets moraux, sans être entravées par les considérations diplomatiques, ni par les vieilles traditions qui régissent les circonstances normales ; — une guerre, enfin, dans laquelle on doit avoir en vue les peuples plus que les gouvernements, où l'on cherche plutôt à élargir le cercle de l'insurrection qu'à redouter les mouvements de l'ennemi, et plutôt à blesser l'ennemi au cœur qu'à épargner un sacrifice au pays.

Et à cette guerre — la seule capable de sauver l'indépendance et de fonder une nation — la guerre royale devait, par nécessité inévitable de tradition et d'intention, opposer les habitudes froidement hiérarchiques des soldats du privilège ; — l'aride calcul des éléments matériels et l'absence de tout élément moral, de tout enthousiasme, de toute foi capable de transformer le militaire en héros de la victoire ou en martyr ; — le mépris et le soupçon envers les volontaires ; — l'importance exclusive de la capitale ; — l'armée telle qu'elle était formée par le despotisme, avec ses nombreux et mauvais officiers, avec ses chefs presque tous ineptes ou contraire à la guerre ou... pis encore ! — la défiance de toute action, de tout contact avec le peuple, qui aurait pu développer de plus en plus les tendances démocratiques et la conscience des droits fatals à la royauté ; — l'aversion pour tout conseiller qui, par son influence populaire, aurait pu dicter des conditions ou des devoirs ; — le respect de la diplomatie étrangère, le respect des pactes, des traités, des prétentions gouvernementales qui remontent à l'époque de 1815, lors même que ces traités eussent entravé des opérations décisives ; — la répugnance à secourir Venise républicaine; — le refus de tout secours du dehors qui eût pu augmenter la sympathie pour le parti contraire à la monarchie; — la vieille tactique et la peur de toute opération hardie, inusitée ; — l'idée persistante, dominante, de sauver à son profit, en cas de revers, le Piémont et le trône; — enfin, et plus particulièrement, un germe de division, mortel à l'enthousiasme, entre les combattants de la même cause, un mesquin projet d'égoïsme *politique* substitué à la grande idée nationale [1]. Je ne parle pas, comme on voit, de trahison; car, quand même j'y croirais, il ne

1. Les tristes effets de l'idée dynastique se trouvent indiqués avec la perspicacité ordinaire des observations anglaises, dès le 30 mars, dans une dépêche expédiée à lord Palmerston par Robert Campbell, vice-consul à Milan. « Jusqu'à ce jour, milord, dit-il, la plus grande union a prévalu entre toutes les classes; mais depuis que le roi de Sardaigne est entré en Lombardie, on reconnaît deux partis: l'un, celui de la haute aristocratie, voudrait que la Lombardie et le Piémont s'unissent

convient guère à mon caractère d'en jeter l'accusation
sur une tombe. Je signale des causes plus que suffi-
santes à la ruine d'une insurrection de peuple, et je
rappelle aux Italiens le mal qu'elles ont produit deux
fois en un court espace de temps, qu'elles produiront
fatalement une troisième fois, — et toutes les fois qu'il
surgira une race assez entêtée pour vouloir recommencer l'épreuve.

Dès les premiers jours de la guerre, ces causes
agirent si puissamment, qu'il fallait être aveugle pour
ne pas les apercevoir et insensé pour ne pas en gé-
mir. Aveuglés et insensés par égoïsme, par esprit de
parti, par servilité courtisanesque, par tradition aris-
tocratique et par peur de la république, étaient, hélas!
les hommes du gouvernement provisoire de Milan et
les *modérés* du Piémont et de la Lombardie! Les républicains s'en aperçurent bien; et, de ce qu'ils le
dirent tout bas, on leur fit un crime impardonnable.
De là les basses accusations, et les folles menaces, et
les calomnies qu'alors ils méprisèrent. Aujourd'hui
que la preuve est faite pour tous, et que, grâce aux
calomniateurs, l'Italie est gisante, réfuter ces calomnies est un devoir pour nous.

J'écris des notes et non pas l'histoire; ainsi je n'entends pas, dans ces pages, suivre à travers les fautes

---

ensemble sous le roi Charles-Albert; l'autre, *la classe moyenne
dans laquelle on doit comprendre les négociants et les hommes de
lettres, ainsi que toute la jeunesse un peu distinguée*, sont partisans
de la république. »

du gouvernement et les opérations de la guerre royale, l'influence dissolvante et ruineuse des causes que j'ai signalées. Le livre de Cattaneo, les documents contenus dans une brochure publiée en 1848, à Venise, par Mathias Montecchi, secrétaire du général Ferrari, et un écrit récent du général Allemandi ; le récit des derniers événements de Milan fait par deux membres du comité de défense, les actes officiels contenus dans le journal *le 22 mars*, et les rapports mêmes dictés pour leur défense par les adversaires confrontés avec l'irrécusable raison des *faits*, renferment la douloureuse histoire tout entière. — Il importait de mettre au jour les intentions et les nécessités[1] qui poussèrent Charles-Albert sur la terre lombarde, et il importe maintenant de mettre au jour la ligne que suivirent les républicains au milieu de ces événements : ce

1. Aux extraits de documents déjà insérés, il est bon d'en ajouter d'autres : « Le gouvernement était à bout de moyens pour contenir le frénétique enthousiasme du peuple, et il fallait obtenir promptement une solution à la lutte lombarde.

» Les rapports reçus de Gênes ce matin sont, qu'une manifestation populaire dans le but de contraindre le gouvernement de la ville à envoyer des secours à la Lombardie, avait été apaisée par la promesse de détacher une partie de la garnison à cette fin. » (Abercromby à lord Palmerston ; Turin, 24 mars.)

« La prolongation de la lutte de Milan raffermissait la détermination du peuple et affaiblissait les moyens de résistance du gouvernement, si bien que le danger de la monarchie sarde devint tellement évident aux ministres, qu'ils furent contraints d'accéder...

» Le cabinet sarde actuel a dû ainsi adopter une ligne de politique *bien éloignée de ses désirs.* » (Abercromby à lord Palmerston ; 25 mars.)

sont des points qui, jusqu'ici, n'ont pas été traités, ou
qui pour le moins ont été à peine effleurés.

IV

LES RÉPUBLICAINS

L'insurrection lombarde était victorieuse sur tous
les points, lorsque les troupes royales s'avancèrent
sur le territoire lombard. Elle s'étendait jusqu'au Tyrol. Les volontaires s'y acheminèrent en chassant devant eux l'ennemi. Les passages qui, de là, conduisent aux vallées de l'Adda et de l'Oglio étaient occupés par les nôtres. L'insurrection de la Vénétie s'était
faite avec une merveilleuse rapidité, et mettait aux
mains des montagnards de la Carnie et du Cadore les
défilés qui mènent d'Autriche en Italie. Palma et Asopo
étaient à nous. La mer et les Alpes, comme l'écrit
Cattaneo, étaient fermés à l'ennemi, et ils l'auraient
été pour toujours, si la guerre royale avait su ou
voulu considérer comme des points stratégiques, non
les forteresses et le Piémont, mais les Alpes et la mer,
mais le Tyrol et Venise.

L'enthousiasme des populations était aussi grand
que le découragement de l'ennemi. Une souscription
ouverte à Milan, le 1er avril, pour subvenir aux frais
courants du gouvernement, avait déjà produit, le 3,
la somme de 749,686 livres autrichiennes. Un em-

prunt de 24 millions de francs, proposé par le gouvernement provisoire, trouvait alors des capitaux prêts à s'offrir sans intérêts[1]. Les hommes couraient s'inscrire dans les *corps francs* et dans la garde nationale ; les femmes rivalisaient d'enthousiasme, et y surpassaient presque les jeunes gens. Elles préparaient des cartouches, allaient quêtant de porte en porte des subventions pour le gouvernement ; elles secouraient les blessés dans les hôpitaux[2]. Les Autrichiens se retiraient de toutes parts, effrayés, en désordre, harcelés par les volontaires, manquant de vivres. Les soldats italiens désertaient leurs rangs : à Crémone, le régiment Albert, le troisième bataillon Ceccopieri, et trois escadrons de lanciers ; à Brescia, une partie de l'Haugwitz[3], et d'autres encore ailleurs. Une frégate autrichienne en rade devant Naples[4] et deux bricks de guerre qui croisaient dans l'Adriatique[5] arboraient le drapeau italien, et se donnaient à la république vénitienne. En Italie, il ne restait plus à l'Autriche — et c'est le chiffre qui résulte des rapports officiels — que 50,000 hommes[6], défaits, découragés, épuisés.

Et, au dehors de la Lombardie, partout où résonne la langue du *si*, il y avait une fermentation, un fré-

---

1. Campbell à Palmerston, de Milan, 3 avril.
2. Id., id.
3. Dépêches de Radetzky au gouvernement impérial.
4. Lord Napier à lord Palmerston ; Naples, 27 mars.
5. Le consul général Dacoking à Palmerston ; Venise le 28 mars.
6. Ponsomby à Palmerston ; 10 avril, Vienne.

missement de croisade. L'insurrection de Milan avait
sonné le tocsin de l'insurrection italienne. Aux premières nouvelles du mouvement de Modène, on vit
accourir 2,000 gardes civiques de Bologne, 1,200
hommes et 300 de la ligne de Livourne, des gardes
civiques et des étudiants armés de Pise, des gardes
civiques et des volontaires de Florence[1]. Peu de jours
après, pour éviter la ruine qui le menaçait [2], le grand
duc, lui aussi, dut déclarer la guerre à l'Autriche. A
Rome, le peuple, la garde civique, les carabiniers,
tous mêlés ensemble, livrèrent aux flammes les armes
d'Autriche, et substituèrent sur l'hôtel de l'ambassade
cette inscription : *Palais de la diète italienne*[3]. Les
volontaires se présentaient en masse, bénis par les
prêtres; on ouvrait des souscriptions pour les armer
et les envoyer au camp. Déjà, le 24 mars, plusieurs
avaient quitté la ville[4], et, à la fin du mois, 10,000 Romains et 9,000 Toscans étaient rassemblés sur les
rives du Pô, prêts à le passer du côté du Lago-Scuro[5].
A Naples, on brûla également les insignes abhorrés
de l'Autriche, et, le 26 mars, déjà la liste des volon-

---

1. Hamilton à Palmerston ; 24 mars, de Florence.
2. « Toutes ces choses maintiennent dans la capitale et dans
les provinces du grand-duché une telle agitation, qu'on peut
craindre d'un moment à l'autre les plus graves commotions, si
le gouvernement ne se hâte pas de suivre le vœu général pour
que nos troupes et notre milice participent à la lutte. » (Neri
Corsini au baron Schnitzer Meeran; Florence, 29 mars.)
3. W. Petre à sir G. Hamilton; 22 mars, de Rome.
4. Petre à Hamilton; 24 mars.
5. Campbell à Palmerston; Milan, 31 mars.

taires était ouverte, et devant l'excitation générale, le roi était forcé de céder[1]. Je ne parle pas de Gênes et du Piémont. Les volontaires de Gênes — je le rappelle avec orgueil, non l'orgueil de la municipalité, mais celui de l'affection pour la terre où dort mon père et où naquit ma mère — les volontaires de Gênes signèrent les premiers, en face de l'ennemi, le pacte commun de fraternité italienne avec les hommes de la Lombardie.

Et, au dehors de l'Italie, la bonne nouvelle, répandue avec la rapidité de la pensée, venait rajeunir les têtes blanchies dans l'exil et bénir d'une nouvelle vie les âmes qui s'éteignaient dans le doute; elle venait effacer les longues douleurs, et anéantir le souvenir des nombreuses déceptions du passé et des prévisions importunes qui ne devaient que trop tôt se vérifier. — Une seule pensée, une pensée commune à nous tous, brillait dans notre regard et à travers nos accents émus : « Nous avons une patrie! nous avons une patrie! nous pourrons travailler pour elle! » Et nous franchissions en courant, le front haut, l'âme épanouie d'orgueil italien, ces terres que nous avions traversées errants et méprisés, et où résonnait alors un cri de surprise et d'applaudissement pour notre Italie. Ah! que Dieu pardonne à ceux qui ont calomnié nos âmes en ces moments d'amour et de religion nationale! Eux, les *modérés*, recevaient à Gênes, baïonnettes en avant, et faisaient escorter désarmés,

1. Napier à Palmerston ; Naples 27 et 28 mars.

jusqu'au camp, comme des malfaiteurs, les ouvriers italiens qui accouraient de Paris et de Londres, conduits par le général Antonini, pour combattre dans les batailles de l'indépendance! Ils nous accusaient de conspirations! Nous ne conspirions que pour oublier. Je me souviens de ces paroles : « Les malheureux, ils ne peuvent aimer! » que sainte Thérèse proférait en pensant aux damnés.

Mais tout ce frémissement, tout cet enthousiasme qui poussait l'Italie aux grandes choses parlait de *peuple* et non de *prince*, de nationalité et non de misérables spéculations dynastiques. Le heurter de front était chose impossible. Et, bien que Martini d'abord, puis Passalacqua n'eussent offert le secours royal qu'à la condition que la Lombardie passerait sous la domination du roi ; bien que la plupart des hommes composant le gouvernement provisoire de Milan fussent enclins, et quelques-uns même liés à ce pacte, personne n'osa alors stipuler d'une manière patente le prix d'une victoire incertaine. Le lion rugissait encore ; il fallait auparavant l'apprivoiser.

Dès le 23 mars, dans une adresse à Charles-Albert, le gouvernement provisoire, en invoquant son secours, avait laissé entrevoir au roi et à la diplomatie quelles étaient ses intentions[1]. Toutefois, ses décla-

---

1. « Votre Majesté... recevra certainement les applaudissements et la reconnaissance de ce peuple. *Nous voudrions ajouter davantage*, mais notre position de gouvernement provisoire ne nous permet pas de devancer les votes de la nation, qui, certes, sont en faveur d'un plus grand rapprochement à la cause de

rations publiques contenaient un programme qui remettait la décision de la question politique au jour de la victoire, et la confiait, le jour venu, au bon sens du peuple. *Quand tous seront libres, tous parleront.* — *A causa vinta, la nazione decidera* (après le triomphe, la nation décidera).

Telles étaient les proclamations du 29 mars et du 8 avril, etc. Et ces déclarations faites aux Lombards, aux Vénitiens, à Gênes, au pape, furent également faites le 27 mars à la France. « Dans un pareil état de choses, était-il dit, nous nous abstenons de toute question politique, nous avons solennellement et plusieurs fois déclaré que, après la lutte, il appartiendrait à la nation de décider sur ses propres destinées. »

Et Charles-Albert annonçait, dans sa proclamation du 23 mars, que «les armes piémontaises viendaient donner, dans les faits ultérieurs, aux peuples de la Lombardie et de la Vénétie le secours que le frère attend du frère, l'ami de l'ami. » Peu après, il annonçait à Lodi, que ses armes, en abrégeant la lutte, « ramèneraient parmi les Lombards la sécurité qui leur permettrait de s'appliquer, avec l'esprit serein et tranquille, au règlement de leur vie politique ».

C'était une résolution honnête ; aussi les républicains l'acceptèrent-ils, et s'y tinrent-ils loyalement ; comme à l'ordinaire, ils furent trahis, puis calomniés.

l'unité italienne. » (Adresse du 23 mars, communiquée le 3 avril à lord Palmerston par le comte Revel.)

Si du milieu des barricades de mars se fût élevée la bannière républicaine, plantée par la main du peuple ; si les hommes qui dirigèrent l'insurrection, assumant une grande initiative révolutionnaire, se fussent rendus les interprètes de la pensée qui frémissait dans le cœur des multitudes, l'indépendance de l'Italie était sauvée.

Tous savent — et nous mieux que d'autres — comment les secours des Suisses refusés par le gouvernement fédéral au *roi*, eussent été offerts par les cantons à l'insurrection *républicaine*. Le gouvernement français, fort méfiant alors des intentions de Charles-Albert, et peu certain de la voie qu'il suivrait, n'aurait pu se soustraire à l'enthousiasme populaire et aux nécessités de la politique républicaine. Et, en Italie, sans même se préoccuper des secours étrangers, telle était alors l'unanimité des forces et de la haine contre l'Autriche, que, sous la conduite d'hommes capables et énergiques, il nous eût été facile d'obtenir une victoire décisive. Peut-être bien que la terreur de ce nom fatal et l'impossibilité de combattre l'impulsion irrésistible de la croisade italienne, auraient rejeté quelques-uns de nos princes dans l'opposition, et provoqué alors les défections qui eurent lieu plus tard. Nouveau gage de salut pour nous, attendu que nous n'aurions plus eu de traîtres dans notre camp. Mais peut-être aussi les temps n'étaient-ils pas encore mûrs pour l'unité républicaine, condition d'être, aussi importante que celle de l'indépendance. L'indépendance sans unité ne saurait exister ; car les artifices et les diverses influences étrangères feraient en peu d'années, de l'Italie divisée, le théâtre des guerres civiles les plus mortelles. Pour que *l'Italie du peuple* eût une probabilité fondée d'existence, il fallait que Rome se montrât digne d'en être la capitale.

Cependant, la bannière républicaine ne s'était point déployée ; le peuple et la monarchie restaient unis en face de l'ennemi sur les terres lombardes. Le peuple avait accepté le programme de neutralité politique, émané du gouvernement provisoire, et les républicains résolurent de renoncer à toute initiative politique, d'attendre patiemment que la volonté du peuple se manifestât à la fin de la guerre, et de consacrer tous leurs efforts à la conquête de l'indépendance.

Et cela même nous fut lâchement contesté par les hommes du gouvernement provisoire et par les *modérés* meneurs de la cause dynastique.

La vie errante et agitée que les croyants de la foi républicaine subissent depuis nombre d'années, nous empêche d'appuyer les faits que nous signalons par des lettres, des dates et des journaux. Néanmoins j'affirme sur l'honneur la vérité de chaque syllabe que j'écris. Les accusateurs vivent : qu'ils nient, s'ils le peuvent et s'ils l'osent. Je regrette de devoir mêler mon nom à ces récits ; mais, puisque je fus choisi — avec ou sans mérite, peu importe, — par les amis et par les ennemis, pour représenter, en partie, la pensée républicaine, je dois à l'honneur du drapeau ce que je ne ferais pas pour moi-même. Je répondis par un silence dédaigneux, qui n'était que du *mépris*, à la fausse accusation d'avoir nui, par entêtement pour mes idées politiques, au résultat de la guerre, accusation qu'on nous lançait de toutes parts, du temps de mon séjour à Milan. On aurait dit alors que je consentais à me disculper par peur, ou par désir d'éloigner la tempête qui grondait. Mais il importe aujourd'hui que les Italiens sachent la vérité sur les hommes qui les appellent à l'œuvre.

Voici les faits.

V

QUELQUES FAITS EN RÉPONSE A D'ODIEUSES IMPUTATIONS

Nous ne pouvions croire que le gouvernement provisoire, jugé collectivement, fût jamais à la hauteur de l'entreprise. Mais, puisque, par amour de la concorde, nous avions accepté son programme de neutralité entre les deux principes politiques, nous ne pouvions porter au pouvoir des hommes ouvertement républicains et jeter le gant aux soupçons et aux irritations du parti contraire au nôtre. Aussi les plus influents d'entre nous se serrèrent-ils autour des membres de ce gouvernement, espérant, d'un côté, que leurs conseils porteraient fruit, et, de l'autre, que le pays, en nous voyant unis, ne laisserait point faiblir son enthousiasme ; espérant enfin que notre contact fréquent maintiendrait ces hommes, ne fût-ce que par pudeur, dans la ligne par eux si solennellement adoptée. Les premières paroles que je fis entendre à Milan furent des paroles d'encouragement pour le gouvernement ; les secondes, proférées sur la demande d'un des fauteurs de la monarchie, furent une prière à Brescia pour qu'elle eût à sacrifier, dans ses discussions avec Milan, tout droit local à l'union et à la centralisation, alors indispensables au succès de la guerre.

Nous n'avions confiance ni en Charles-Albert ni en ses conseillers. Mais Charles-Albert *était* en Lombardie et commandait l'entreprise qui, avant toutes choses, nous tenait au cœur. Nous ne pouvions faire que le fait ne fût pas ; il fallait donc venir en aide à ce fait pour qu'il aboutît à un résultat. Derrière le roi était une armée italienne et brave ; et derrière cette armée, un peuple, le peuple piémontais, peuple d'un naturel lent peut-être, mais viril et tenace, peuple effacé dans la capitale par une aristocratie corrompue, mais vivace et vierge dans les provinces, et dépositaire d'une grande part des destinées de l'Italie. L'armée et le peuple étaient nos frères ; et nous accuser, comme le firent plusieurs, de propagande antipiémontaise, était une calomnie aussi folle que ridicule.

Cependant, pour que les diverses familles italiennes apprissent à s'estimer, à s'aimer, à se confondre fraternellement ensemble sur le même champ de bataille, pour qu'au peuple restât, avec la conscience des sa-

crifices, la conscience aussi de ses propres droits ;
et enfin parce que nous nous défiions des chefs, et
que, lorsque d'autres chantaient victoire avant le combat, nous, nous prévoyions la possibilité et même la
probabilité d'une défaite, — nous voulions que le
pays s'armât pour pouvoir, en tout cas, se défendre ;
nous voulions que, à côté des troupes régulières al-
liées, se maintinssent, en force toujours croissante,
les représentants armés de ce peuple, c'est-à-dire
l'élément *volontaire ;* nous voulions la prompte formation de l'armée lombarde avec de bons règlements et
de bons officiers. Le gouvernement provisoire voulait
précisément le contraire.

Ignorants en fait de guerre comme en toute chose ;
fermement convaincus que l'armée royale suffirait à
tout ; liés, pour la plupart, au pacte de la fusion monarchique, et pensant stupidement que le seul moyen
de conduire l'entreprise à bon port, était de faire que
le roi, ayant vaincu seul, le peuple fût réduit à choisir
entre les Autrichiens et lui ; peu loyaux, et par conséquent peu disposés à croire à la loyauté d'autrui ;
toujours enclins aux intrigues politiques par pauvreté d'idées, de cœur et d'esprit ; — les plus influents d'entre ses membres s'ingénièrent de toutes
leurs forces à préparer l'opinion à la monarchie piémontaise, et à susciter des ennemis à notre parti. Des
choses de la guerre, de l'armement du peuple, de la
conduite des affaires, du soin d'entretenir l'ardeur mi-
litante dans le pays, nul ne s'occupait. Les meilleurs
d'entre eux ne participaient pas au projet, mais ils

s'associaient à l'action et à l'inaction de leurs collègues, par faiblesse de caractère ou par liens d'amitié individuelle.

La conduite des républicains fut simple et franche.

Avant mon arrivée à Milan, pendant les jours qui suivirent la victoire du peuple, les jeunes gens des barricades formèrent une association démocratique publique, dont les statuts furent communiqués au gouvernement. Comme il avait été annoncé de par l'autorité [1] que, dans le plus bref délai possible, on convoquerait une représentation nationale, *afin qu'un vote librement émis, et qui fût la vraie expression du pouvoir populaire*, pût décider sur les futures destinées de la patrie, il était naturel et utile que l'élément républicain manifestât son existence par un acte légal. Mais, une fois ce devoir accompli, et la ligne de conduite signalée plus haut, adoptée, l'association mit de côté toute question politique et ne s'occupa plus, dans les rares et publiques réunions, que de mesures de guerre. Pour ma part, je n'y intervins, avant le 12 mai, qu'une seule fois. Ce fut pour faire acte d'adhésion à mes frères en croyance, et j'y proposai de stimuler le gouvernement et de l'appuyer.

La Voce del Popolo, « la Voix du Peuple », journal dirigé par les plus influents d'entre les républicains, se conformait à cette pensée. Il publiait d'excellents conseils sur la guerre et sur les finances, il s'efforçait de faire pénétrer la vie du peuple dans le sein du gouver-

1. Proclamation du 8 avril.

nement. La question politique y était touchée rarement
et comme en passant; le mot *république* soigneuse-
ment évité [1].

Mais le gouvernement à peine né était déjà devenu
un cadavre; et tout le galvanisme des conseils républicains n'aurait pu lui infuser la vie.

Attaché, même avant de naître, à un pacte de servitude, le gouvernement se défiait de nous, du peuple,
des volontaires, de soi-même, de toute chose, hormis
du *prince magnanime*. Dans ses proclamations,
ses discours, ses bulletins emphatiques, il paradait
de façon à ce que chacun s'accoutumât à ne voir
que dans le roi et dans l'armée qui le suivait,
l'ancre de salut de la patrie. Dans ces premiers
temps, il enflait chaque escarmouche qui avait lieu
près du fatal Mincio, au point d'en faire presque une
bataille napoléonienne; et, d'après ses calculs, les
Autrichiens, vers la moitié de la campagne, précisément lorsqu'ils commençaient à être vraiment mena-
çants, auraient dû être presque tous exterminés.

Le mouvement de toute l'Italie, vers les plaines
lombardes et les lagunes de la Vénétie, était, selon
les politiques de la *fusion*, tardif et inutile. La victoire était certaine, infaillible. On écoutait nos conseils avec courtoisie; on les provoquait même par-

1. Le journal *le Lombard*, rédigé par un certain Romani,
étranger et même, je ne sais si c'est à tort ou à raison, suspect
aux républicains, fit, dans un de ses articles, une guerre violente
au gouvernement et fut brutalement supprimé.

fois : on ne les suivait jamais. Le peuple s'endormait dans la confiance.

Mais on faisait pis encore. Tandis que nous disions : *Secourez les volontaires ! animez-les ! poussez-les aux Alpes !* la perte des volontaires républicains était jurée ; jurée dès les derniers jours de mars, alors que Théodore Lecchi fut nommé au commandement de la future armée. Laissés sans armes, sans vêtements, sans argent, violemment accusés chaque fois que la nécessité les forçait de se pourvoir par eux-mêmes ; repoussés jusqu'au Tyrol et dans les passages des Alpes, puis empêchés de combattre, ils se virent obligés de quitter ces lieux, et d'abandonner à leur sort les insurrections naissantes. Rappelés enfin, blessés, eux, les vainqueurs des cinq journées, jusqu'au fond de l'âme ils furent dissous[1]. Tandis que nous insistions sans cesse sur la prompte formation d'une armée lombarde et que nous en indiquions les règlements, on traînait en longueur, on entravait l'armement, on disséminait les milliers de soldats italiens qui désertaient les drapeaux de l'Autriche, et on confiait l'instruction de ceux qui se présentaient pour servir à des officiers piémontais hors de service, dont plusieurs même avaient été chassés des rangs pour mauvaise conduite.

Je me souviens qu'en réponse à mes instances réitérées de rendre la guerre de plus en plus nationale, et

---

1. Voir le livre de Cattaneo, notamment les chap. 7 et 8, *Relation de l'expédition militaire en Tyrol*. Italie, mai 1848; — *les Volontaires en Lombardie et dans le Tyrol*, par le général Allemandi. Berne, 1849.

de mettre à la tête de la jeune armée des hommes déjà
formés à la guerre d'insurrection, et, pour cela, d'appeler nos exilés devenus officiers en Grèce, en
Espagne et ailleurs, il me fut répondu *qu'on ne savait
pas où ils étaient*. Je ne me rebutai pas pourtant, et
j'obtins, puisque, moi, *je le savais*, la faculté de les
appeler, et, pour valider mon appel, la signature du
secrétaire Correnti. Mais, quand ils furent arrivés, le
ministre Collegno, alléguant que les circonstances
étaient changées, les refusa [1]. Et, tandis que, de notre
côté, pour rallier à notre guerre la libre pensée de
l'Europe et créer un sentiment d'émulation parmi
notre jeunesse, nous offrions des légions de volontaires français et suisses, du camp arrivaient des défenses au gouvernement, et celui-ci, pour obéir à ces
défenses, rompait les traités déjà conclus avec Berne
et avec le canton de Vaud. — Mais Garibaldi, arrivant
de Montevideo, ne fut-il pas accueilli froidement et
avec des airs de moquerie au camp royal, puis renvoyé à Turin pour voir *si* et *comment* il pourrait être
employé par le ministre de la guerre?

Cependant, tandis que ces choses se passaient à
Milan, la guerre royale, ayant évité les Alpes, restait
confinée dans l'oisiveté des forteresses. L'armée autrichienne, remontée, refaite, ravitaillée, attendait et recevait des renforts. Le Tyrol était fermé à Charles-Albert

---

1. Le major Henri Cialdini dit à Collegno « qu'il ne voulait
pas avoir fait un voyage pour rien, et qu'avant de repartir pour
l'Espagne, il irait chercher comme milicien une blessure italienne ». Il y alla et fut blessé.

par la diplomatie de 1815: et la défense de la Vénétie était en partie empêchée par les menées secrètes des gouvernements étrangers et par des espérances lointaines d'accord avec l'Autriche, en partie, et même en grande partie, en haine avouée sans vergogne du drapeau de la république [1]. Les princes italiens, pour se retirer de l'entreprise et refroidir les esprits, saisissaient le prétexte que leur fournissaient les vues ambitieuses des fauteurs de l'Italie *du Nord*, manifestées sans prudence, sans honte et partout. Pie IX s'opposait à ce que les Romains passassent le Pô. Le cardinal Soglia correspondait en chiffres avec Inspruck. Corboli-Bussi se rendait au camp du roi pour l'exhorter à la défection et pour conspirer [2]. L'arrêt de l'Italie était signé.

---

1. Je n'entre pas dans les détails, ils se trouvent dans le livre de Cattaneo, dans les documents recueillis par Montecchi, et dans l'histoire de la campagne; mais je ne puis m'empêcher de citer un document ignoré jusqu'ici.

« Le soussigné... s'empresse d'informer M. Abercromby que l'ordre est donné aux commandants des navires de l'État de laisser librement naviguer les bâtiments marchands naviguant sous le drapeau de l'Autriche, qu'ils viendraient à rencontrer...

» Les commandants des navires de la marine royale ont également reçu l'ordre de ne faire aucun acte d'hostilité contre les navires de guerre autrichiens, sauf le cas de provocation. » Turin, 29 mars 1848. — Signé : « L.-N. Pareto. »

2. « Je tiens d'une source en laquelle je puis mettre une foi entière, que le pape a donné à ses troupes l'ordre positif de ne pas traverser le Pô.

» Monseigneur Corboli-Bussi est passé par Florence venant de Rome, et je suis informé qu'il a reçu du pape la mission de recommander au roi de Sardaigne de se retirer avec ses troupes derrière ses propres frontières. »

Parfois le gouvernement semblait ouvrir les yeux sur la vraie situation des choses et sur ses propres devoirs ; alors — comme un homme qui devine, par instinct, où est l'énergie — il se tournait vers les républicains ; mais il trahissait ses promesses et se rendormait le lendemain. Un message secret du camp, un mot d'un courtisan intrigant, suffisaient à changer ses intentions. Le pauvre peuple, étourdi déjà de mille manières par les charlatans politiques, puisait peut-être dans ce contact inefficace, entre nous et le gouvernement, de nouvelles illusions pour sa sécurité. J'en citerai un exemple. .

La nouvelle de la chute d'Udine avait frappé les esprits de terreur. Je fus appelé à minuit au gouvernement, où je trouvai réunis plusieurs autres républicains influents. Il fallait, disaient les membres du gouvernement, exciter le pays, le pousser à des efforts suprêmes, l'appeler à se sauver par ses propres forces, — et-ils nous demandaient de leur en indiquer les moyens. J'écrivis sur un bout de papier quelques-unes des résolutions qui, selon moi, devaient conduire au but que l'on voulait atteindre ; mais je déclarai en même temps qu'aucune d'elles ne réussirait si le gouvernement se chargeait de l'exécution. « Dieu seul, continuai-je, donne la mort et la vie. Votre gouvernement est discrédité et il le mérite. Il a tout fait jusqu'ici pour endormir l'enthousiasme et pour créer par le mensonge une confiance fatale : et *vous* ne pouvez tout à coup venir prêcher la croisade et la guerre du peuple, sans faire éclater dans les masses le cri funeste de *trahison*. Aux choses nouvelles, des hommes nouveaux. Je ne vous demande pas de démissions qui aujourd'hui sembleraient une désertion. Choisissez trois hommes, monarchistes ou républicains, peu importe, qui *sachent* et *veuillent*, et qui, s'ils ne sont pas aimés, du moins ne soient pas méprisés du peuple. Sous prétexte de l'abondance de vos travaux, ou sous tel autre prétexte que vous voudrez, chargez-les de tous les soins et de toute l'autorité pour les choses de la guerre. Que d'eux émanent demain tous les actes que je vous propose, nous nous serrerons tous autour d'eux, et nous resterons leurs garants auprès du peuple. » Un des moyens proposés, était la levée en masse de la totalité des cinq classes, tandis que le gouvernement croyait trop faire en appelant seulement les trois premières, et qu'il en remettait la convocation au mois d'août, sous le prétexte *que les paysans auraient ainsi le loisir de faire leur récolte.* Ils ajoutaient ce blasphème, que les paysans *étaient autrichiens* de cœur et de tendance ; et, dans le même temps, les pauvres paysans des deux premières classes se mutinaient contre les chirurgiens, lorsque ceux-ci rejetaient quelques-uns d'entre eux comme impropres au service ! J'insistais pour que, du moins, on fît un appel aux volontaires, et je me portais garant, sûr que l'exemple serait suivi dans toutes les villes, de la formation d'une légion de mille volontaires à Milan, pourvu qu'il me fût permis d'afficher cet appel et d'inscrire mon nom le premier. Je me retirai applaudi, avec promesse d'assentiment.

Deux jours après, le consentement donné à l'enrôlement des volontaires était révoqué, et, quant au comité de guerre, il fut transformé en comité de défense pour la Vénétie, et, aussitôt après, en une commission de secours pour la Vénétie, composée de membres du gouvernement; puis enfin il disparut. Le secrétaire, *factotum* de Charles-Albert, Castagneto, avait dit « qu'il ne plaisait point au roi d'avoir une armée d'ennemis sur les épaules » ! Si l'espace le permettait, je pourrais citer plusieurs exemples pareils.

VI

LA FUSION

Ainsi s'écoula la première période de la guerre. Dans la seconde, le gouvernement changea de tactique. Les *modérés* commençaient, je crois, à prévoir une ruine prochaine, et, pour établir un *précédent,* en vue peut-être d'un avenir très incertain, ils devenaient frénétiques de *fusion* monarchique. Ils se répandaient sur les places publiques, promettant que Milan serait la capitale du nouveau royaume ; ils fanatisaient, par toute sorte de mensonges, les masses ignorantes contre les républicains, ligués, disaient-ils, avec l'Autriche et provocateurs de la levée en masse[1]; ils

1. Henri Cernuschi fut menacé, emprisonné, ainsi qu'Agnelli, Terziaghi, Perego et bien d'autres. Un nommé Fava exerçait

harcelaient le gouvernement provisoire qui ne se hâtait pas assez. Et les membres du gouvernement, croyant ou ne croyant pas à leurs folles promesses, répétaient par leurs agents au peuple — à ce peuple qu'ils avaient jusqu'alors refroidi et endormi dans la confiance, — que les dangers devenaient graves, que les hommes, l'argent, tout enfin, manquait à la défense du pays; mais que, pour prix d'une grande confiance dans le roi, pour prix de la *fusion*, il arriverait de Gênes des millions d'écus, du Piémont des millions de soldats, du ciel des bénédictions, et que, sans levées, sans grands sacrifices, la Lombardie verrait son œuvre accomplie. Avec les républicains qu'ils avaient déjà fermement résolu de trahir, leur amitié feinte se changeait en froideur; ils affectaient vis-à-vis d'eux des soupçons de conspiration qu'ils n'avaient pas. Quelles conspirations? Si la chute de ce pitoyable fantôme qui s'intitulait gouvernement, avait pu changer les chances de la guerre, les républicains l'auraient renversé en deux heures.

autour de Cattaneo et des hommes qui avaient dirigé le mouvement de mars, un espionnage digne de l'Autriche. Des inscriptions sur les murs et des lettres anonymes me menaçaient de mort. Un nommé Cerioli, j'ai oublié si c'est avant ou après le 12 mai, afficha sur tous les coins des rues une longue pancarte dont la conclusion était « que j'avais refusé de voir ma mère à cause de la diversité de nos opinions politiques ». Ma pauvre mère, à ce moment même, faisait route vers Milan pour m'embrasser et bénir mes croyances. Je ne sache pas qu'un républicain soit jamais descendu si bas que de calomnier ainsi la vie privée de ses adversaires politiques.

Au commencement de cette seconde période, lorsque le gouvernement était déjà décidé à violer son programme, lorsque j'étais attaqué de toutes parts, à cause de mon silence, par les calomnies et les menaces, je vis arriver chez moi, dépêché du camp, et porteur de bien étranges propositions, un ancien ami, patriote chaud et loyal. Il venait au nom de Castagneto, secrétaire du roi, dont j'ai déjà parlé ; il m'engageait à « patronner la fusion monarchique et à gagner les républicains au parti royaliste ; moyennant quoi, il aurait été fait, dans la rédaction de la Constitution, telle part que j'aurais voulu à l'influence démocratique » ; il me proposait aussi un *entretien avec le roi*, et je ne sais quoi encore.

Notre premier but et l'éternel soupir de nos âmes fut, autrefois comme aujourd'hui, l'*indépendance* vis-à-vis de l'étranger : le second, l'*unité* de la patrie, sans laquelle l'indépendance est un mensonge : le troisième, la *république*. Sur ce dernier point, indifférents à ce qui nous concerne individuellement, sûrs de l'avenir de notre pays, nous n'avions pas besoin de nous montrer intolérants. A qui m'aurait donc assuré l'*indépendance* et la prompte unité de l'Italie, j'aurais sacrifié, non pas ma foi, cela était impossible, mais j'aurais renoncé à toute propagande active pour le prochain triomphe de cette foi ; pour moi, il me suffisait de la solitude et du droit que nul n'eût pu m'ôter, de consigner dans un livre qui se serait publié tôt ou tard, les idées que j'aurais crues utiles à mon pays ; et d'ailleurs, dans leur amour pour l'indépendance nationale, les républicains n'avaient pas attendu, pour ajourner la république, la prière d'un roi. Mais alors la question était tout entière dans la guerre.

Nous regardions comme fatale au résultat de la guerre, comme trop ambitieuse pour nos princes et pour la diplomatie, comme insuffisante pour les populations de l'Italie, la conception qui se résumait dans le fédéralisme de l'Italie du Nord. Grâce à cette conception, l'enthousiasme populaire était déjà éteint, déjà les gouvernements se montraient hostiles, les ressources du pays étaient frappées d'inertie, et les chances de la guerre n'étaient devenues que trop menaçantes. Pour nous les rendre favorables, pour ranimer l'ardeur qui brise tous les obstacles, il n'y avait qu'un seul moyen : la guerre, non pas des *princes*, mais de la NATION. Et, pour cela, il fallait un homme qui osât tout et qui s'engageât à ne pas reculer dans l'entreprise par égoïsme ou par faiblesse. Charles-Albert voulait-il être cet *homme ?* Il devait oublier sa pauvre couronne savoyarde, et se faire véritablement l'*épée de l'Italie.* Il devait, puisque tous les gouvernements lui étaient hostiles, rompre ouvertement, irrévocablement avec eux, et rassembler autour de lui, unis et exaltés par une grande pensée, tous les patriotes que comptait l'Italie, depuis les Alpes jusqu'aux extrêmes confins de la Sicile. Nous aurions su alors qu'il parlait et voulait agir sérieusement, et nous aurions pu tenter tous les efforts pour soulever, au profit de sa gloire, tous les éléments révolutionnaires de l'Italie. Puisqu'il ne le voulait pas, mieux valait nous

16

laisser à nous-mêmes. Nous pouvions bien, nous
devions même sacrifier pour un temps, au salut de
l'Italie, la bannière que nous avions déployée ; mais
nous ne pouvions pas et nous ne devions pas la sacrifier, et sacrifier avec elle ce que nous avions gagné
d'influence sur les destinées de notre pays, par la
constance de notre foi, à un roi qui, ne voulant rien
risquer pour son compte, ni entrer en communion
avec la pensée italienne, ni améliorer les conditions
de la guerre, aurait pu, à son gré, se retirer de
l'arène et nous dire : « Vous aussi, croyants, vous
avez transigé. »

Telle fut à peu près ma réponse au messager. Inter-
rogé ensuite sur les garanties que le roi pourrait nous
donner de son concours à l'œuvre de *l'unité :* « Qu'il
signe, répondis-je, quelques lignes où ses intentions
soient déclarées. » Et, mis en demeure de rédiger
ces lignes, je pris la plume et je les écrivis. C'était,
sauf quelques variantes dans la forme, que j'ai ou-
bliées, les mêmes que je fis insérer à dessein, peu de
temps après, dans le programme de *l'Italie du peuple,*
publié à Milan ; je les transcris ici :

« Je sens que les temps sont mûrs pour l'unité de
la patrie ; j'entends, ô Italiens, le frémissement qui
oppresse vos âmes. Levez-vous, je vous précède.
Voyez ! je vous donne pour gage de ma foi, le spectacle inconnu au monde d'un roi acceptant le sacerdoce
de l'époque nouvelle, apôtre armé de l'idée-peuple,
architecte du temple de la Nation. Je déchire, au nom
de Dieu et de l'Italie, les vieux traités qui vous tien-

nent divisés et qui sont écrits avec votre sang: je vous convie à renverser les barrières qui, aujourd'hui encore, vous séparent, et à vous grouper, formés en légions de frères libres et émancipés, autour de moi, votre guide, prêt à tomber ou à vaincre avec vous ! »

L'ami partit. Peu de jours après, on me fit lire un billet de Castagneto qui disait : « Je vois bien que, de ce côté, il n'y a rien à faire. » Une idée généreuse, puissante d'amour, et portant dans ses flancs l'avenir d'une nation, vibra-t-elle jamais dans le cœur d'un roi ?

Nous continuâmes à nous taire sur la politique [1], et à seconder du mieux que nous pouvions, de notre concours et de nos conseils, l'action de la guerre. Mais la guerre n'était plus italienne, elle n'était plus même lombarde. C'était la guerre du Piémont, la guerre d'une faction. Ministère, organisation, administration, tout était dans les mains des hommes dévoués à cette faction. Le gouvernement n'avait d'autre mission que de recevoir les bulletins du camp, de les exalter et de préparer le décret funeste du 12 mai.

Et eux, que firent-ils? Le programme de neutralité fut violé alors même que de sinistres événements faisant prévoir une prochaine catastrophe, imposaient plus que jamais le devoir de s'y tenir pour ne pas jeter de nouveaux germes de discorde dans le camp,

---

1. Dans toute la série des *Documents* cités, pas un des rapports envoyés si fréquemment de Milan à lord Palmerston ne parle d'agitation républicaine.

pour ne pas enlever à la guerre son caractère de neutralité, et pour léguer au moins un principe à la future insurrection. Nos discours, nos prières au gouvernement, tout fut inutile. Ils voulaient la servitude.

Alors, — alors seulement. — nous sentîmes la nécessité de protester en face de l'Italie. Ceux qui se trouvaient dans ce moment à Milan savent que cette protestation n'était pas sans péril. Et ce devrait être pour tous, amis ou ennemis, une preuve nouvelle que nous n'avions gardé si longtemps le silence que par amour de la patrie, et pour ne pas briser un accord qui, bien que n'existant qu'en apparence, pouvait être utile, en définitive, au résultat de la guerre.

VII

PROTESTATION

Le lendemain du décret, nous publiâmes le document suivant :

Au Gouvernement provisoire central de la Lombardie.

« Messieurs,

» Lorsque, les prodiges des cinq journées accomplis, vainqueur sublime et confiant dans les résultats de sa victoire, le peuple, seul souverain de cette terre rachetée de son sang, vous accepta pour chefs, il vous confia un double mandat : pourvoir à l'entière délivrance du pays, et déblayer le terrain sur lequel l'expression de ses vœux sur les futures destinées du pays pût se manifester spontanément, s'éclairer par une discussion fraternelle, se faire accepter par tous les partis, et qui, revêtant à la face de l'Europe un caractère de légalité solennelle, aurait été pure de basses espérances et de lâches craintes, digne de l'Italie et de nous.

» Et les peuples d'Italie qui, sachant bien qu'ils étaient nos frères, nous envoyaient tous, autant que le permettaient les distances et les circonstances particulières, des soldats pour la sainte guerre, confirmaient facilement le même mandat. Ils comprenaient bien qu'ici, sur cette terre lombarde, où la révolution et le triomphe avaient été l'œuvre du peuple, allaient s'agiter les destins de toute l'Italie ; qu'ici, dans cette partie si importante de la terre italienne, le vote libre et réfléchi de quelques millions d'hommes généreux était appelé à résoudre la grande et décisive question des véritables tendances, des instincts, des désirs qui fermentent dans le cœur des masses, et qui décideront de leur nouvelle vie.

» Vous comprîtes alors ce mandat, messieurs, ou vous parûtes le comprendre. Et parce que vous ne trouviez en vous-mêmes ni la puissance ni le droit d'initiative, vous déclarâtes solennellement à plusieurs reprises, que l'initiative appartenait tout entière au peuple, et que le peuple seul, une fois le territoire

16.

délivré et la guerre finie, aurait à discuter et à décider, dans une assemblée constituante, quelles formes devraient régir sa vie politique.

» Et, en formulant cette déclaration, vous n'entendiez certainement pas, ce qui était impossible, injuste, que tout un peuple restât indéfiniment muet sur les questions les plus graves, les plus vitales pour lui : vous ne pouviez raisonnablement prétendre qu'il combattît sans savoir pourquoi ; qu'il vainquît, sans se demander quels seraient les fruits de la victoire ; qu'il se fît soldat de la liberté en commençant par la renier et par se refuser tout droit de discussion pacifique et fraternelle.

» Les opinions se révélèrent peu à peu. C'était une bonne chose, c'était l'éducation préparatoire que vous ne donniez pas au peuple, mais qui lui était offerte par les meilleurs d'entre ses frères, pour qu'au jour de la réunion de l'assemblée il pût émettre un vote éclairé et réfléchi : c'était une preuve donnée à l'Europe attentive que les populations lombardes ne s'étaient point soulevées par un aveugle esprit de révolte, mais parce qu'elles sentaient que les temps sont mûrs pour entrer, avec la conscience de leurs droits et de leurs devoirs, dans la grande communauté des nations. Vous ne deviez pas en être consternés, mais réjouis ; vous deviez seulement user de toute votre influence pour que la lice fût ouverte à tous également, et pour que la discussion eût son cours à l'abri des intrigues et des violences, dans les termes d'une polémique pacifique et fraternelle.

» Vous savez, messieurs, quelle fut, entre les diverses opinions émises, la première à sortir des bornes acceptées de la discussion. Vous savez que, tandis que l'opinion à laquelle s'honorent d'appartenir les soussignés, se retranchait tranquille et calme sur le terrain de la persuasion, — tandis qu'elle seule se maintenait dans les limites légales que vous aviez déterminées, tout en vous appuyant en toute occasion et de tout son pouvoir, — tandis qu'elle exagérait à son détriment, la vertu de la modération, — d'autres, plus impatients, parce qu'ils étaient moins sûrs d'avoir raison, s'échauffèrent jusqu'au point de changer la discussion en querelle, et les paroles amies en menaces. C'était à vous, populaires comme vous l'étiez, à intervenir comme conciliateurs, et vous ne le fîtes pas. Peu de temps après, des hommes de quelques provinces, entraînés à des résolutions illégales, dangereuses, soutinrent ouvertement le démembrement de l'unité collective de l'État, parlèrent de reddition immédiate, sans le consentement de leurs frères, ouvrirent la voie, en violant l'obéissance due à votre gouvernement central, à l'anarchie du pays; formèrent des listes, les présentèrent, revêtues du prestige de quelques autorités secondaires, aux hommes du peuple trompés, aux habitants ignorants des campagnes; recueillirent à la hâte des signatures, et en plusieurs lieux ils le firent frauduleusement et en abusant des noms. Ces abus, ces fraudes vous ont été signalés, messieurs; vous avez reçu les plaintes et les preuves; quelques-uns de nous se souviennent de vos paroles à

ce sujet, et sauront bien, au besoin, les révéler à
l'histoire. C'était pour vous un devoir sacré de punir
ces attentats, d'éclairer, par votre parole officielle,
les populations trompées; de leur rappeler, de rappeler à tous votre programme, et les raisons qui exigeaient son maintien; de le répandre partout, avec
tous les moyens que vous aviez sous la main, de faire
appel à l'amour du pays et au sens droit de vos concitoyens. Vous ne l'avez pas fait, et, tandis que l'agitation que de pareilles manœuvres avaient produite
dans le peuple, demandait à être calmée par une parole de vous, tandis que les plus honnêtes gens de
tous les partis vous traduisaient cette demande, vous
l'avez refusée : vous vous êtes retranchés dans un
silence fatal, inexplicable; immobiles, vous avez laissé
s'aggraver cet état de choses; et, aujourd'hui que,
grâce à l'amour du pays et au sens droit des Lombards,
les dangers s'affaiblissent, vous le faites valoir, en
l'exagérant, pour vous disculper de la violation du
programme que la Nation avait accepté. — Aujour-
d'hui, que de quelques-unes des villes égarées commencent à vous arriver, sans que vous les ayez pro-
voquées, des preuves de retour à un sentiment plus
juste, et des protestations d'adhésion à l'ancien programme, — votre décret du 12 mai vient le déchirer;
il vient sanctionner ces funestes précédents, et appeler les citoyens non préparés, à décider tout à coup du
sort du pays, en recourant à un système illégal, illibéral, sans dignité, et inventé pour le triomphe exclusif d'une opinion sur l'autre.

» Le système des registres est illégal, parce qu'il viole, de votre propre autorité, le programme qui était la condition de votre existence politique vis-à-vis du pays; parce qu'il enlève à l'*Assemblée consti-tuante* la plus vitale, la plus décisive de toutes les questions.

» Il est illibéral, parce qu'il supprime la discussion, base indispensable du vote; parce qu'il supprime un des droits inaliénables du citoyen, et substitue à l'expression publique et motivée de la conscience du pays, le mutisme et la servilité de commandement. Il est honteux, parce qu'il est précipité; parce qu'il tend à changer ce qui devrait être une preuve d'amour et de conviction réfléchie, en une capitulation dictée par la peur; parce que l'état de guerre où nous sommes et la présence d'une armée qui représente une opinion, enlèvent à ce vote toute dignité; parce qu'aux yeux de l'Italie et de l'Europe nous paraîtrons, à tort, guidés par des intérêts immédiats et par la crainte; parce que les hommes généreux qui sont nos frères et qui nous ont, en combattant, salués du nom de frères, pourront être pris, à tort, pour nos conquérants. Ce système est fabriqué pour le triomphe exclusif d'une opinion sur l'autre, parce qu'il choisit, pour s'imposer, le moment où cette opinion a déjà préparé son terrain par tous les moyens et par toutes les manœuvres; et parce que vous ne vous bornez point à demander au peuple s'il entend ou non prendre immédiatement une décision, mais que vous excluez de vos registres une des solutions possibles du problème, en supprimant tout vœu qui en serait l'expression.

» Messieurs, vous avez violé votre mandat.

» Quelque douloureux qu'il soit, nous croyons que c'est pour nous un devoir de vous le dire. Devoir bien douloureux, en effet, non pas en ce que les futures destinées de l'Italie y sont intéressées; les destinées de l'Italie planent dans une région bien plus élevée que celle où s'agitent les gouvernements provisoires, mais parce que nous vous avons longtemps défendus et aimés, et parce que — nous le croyons — le décret du 12 mai troublera longtemps la paix de votre conscience.

» Messieurs, les conséquences immédiates de ce décret pourraient susciter de grands dangers à la tranquillité intérieure et à la liberté du pays. Vous fournissez ainsi un prétexte à l'intervention étrangère, que nous déplorerions tous. En sortant de votre neutralité pour vous ranger tout à coup à une opinion exclusive, vous jetez un imprudent défi aux opinions sacrifiées.

» Que Dieu vienne en aide à l'Italie, et qu'il en éloigne le péril de l'étranger que vous appelez sur sa tête ! Quant à nous, nous aimons la commune patrie plus que nous-mêmes. Nous ne ramasserons pas le gant. Nous ne résisterons pas pour défendre nos droits, car la résistance serait le commencement de la guerre civile, et la guerre civile, toujours coupable, le serait doublement aujourd'hui que l'étranger envahit encore nos contrées ; mais nos concitoyens nous tiendront compte, nous en sommes sûrs, de notre abnégation.

» Il nous suffit maintenant, messieurs, de protester solennellement en face de l'Italie et de l'Europe et pour la paix de notre conscience. Le bon sens de la nation et l'avenir feront le reste. »

Ainsi, le parti républicain trompé par de fausses promesses, abusé longtemps par les protestations, jésuitiquement bienveillantes, du gouvernement provisoire, poursuivi ensuite d'accusations honteuses, de sottes menaces et de perfides insinuations répandues dans le peuple, le parti républicain, trahi tout à coup dans ses plus chères espérances, par un décret qui, à la libre, solennelle et pacifique discussion d'une Constituante *après* la victoire, substituait le vote muet des registres, avec l'épée de Damoclès suspendue sur la tête des votants, le parti républicain répondait par des paroles de digne et sévère tristesse aux violateurs de la foi publique. Il déclarait qu'en vue de l'accord que lui seul avait observé par son silence jusqu'au 12 mai, il ne voulait pas *ramasser le gant*. A Gênes, la foule des *modérés* irritée brûla cette protestation. Nous aurions pu répondre comme Cremutius Cordus : « Brûlez aussi tous les bons citoyens de l'Italie sur ce même bûcher, car ils savent par cœur les vérités que nous venons de proclamer. »

Peu de jours après, nous publiâmes le programme de *l'Italie du peuple*. Notre langage était encore un langage de conciliation. « Notre mission, disions-nous, est une mission de paix. Frères parmi des frères, nous reconnaissons et nous revendiquons le droit de libre parole, sans laquelle il n'y a point de fraternité possible. Qui voudrait ou pourrait nous contester ce droit ? La pensée n'est-elle pas sainte en Italie ? La vérité ne jaillit-elle pas du conflit des opinions ? Où est celui qui la possède infaillible, entière ? Ah ! si des frères pouvaient jamais imposer silence à des frères ; si la différence des convictions sur les moyens à employer pour faire notre patrie une, libre et grande, pouvait jamais nous rendre ennemis les uns des autres, ce pressentiment d'une Italie à venir ne serait que mensonge et ironie ! Courbons tous avec respect le front devant le jugement souverain et légalement manifesté du peuple. Acceptons les faits qui, acceptés par le peuple, serviront de lien entre le présent et cet *idéal* qui brille devant nous, comme une étoile de notre âme. Mais qui donc parmi nous oserait dire : *Reniez cet idéal ?* Au nom de Dieu, au nom de l'inviolabilité de la pensée, faites que notre drapeau, le drapeau que vous-mêmes appelez le drapeau de l'avenir, flotte porté par des mains pures dans la sphère de l'idée, comme un présage planant sur le berceau d'un peuple qui aspire à être une nation ! Nous savons bien que, quand même aujourd'hui vous prendriez un autre chemin, vous viendrez un jour ramasser ce drapeau sur nos tombes. Mais vous le relèverez, éclairés, grâce à nous, sur sa vraie signification, sur la valeur des paroles sacrées, *Dieu et le peuple*, qui flamboient sur son écusson... Et, en attendant, nous nous embrasserons sur le terrain commun que les circonstances nous assignent : *Délivrance de la patrie, expulsion de l'étranger qui la menace.* Nous étudierons ensemble quels sont les moyens les plus actifs, les plus efficaces de guerre contre l'Autrichien ; nous exciterons ensemble notre peuple à l'œuvre commune ; nous signalerons aux gouvernements la voie qu'il faut prendre pour vaincre, et nous y marcherons avec eux. Notre *première* pensée, c'est la guerre ; la *seconde*, l'unité de la patrie ; la *troisième*, la forme, l'institution qui doit assurer sa liberté et faciliter sa mission. »

Telles étaient nos paroles. Et cependant nous fûmes partout accusés d'avoir, en substituant une idée politique à la question d'indépendance, entravé la guerre et désuni des forces qui devaient se serrer pour combattre. Cette fausse accusation fut si bien propagée et répétée, que, aujourd'hui encore, elle circule à l'étranger et en Italie, colportée par des hommes trompés ou pervers. *Les républicains devaient combattre et ils discutèrent.* Cependant l'histoire, instruite des faits, dit et dira que « les républicains furent les premiers à combattre, les derniers à discuter ». Elle dira que les républicains combattaient sur les barricades pendant que les *modérés* conspiraient avec Turin : que les républicains étaient presque tous ceux qui, lancés à la poursuite des Autrichiens en dehors de Milan, ou sortis de Côme, ne s'arrêtèrent qu'au Tyrol, pendant que le gouvernement provisoire faisait les premiers pas pour se ménager la possibilité de capituler. Elle dira qu'ils étaient républicains, les volontaires qui, le 11 avril, s'emparaient de la poudrière de Peschiera ; — républicains, la plupart de ceux qui combattirent pour

17

le salut de Trévise et soutinrent pendant dix-huit heures, le 23 mai, dans Vicence, le choc de dix-huit mille Autrichiens et de quarante canons ; — républicains, les étudiants qui, réunis en corps, demandaient, suppliaient qu'on les menât à l'ennemi ; — républicains, les hommes qui, à la fin de mai, formèrent le corps appelé le *bataillon lombard* et marchèrent pour défendre la Vénétie abandonnée et trahie par la guerre royale. Elle dira qu'il était républicain et fondateur de la *Société démocratique*, ce Joseph Sirtori qui conquit plus tard une si juste renommée militaire dans la guerre de Venise. Elle le dira aussi de Maestri, membre du comité de défense dans les derniers jours de la guerre républicaine, et de tous ceux qui le suivaient ; de Garibaldi et de Medici enfin, qui abandonnèrent les derniers le sol de la Lombardie sans se soucier des traités ou des armistices. Et l'histoire dira aussi que toutes les propositions émanées du parti républicain n'eurent d'autre but que la guerre ; que toutes les agitations qui, après le 12 mai, éclatèrent sur la place San-Fedele [1], n'eurent d'autre but que d'exciter à la guerre et de secouer l'inertie du gouvernement provisoire. Urbino, le promoteur de la seule démonstration qui ait eu un caractère politique, — celle du 29 mai, — était arrivé depuis peu de France : il était inconnu aux républicains et je ne l'ai vu qu'une seule fois.

1. Où était le siège du gouvernement provisoire.

VIII

INTRIGUES DIPLOMATIQUES

Le vote exprimé, les registres furent clos le 29 mai. Comme si à chaque triomphe des *modérés* devait correspondre un malheur national, ce jour-là même, sur les redoutes de Montanara et de Curtatone, la fleur de la jeunesse toscane périssait, victime de l'incapacité militaire ou de la trahison de ses chefs [1].

Le 8 juin, on publia le chiffre des votes. Le 13, deux jours après la chute de Vicence, une députation, ayant à sa tête Casati, président du gouvernement provisoire de Milan, se rendit au camp du roi pour y apporter l'acte solennel de *fusion*. La faction triomphait ; le but de la guerre était atteint ; *toute possibilité de république venait pour l'instant de s'évanouir, et un* PRÉCÉDENT, comme l'appellent les diplomates, était acquis à la dynastie de Savoie. Les royalistes, à

1. Les Toscans et les Napolitains réunis comptaient en tout cinq mille hommes, qui, par des prodiges de valeur, tinrent tête à seize mille Autrichiens pendant une journée entière. Le général Bava, informé du mouvement de l'ennemi, prévint Laugier, qui commandait les nôtres, lui promit des secours, et se tint même à peu de milles du champ de bataille. Puis, lorsqu'un officier toscan, accouru tout exprès, vint faire conaître la dangereuse position de nos troupes, le roi jugea prudent de rester immobile à Volta. (Voir le mémoire du général Bava.)

cette époque, n'osaient encore compter sur une victoire complète, et un *précédent,* un titre à tenir en réserve, et à faire valoir dans les revirements politiques
et les congrès futurs, était, pour la plupart d'entre
eux, le comble de l'espérance. De là, cette fusion pré-
cipitée en dépit des promesses et au détriment de la
cause lombarde. A Venise, dans la sainte, dans l'héroïque Venise, ce fut pis encore. *Déjà les bases de*
l'odieuse cession à l'Autriche étaient signées, quand,
le 6 août, arrivaient dans cette ville les deux commis-
saires Colli et Cibrario, pour en prendre possession
au nom de Charles-Albert. — Ah! que notre exil dure
longtemps encore, que l'oppression pèse encore
longtemps sur nos frères, plutôt que de voir profaner
une seconde fois la grande cause italienne par de
telles infamies, plutôt que de voir livrer au trafic
d'une ambition dynastique l'enthousiasme et le sang
de nos braves! — Car ainsi que la vertu se sanc-
tifie par les larmes, de même les nations se purifient
par les souffrances de la servitude. Les artifices du
mensonge et les calculs de l'égoïsme n'apprennent
point aux peuples à devenir libres : ils s'énervent
dans l'inertie que produit la défiance, et condamnent
leurs nobles facultés, leurs sentiments généreux, à
une agonie qui fait pleurer longtemps les mères sur
la terre, et les anges dans le ciel.

Et c'était bien une agonie! — Nous qui, plus malheureux que tous les autres, interrogions sans illusions les symptômes croissants du mal, nous qui
comptions les battements du pouls de la grande

mourante, nous ne pouvions nous écrier : « La liberté de l'Italie se meurt ! » sans que d'autres criassent à leur tour : « Vous êtes des terroristes, des alliés de l'Autriche ! »

Dès le mois d'avril, en haine des volontaires, et pour obéir à la diplomatie, l'entreprise du Tyrol avait été abandonnée. Le Frioul était perdu et restait ouvert à l'ennemi. Perdue aussi la Vénétie, où Padoue, Vicence, Trévise et Rovigo étaient tombées l'une après l'autre sans qu'un soldat du roi bougeât pour leur venir en aide. C'est qu'il importait aux royalistes, non de sauver la Vénétie, mais d'arracher à Venise, par la crainte d'une ruine prochaine et par de fausses espérances de délivrance, le vote du 5 juillet. Des promesses données aux gouvernements étrangers paralysaient toute opération ; et cependant, celle contre Trieste pouvait être couronnée d'un plein succès. La flotte sarde, en vertu d'ordres réitérés, inexplicables, demeurait inactive. Le 11 juin, pour soutenir à Venise les partisans de la fusion, on avait annoncé que, de concert avec les Vénitiens, quelques navires sardes tenteraient une entreprise ; mais, le but atteint, l'ordre fut révoqué. Les Autrichiens, qui avaient eu le loisir de réunir de nouvelles forces, mûrissaient leurs plans définitifs. Peu après le décret du 12 mai, le roi de Naples avait rappelé ses troupes. Les déclarations du pape et du général Durando avaient déjà rendu presque inutiles les secours venus des États romains. L'acte de fusion, en révélant de nouveaux périls aux gouvernements d'Italie, par le fait de l'ambition de la

maison de Savoie, avait anéanti tout espoir de coopé-
ration de leur part ; en même temps, le fantôme d'une
constituante sardo-lombarde avait soulevé plus que
jamais les terreurs, les haines et les intrigues secrètes
de l'aristocratie de Turin. Les tristes nécessités d'une
guerre dynastique que nous avions signalées plus
haut, avaient fait le vide et l'isolement autour du
camp de Charles-Albert.

Ainsi, à s'isoler en Europe, à se priver de tout espoir de secours de la part de ses voisins, aboutissaient
les conséquences forcées de la diplomatie royale ; diplomatie tortueuse, du reste, comme le fut toujours
la politique de la maison de Savoie, incertaine et lou-
voyante comme la pensée du roi.

L'histoire diplomatique de cette époque est donc
très mystérieuse, et restera telle pendant longtemps.
Ceux qui la dirigèrent vivent encore et sont presque
tous au pouvoir ; il leur importe d'en soustraire les
documents aux malheureuses populations qu'ils ont
fascinées. Il est à remarquer que même la collection
anglaise citée plusieurs fois est visiblement défec-
tueuse dans la partie la plus essentielle ; mais les traits
principaux percent malgré cela, à travers le voile qui
les couvre, et l'un des buts de cet ouvrage est de les
signaler.

La guerre entre les deux principes était générale
en Europe : l'enthousiasme excité par les mouvements
de l'Italie, notamment par l'insurrection lombarde et
les prodiges des cinq journées, était immense, et l'Italie
pouvait, si elle avait su et voulu, en retirer toute la

force nécessaire pour annuler tous les efforts de la réaction ennemie. Mais il fallait pour cela, quoi qu'en pût craindre la politique mesquine des *modérés*, donner à ces mouvements un caractère si ouvertement et si audacieusement national, qu'il dût épouvanter les ennemis, et offrir aux amis un puissant appui. Les uns et les autres sentaient que les temps étaient mûrs, et commençaient à croire qu'enfin l'Italie allait *être*; mais l'*Italie*, et non *le royaume du Nord*. Je me souviens de ces consolantes paroles que Lamartine m'adressa un jour chez lui; c'était la veille de mon départ pour l'Italie, et en présence de quelques témoins, notamment d'Alfred de Vigny, et de ce Forbin de Janson que je devais plus tard retrouver prêchant la restauration papale, et menant à Rome de petites conspirations ourdies de sottes intrigues :

« Votre heure a sonné, me dit le ministre, et j'en suis si fermement convaincu, que les premières paroles dont j'ai chargé M. d'Harcourt pour le pape, vers lequel je l'ai dépêché, sont celles-ci : « Saint-» Père vous savez que vous devez être président de » la république italienne. » M. d'Harcourt avait bien autre chose à dire au pape pour le compte de la faction que Lamartine s'imaginait gouverner, tandis qu'elle l'enveloppait dans ses filets. — Quant à moi, je n'attachais d'importance que comme symptôme aux paroles de Lamartine, homme d'impulsion et de nobles instincts, mais relâché dans ses croyances, sans énergie pour un but déterminé, et sans connaissance réelle des hommes et des choses. En lui se personnifiait,

néanmoins, dans ces moments d'exaltation, une tendance alors toute-puissante sur les esprits français ;
et toute nation renaissante qui eût déployé son drapeau, tout programme qui, sans être décidément
républicain, l'aurait été seulement comme celui de la
Constituante italienne, aurait forcé la main, en France,
au gouvernement le plus indécis.

Des grandes choses naissent les grandes choses.
La conception *naine* des modérés glaça partout les
âmes et commanda à la France un changement de politique. Le peuple italien était un allié plus que suffi-
sant pour préserver la République de tous les dangers
d'une guerre étrangère ; mais un *royaume du Nord*,
aux mains de princes peu sûrs, et hostiles, par aversion traditionnelle, aux républicains de France, ajou-
tait un élément dangereux à la ligue des rois. A partir
de ce jour, la nation française se tut, et laissa son
gouvernement libre de n'avoir aucune politique étrangère et de livrer les destins de la République aux
décrets de l'impénétrable avenir.

L'Angleterre, bien que l'idée d'une *Italie* pût causer
quelque jalousie à son gouvernement, n'était pas disposée à contrarier une manifestation solennelle et nationale. De tout temps la politique anglaise a été de
créer des obstacles à l'avènement d'un fait quelconque
pouvant introduire un élément nouveau dans l'assiette
européenne, puis d'accepter ce fait aussitôt qu'il est
solennellement accompli.

Deux motifs rendaient l'Angleterre moins hostile à
la formation du nouvel État : l'espoir qu'une barrière

serait élevée contre les conquêtes de la France, et la nécessité qui en résulterait pour l'Autriche de chercher une compensation dans les provinces turques, et faire obstacle de ce côté aux projets de la Russie : ces motifs militaient puissamment en faveur de la nationalité italienne. L'Autriche, quant à elle, sentait le danger, et n'entrevoyait même pas la possibilité de se défendre.

« Si demain, écrivait de Londres à lord Palmerston [1] le baron Hummelauer, si demain les Français traversaient les Alpes et descendaient en Lombardie, nous ne bougerions pas pour aller à leur rencontre ; nous resterions d'abord dans notre position de Vérone et sur l'Adige ; et, si les Français venaient nous y chercher, nous reculerions vers les Alpes et vers l'Isonzo ; mais nous n'accepterions pas la bataille. Nous ne nous opposerions ni à l'entrée ni à la marche des Français en Italie. Ceux qui les auront appelés n'auront qu'à faire encore une fois, à leur aise, l'expérience de la domination française. Personne ne viendra nous chercher derrière les Alpes, et nous pourrons y rester spectateurs des luttes qu'ils auront suscitées à l'Italie. »

Je ne dis pas que l'on eût bien ou mal fait d'appeler les armées françaises en Italie. Je croyais alors, et je l'ai plusieurs fois écrit dans l'*Italie du peuple*, — quoique la même engeance qui nous appelait, nous, *républicains*, les alliés de l'Autriche, nous jetât aussi sans cesse au visage l'accusation de vouloir faire déci-

---

1. Documents, etc. Lettre du 23 mai.

der de nos querelles par l'étranger, — que nous *Italiens*, pourvu que nous fussions unis et résolus, nous avions plus de force qu'il ne nous en fallait pour nous émanciper. Je le crois encore aujourd'hui. Mais je dis que, pour trancher le nœud, il fallait ou profiter des secours étrangers, ou bien appeler sur-le-champ toutes les forces vives de la nation. J'ajoute qu'à cette époque le secours de la France, si nous l'avions invoqué, était pour nous certain, immanquable.

Les *modérés* repoussèrent les secours de la France; ils endormirent et étouffèrent l'élan de l'Italie. C'était à la fois sottise et trahison.

A nous, dont les sentiments n'étaient pas sans doute moins italiens que ceux des *modérés*, à nous qui voulions affranchir notre pays par nos armes en l'appelant à la croisade, il paraissait cependant utile et juste que la fraternité des peuples reçût sa consécration sur les champs de nos premières batailles, et que l'on acceptât avec reconnaissance l'offre d'une nombreuse légion de volontaires français. C'était assez pour cimenter, dès le début, l'alliance morale des deux peuples et pour laisser entrevoir dans le lointain la probabilité d'un secours offert par le gouvernement. Mais qu'espérer d'hommes qui, dans la crainte d'un blâme de Saint-Pétersbourg, ne rougissaient pas de condamner à l'oisiveté d'une caserne de Milan, Miskiewicz et ses Polonais, jusqu'au jour où, avec l'intention d'empêcher leur départ pour Venise, qui, sur mon conseil, les avait appelés dans ses murs, ils furent enfin appelés au camp?

Si Charles-Albert et les siens repoussaient le secours des Français, ce n'était point par orgueil national, ni parce qu'ils avaient la conscience d'une victoire certaine, c'était par le même motif qui leur faisait
refuser les Suisses et les volontaires, par peur de
l'idée et du drapeau républicain. Une adresse bien
timide et qui ne formulait aucune demande de secours,
fut faite au commencement de la guerre par le gouvernement provisoire de Lombardie au gouvernement
français, et lui attira une sévère réprimande. Les
instructions données aux agents sardes enjoignaient
expressément de fermer la voie à une intervention
française.

« L'armée française, disait orgueilleusement Pareto
le 12 mai, à la Chambre de Turin, n'entrera que si elle
est appelée par nous ; et, comme nous ne l'appellerons
pas, elle n'entrera pas. » — Et, vers la fin de juillet, on
menaçait d'opposer une résistance ouverte à toute
tentative d'intervention de la part de la France. Toutefois, afin de maintenir de bons rapports diplomatiques
avec le gouvernement français, et d'arracher des promesses d'assentiment au *royaume du Nord*, quand
serait venu le moment de le faire accepter par les
puissances européennes, les *modérés* s'engageaient
secrètement à céder la Savoie. J'ai la certitude de ce
que j'avance, à tel point que la Savoie ne figurait point
sur la carte du royaume futur, carte que l'on fit dresser à cette époque, à Turin, pour l'usage secret de
quelques-uns des agents sardes, et dont un exem-
plaire est entre mes mains. Grâce à ce honteux mar-

ché, Lamartine oubliait entièrement ses premières aspirations républicaines, et, tandis que le secrétaire des affaires étrangères, Bastide, me déclarait, à moi et à qui voulait l'entendre, que la France était inexorablement hostile aux projets ambitieux de Charles-Albert, l'envoyé français à Turin, M. Bixio, pérorait sans relâche en faveur de la fusion, et m'expédiait son secrétaire à Milan pour essayer de me convaincre. La France subit aujourd'hui le châtiment de toutes ces turpitudes diplomatiques, de cet oubli constant du principe inscrit sur son drapeau, par l'abaissement de son nom à l'étranger et par l'anarchie qui la ronge à l'intérieur. La *Correspondance* ne fait nulle mention des intrigues politiques que les émissaires du roi ourdissaient avec l'Angleterre. Mais l'Autriche, peut-être sincèrement dans le principe, — épouvantée qu'elle était de sa propre situation extérieure et intérieure, — plus tard avec l'intention manifeste de gagner du temps, sollicita plus d'une fois le cabinet anglais d'intervenir comme médiateur et pacificateur entre l'insurrection et l'empire. Dès le 5 avril, Fiquelmont, en écrivant de Vienne au comte Dietrichstein, ambassadeur autrichien à Londres, annonçait l'envoi en Italie d'un commissaire impérial chargé de négocier une réconciliation *sur les plus larges bases possibles*, et priait lord Palmerstom d'appuyer ses propositions. Je ne sais si le commissaire arriva en Italie, ni avec qui il s'aboucha; mais les *larges bases* ne dépassaient pas alors les limites de l'indépendance administrative. Pourtant, dans une autre dépêche expédiée le même jour à Fiquelmont par le baron Brenner, chargé d'affaires d'Autriche à Munich, perce un premier indice, tentative ou désir de rétablir un échange de courtoisies entre les deux ennemis, et c'est la cour de Turin qui prend l'initiative de cette démarche : cette pièce mérite d'être remarquée. C'était une communication écrite, des intentions de Sa Majesté Sarde, touchant les relations pacifiques à maintenir sur la mer ; mais la forme de la communication elle-même, certains accessoires, et l'interprétation donnée aux bons offices de l'Autriche, pourraient laisser soupçonner autre chose. Le marquis Pallavicini[1], chargé de la communication, s'adressait à Sévérine, ministre de Russie à Munich, pour qu'il voulût bien, comme intermédiaire, manifester à l'Autriche le désir de la cour de Turin, et lui obtenir, à lui, une entrevue avec Brenner.

L'entrevue eut lieu le 5, non pas, comme cela paraissait naturel, dans la demeure de Sévérine, *parce qu'il ne fallait pas éveiller l'attention des désœuvrés curieux de la ville de Munich*, mais dans la maison d'un certain Voillier, conseiller de la légation russe. Choix motivé *sur la convenance des lieux, et parce que la maison de Voillier était située dans un quartier éloigné et peu fréquenté.* Pallavicini insistait pour que l'on ne retardât pas d'une heure. La note fut transmise par lui à Brenner, avec cette annexe qu'on peut lire dans la dépêche, à savoir:

1. On ne doit pas le confondre avec le marquis George Pallavicini qui a été au Spielberg, un des hommes le plus honorables de l'Italie.

« que, par cette communication, le gouvèrnement sarde désirait écarter autant que possible les conséquences *funestes* que ce conflit, dans lequel le Piémont se trouvait *malheureusement* engagé avec l'Autriche, pourrait avoir pour les intérêts du commerce maritime des deux pays ». Peut-être y avait-il d'autres annexes qui ne se lisent pas dans la dépêche. — La même note remise par Pallavicini, adressée à Fiquelmont, et dont celui-ci expédia copie à Dietrichstein à Londres, ne se trouve pas parmi les *documents*. — Quoi qu'il en soit, la conversation qui s'était engagée entre les deux diplomates sur les affaires du jour inspire à Brenner cette remarque, « que le marquis ne semblait pas très rassuré sur les dernières conséquences de l'entreprise dans laquelle le roi Charles-Albert s'était laissé entraîner », mais que, croyant « qu'en cas de collision entre les deux armées, l'avantage resterait au maréchal Radetzky, il paraissait fonder toutes ses espérances sur les difficultés intérieures de l'Empire. » — « Je n'ai point cru, écrit Brenner à son chef, je n'ai point cru devoir repousser une ouverture qui pourrait peut-être, dans les intentions du gouvernement sarde, équivaloir à une première tentative pour amener un accord avec le cabinet impérial. »

Pallavicini, à ce qu'il paraît, fut ensuite désavoué par son gouvernement, comme ayant outrepassé les limites de son mandat. Sous tous les rapports, ce manège a plutôt l'air d'un complot que d'une communication franche et loyale de gouvernement à gouvernement. Le soupçon s'accroît, si on la confronte avec la déclaration non provoquée, faite par Fiquelmont à lord Palmerston, « que, si l'Autriche réussit à repousser les Piémontais sur leur propre territoire... *nous pouvons offrir à l'Angleterre l'assurance anticipée que nous ne poursuivrons pas nos succès* [1] *au delà des provinces qui nous appartiennent* ». Pareille assurance donnée d'avance à un ennemi inactif, pouvait devenir fatale — et le devint peut-être.

A dater de cette époque, les demandes de bons offices, les projets de paix, les communications de la part de l'Autriche au cabinet britannique se rencontrent fréquemment parmi les *documents*. Un premier projet rédigé par quelqu'un qui n'est point nommé dans la collection (je crois que c'est Colleredo), fut discuté le 11 mai dans le conseil des ministres à Vienne, et expédié le 12 par Ponsomby à Palmerston. C'est le seul projet raisonnable qui eût pu provenir de Vienne. Il débute par l'aveu de la toute-puissance de l'idée nationale en Italie [2] et propose que, sitôt la médiation de l'Angleterre et du pape acceptée, et un armistice convenu, en vertu duquel les Autrichiens tien-

1. Documents. Fiquelmont à Dietrichstein, le 5 avril, communiquée à Palmerston le 13.

2. « Il est certain que le germe de la nationalité italienne longtemps enterré, *ressuscité* par les efforts de *la Jeune Italie*, aidé des écrits de Gioberti, Balbo et autres, secondé par le mouvement du siècle, aurait fini par rompre toutes les entraves, et aurait également amené les événements dont nous sommes aujourd'hui témoins, parce que le cri universel de *mort aux Autrichiens* ! ne sortit pas d'abord de la Lombardie ni de la Vénétie, mais du fond de la Sicile, où l'Autriche n'exerça jamais

draient la ligne de l'Adige, on fasse convoquer les
conseils communaux de l'État lombard-vénitien pour
leur demander s'ils veulent entrer dans la confédération italienne, dont l'Autriche se constituerait la pro-
motrice, sous sa souveraineté propre, avec un archi-
duc pour vice-roi, une représentation nationale, une
constitution et un code particulier, ou bien s'ils pré-
fèrent l'indépendance absolue, moyennant une indem-
nité financière et commerciale. En commençant par
annoncer hautement le grand principe de la nationalité italienne, et en se posant du même coup presque
en fondatrice d'une confédération italique, à condition
que celle-ci s'engageât à maintenir la neutralité européenne permanente et absolue, et que l'Europe, de
son côté, s'en constituât protectrice comme elle l'est
déjà de la Suisse, l'Autriche conservait, selon le ré-
dacteur du projet, une forte chance de réussite par le
vote, et de toute manière, établissait son influence sur
la confédération, détachait l'Italie de l'influence française toujours si redoutable, et la condamnait à la faiblesse inhérente à tout pays que la volonté des puissances astreint à la neutralité. C'était là, en effet, la
seule voie de salut ouverte à l'Autriche, le seul moyen
qu'elle eût de prendre une position nouvelle en Europe. Et l'auteur du projet lui démontrait si clairement l'impuissance de la victoire, que ses paroles

une influence oppressive, et traversa toute la Péninsule pour
arriver jusqu'au Tyrol italien, qui avait paru sincèrement attaché
à la monarchie. » Voir Documents, *Plan pour la pacification de
l'Italie.*

méritent d'être enregistrées comme une confession précieuse arrachée à l'esprit pénétrant d'un homme qui n'est point des nôtres. « Quand même la victoire serait à nous, dit-il, qu'en résulterait-il pour l'Autriche ? — La possession de quelques provinces appauvries, incapables, pendant de longues années, de rembourser les frais de l'occupation militaire indispensable pour les contenir ; l'affaiblissement de la monarchie autrichienne (dans toutes les questions qui se rapportent à la France et à la Russie), à cause de la nécessité de tenir sur pied une armée de 100,000 hommes dans le royaume Lombard-Vénitien, et de garder contre les attaques des ennemis, tant de l'intérieur que de l'extérieur, les provinces du Tyrol, du littoral et de la Carniole. De là, politiquement, financièrement, militairement et surtout moralement, diminution des forces réelles, complication d'intérêts et lutte, tantôt cachée, tantôt ouverte, mais incessante, contre une nation de plus de 20 millions d'hommes unis par la même langue, par la même religion, par les mêmes espérances. »

Le projet, par cela même qu'il était le seul raisonnable, n'alla pas au delà de la discussion. D'autres, moins plausibles, furent successivement communiqués par l'Autriche au cabinet britannique le 12 mai, le 23 mai, et le 9 juin [1] : tous basés sur la séparation de la Lombardie et de la Vénétie. La Lombardie devait être émancipée, tantôt avec un vice-roi héréditaire, —

1. Documents. Ponsomby à Palmerston. — Hummelauer à Palmerston. — Ponsomby à Palmerston, d'Inspruck.

l'on proposait le second frère du duc de Modène, — indépendant du gouvernement de Vienne, quoique soumis à la haute suzeraineté de l'empereur; tantôt avec un lieutenant de l'empereur et un ministère italien, résidant toutefois à Vienne. La seconde (la Vénétie) devait être dotée, plus ou moins, de lois libérales, sans cesser pour cela d'être une province autrichienne; car la défense du Tyrol, la surveillance des communications entre Vienne et Trieste exigeaient l'asservissement de Venise. L'émancipation de la Lombardie devait, en attendant, être achetée au prix d'un tribut annuel de quatre millions de florins à l'Empire : du payement annuel d'une rente d'environ dix millions de florins, transférée sur le mont Lombard-Vénitien, comme notre portion de la dette publique de l'Empire, et de l'obligation de prêter nos troupes à l'Autriche pour faire ses guerres. Sans la Vénétie et avec l'ennemi à Vérone et sur les lignes de l'Adige, au premier moment favorable pour les rois, la Lombardie se serait aperçue que toutes ces conditions étaient illusoires. — Je ne vois cependant pas qu'elles aient jamais été sérieusement proposées, et l'on dirait que tant d'expansion dans les intentions pacifiques de l'Autriche envers le ministère anglais, n'avait d'autre but, une fois les premières craintes évanouies, que de leurrer le Piémont, sans se compromettre par des communications directes. Seulement le 13 juin, un armistice fut proposé par Wessemberg au comte Casati, lequel stipulait certaines bases pour la paix, relatives à la seule Lombardie, mais ne visait réellement qu'à donner aux renforts le temps d'arriver; si bien que, le 18, une dépêche de Ponsomby avertissait Palmerston que Radetzky, qui, d'après les instructions de Wessemberg, devait *proposer* un armistice mais non le *conclure*, venait effectivement d'y refuser son adhésion, se flattant sans doute d'obtenir davantage par les armes.

Et voilà à quoi se réduit l'histoire de la diplomatie de ce temps-là, telle du moins qu'elle nous est connue jusqu'ici. Cauteleuse comme d'habitude, de la part de l'Autriche, nulle de la part du Piémont, mais laissant paraître çà et là des indices que le temps dévoilera peut-être un jour. Le seul incident qui vienne conso-ler l'âme, et briller comme un diamant dans la fange, au milieu de cette abjecte prose de chancellerie, c'est le transport généreux et soudain qui émouvait la popu-lation lombarde, chaque fois qu'il était question de l'abandon de Venise et de la paix sur l'Adige. Elle bondissait, elle rugissait alors comme le lion endormi qui sentirait un fer rouge se poser sur son front. *Guerre pour tous, liberté pour tous ou pour pas un!* tel était, dans ces moments, le cri universel proféré avec une énergie à faire reculer tout gouvernement provisoire ou royal, qui aurait songé à pactiser avec l'ennemi. L'idée nationale se réveillait puissante comme aux premiers jours de l'insurrection. — Les journalistes français qui firent naguère tant de bruit à propos de quelques-unes des dépêches citées plus haut, et qui reprochèrent aux Lombards de n'avoir pas saisi l'offre de la paix sur l'Adige comme une ancre de salut, prouvèrent et leur profonde ignorance de la politique autrichienne, et l'absence de tout sentiment généreux dans leur âme. Pour l'avenir de notre peuple, ce refus vaut, à lui seul, plus de dix royaumes constitutionnels fondés d'après le bon plaisir de l'Autriche entre l'Adige et le Pô!

Je ne sais pas si la paix sur l'Adige est jamais positivement entrée dans les desseins du roi ou des siens, attendu que de même qu'il y a aujourd'hui deux gouvernements à Turin, il y en avait alors aussi deux dans le camp royal. Mais je crois certain que ce fantôme, astucieusement évoqué par l'Autriche dès le commencement, fascina son esprit, et contribua aux lenteurs et au mauvais résultat de la guerre. — A voir de l'œil même le plus indulgent l'ensemble et les mouvements de cette malencontreuse campagne, — l'abandon calculé de toute entreprise dans le Tyrol et vers les débouchés des Alpes, — le sacrifice de la Vénétie, — la résolution de ne point faire la guerre à Trieste, ni sur la terre ni sur la mer, — la négligence apportée à toute tentative pour soulever l'Illyrie, et unir la cause de l'Italie à celle des autres nationalités qui s'agitaient au sein de l'Empire, — l'inaction systématique de l'armée avant la reddition de Peschiera (seul triomphe des royalistes), et ensuite jusqu'à la fin de juillet, — enfin les façons d'agir chevaleresques et courtoises en toute occasion vis-à-vis de l'Autriche, — il semble au moins bien probable que Charles-Albert tendait, sans peut-être en avoir conscience, à se réserver, comme refuge en cas d'échec, un traité qui, sans lui infliger la honte d'abandonner une terre déjà conquise, lui aurait pourtant procuré un agrandissement de territoire dans la Lombardie. — Conséquence triste et inévitable d'une guerre d'indépendance confiée aux mains d'un roi ! — De telles guerres, lorsque, pour les conduire, elles ne trouvent pas des hommes ayant la foi et la ferveur des apôtres, veulent au moins des chefs qui aient tout à gagner par la victoire, tout à perdre par la défaite.

Charles-Albert ne pouvait obtenir une victoire absolue qu'en se servant d'un élément — l'élément populaire — élément qui de loin menaçait son trône, tandis que lui, en tombant, il s'était assuré, comme je viens de le prouver, la conservation de sa couronne. Cependant il n'y avait pour contraindre le peuple à accepter une paix sur l'Adige, qu'un seul moyen peut-être : lui mettre le poignard de l'ennemi sur la gorge, c'est-à-dire conclure la paix avec l'Autriche aux portes de Milan. Mais, une fois aux portes de Milan, l'Autriche aurait déchiré, en ricanant, le pacte secret à la face même du négociateur.

IX

DÉSASTRES MILITAIRES

En attendant, la guerre était perdue sans remède ; et le décret de la fusion ne fit que hâter la catastrophe. Bientôt le peuple commença à se réveiller du sommeil des illusions et à sentir la trahison.

On lui avait dit que le contrat signé, Gênes aurait donné de l'argent et le Piémont des soldats, — et pourtant le gouvernement stimulait plus que jamais aux sacrifices, en prenant pour la première fois le langage de l'inquiétude. On lui avait parlé de capitale et d'autres choses encore, que le Piémont, ému par son acte fraternel de fusion, lui aurait accordé avec enthousiasme — et en place de tout cela il entendait des discussions pleines d'hostilité et de défiance mal déguisée, dans la Chambre de Turin. On lui avait promis que, une fois certains de l'acte de fusion, Charles-Albert et son armée auraient fait des prodiges ; — et Charles-Albert et son armée, après la reddition de Peschiera, restèrent inertes, immobiles, jusqu'au 13 juillet. Alors la multitude, comme un homme malade qui se réveille au milieu d'un accès de fièvre, commença à s'agiter, à ouvrir une oreille soupçonneuse aux bruits qui venaient du camp, aux accusations que des personnes clairvoyantes adressaient depuis quelque temps au gouvernement, aux gémissements de la Vénétie trahie et au *hurrah* du Croate, qui, sans rencontrer d'obstacles, poussait sa course jusqu'à Azola et Castel-Goffredo. Presque tous les soirs la place San-Fedele, où était le palais du gouvernement, s'emplissait de peuple qui venait demander des nouvelles du camp, et presque tous les soirs, Casati répétait de ses fenêtres les mêmes phrases : « que l'on ne craignît rien, que la victoire était assurée, que la prochaine reddition de Vérone rendrait toutes les villes de la Vénétie qui étaient tombées dans les mains de l'ennemi, que le drapeau tricolore flotterait bientôt sur les murs de Mantoue, grâce aux efforts du roi magnanime et à la valeur de sa brave armée ». Puis on s'escrimait contre l'agitation croissante par des décrets pour opérer de nouvelles levées, des armements, des emprunts, et par de honteuses vexations de police ; celles-ci étaient d'un effet très nuisible et semèrent beaucoup d'irritation. Quant aux autres mesures, elles eussent été bonnes si elles n'avaient pas été prises si tard et si elles n'avaient pas été rendues inefficaces par la mauvaise organisation du ministère de la guerre. Les armes, les officiers, les uniformes, tout manquait, et les premiers bataillons qui coururent au camp, semblaient, par le manque de tout ce matériel qui constitue le soldat à ses propres yeux et à ceux des autres, une véritable cohue de gens que l'on envoyait à la guerre, afin d'empêcher le peuple de s'ameuter. Mais, dans cette absence de tout appareil militaire, dans ces vestes et dans ces gibernes de toile, dont étaient à peine couverts ceux-là mêmes qui étaient destinés aux neiges du Tonale et du Stelvio, le peuple qui voyait une preuve irrécusable de la coupable inertie des trois derniers mois, ne s'ameutait que plus fort. Alors aux cent causes qui avaient contribué à éteindre l'enthousiasme et à anéantir les forces populaires de l'insurrection, vint s'ajouter la défiance. Le soupçon plana sur tout et sur tous, et le mot *trahison*, mot funeste à toute entreprise, circula parmi la multitude. A moi-même, il me fut plus d'une fois proposé, et cela par des forces bien ordonnées, de renverser le gouvernement et de tenter avec d'autres hommes quelque voie de salut. L'entreprise eût été facile ; mais à quelle fin ? Un changement subit de gouvernement à Milan aurait allumé la guerre civile, et, aux yeux de cette infinité de gens aveuglés appartenant au reste de l'Italie, aurait souillé d'une tache la bannière républicaine, sans pour cela sauver le pays. — La fusion, une fois prononcée, donnait au roi le droit d'expédier des troupes pour *protéger l'ordre et son gouvernement*. Nous nous serions trouvés en face des baïonnettes de nos frères ; l'Autrichien, devenu plus fort et plus vigilant, aurait profité du démembrement des forces et de nos discordes. Et, par l'effet de l'oscillation inévitable des provinces, au moment où le gouvernement qui se serait constitué en aurait eu le plus grand besoin, il aurait vu disparaître argent, crédit, armes et tout le matériel d'action. — Je refusai donc toujours ; de plus, j'empêchai.

Pour nous, les destinées de la guerre étaient fixées depuis longtemps. Nous savions que l'armée royale serait mise en déroute et le pays laissé sans défense. Dans *l'Italie du Peuple* se trouvent des articles qui, sans qu'il fût besoin d'un grand effort de génie, signalent les choses ainsi qu'elles arrivèrent, ainsi qu'elles devaient fatalement arriver.

Cependant une vague espérance nous soutenait encore : de Milan, assaillie par les armes autrichiennes, l'élan d'un peuple enflammé pouvait faire surgir tout à coup une guerre lombarde ; Milan était, et est encore, la ville des prodiges ! — Le danger suprême, le désespoir de tout secours, par la probabilité de la retraite des forces royales au delà de leurs propres frontières, le bruit du canon autrichien qui tonnait aux portes, tout cela aurait peut-être fait redevenir géant le peuple des barricades de mars. Alors, délivrés de toute entrave de la part d'un gouvernement inepte, qui, à l'exception de quelques-uns de ses membres, aurait été le premier à prendre la fuite, délivrés de toute crainte de trahison, délivrés surtout du reproche abhorré d'exciter avec notre action la guerre civile, les républicains qui, dans les derniers temps, avaient reconquis leur influence sur la multitude, auraient organisé et dirigé un terrible combat populaire dans la ville. Pour un tel combat, les armes, les munitions, les vivres abondaient. L'armée autrichienne avait à dos des populations ennemies ; nos forces tenaient encore toute la haute Lombardie : l'héroïque Brescia, Bergame, la Valteline, Venise, résistaient encore, et, sur l'autre rive du Pô, délivrées de toutes les illusions princières, les Romagnes frémissaient. Une résistance opiniâtre dans Milan pouvait rallumer l'incendie. Toutes nos pensées se concentrèrent donc sur les moyens de préparer cette résistance. A cette fin, nous cherchâmes à étendre dans les provinces les liens qui rattachaient à nous les corps lombards, sujet d'effroi et de calomnies de la part de ceux qui s'obstinaient à nous méconnaître. Mais ce plan ne pouvait réussir qu'à une condition, c'est que Milan fût abandonnée à elle-même, et cette condition nous fut encore ravie : le roi qui avait perdu la Lombardie vénitienne, fit la fatale promesse de défendre Milan !

Le même jour où l'armée piémontaise, victime de l'incapacité de ses chefs (sinon de pis encore), après avoir fait, sous le commandement de Sonnaz, au poste de Volta, des prodiges de valeur inutile, commençait une déroute qui, à partir du Mincio, ne s'arrêta plus qu'au Tessin ; ce *Fava*, demi-lettré, demi-espion, que nous avons cité plus haut en note, s'en allait criant intrépidement, par les rues de Milan, la nouvelle de la victoire du roi magnanime, des milliers de prisonniers et des drapeaux à foison. Moi qui étais informé de la vérité, je dus dépêcher un ami vers les hommes du gouvernement, que je n'avais pas revus depuis le 12 mai, pour les supplier de ne pas provoquer le peuple à une terrible réaction, en le trompant jusqu'à la fin ; mais ils étaient trompés eux-mêmes, la plupart du moins, par l'ambassade de Sardaigne. Les fatales nouvelles se répandirent pendant la journée ; alors le gouvernement, atterré, s'aperçut, pour la première fois, de son impuissance, et se rappela tout à coup qu'il existait à Milan des hommes qui aimaient le pays, quoiqu'ils fussent républicains et soupçonnés, deux mois avant, d'être les *alliés de l'Autriche*.

La concentration du pouvoir pour la défense était une nécessité généralement reconnue. Requis de donner des noms de citoyens, nous indiquâmes Maestri, Restelli et Fanti. Le premier était républicain d'ancienne date ; le second ne l'avait pas été jusqu'alors, et nous savions même que, trompé de bonne foi, il avait travaillé à la fusion de Venise : le troisième était plutôt un soldat qu'un homme politique ; tant il est vrai que ce qui nous stimulait exclusivement, c'était la défense de la ville, et non le triomphe de notre parti. — Ils étaient honnêtes, désireux du bien et capables. Aussitôt qu'on eut surmonté, à force d'insistance, l'opposition que le gouvernement faisait à Fanti, auquel le général Zucchi refusait d'obéir parce qu'il était moins ancien de grade que lui, les trois se constituèrent, le 28 juillet, en *comité de défense*. Quant au gouvernement, il resta oisif et nul, renfermé dans son palais.

Au milieu des fautes, presque toutes inévitables, qu'entraînait la position fausse créée par la fusion, — et la première était celle de n'être jamais seul à la besogne, mais d'avoir des ministres et des généraux du roi toujours mêlés aux discussions, — le Comité agit avec une activité surprenante, et fit en trois jours beaucoup plus que n'avait fait le gouvernement en trois mois. — Toutes ses mesures sont consignées dans le livre de Cattaneo et dans un écrit assez connu, publié par Maestri et Restelli [1] ; je ne les rapporterai donc pas dans ce court récit.

Cependant le peuple venait de renaître à une vie sublime ; il courait menaçant par les rues, exigeant qu'on fît reparaître partout les drapeaux tricolores en

1. Gli ultimi tristissimi fatti di Milano (les derniers déplorables événements de Milan).

signe de défi à l'ennemi qui approchait ; il préparait
les armes et la défense ; il aspirait l'odeur de sa
bataille, *à lui*, et il en saluait l'approche avec une
joie saintement terrible. En ces jours-là, Milan était
la plus éloquente réponse que l'on pût faire à toutes
les accusations insensées, la plus irrésistible condam-
nation de la guerre royale et du système des *modérés*.
Nous, le cœur nous palpitait d'une joie inaccoutumée
et d'une renaissante espérance. Avec le peuple revivait
la puissance d'amour et d'oubli qui avait sanctifié les
premiers jours de l'insurrection.

Aveugles que nous étions, et juvénilement impré-
voyants après vingt ans de désenchantements et
d'exil ! — Les Italiens avaient péché contre l'éternelle
vérité et contre l'Unité nationale ; et nous avions
oublié que chaque forfait porte avec lui son expiation
inévitable !

X

CAPITULATION DE MILAN

Dans la nuit du 3 au 4 août, Fanti et Restelli se rendirent à Lodi, pour demander à Charles-Albert quelles
étaient ses intentions. Ils ne purent le voir, mais ils
obtinrent du général Bava la déclaration que « le roi
marcherait à la défense de Milan ». — Je vis Fanti à

son retour, et je pressentis la ruine. Il doit aujour-
d'hui se rappeler que je le conjurais de préparer les
plans de défense, « comme si l'armée piémontaise
allait arriver pour s'en retourner » ; mais lui, militaire avant tout, les faits ultérieurs ne l'ont que trop
prouvé, fasciné par les quarante mille soldats qui
allaient arriver, souriait de mon scepticisme.

Le 3, parut, muni d'un décret royal qui le nommait
commissaire militaire, un général Olivieri, lequel avec
deux autres, le marquis Montezemolo et le marquis
Strigelli, venait, au nom de la fusion, s'emparer de
toute la puissance exécutive. Je les vis tous trois,
j'écoutai, j'entendis leurs paroles à la multitude rassemblée sous les fenêtres du palais ; je revis Fanti, je
courus les rues de Milan, j'étudiai les physionomies
et les discours, et je désespérai. Le peuple se croyait
sauvé, il était donc irrévocablement perdu. Je quittai
la ville, Dieu seul sait avec quelle douleur, et j'allai à
Bergame rejoindre la colonne de Garibaldi.

Le lendemain, Charles-Albert entrait à Milan.

Comment, tenant la capitulation d'une main, il ju-
rait de l'autre la défense de la ville, et ordonnait
l'incendie des édifices qui pouvaient servir à l'ennemi ;
— comment, ayant prêté serment le 4 pour lui, pour
ses fils, pour ses soldats, devant une députation de la
garde nationale, il déclara le 5, lui et les siens, au
moment où Milan frémissante s'apprêtait au combat,
que la capitulation était *un fait accompli ;* — comment
à cette nouvelle, un transport de fureur s'empara de
la population ; les menaces adressées au roi, les scè-

18.

nes du palais Greppi, et les nouvelles promesses ver-
bales et écrites de Charles-Albert, ému de l'attitude
du peuple et jurant de combattre jusqu'à la mort; et
presque au même instant, sa fuite secrète, accompa-
gnée de détails qui rendent la monarchie infâme à
tout jamais, — on trouvera tout cela consigné dans
la relation du comité de défense, et dans ce terrible
chapitre du livre de Cattaneo, qu'il appelle *la Consi-
gne*. Peu importe d'éclaircir si le roi fut traître ou
non, et depuis quand, soit lui, soit d'autres, avaient
adhéré à l'acte de trahison; peu importe de savoir au
front de quel individu l'histoire gravera l'inscription
d'infamie. Il ressort bien autre chose de ces tristes
souvenirs; et qui ne lit dans ces pages de la passion d'un peuple qui fut grand, qui était grand, et
qui veut être grand, *l'impuissance absolue de la
monarchie*, la mort de toutes les illusions dynastiques, aristocratiques et *modérées*, n'a ni intelligence, ni cœur, ni amour vrai pour l'Italie, ni espoir
d'avenir.

Quelques heures après, à Monza, en face de cet
immense spectacle d'une monarchie en fuite et
d'un peuple abandonné, du milieu des braves de la
légion Garibaldi qui suivaient Giacomo Medici, l'on
vit s'élever une petite enseigne de compagnie, portant
ces paroles: *Dio e il Popolo* (Dieu et le Peuple), et
choisi par l'affection de ces jeunes gens, ce fut moi
qui la portai. C'était le drapeau de la vie nouvelle
surgissant des ruines d'une période historique;
et, six mois plus tard, devenu le symbole de l'avenir

italien, il resplendissait d'une vive lumière au sommet
du Capitole [1].

1. Je crois devoir placer ici le court récit que M. Médici a
écrit lui-même de cette affaire de Monza. Ce récit fait aussi connaître Mazzini sous un autre point de vue : à ce titre, il a un
double intérêt.

Le nom de M. Médici est un des plus brillants et des plus purs
qui soit sorti en Italie de ces deux ans d'épreuves. On trouvera,
à la fin de l'ouvrage, le résumé d'un article sur son compte qui
a paru dans l'*Italie du Peuple*, et qui est signé *Saffi*, le triumvir
de la République romaine, un des esprits les plus distingués de
l'Italie. (*Note du Traducteur.*)

« Après le combat de Custoza, à la suite duquel Charles-
Albert dut se replier sur Milan, le général Garibaldi, alors à
Bergame avec une petite division d'à peu près 4,000 Lombards
républicains, tous volontaires, croyant que le roi de Piémont,
qui était encore à la tête d'une armée de 40,000 hommes, aurait
défendu à outrance, ainsi qu'il l'avait promis, la capitale de la
Lombardie, conçut l'audacieux projet de pousser en avant et de
marcher vers Milan. Son but était d'inquiéter le flanc gauche
de l'armée autrichienne dans sa poursuite de l'armée piémontaise, et de venir ainsi en aide aux futures opérations que la
résistance du roi dans Milan aurait pu amener.

» En effet, le matin du 3 août 1848, Garibaldi, avec sa division,
allait quitter Bergame pour se rendre à marche forcée à Monza,
lorsque nous vîmes paraître au milieu de nous, la carabine sur
l'épaule, Mazzini, qui nous demanda de faire partie, comme simple soldat, de la légion que je commandais, et qui devait former
l'avant-garde de la division de Garibaldi. Une acclamation
générale salua le grand Italien, et la légion, à l'unanimité, lui
confia son drapeau, qui portait écrit dessus ces mots : *Dieu et le
peuple.*

» A peine connut-on à Bergame l'arrivée de Mazzini, que la
population accourut pour le voir. On se pressa autour de lui, on
le pria de parler. Son discours doit être resté dans la mémoire
de tous ceux qui l'entendirent. Il recommanda d'élever des barricades, de défendre, en cas d'attaque, la ville pendant que nous

Milan tombé, tombait aussi la Lombardie. Le pré-
jugé que dans les événements de la capitale se con-
centrent les événements du pays tout entier, était
encore bien enraciné dans les esprits ; résultat des

marcherions sur Milan, et, quoi qu'il arrivât, d'aimer toujours
l'Italie et de ne jamais désespérer de son salut. Ses paroles
furent accueillies avec enthousiasme, et la colonne partit au
milieu des marques de la plus vive sympathie.

» La marche fut très fatigante. La pluie tombait par torrents ;
nous étions trempés jusqu'aux os. Quoique habitué à une vie
d'étude et peu fait à l'exercice violent des marches forcées,
surtout par un temps aussi mauvais, sa sérénité et sa confiance
ne faiblirent pas un instant, et, malgré nos conseils, car nous
craignions pour sa santé, il ne voulut jamais s'arrêter ou abandonner la colonne. Il arriva même que, voyant un de nos plus
jeunes volontaires habillé de toile, et qui par conséquent n'avait
aucune défense contre la pluie et le refroidissement subit de la
température, il le força d'accepter son manteau et de s'en couvrir.

» Arrivés à Monza, nous apprîmes la fatale nouvelle de la capitulation de Milan, et qu'un corps très nombreux de cavalerie
autrichienne avait été lancé contre nous et était déjà de l'autre
côté, aux portes de Monza.

» Garibaldi, de beaucoup inférieur en forces, ne voulant pas
exposer son petit corps à une destruction complète et inutile,
donna ordre de se replier sur Como, et me plaça avec ma
colonne à l'arrière-garde, afin de couvrir la retraite.

» Pour de jeunes volontaires qui ne demandaient qu'à se
battre, l'ordre de retraite fut un signal de découragement ;
aussi se fit-elle, au commencement, avec quelque désordre. Heureusement qu'il n'en arriva pas de même à ma colonne d'arrière-
garde. Depuis Monza jusqu'à Como, cette colonne, poursuivie
toujours par l'ennemi, menacée à chaque instant d'être écrasée
par des forces très supérieures, ne broncha pas, resta unie et
compacte, se montrant toujours prête à repousser toute attaque,
et, par sa fière contenance et son bon ordre, elle sut tenir en
respect l'ennemi pendant tout le trajet.

habitudes traditionnelles de la monarchie et des théories de la guerre royale. On en avait eu une preuve toute récente et bien dure. La capitale est partout où des citoyens, dévoués à une vie libre ou à une belle mort, sont décidés à défendre énergiquement le drapeau de la nation. Mais alors cette vérité n'était pas sentie ; et, d'un autre côté, les provinces étaient affaiblies par les récentes scissions de la fusion ; les hommes qui auraient pu perpétuer la guerre dans la partie montagneuse de la Lombardie, et regarder Venise comme la capitale du pays Lombard-Vénitien, Durando, Griffini et autres, étaient des généraux du roi, liés tous à un pacte ignominieux de capitulation ; et, lorsqu'ils eurent livré les places fortes à l'ennemi,

» Dans cette marche pleine de dangers et de difficultés, au milieu d'une alerte continuelle, la force d'âme, l'intrépidité, la décision que Mazzini possède à un si haut degré, et dont plus tard il donna tant de preuves à Rome, ne se démentirent jamais et firent l'admiration des plus braves. Sa présence, ses paroles, l'exemple de son courage animaient d'un tel enthousiasme ces jeunes soldats, qui d'ailleurs étaient fiers de partager avec lui tant de dangers, qu'on était décidé, Mazzini le premier, dans le cas de combat, à périr tous pour la défense d'une foi dont il avait été l'apôtre et dont il était prêt à devenir le martyr, et contribuèrent pour beaucoup à maintenir cet ordre et cette attitude résolue qui sauvèrent le reste de la division.

» Ces quelques détails honorent trop le caractère de Mazzini pour qu'ils doivent rester inconnus. Sa conduite a été pour nous, qui en avons été témoins, une preuve qu'aux grandes qualités du citoyen, Mazzini joint le courage et l'intrépidité du soldat.

» Londres.

J. MÉDICI ».

1. Voir sur M. Médici page 331.

ils s'arrangèrent de manière à empêcher toute possibilité de résistance, et à mener souvent, au moyen de
feuilles de route signées par des plumes autrichiennes,
les volontaires de mars en Piémont. Garibaldi et Medici
seuls tinrent la campagne aussi longtemps que cela
leur fut humainement possible ; puis ils cédèrent au
débordement, les derniers de tous, mais sans transaction.

XI

LES MODÉRÉS

La misérable histoire des *modérés* sardo-lombards
ne finit pas avec la reddition. — Semblables à la cou-
leuvre coupée en deux, ils continuèrent à s'agiter,
impuissants et sans espérance de vie. La queue du
serpent fut le gouvernement provisoire transformé en
Consulte lombarde qui serra l'État Lombard-Vénitien,
la tête — qui fut le cabinet de Turin et les hommes de
la confédération princière — mordit le centre de l'I-
talie, où la pensée nationale, chassée du nord, s'était
réfugiée et reprenait vigueur.—Ne pouvant se rendre
utiles, ils se mirent résolument à nuire ; ne pouvant
faire, ils s'ingénièrent à *défaire*. Ils travaillèrent et
travaillent toujours à dissoudre. — Mais il n'entre
nullement dans mon plan d'en suivre ici les mouvements tortueux. L'action funeste que certains d'entre

eux, réconciliés en apparence et repentants, tentèrent
d'exercer à Venise, — les intrigues qui, en fascinant
plusieurs des nôtres, contribuèrent puissamment à la
mauvaise issue de la tentative, qui du val d'Intelvi,
devait rallumer l'insurrection dans toute la haute Lombardie, — les espérances mensongères qui introdui-
sirent un élément de dissolution au sein de l'émigration
lombarde, — les projets d'invasion en Toscane, —
l'opposition à l'*unification* du centre, couronnée,
hélas! de trop de succès, — et, en dernier lieu, l'infâme
déroute de Novarre, — pourraient former et formeront
peut-être un jour une page additionnelle à cette
esquisse. Les documents qui seront bientôt publiés
dans la Suisse italienne seront le commentaire des
faits que je signale ici en courant. C'en est assez pour
aujourd'hui ; l'âme, .fatiguée de se retourner sur
elle-même au milieu de cette fange, a besoin de se
reposer en s'élevant à la contemplation de l'avenir.

Aujourd'hui encore, les débris du parti des *modérés,* partagés en autant de fractions qu'il existe de
petites idées personnelles et de petites ambitions
locales, travaillent dans les ténèbres, les uns à séduire,
s'ils le peuvent, la pauvre Lombardie par de nouvelles
illusions, en l'engageant par de nouvelles trames
monarchico-piémontaises; les autres à susciter en
Toscane d'innocentes conspirations en faveur d'hommes qui combattent en Piémont les libres tendances
des populations ; d'autres encore à profiter de la haine
générale contre le gouvernement sacerdotal pour
proposer — véritable profanation de la grande idée

sortie de Rome ! — un démembrement des provinces romaines, et servant, peut être à leur insu, les vues de l'Autriche, une *fusion* avec l'État du duc de Modène ! — Mais il suffit de dévoiler de pareilles intrigues pour qu'elles avortent ; — et si, après la guerre royale de 1848, après la déroute de Novare, les Italiens, voyant d'un côté l'incapacité (pour ne rien dire de pis) des chefs de la faction ; — de l'autre les prodiges de valeur et de constance populaire accomplis à Rome et à Venise, — si les Italiens, dis-je, hésitaient encore dans le choix entre les deux drapeaux, ils seraient vraiment indignes de la liberté.

Non, les enseignements écrits pendant ces deux dernières années avec les larmes des mères et le sang des braves ne peuvent pas être perdus. L'épreuve est complète. Les hommes d'un esprit faux ou pervers qui ont voulu appliquer à l'Italie naissante une doctrine expérimentée depuis vingt ou trente ans et reconnue inefficace, même en France, peuvent encore, pour un peu de temps, créer des modifications ministérielles, ourdir des intrigues, séduire, en les trompant, quelques hommes peureux ou sans expérience politique ; mais ils ne tiendront plus, de quelque nom qu'ils s'affublent, les rênes du mouvement italien. — Il leur manquait, dès le jour où ils usurpèrent la direction du mouvement, les droits que donnent à la confiance d'autrui les croyances fortement enracinées : ils se déclarèrent des hommes d'*opportunité*, de transaction provisoire, de mensonge utile. Aujourd'hui, il leur manque même les prétextes qu'ils pouvaient invoquer, il y a quelques années, au nom de la situation où se trouvait l'Europe.

La situation européenne est, depuis deux ans, visiblement, irrécusablement changée. Autrefois, la question fermentait entre le despotisme et la monarchie tempérée ; aujourd'hui, elle frémit entre la république et la royauté. Qu'il s'élève de n'importe où, le cri républicain sera le premier cri révolutionnaire. Si la révolution italienne entend se rendre forte en s'alliant au mouvement européen, il lui faut être républicaine. Toutes les utopies *modérées* ne donneront pas un seul ami, n'ôteront pas un seul ennemi à la cause italienne.

XII

LE PARTI NATIONAL

En Italie, après la chute de Pie IX, après la chute de Charles-Albert, après la parole sortie de Rome, il n'existe plus, il ne peut exister, je me plais à le répéter, qu'un seul parti : le PARTI NATIONAL.

Et la foi politique de ce parti national est contenue dans les principes suivants :

L'Italie veut être une NATION, pour elle et pour les autres, par droit et par devoir ; droit de vie collective, d'éducation collective ; — devoir envers l'humanité, au sein de laquelle elle a une mission à remplir, une vérité à promulguer, une idée à répandre.

19

L'Italie veut être *Nation*, et nation *Une*, non de l'unité napoléonienne, non de la centralisation administrative exagérée, qui annule au bénéfice d'une capitale et d'un gouvernement la liberté des membres ; mais de l'unité de pacte, de l'unité d'Assemblée, interprète du pacte ; de l'unité de relations internationales, d'armées, de codes, d'éducation, de l'unité en harmonie avec l'existence de régions circonscrites par des caractères locaux et traditionnels, et avec la vie des grandes et fortes communes, participant le plus possible au pouvoir par l'élection et dotées de toutes les forces nécessaires pour remplir le but de l'association, forces dont l'absence les rend aujourd'hui impuissantes et nécessairement asservies au gouvernement central.

L'autonomie des États actuels est une erreur historique. Ce n'a point été par leur vitalité propre et spontanée que les États se sont formés, mais par l'arbitrage d'une domination étrangère ou locale. La confédération entre des États ainsi constitués étoufferait toute la puissance de la mission italienne en Europe, habituerait les esprits à de funestes rivalités, fortifierait les ambitions, et entre celles-ci et les influences inévitables des divers gouvernements étrangers, détruirait tôt ou tard la concorde et la liberté.

L'Italie veut être une nation d'hommes égaux et libres, une nation de frères associés à l'œuvre du progrès commun. Pour elle la pensée, le travail, la propriété créée par le travail sont choses sacrées, sacré aussi, selon la mesure des devoirs accomplis, le droit au libre développement des facultés et des forces, de l'esprit et du cœur.

Le problème italien, comme celui de l'humanité, est un problème d'éducation morale. L'Italie veut que tous ses enfants deviennent progressivement meilleurs. Elle vénère la vertu et le génie, non la richesse ou la force, elle veut des instituteurs et non des maîtres, le culte du vrai, non du mensonge ou du hasard. Elle *croit* en Dieu et au peuple ; non au pape et aux rois.

Et, pour que le peuple soit, il faut qu'il conquière par l'action et le sacrifice la conscience de ses devoirs et de ses droits. L'indépendance, c'est-à-dire la destruction des obstacles intérieurs et extérieurs qui s'opposent à la constitution de la vie nationale, doit donc s'obtenir non seulement pour le peuple, mais par le peuple. La guerre par tous, la victoire pour tous.

L'insurrection est la bataille livrée pour conquérir la révolution : c'est-à-dire la nation. L'insurrection doit donc être *nationale ;* elle doit surgir de partout avec le même drapeau, la même foi, le même but. De quelque lieu qu'elle surgisse, elle doit éclater au nom de toute l'Italie, et ne pas s'arrêter avant que l'émancipation de toute l'Italie ne soit accomplie.

L'insurrection finit là où la révolution commence. La première est la guerre, la seconde une manifestation pacifique. L'insurrection et la révolution doivent donc se gouverner par des lois et des règles différentes.

C'est à un pouvoir concentré dans les mains de quelques hommes choisis par le peuple insurgé, à cause de leur bonne renommée de vertu, d'énergie éprouvée, qu'il appartient d'exécuter le mandat de l'insurrection et de terminer la lutte ; c'est au peuple seul, à ses élus, qu'appartient le gouvernement de la révolution.

Tout est provisoire dans la première période ; mais le pays, affranchi depuis la mer jusqu'aux Alpes, la CONSTITUANTE NATIONALE rassemblée à Rome, capitale et cité sacrée de la nation, dira à l'Italie et à l'Europe la pensée du peuple. Et Dieu bénira son œuvre.

Tous ceux qui acceptent ces bases appartiennent au PARTI NATIONAL. En dehors de là, il n'y a, il ne peut y avoir que des *factions :* elles s'agitent sans vivre réellement ; elles peuvent gâter et corrompre ; créer jamais.

Créer : créer un Peuple ! Il est temps, ô jeunes gens, de comprendre combien est grande, religieuse et sainte l'œuvre que Dieu vous confie. Elle ne saurait s'accomplir par les voies tortueuses des intrigues de cour, ni par les mensonges de doctrines arrangées pour les besoins du moment ; ni par des pactes destinés à être rompus par les contractants aussitôt l'occasion propice, mais seulement par la longue pratique, et par l'exemple vivant donné aux multitudes, d'une vertu austère, par les sueurs de l'âme et les sacrifices du sang, par l'insistante prédication de la vérité, par l'audace de la foi, par cet enthousiasme solennel, indomptable, inaltérable, qui remplit le cœur de l'homme lorsqu'il ne reconnaît pour maître que

Dieu, pour moyen que le peuple, pour unique voie la ligne droite, pour unique but l'avenir de l'Italie. Soyez tels et ne craignez pas d'obstacles. Mais chassez du Temple les trafiquants de conférences et de porte-feuilles. Repoussez sans pitié les petits Machiavels d'antichambre, les diplomates en expectative qui s'insinuent dans vos rangs pour vous murmurer aux oreilles des projets de *cours amies*, de *princes éman-cipateurs ;* que peuvent-ils désormais vous donner, sinon de ridicules illusions, propres à briser l'unité du parti national et à faire germer la corruption ? — Il y a deux ans, ils tenaient entre leurs mains toutes les forces, toute l'âme de la nation, un roi en qui la multitude saluait le conquérant de l'indépendance, un pape en qui la multitude vénérait l'initiateur de la liberté — et ils vous ont donné l'armistice Salasco et la défaite de Novare : ruine et honte ! Aujourd'hui, marionnettes aux mains d'autres courtisans et d'autres diplomates plus roués qu'eux par une longue pratique des ruses et des bassesses, ils ne peuvent même plus évoquer ces fantômes, et sont réduits à se dé-battre entre un duc de Modène et le prince qui signa la paix avec l'Autriche. — Et bientôt s'élèvera un tel conflit entre les deux principes qui luttent en Europe, qu'il fera des petits princes, et des conspirateurs monarchiques, et des petits projets de fusion, ce que l'ouragan fait des petites fleurs de la prairie.

La guerre royale a donné un grand enseignement aux Lombards, et imposé au Piémont une sévère obli-gation.

Les Lombards savent aujourd'hui que le secret de l'émancipation est pour eux un *problème de direction*.

S'ils n'avaient pas, par aveugle vénération pour une apparence de force, mis les traîtres dans leur propre cause; — s'ils s'étaient fiés plus à l'Italie qu'au *roi* du Piémont; — si, au lieu de conférer le mandat de la guerre à une coterie de courtisans, ils l'avaient conféré à des hommes comme ceux qui avaient dirigé l'insurrection; — ils auraient triomphé. Tôt ou tard, les journées de mars peuvent et doivent se renouveler. Qu'ils se souviennent alors de l'enseignement.

Les Piémontais ont l'obligation de prouver à l'Italie et à l'Europe qu'ils sont des Italiens et non les serviteurs d'une famille de rois. Qu'ils ont marché pour combattre dans les plaines de la Lombardie, non comme les instruments aveugles des volontés ambitieuses d'un homme ou de quelques intrigants, mais comme les apôtres armés de la plus belle cause que Dieu puisse féconder dans le cœur de l'homme : la création d'un peuple, la liberté de la patrie. Ils ont l'obligation de prouver qu'ils ne furent ni lâches ni trompeurs, mais bien trompés eux-mêmes et vaincus par les fautes d'autrui. Ils ont l'obligation de déchirer ce traité qui les accuse d'impuissance, de rendre à l'armée son ancienne renommée, injustement ravie, de laver dans le sang ennemi la honte de la défaite, et de dire à leurs frères hésitants : *C'est* NOUS *qui sommes l'épée de l'Italie!* Que leur drapeau soit celui de vingt-six millions d'hommes libres; que leur cri à la rescousse soit ROME et MILAN, UNITÉ et INDÉPENDANCE;

que leur armée soit la première légion de l'armée nationale. Bien grande sera cette gloire, comparée à celle d'être un fragment royal sans base et sans avenir, sans cesse oscillant, grâce à de faibles ou à de pervers gouvernants, entre les menaces de l'Autriche et le joug des jésuites!

Que la Lombardie et le Piémont payent leur dette. Rome et l'Italie ne failliront pas à l'entreprise.

1850.

RÉSUMÉ D'UN ARTICLE DE M. SAFFI SUR M. MÉDICI

Publié dans *l'Italie du Peuple,* et intitulé il Vascello

Jacques Médici, de Milan, fit ses premières armes en Espagne, où il versa son sang pour la liberté. Plus tard, la renommée de la valeur des Italiens à Montevideo l'attira au delà de l'Océan; là, il combattit à côté de Garibaldi jusqu'au jour où la nouvelle du mouvement de l'Italie le fit accourir impatient en Lombardie pour se dévouer à la sainte cause de son pays.

Après la honteuse capitulation de Charles-Albert et l'armistice Salasco, il fut du petit nombre des braves républicains qui prolongèrent encore un mois, avec Garibaldi, dans le Comasco et dans le val d'Intelvi, une lutte inégale contre l'armée autrichienne, lutte signalée par les combats de Luino, où une forte colonne d'Autrichiens fut entièrement détruite; et par ceux de Morosone et de Rodero, sur la frontière du canton du Tessin; où M. Médici, à la tête de cent cinquante hommes, soutint pendant quatre heures le choc de cinq mille Autrichiens, et réussit à sauver sa petite légion. D'autres causes rendirent ces combats stériles, mais ils n'en furent pas moins glorieux pour le drapeau qui portait les mots : *Dieu et le peuple.*

A Rome, le général Garibaldi lui confia la défense de la ligne du *Vascello*, palais situé entre la villa Pamphili et Rome, la plus importante pour les opérations du siège.

Par quels prodiges de valeur, de constance et d'habiles manœuvres, foudroyés par l'artillerie qui faisait crouler sur eux les murs du *Vascello*, sans cependant pouvoir les déloger ; se battant corps à corps avec les troupes françaises ; suppléant par l'audace au vide fait chaque jour par la mort dans les rangs de leurs compagnons, M. Médici et sa légion purent-ils défendre pendant tout le siège cette ligne confiée à leur courage, c'est là le sujet d'une page admirable, insérée récemment par un des triumvirs, M. A. Saffi, dans *l'Italia del Popolo*, — page détachée de l'*Histoire de la République romaine*, à laquelle il consacre les tristes loisirs de l'exil, et dont ces quelques lignes sont le résumé. Trois cents de ces braves tombèrent morts sur le champ d'honneur, un plus grand nombre fut blessé ; M. Médici reçut deux légères blessures qui ne l'empêchèrent pas de rester ferme à son poste.

Les soldats français eux-mêmes furent saisis d'admiration, et, après leur entrée dans Rome, ils témoignèrent à l'envi une sorte de vénération militaire pour ces braves légionnaires et surtout pour leur jeune et illustre commandant.

Les ruines encore sanglantes du *Vascello*, où il ne reste plus pierre sur pierre, font l'étonnement des curieux et attestent la valeur héroïque de ses nobles défenseurs.

Nous ne pouvons résister à transcrire ici le portrait de M. Médici tracé par M. Saffi. « Celui qui, ayant entendu parler des gestes de ce jeune héros, se rencontrerait avec lui, ne pourrait se défendre d'un sentiment d'admiration mêlé à un vif sentiment d'amour. Sa figure séduisante, que relève encore la distinction des manières, est empreinte de la rare modestie qu'il garde dans ses discours. A l'abri de toute présomption, ne tirant aucune vanité de sa valeur, il ne parle jamais de lui ni de ce qu'il a fait pour sa patrie. Sa croyance au progrès de l'humanité fait pour lui de cette patrie une seconde religion. Son affection pour sa famille est celle d'une jeune fille qui ne l'aurait jamais quittée.

C'est ce concours des sentiments les plus délicats du cœur avec la fermeté et l'énergie d'une volonté et d'un caractère qui s'est toujours inspiré du patriotisme et jamais d'un calcul personnel, qui font de Jacques Médici un type, que nous proposons à l'imitation de nos jeunes frères pour le jour de notre rédemption. »

19.

V

PRÉFACE DES

CONTES POUR LES JOURS DE PLUIE

PAR

ÉDOUARD PLOUVIER

Voici une série de Contes charmants qui amusent et qui attendrissent. Ils sont d'un talent jeune par le cœur, mûr par la réflexion. Ils sont d'un goût romantique, ils ne sont point d'un esprit *satanique*.

C'est quelque chose, c'est même beaucoup que de n'être pas satanique. La jeune école moderne, formée à celle qui fit une révolution dans les lettres, il y a déjà vingt-cinq à trente ans, a pris volontiers les défauts plus que les qualités des chefs de cette école. C'était dans l'ordre éternel des choses et des choses d'art en particulier. Le côté désolé du romantisme s'était montré excessif, et c'est même par là que le romantisme a péri, non pas comme richesse acquise, mais comme nouveauté sympathique.

C'est qu'il y a eu un moment où l'on eût pu l'appeler l'école du désespoir. Nous étions tous plus ou moins alors les fils de René : nous nous sentions atteints de cet amer désenchantement dont M. de Chateaubriand avait signalé l'invasion à son début. Il avait, le premier, ressenti et chanté avec éclat cette maladie de l'âme ; il nous l'avait inoculée dès nos jeunes ans. Le vent du siècle nous l'apportait fatalement ; le poème de *René* nous apprit à lui donner un nom, et à lui trouver des formes descriptives.

Plusieurs furent atteints bien réellement et ils en sont peut-être toujours très malades sans vouloir en parler davantage. Comme ce furent ceux-là qui surent rendre compte de leurs souffrances et y intéresser les autres, ce fut vite la mode d'être non seulement malade moralement, mais encore physiquement. De splénétique on devint poitrinaire, et l'école menaçait de devenir un hôpital, lorsque le public, voyant qu'on ne mourait pas plus dans celui-là qu'ailleurs, se lassa d'attendre des tombeaux et demanda autre chose.

Alors, aux poitrinaires, on vit succéder les furieux. Il y eut beaucoup plus de *Lara* que de René, et puis des don Juan à foison. Il y eut même des *lycanthropes.* On vit éclore une foule de productions véritablement enragées, où le délire, l'orgie, la fureur, la haine du genre humain, le mépris des femmes, le genre *pacha,* en un mot, étaient préconisés de la façon la plus bizarre. On m'a envoyé des manuscrits qui me sont

tombés des mains au bout de quelques pages, comme
des cauchemars écœurants, et j'ai été longtemps sans
pouvoir me décider à lire la dixième partie des œuvres
inédites ou publiées auxquelles on me priait de m'intéresser. Il y a eu pourtant énormément d'esprit et de
talent dépensés dans cette mauvaise voie, pour satis-
faire les goûts terribles du moment ; il faut bien se dire
que, de tout temps, la mode a fait le plus grand tort
possible à la naïveté ou à la sincérité individuelles, par-
tant à la vérité qui est la mère des talents de bon aloi.

Ce qui nous a plu dans les Contes qu'on va lire,
c'est l'absence d'affectation, c'est la bonne foi, et cette
douceur de l'âme qui est une qualité bien appréciable
après tant de féroces tentatives faites par des esprits
peut-être excellents, pour paraître détestables. Celui
qui a écrit ce recueil a cependant souffert, on le voit
bien ; beaucoup souffert peut-être : mais il n'a renié
ni le ciel ni les hommes. Son talent a conservé de la
grâce, et c'est un signe certain que son cœur a gardé
de la jeunesse. Grande rareté par le temps qui court ;
grand mérite aussi, car il faut avouer que l'époque où
nous vivons est de celles qui ébranlent violemment
toutes les notions acquises à l'humanité, et qui amè-
nent le doute et l'aigreur dans les têtes vives. Sachons
donc beaucoup de gré aux hommes d'imagination,
aux jeunes artistes, êtres impressionnables par excellence, qui croient et nous font croire encore à l'amitié,
à l'honneur, au dévouement, à l'amour et à Dieu !

Nohant, 16 décembre 1852.

VI

PRÉFACE D'*ANDORRE ET SAINT-MARIN*

PAR

ALFRED DE BOUGY

Tout le monde sait qu'il existe aux limites de la France, et sur une montagne d'Italie, deux petites républiques, les plus anciennes de l'Europe. Il y a eu un temps où leurs noms, devenus proverbiaux dans la polémique, servaient le plus souvent de terme dédaigneux aux adversaires de l'idée républicaine, inspirant à beaucoup de lecteurs un moment de curiosité vite oublié au milieu de préoccupations plus personnellement politiques.

Depuis que nous avons fait en France un second essai de cette forme de gouvernement, — je devrais dire un troisième, car *l'armée* de Bordeaux, au temps des guerres de la Fronde, a été positivement une république dans le genre de celles de Gênes ou de Venise, — on a un peu oublié de citer Andorre et

Saint-Marin dans les *premiers Paris* de certains journaux ; mais il ne faut pas désespérer pour l'ouvrage
dont nous écrivons la préface, qu'avant peu cette
comparaison ne redevienne de mode, et qu'à côté de
ces locutions si neuves et si heureuses : *le vaisseau de
l'État, l'ère des révolutions, le volcan des passions, etc.,*
nous ne lisions bientôt cette phrase consacrée sous
Louis-Philippe : « La République est une forme gouvernementale bonne tout au plus à être expérimentée
dans des États comme Andorre et Saint-Marin. »

Pour nous qui ne pensons pas que les destinées
très exceptionnelles d'Andorre et de Saint-Marin servent jamais de conclusion pour ou contre l'idée républicaine, nous avons toujours été curieux de connaître
l'histoire de ces localités, et, paresseux comme tout
le monde, nous demandions à tout le monde un de
ces résumés d'une heure de conversation qui dis-
pensent de lire un ouvrage ; mais il paraît que tout le
monde ne sait pas ce que nous ignorions ; car, à
l'exception de M. Xavier Durrieu, natif et citoyen
d'Andorre, s'il m'en souvient bien, et qui m'avait
raconté sur ce pays des choses curieuses et intéressantes, personne ne savait expliquer la durée phéno-
ménale de ces petites démocraties au sein des États
despotiques.

Voici un livre de peu d'étendue, fruit de plus de dix
ans de recherches et de deux voyages d'exploration,
écrit sans prétention et avec clarté, qui nous fait enfin
comprendre ce problème. Andorre et Saint-Marin sont
deux démocraties aristocratiques, définition que je

risque sans crainte de paradoxe et qu'on ne contestera probablement pas, après avoir lu cette simple et intéressante histoire.

On se tromperait pourtant, si, *à priori*, on croyait trouver entre ces deux petits États une similitude qui établît la confirmation de l'existence de l'une par celle de l'autre. Andorre et Saint-Marin diffèrent autant que les types qui les constituent. L'histoire d'Andorre est patriarcale, celle de Saint-Marin est héroïque : Andorre est une paisible municipalité solidement constituée; Saint-Marin, une forteresse et une sorte d'église. Je n'hésite pas pour mon compte, à donner toute ma préférence à Saint-Marin par ce seul fait que, dans toutes les époques de péril et de lutte, son rocher a servi d'asile aux proscrits et aux persécutés, tandis que les bons bergers d'Andorre n'ont été hospitaliers qu'à ceux dont la présence ne leur apportait ni trouble ni danger.

Ceux-ci me paraissent avoir les antiques vertus qui caractérisent le paysan, vertus négatives en bien des cas, et qui seraient vices à la limite de leurs étroits domaines : la justice en famille, l'égoïsme à plusieurs; une fraternité touchante quand on la voit pratiquée dans le petit troupeau, mais qui disparaît dès qu'une pauvre brebis errante vient y chercher protection; avant tout, la prudence, cette grande qualité de la vie rustique qui ne se laisse jamais entamer par le dévouement, et qui ferme obstinément sa porte à tous les genres de progrès.

Ceux-là (Saint-Marin) sont de vieux chrétiens du

moyen âge. Ils luttent au besoin contre le pape lui-
même. Ils ont un saint dont la légende est fort belle,
et pour lequel ils se feraient volontiers hérétiques, si
l'Église s'avisait de lui contester son orthodoxie.
Leur liberté n'est pas seulement un droit et un avantage précieux, c'est une religion, un article de foi.. A
travers les âges, la corruption du dehors vient là
pourtant modifier les formes austères et les mœurs
stoïques. Elle s'est introduite dans ce sanctuaire ; elle
savait y trouver des principes à combattre, quelque
chose de grand et de fort à détruire ; qu'eût-elle été
chercher à Andorre ? Andorre a conservé sa simplicité. Les gens vertueux par calcul sont incorruptibles.

Que l'auteur du livre nous pardonne de traiter plus
durement que lui ces bons Andorrans, dont la vie
heureuse et les douces manières ont apaisé en lui, on
le sent, des velléités d'impatience bien légitime.
L'indulgence est naturelle aussi quand on sent certaines bonnes fibres répondre à celles qu'on a dans
le cœur ; mais on voit que notre voyageur n'a pas
senti le sien tout à fait à l'aise dans cette république de sénateurs à houlette. Nous lui en savons
gré, ainsi que de toutes les recherches conscien-
cieuses qu'il n'a pas dédaigné de faire pour constater
historiquement l'existence volontairement mystérieuse
de cette république méfiante, qui renferme ses chartes
dans une armoire de fer, et qui en défend l'approche
aux profanes étrangers.

                              Nohant, 26 novembre 1854.

VII

LA MAISON DÉSERTE

NOUVELLE D'HOFFMANN [1]

Que fait là ce jeune homme? Pourquoi regarde-t-il
ainsi dans un miroir au milieu d'une promenade publique? Il faut qu'il ait l'esprit un peu égaré. — N'en
doutez pas; il est à demi fou : c'est un personnage
des contes d'Hoffmann. Un de ces jours, il a remarqué, parmi les somptueux hôtels qui bordent le côté
droit du boulevard, une petite maison à un seul étage,
mal entretenue, triste, silencieuse, et, suivant toute
apparence, inhabitée. Sa première pensée a été que le
propriétaire de cette maison avait bien tort de laisser
à l'abandon un immeuble qui, dans un pareil quartier,
pourrait rapporter un revenu considérable. Il était
naturel d'avoir cette idée; elle doit traverser la tête

1. A propos d'un dessin de M. Maurice Sand.

de tous les passants. Mais un personnage d'Hoffmann
ne saurait s'arrêter à une impression si simple. Notre
jeune homme s'est dit que l'on avait peut-être quelque
grave motif pour ne pas réparer ou reconstruire cette
maison ; qu'il se pourrait bien qu'elle ne fût pas aussi
inhabitée qu'elle semble l'être ; que sans doute, si l'on
cherchait, on arriverait à découvrir un étrange mystère... Une fois son esprit engagé dans ce courant
de conjectures, il n'a plus été libre de penser à autre
chose. Il a pris des informations ; on lui a répondu
que la maison servait d'officine à un confiseur qui
habite le rez-de-chaussée de l'hôtel voisin. Quelle
déception ! quelle chute ! Mais le renseignement
méritait-il bien toute confiance ? Le jeune homme est
entré chez le confiseur et l'a fait causer. Or le bonhomme a répondu qu'en effet il avait désiré louer la
maison pour y faire sa cuisine sucrée, mais qu'on
avait repoussé ses propositions ; il a ajouté que, de
temps à autre, l'on entendait de singuliers bruits
sortir de ce logis mystérieux, qu'il s'en exhalait aussi
d'étranges odeurs, et que certainement il s'y trouvait
au moins deux personnes, bien qu'on n'eût jamais vu
que l'une d'elles, un très vieux domestique, rude,
vigoureux, ne répondant que par des monosyllabes
ou des rires sardoniques aux questions qu'on lui
adressait. Notre héros de roman avait donc raison.
Mystère ! mystère ! Dès ce moment, le voilà cloué sur
le boulevard, devant la maison, regardant inces-
samment la porte et les fenêtres. Il est enfin parvenu,
dans un instant rapide, à entrevoir un joli bras blanc

qui soulevait la draperie des fenêtres et posait un
vase en cristal sur un appui. De là, redoublement de
trouble, d'émotion, de curiosité, et une invincible
volonté de savoir quelle est la jeune beauté enfermée
dans cette prison enchantée.

Cependant il craint que les voisins ne remarquent
son assiduité à épier les fenêtres ; il imagine d'acheter
à un marchand colporteur, qui vient à passer, un
petit miroir à l'aide duquel il peut voir ce qui se passe
aux fenêtres de la maison, tout en leur tournant le
dos. Bientôt il voit reparaître non seulement le bras,
mais encore une charmante figure, pâle et triste, qui
semble l'apercevoir et même implorer son secours.
Pour le coup, il est pétrifié, et il ne serait pas plus
facile de l'arracher de ce banc que s'il eût été transformé en une statue d'airain scellée sur un piédestal
de marbre. En ce moment, un honnête conseiller qui
le surprend dans cette situation et qui devine très
bien son stratagème, lui dit : « Prenez garde, jeune
homme, aux miroirs enchantés ! » — Paroles terribles ! Ce bras, ce visage, ne serait-ce point, par
hasard, de pures visions ? Le miroir serait-il vraiment
l'œuvre de quelque alchimiste ? Mais il se rappelle
qu'il avait déjà de ses propres yeux vu le bras avant
d'acheter le miroir. Il ne se laissera donc pas décou-
rager par l'avis railleur du conseiller. Il va persévérer
dans son entreprise. Que découvrira-t-il à la fin ? Nos
lecteurs peuvent le chercher dans le conte intitulé :
la Maison déserte. Nous les avertissons seulement
qu'ils ne seront pas récompensés de leur peine. Hoff-

mann imagine, pour terminer son récit, que la maison
sert à garder une vieille femme devenue folle par
suite d'une affection trahie. Le vieux domestique est
quelquefois obligé de la frapper de verges pour
l'empêcher de se livrer à des transports furieux et à
des excès contre elle-même. Le bras blanc et le joli
visage appartiennent à une jeune parente de la folle,
qui était venue la visiter. Un romancier ordinaire
serait parti de là pour commencer une histoire d'a-
mour entre le jeune curieux et cette belle. Mais Hoffmann ne se plaît pas aux lieux communs du roman :
dès que son héros est arrivé à la certitude qu'il cherchait, il l'envoie guérir sa raison, fort compromise, au
milieu de la nature, dans un petit village éloigné ;
après quoi, il n'est plus question de rien : le conte est
fini. Quelle serait la morale à tirer de cette bizarre
conception ? Dirons-nous que, si ce jeune homme
avait appliqué sa force de persévérance et sa fine
sagacité à l'étude d'un problème scientifique, il serait
peut-être parvenu à quelque découverte vraiment
utile ? C'est un fait trop évident. On pourrait com-
menter autrement ces efforts de l'esprit d'Hoffmann
pour faire des trouées à travers les apparences ordi-
naires, et pour pénétrer aussi loin que possible dans
l'inconnu. Certainement, l'infini s'étend partout autour
de nous et dans tous les sens. Croire que l'on connaît
tous les caractères et tous les jeux des passions
humaines, c'est une illusion. S'il y a des démons de
toute espèce sur la terre, il y a aussi des anges. Il doit
se nouer et se dénouer à tout instant des combinaisons

de pensées et d'actions que l'imagination la plus puissante des poètes ou des romanciers ne saurait même entrevoir dans ses rêves les plus hardis. Mais il n'est point sain de s'abandonner à ces entraînements de notre curiosité; au delà d'une certaine limite, en forçant les inventions du possible, on s'expose à perdre le sentiment de la réalité; contentons-nous de n'être jamais ni trop affirmatifs ni intolérants.

Mars 1856.

LÉGENDES FANTASTIQUES

Dans plusieurs tableaux et dessins admis cette année à l'Exposition de peinture, un artiste de beaucoup d'imagination et d'esprit, aimé du public, M. Maurice Sand, s'est attaché à reproduire les légendes fantastiques de cette partie de la France que l'on appelait autrefois le bas Berry, et qui a conservé dans ses croyances populaires, comme dans son aspect pittoresque, un cachet, pour ne pas dire un parfum d'ancienneté très caractéristique. Grâce au ciel, les mauvaises superstitions ont diminué, les maladies épidémiques que l'on appelait *la grand'mort* ont disparu avec les eaux stagnantes et les terres incultes. Le pays est généralement bien cultivé et les mœurs sont devenues fort douces; mais la poésie à la fois sombre et burlesque des antiques légendes vit encore dans les imaginations et défraye les veillées d'hiver, tandis

20

que la campagne conserve en mille endroits, grâce à certaines habitudes agricoles traditionnelles, une physionomie qui est encore celle du moyen âge. Ainsi, au milieu de terres fertiles en plein rapport, on trouve encore, dans cette région, le *pâtural*, vaste espace d'herbes folles, de buissons épineux et d'antiques souches d'arbres trapus, littéralement émaillé de fleurs sauvages au printemps, mais sec et morne quand les troupeaux de bœufs qui y ont pris leurs quartiers d'été le laissent tondu et foulé pour tout le reste de l'année. Une autre coutume barbare est d'ébrancher les arbres pour donner la feuille sèche aux moutons durant l'hiver, après quoi on brûle le fagot. C'est l'orme abondant et vigoureux dans ce terrain, qui est soumis à cette mutilation périodique, et qui se couvre de bosses et de rugosités affectant les formes les plus bizarres, parfois les plus effrayantes. Dans le brouillard du crépuscule, ou quand la lune, à son lever, argente de lueurs obliques les fonds humides, ces monstres, plantés au bord des chemins, semblent étendre sur le passant des bras désespérés ou pencher vers lui des têtes menaçantes.

La largeur démesurée des chemins de pâture communale est encore un caractère particulier au bas Berry. Leurs vastes sinuosités, rayées d'herbe courte et de déchirures rougeâtres, donnent à certains points de vue un air d'abandon capricieux qui rappelle l'abandon primitif où se trouvait la terre, lorsqu'elle n'était pour l'homme nomade qu'un lieu de passage et de campement.

En d'autres endroits de cette province, le sol a pu trouver dans la petite culture ou dans la gestion de la grande propriété, les ressources nécessaires ou l'activité suffisante pour sortir de sa primitive pauvreté. Là s'étendent des steppes inféconds, semés de grosses roches que la tradition attribue à un travail d'esprits pervers ou fantastiques, et autour desquelles se passent encore, dit-on, des choses étranges, des scènes incompréhensibles.

Ces croyances passeront, ces lieux seront transformés. Chaque jour, le progrès, quelque lent qu'il soit dans les campagnes, travaille à son œuvre persévérante et emporte, ici une superstition locale, là un coin obstiné du désert. Il arrache les ronces, nivelle les passages, soumet la nature rebelle, et défriche les esprits en même temps que le sol. Dans cinquante ans, on cherchera ces traditions rustiques, ces roches éparses, ces arbres mutilés, cette poésie du passé rude et coloré qui s'en va en bien-être et en raison.

Hélas! disent les artistes, la terre sera bien ennuyeuse quand la charrue aura passé partout, et quand le paysan sera un bourgeois voltairien. Je l'avoue aussi, moi, je sens la nécessité des grandes réformes agricoles, et pourtant je m'étonne encore quand un villageois me dit qu'il passe désormais sans terreur aux lieux où, dans sa jeunesse, le *fadet*, sous la forme d'un loup noir ou d'une chienne blanche, lui sautait sur les épaules et se faisait porter, *lourd comme trente boisseaux de blé*, jusqu'à la porte de la métairie, ou

jusqu'au porche de l'église paroissiale. Mon cœur se
serre quand j'entends le conseiller municipal du ha-
meau menacer les vieux arbres hantés, les petits étangs
habités par de gigantesques personnages baignant
leurs *grand'jambes* dans l'eau rougie des feux du cou-
chant ; je suis presque en colère quand on parle d'enlever les grosses pierres parlantes et grimaçantes pour
en faire des auges de granit, et les vieux têteaux pour
faire du feu. « Quand tout ça n'y sera plus, disent quelques esprits forts, le *monde* ne sera plus si bête. On ne
croira plus que le diable fait son sabbat à la croix des
Bossons, et que le follet jette les cavaliers par terre
aux pierres d'Epnell pour *bourdir* leurs montures en
les fouaillant de sa grand'queue de dix aunes. »

Il est vrai, et tant mieux si l'on s'éclaire sans devenir sot, de simple qu'on était. Mais, quoi qu'il en arrive, le passé perdra bientôt son prestige, il ne faut
pas en douter, et il est bon qu'un artiste ait consacré
son talent à reproduire ces lieux agrestes qui vont
disparaître et ces scènes fantastiques qui, après lui et
nous, ne laisseront plus de traces dans la mémoire des
bonnes gens.

L'hallucination est, d'ailleurs, un fait psychologique
et physiologique qui trouve à chaque instant sa place
nécessaire dans l'histoire des masses. Tout est prodige dans les récits et dans les souvenirs de la race
humaine. Les ouvrages de M. Maurice Sand ne sont
donc pas de pures fantaisies d'artiste : ce sont des
traits de mœurs et, dans leur genre, des documents
pour l'histoire d'une province. Si l'on songe qu'avec

quelques modifications, ces traditions se retrouvent, non seulement dans toute la France, mais encore dans presque toute l'Europe, on ne niera pas l'utilité et l'intérêt de cette recherche. Et d'ailleurs, avons-nous bien envie de railler les visions et les crédulités des gens de campagne, nous qui voyons la croyance passionnée aux tables parlantes et aux jongleries à la mode des *médiums* défrayer les loisirs et enflammer les imaginations du plus beau monde? Je n'y vois qu'une différence, c'est que la vieille légende populaire est plus intéressante et plus originale que toutes ces inventions modernes, et que ces symboles ont un sens logique et moral très préférable aux balourdises ou aux caprices absurdes des esprits frappeurs. Cet animal qui se fait porter, n'est-ce pas le sensualisme, qui, laid comme une bête et lourd comme un remords, pèse sur l'ivrogne attardé? Ce follet railleur qui le jette par terre et lui emmène son cheval, n'est ce pas la personnification de sa propre malice ou de sa propre ambition, qui, folle et quinteuse, emporte sa force, et le laisse, étourdi et brisé, dans la nuit et dans la solitude, auprès de ces pierres druidiques où le diable cache des trésors? Tous ces fantômes qui poursuivent les méfaits nocturnes, sont des esprits bien avisés, qui avertissent, répriment ou châtient. C'est une histoire naïve, poétique ou divertissante, des tourments, et, par conséquent, des progrès de la conscience populaire.

14 juillet 1857.

20.

IX

MADAME HORTENSE ALLART

Sous le titre un peu effrayant de *Novum organum*,
ou *Sainteté philosophique*, madame Hortense Allart
de Méritens vient de publier un de ces livres clairs et
brillants qui méritent la popularité, et qui devraient
être dans toutes les mains. Nous ne lui reprocherons
donc que ce titre, qui peut éloigner les gens du monde
et les femmes, parce qu'il fait pressentir aux unes un
ouvrage écrit en latin, aux autres un traité trop dog-
matique pour leur usage. Aussi nous nous hâtons
d'annoncer que ce n'est point là un de ces gros et terribles in-folios destinés à moisir sur les rayons de
chêne noir d'une austère bibliothèque. C'est un léger
format Charpentier qui peut se lire aussi facilement
qu'un ouvrage frivole, avec cette différence que, après
l'avoir lu, on se sent plus fort, plus instruit, plus
sage, plus honnête, plus heureux. Pourtant c'est un

livre très sérieux par le fond : c'est le résumé concis
des études et des réflexions de toute une vie savante
et lettrée. L'auteur est une femme charmante qui a
étudié les langues mortes et les philosophies abs-
traites, sans que sa figure blanche et rose trahît par
un pli les veilles et les méditations. Il est vrai qu'elle
n'a probablement ni veillé ni souffert pour apprendre,
mais qu'une organisation supérieure lui a permis de
tout comprendre et de tout retenir sans le moindre
effort. A la voir si animée, si active, si dévouée aux
nobles fardeaux de la famille et avec cela si brillante
causeuse, nous avons eu besoin de la connaître longtemps pour croire qu'il y eût tant de sagesse, d'érudition et de tranquillité dans cette jolie tête blonde qu'elle
portait comme si elle ne l'eût pas soupçonnée sur ses
épaules. Elle écrivait quelquefois des romans, des
romans agités de passion et traversés de grandes
plaintes éloquentes. Et puis elle a écrit de forts bons
livres d'histoire, elle en écrit encore. Nous en parle-
rons une autre fois, quand elle publiera l'*Histoire de
la République d'Athènes* qu'elle achève en ce moment.
Nous voulons nous occuper aujourd'hui de son *Novum
organum*, mais non sans dire encore quelques mots
sur l'auteur, dont le génie modeste, bien qu'apprécié
dans un milieu digne de lui, n'a peut-être pas reçu de
la renommée tout l'accueil qu'il mérite.

Il est peu de caractères littéraires aussi fortement
trempés et aussi nobles que celui d'Hortense Allart.
Elle a caché ses vertus privés dans un intérieur sobre,
libre et fier. Elle a vécu simplement et par un grand

esprit d'ordre, de prudence ou de stoïcisme, elle a pu vivre en apparence, à l'abri des préoccupations de la réalité. Elle a écrit pour écrire ne demandant appui et courage qu'à elle-même, ne reprochant à personne de paraître l'oublier, ne sachant pas si elle avait des amis tièdes ou préoccupés, un public ingrat ou trop exigeant. Elle ne s'est peut-être pas assez soucié des choses littéraires qu'on appelle *actualité*; des fautes d'inexpérience dans ses romans en ont peut-être fait méconnaître la valeur très réelle, et cela parce qu'elle n'a pas suivi attentivement le goût du public. Elle s'est peut-être un peu trop arrêtée sur l'époque où les moyens étaient plus simples. Si on l'eût mieux connue, elle, on l'eût applaudie davantage. Il y a des personnalités qui ne savent pas se communiquer, qui tout à la fois se révèlent trop et pas assez.

C'était selon nous le défaut de madame Allart. La muse montait sur le piédestal, couverte d'un voile emprunté. On ne voit pas assez dans son œuvre la femme excellente que ses amis adoraient en dépit de son mâle génie.

Cette fois, Hortense Allart a élevé son vol plus haut que le roman et l'histoire, c'est-à-dire plus haut que le récit et l'appréciation des faits humains; elle a embrassé et concentré, en trois cents pages excellentes et vraiment belles, l'histoire du sentiment le plus élevé de l'humanité, la religion des belles âmes, ce qu'elle appelle avec raison *la sainteté*.

C'est un cours rapide sur le sentiment religieux, sur

l'enthousiasme de la vertu et la puissance de la foi
chez les hommes, depuis le sauvage qui bégaye l'idée
divine jusqu'au méthaphysicien profond qui l'embrasse, depuis l'aurore de la philosophie jusqu'à ses
moindres rayonnements, depuis l'Inde jusqu'à nos
jours.

Son travail est donc une esquisse libre des principaux élans du génie religieux dans l'histoire des idées
et des sentiments. Elle raconte, elle cite, elle choisit,
elle critique et elle admire. Sans s'astreindre à un
plan méthodique, et, tout en gardant les formes d'une
causerie émue et brillante, qui conviennent merveil-
leusement à son esprit affirmatif et convaincu, elle va
à son but, tout en allant comme il lui plaît. Il arrive
donc que, entraîné par son mouvement et par son intention nette de vous faire courir à travers les chefs-
d'œuvre de l'art et de la science, on se plaît à la suivre
et à s'arrêter devant ce qu'elle saisit comme type et
comme preuve. Mais que veut-elle prouver? Une chose
bien simple et qu'elle dit, elle-même, avec une grande
et belle candeur :

« Nous aurions voulu faire de cet ouvrage un ouvrage utile adressé aux personnes de toutes les
croyances et de tous les pays qui, emportés par le courant du siècle, cherchent Dieu sans savoir le trouver
ni comment s'adresser à lui. Nous leur faisons part
de nos recherches.

» Cette théologie universelle qu'entrevoyait madame de Staël pourra-t-elle s'atteindre enfin? Cette
vraie, cette sublime voix de la charité, de la philoso-

phie, ne doit-elle pas amener l'homme à un port assuré qui devienne celui de tous les mortels? Des vérités s'étendent, s'épurent et s'affermissent... Si l'homme
a étudié Dieu comme il a étudié la sagesse, la politique, les beaux-arts, il a trouvé les fondements d'une
science qui sera la science religieuse. C'est une science
sortie du sein de l'homme, sortie de ses entrailles,
celle que rien ne peut lui arracher, car il tient Dieu en
lui-même comme il tient la vie, et il ne peut pas plus
éviter d'être pieux que d'être mortel!...

» Arriverons-nous à ce moment favorable où l'exaltation et la critique à la fois sauront élever l'âme sans l'é-
garer? O Dieu, qui faites l'objet de ce livre, nous avons
notre récompense dans notre travail même, consacré
à vous. Si nous avons souvent apporté devant vous
nos larmes secrètes et nos chagrins particuliers, vous
les avez toujours dissipés à l'instant; mais prier pour
le monde appartiendrait-il à une créature? Cependant
accueillez avec bonté les efforts de ceux qui, depuis
la réformation et le XVIIIe siècle, cherchent à rendre
à vos autels la pureté et la vérité. Faites-leur trouver dans leur sincérité, dans leur pieuse intention,
un éclair de l'antique sagesse! Faites-leur distinguer
les nouveaux prophètes, non pas encore assez respec-
tés, assez reconnus, qui ont depuis cinq siècles relevé
la conscience et la liberté en Europe. Les armes de la
satire, vous les avez aussi sanctifiées, quand elles
avaient la charité pour but, et vous avez béni les travaux de divers genres où l'on peut vous servir. » Ici,
l'auteur revient, dans sa pensée, sur les beaux côtés

de l'œuvre de Voltaire. Hautement impartiale, elle
discute peu et tranche hardiment, mais c'est avec une
droiture qui se fait aimer. Elle sait par où pèchent ces
philosophes qu'elle estime, ces enthousiastes qu'elle
chérit, et ces penseurs qu'elle admire. Elle fait très
justement la part du scepticisme de Voltaire, des dé-
lires de Pascal, de tous les nuages qui, à un moment
donné, obscurcissent la santé et la lucidité des plus
grands esprits. Mais elle les suit fidèlement dans toute
leur existence dramatique ou rêveuse, et elle les
retrouve, comme elle dit, *dans les parages de la sainteté :* l'un quand la fièvre le quitte, l'autre quand l'é-
motion l'a saisi, tous quand les fruits de l'expérience
et du travail ont donné le développement nécessaire à
la nature et à la tendance de leur force.

Elle s'empare donc avec une grande habileté et un
grand goût de tous ces cris éloquents poussés vers le
ciel par les hommes supérieurs dont l'autorité établit
les vraies lois de la vérité et de la conscience dans les
annales de la pensée. Ses récits et ses citations sont
faits de manière à procurer une lecture agréable et
attachante, même à ceux qui, ayant une conviction
arrêtée ou une complète indifférence, ne songeraient,
en lisant ce livre, qu'à s'instruire ou à se remémorer.
Notre siècle aime ces claires analyses et ces ingénieux
extraits où la vraie critique sérieuse excelle aujour-
d'hui et qui, véritablement, nous apportent la nourriture de l'esprit. On a beau dire que ce siècle meurt
d'une disette d'idéal, nous ne croyons pas à cette
mort, nous n'y croyons pas, parce que nous voyons,

au-dessus d'une foule qui se rue sur les dangers et les émotions des affaires dites *positives*, une quantité de beaux et bons esprits poursuivre tranquillement l'œuvre de critique lumineuse et de sublime bon sens qui ramènera l'homme à Dieu, en conciliant toutes les apparentes contradictions de la révélation continue.

L'homme ne vit pas seulement de pain. Quand il s'enfièvre pour *le bien-être avant tout,* c'est que le milieu social est agité de convulsions qui le poussent dans cette voie, c'est parce que l'homme a le droit de fuir la souffrance et le besoin de poursuivre le bonheur ; c'est aussi parce que la vertu austère est une exception, et qu'aucun gouvernement n'aura le droit de dire à un peuple : « Soyez tous des saints ! » Il ne faut donc pas s'habituer à mépriser ce qu'on appelle le vulgaire ; car le vulgaire, c'est nous tous. Nous sommes tous sur terre comme de simples voyageurs qui, avant d'admirer les beautés d'un site, se voient forcés de s'inquiéter d'un souper et d'un abri quelconque, après une marche plus ou moins pénible. Mais, que le bien-être mieux réparti nous arrive, cette agitation cessera, et nous aurons les mœurs douces et les aspirations élevées qui sont notre tendance inévitable. Alors tous ces excellents travaux de l'esprit qui n'ont pas, à cette heure, la vertu de faire oublier les crises financières, le mal passager et les grands abus qu'il traîne à sa suite, redescendront sur nous comme une pluie bienfaisante après une tempête, et rien de ce que le bon génie du siècle aura inspiré aux âmes libres et calmes dans la tourmente ne sera perdu pour leurs contemporains remis à flot.

L'auteur du *Novum Organum* va plus loin que nous dans cette voie d'espérance. Elle ose dire du fond de sa retraite, où les vains bruits du monde n'arrivent pas jusqu'à elle, et ne soulèvent pas de nuages sur son esprit droit et confiant, que les facultés humaines acquerront peut-être dans l'avenir une puissance inconnue aux siècles qui nous ont précédés, une clarté pour ainsi dire évangélique, la certitude de l'immortalité. Il faudrait citer et il faudrait lire tout le chapitre intitulé *Confiance en Dieu,* qui est très beau dans son effort pour concilier la raison avec l'émotion. Ému, et presque persuadé nous-même après l'avoir lu, nous pouvons du moins affirmer que la foi fera ce miracle, puisque, sans jouer sur les mots, on peut dire que croire, c'est déjà être.

Nous conseillons aux femmes intelligentes la lecture de ce livre, et particulièrement de la partie intitulée *Résumé,* qui semble s'adresser à elles de préférence, avec une grande délicatesse de sentiment. La manière de l'auteur est originale. Ses défauts sont presque toujours des qualités. Son style court toujours et vole souvent. Beaucoup de facultés semblent parfois gêner la direction de ce vol. Elle est savante, elle est poète et elle est femme. Elle semble parfois aller au hasard de l'inspiration et quitter son idée pour une autre idée qui l'emporte ailleurs. Mais ce désordre apparent n'amène jamais la contradiction. C'est une abeille qui puise partout son miel, et non un papillon qui s'enivre pour s'enivrer. Un soleil calme éclaire son œuvre, et l'on sent bien que, si elle s'est arrêtée quelquefois devant l'antre des pythonisses pour surprendre le secret de leurs tourments, elle n'a jamais perdu le chemin du sanctuaire où la vérité se révèle sans trépied, et où la sainte dignité de la raison est encouragée par Dieu-même.

En somme, madame Hortense Allart est, par ses travaux sérieux, ses vertus privées, la noblesse de son caractère, l'élévation de son talent, et la haute direction de son esprit, une des gloires de son sexe. Plus ou moins répandus, ses livres resteront comme des matériaux de l'édifice du progrès. Nous n'avons pas toujours adhéré à toutes ses idées sur les choses de fait, et nous trouverions bien encore à faire nos réserves à quelques égards, dans son livre. Mais à quoi bon ? Chacun peut en dire autant à propos de tous les livres. Ce qui importe, c'est l'ensemble, c'est le but cherché et le résultat obtenu. Rendons-lui cet hommage de la juger par ses côtés essentiels et victorieux, comme elle juge ceux qu'elle cite. Il est impossible de mieux comprendre qu'elle ne l'a fait Platon et Pascal, Pythagore et Rousseau, les pères de l'Église et les encyclopédistes. C'est véritablement, à cette heure surtout, un très grand esprit que le sien, un esprit arrivé à une telle hauteur, que l'on sent pour lui un respect ennemi de la discussion.

Nohant, 30 septembre 1857.

X

LA BIBLIOTHÈQUE UTILE

Nos lecteurs apprendront certainement avec une vive satisfaction que, sous le nom de *Bibliothèque utile*, les hommes les plus honorables de la démocratie vont publier une collection de livres à très bas prix, destinés à l'instruction nationale.

Il est utile, assurément, d'assainir les cités et de distribuer partout l'air et la lumière. Mais il est non moins utile et plus glorieux de distribuer à tous le pain de l'intelligence. Si la monarchie a bâti Versailles, et si l'Empire veut faire de Paris une des merveilles du monde architectural, d'autres doivent, de leur côté, préparer la nation à ses futures destinées, et élever son intelligence au niveau des devoirs qui lui sont imposés, dès à présent, par l'égalité politique que nos pères ont conquise au prix de tant d'efforts.

Nous avons l'habitude de déclarer à tout propos que la France est la première des nations par la science, la littérature et les arts, comme elle est la première par le dévouement et le courage. Il serait plus modeste et plus vrai de dire que nous possédons une sorte d'aristocratie de l'intelligence, laquelle donne souvent le ton à l'Europe, brille au premier rang par le génie des découvertes, et cherche, avec une infatigable activité, à faire progresser toutes les branches du savoir humain. Mais ici, comme aux bords du fleuve Jaune, nous avons nos mandarins : la science est le monopole d'une classe peu nombreuse, et ses docteurs n'ont pas tous, il s'en faut, le désir et la faculté de répandre sur la foule, comme le pratiquait si bien notre regrettable François Arago. les bienfaits de leur enseignement. Ceux qui le pourraient ne le veulent peut-être pas ; ceux qui le voudraient ne le peuvent pas toujours. Aussi la diffusion et la vulgarisation des sciences sont-elles beaucoup plus en arrière chez nous que dans certaines contrées, et la moyenne intellectuelle du peuple français très inférieure à celle des cantons suisses, des États-Unis d'Amérique, et même d'une partie de l'Allemagne.

Or il est impossible de diriger une société vers cet état de perfection qu'on nomme la démocratie, sans l'y préparer en répandant partout l'instruction, cette puissante armure au moyen de laquelle le faible et le pauvre peuvent, sans trop de désavantages, lutter pour conquérir leur place au soleil. Les hommes ne pourront devenir à peu près égaux, libres et frères, que lorsque leur développement intellectuel leur donnera la force et le pouvoir d'y arriver, avec la sagesse et la volonté de s'y maintenir. Une nation instruite et policée à tous les degrés de l'échelle sociale n'est plus un rêve impossible : les ouvriers de nos grandes cités ont donné, en ces dernières années, la preuve (surabondante pour tout homme de cœur et de raison), que le savoir n'est pas et ne peut pas être le privilège d'une caste, et que la naissance, pas plus que la fortune, n'élargit le cerveau humain. Notre nation est comme une terre féconde : il ne s'agit que de la labourer, et c'est l'œuvre de nos instituteurs primaires, puis d'y jeter de bonnes semences, et c'est ce que se proposent de faire les auteurs de *la Bibliothèque utile.*

Rendons en passant justice à la monarchie constitutionnelle : c'est elle qui a le plus fait pour cette préparation intellectuelle du peuple. Elle a exécuté, sans le vouloir peut-être, ou du moins sans en prévoir toutes les conséquences sociales, le grand programme élaboré par la Révolution. Les lois d'instruction primaire ont hâté et facilité le travail d'enfantement de la démocratie. Mais ce n'était pas tout que d'ouvrir des écoles : c'était le début. Ce qu'on y enseigne, c'est le moyen d'apprendre ; ce qu'on y donne, c'est l'instrument du savoir, et non la science elle-même. C'est donc à compléter l'œuvre qu'il faut s'attacher.

Cette foule immense qui maintenant sait lire n'a rien ou presque rien à lire de sérieux et de profitable. Les livres de science ne sont pas à sa portée : à

peine les tire-t-on à quelques centaines d'exemplai-
res. Les livres d'histoire, un peu plus répandus, sont
très chers. Il ne reste donc pour le public des industriels, des commerçants, des employés, des ouvriers,
c'est-à-dire pour le gros de la nation, que les
journaux politiques et les publications de romans
illustrés, aliment intellectuel des oisifs et des grands
enfants. Les exceptions sont rares, et, quand on a
nommé le *Magasin pittoresque* et deux ou trois autres
feuilles qui rendent de véritables services, on est conduit à reconnaître que la lecture, ce puissant moyen
de civilisation, reste aux mains du grand nombre un
simple instrument de distraction. Le lecteur d'aujourd'hui s'amuse, il ne s'instruit pas. Quelquefois
il se corrompt, et alors on pourrait dire, avec Jean-
Jacques Rousseau, qu'il aurait mieux valu ne pas
apprendre à lire.

Des ouvrages compréhensibles pour tous, et à bas
prix, tel est donc le besoin impérieux du moment, et
il nous a semblé tout naturel qu'il y fût répondu par
d'anciens représentants du peuple. En fondant *la Bibliothèque utile*, ils n'ont pas voulu faire une étroite
manifestation de parti : la politique du moment n'a
rien à voir dans cette œuvre, dont le but et la portée
ont un bien plus haut caractère. Ces hommes ont
servi la France au moment de la tourmente : ils veulent la servir encore, et ils ne peuvent mieux choisir
le temps et saisir l'occasion, dussent-ils, comme
Moïse, ne jamais voir la terre promise vers laquelle
ils ont à diriger les générations actuelles.

Il nous reste à dire quelques mots du plan et des moyens d'exécution de cette excellente pensée. *La Bibliothèque utile* résumera ce que chacun doit savoir sur les principales branches des connaissances humaines, et, dans son développement, elle suivra l'ordre naturel qu'indique la raison. Elle mettra ses lecteurs au courant de ce que la science la plus avancée a découvert jusqu'ici touchant le monde extérieur ; elle leur fera connaître les lois magnifiques qui président aux grands mouvements de l'univers, les mondes qui le peuplent, les éléments qui le constituent. Puis, revenant à ce grain de sable qui nous porte, elle le décrira sous tous les aspects, dira quelles formes multipliées y revêt la vie, depuis le plus humble végétal jusqu'à l'animal le plus savamment perfectionné. Après les sciences physiques et naturelles viendront les sciences morales, et notamment l'histoire des sociétés humaines. Notre France sera surtout l'objet d'une prédilection facile à comprendre, et son histoire prendra, sous la plume des plus éminents de nos historiens et hommes politiques, une forme neuve et saisissante.

Tous les grands faits de notre passé : la formation laborieuse de notre nationalité, la féodalité, les communes, le tiers état et ses luttes, les états généraux, les croisades, les guerres des Anglais, les guerres de religion, la monarchie despotique, la philosophie du xviiie siècle, la Révolution, seront l'objet de travaux distincts, reliés entre eux par une bonne chronologie de notre histoire. Chacun des écrivains

21.

y mettra sa pensée propre avec la plus entière
berté. D'autres raconteront aussi l'histoire de notre
pays sous d'autres aspects : finances, commerce, industrie, corporations ouvrières, littérature, poésie,
beaux-arts.

Puis viendra l'histoire générale, les modifications
successives des sociétés humaines se dérouleront
dans le récit des faits du passé : les conquêtes pacifiques de la science; la civilisation et ses divers instruments, depuis le sabre jusqu'à la presse et au
crayon ; les diverses lois religieuses, sociales, politiques; les brillantes individualités qui se sont élevées de temps à autre au sein de l'humanité pour lui
tracer sa route, tout cela sera embrassé dans sa géné-
ralité et développé dans ses détails, avec simplicité
et concision.

Quelques chiffres diront éloquemment à quelle
pensée élevée est due la création de *la Bibliothèque
utile*. Les volumes dont elle se composera, élégants,
portatifs, contenant plus de sept mille lignes et près de
trois cent mille lettres, coûteront cinquante centimes.

Février 1859.

XI

PRÉFACE

AUX

QUATORZE STATIONS DU SALON DE 1859

PAR

ZACHARIE ASTRUC

Ce résumé rapide, original et hardi du Salon de 1859 a été publié dans *le Quart d'heure, Gazette des gens à demi sérieux*, une jeune revue courageuse et fraîche d'idées, forte de sentiments. C'est l'œuvre de trois jeunes gens dont l'union consolide l'énergie. Des motifs de reconnaissance personnelle que nous ne voulons pas nier et d'autant plus vifs que ces jeunes gens nous sont inconnus, ne nous aveuglent cependant pas, et c'est avec impartialité et liberté entière de la conscience que nous applaudissons des tendances généreuses, soutenues par le travail, le cœur et le talent : trois belles choses qui font grandir vite et que l'on ne rencontre pas souvent d'accord.

L'un de ces jeunes gens a entrepris de parler peinture. Sous une forme neuve, pleine d'allure et d'en-
train, il a jeté là sa sève, comme il l'eût jetée ailleurs.
Nous partageons beaucoup de ses idées sur l'art.
Comme lui, nous avons chéri et admiré, au Salon de
cette année, les œuvres de Delacroix, de Corot, d'Hé-
bert, de Fromentin, de Pasini et de plusieurs autres
maîtres déjà consacrés ou nouvellement acclamés :
mais, comme, sauf les œuvres capitales, nous n'avons
pas eu le loisir de voir attentivement cette exposition,
nous n'avons pas le droit d'endosser la responsabilité de tous les jugements de M. Zacharie Astruc.
Notre mission n'est d'ailleurs pas de parler peinture
ici et de discuter quoi que ce soit. Appelé à apprécier
le mérite littéraire de cette critique, nous avons à dire
qu'elle nous paraît surtout une œuvre de sentiment.
Nous l'avons lue avec un très grand intérêt, parce que
nous y avons trouvé de l'esprit, de la grâce, de la
gaieté, du sang, des nerfs, de la poésie, de la vie
enfin. Et que veut-on de plus et de mieux ? Il y a là
l'exubérance du bel âge et du tempérament méri-
dional, un peu d'enivrement de soi-même qui ne
déplaît pas, et beaucoup de zigzags pleins d'*humour*
qui réjouissent et reposent.

L'écrivain est artiste de la tête aux pieds. Il juge
avec son émotion propre, avec son imagination chaude,
avec son appréciation personnelle qui ne redoute rien
et personne, avec son ardeur et sa franchise d'intentions. C'est un littérateur qui se passionne et qui n'af-
fecte pas les connaissances techniques. Il compare

surtout ce que la réalité des êtres et des objets lui fait éprouver avec l'interprétation que l'art met sous ses yeux. Ne faisons-nous pas tous comme lui quand nous ne sommes pas praticiens dans l'art qui nous charme? et où trouverons-nous de plus aimables *ciceroni* que ceux qui voient et sentent vivement. Quand même nous ne serions pas toujours de leur avis sur la chose jugée, n'aurions-nous pas, en revanche, un plaisir extrême à nous promener en rêve dans ces tableaux que leur fantaisie nous trace?

C'est un des mérites frappants du livre de M. Zacharie Astruc. Un monde de couleurs, de formes, d'idées, de compositions, tourbillonne dans son style et déborde ses discussions. Que le peintre dont il nous parle le ravisse ou le fâche, il lui arrache sans façon sa palette, et le voilà de peindre à sa place. C'est-à-dire qu'à l'aide d'un autre art, la parole, il explique ou refait à sa guise le sujet traité par le pinceau. Ses tableaux sont charmants, donc on les accepte ; charmants aussi les dialogues qu'il établit entre les personnages, et même entre les objets représentés sur la toile. On sent là une heureuse prodigalité de talent et l'amour du beau poussé jusqu'à l'enthousiasme.

Nohant, 19 août 1859.

XII

PRÉFACE

DE

GRENOBLO MALHÉROU

PAR

BLANC, DIT LA GOUTTE [1]

Notre époque voit peu à peu disparaître de beaucoup de localités les derniers vestiges archéologiques. Le pittoresque n'a pas de plus grands ennemis que les ouvriers maçons. On assainit les villes, on fait circuler l'air et la lumière, la santé par conséquent, dans les rues étroites et sombres du moyen âge, et on fait bien. La prospérité publique y gagne, mais l'art y perd.

Un monument curieux, un souvenir historique se rencontrent sous le marteau du démolisseur : le démolisseur ne peut s'arrêter dans son œuvre providentielle. Il faut que le souvenir et le monument disparaissent. Pleurez, poètes ; pleurez, artistes ; mais

1. Chez Rahoult et Dardelet à Grenoble.

que vos regrets ne soient points stériles. Aidés de la science et poussés par l'enthousiasme, qu'ils sauvent et fassent revivre les saintes choses du passé. Grâce au ciel, le temps n'est plus où ce qui était détruit était anéanti pour jamais. A Paris et dans plus d'une ville de France, la peinture et la poésie sont venues restituer à l'histoire les conquêtes des anciennes civilisations, près de disparaître sous la pioche de la civilisation nouvelle.

Honneur donc, gratitude et sympathie à ces nobles et généreux esprits qui ne se bornent pas à chérir les souvenirs précieux de leur pays natal, mais qui conçoivent le dessein de les populariser et de les conserver à jamais. Nous devons tous nous associer à l'œuvre pieuse de ces patriotiques éditeurs de nos richesses nationales, et employer tous nos efforts à la faire réussir.

Grenoble est certainement une des plus curieuses villes de notre France ; elle offre une foule de monuments intéressants au point de vue artiste et pittoresque. Un peintre du pays, M. D. Rahoult, secondé par un habile graveur, M. E. Dardelet, a entrepris d'exhumer et de conserver l'antique aspect de la cité dauphinoise. Pendant vingt ans de travaux persévérants, il a réuni environ deux cents dessins, destinés à compléter l'album de l'Isère; car il ne s'est pas borné à l'étude savante et à la reproduction des monuments : il a profondément compris les monuments naturels, les sites étranges, les accidents grandioses dont le Dauphiné est si riche.

Il fallait un texte à ces excellents et charmants dessins. Les éditeurs-artistes ont eu l'heureuse idée de
choisir un naïf et gracieux poème, écrit au siècle dernier en patois du pays.

> Grossié ! me diri-vo, faudrit parla françois ?
> Y ne me revint pas si ben que lo patois.

Blanc, dit la *Goutte*, auteur de ce poème original,
était un simple épicier de la place Claveyson, à Grenoble. Épiciers tant raillés par les romantiques d'il y
a trente ans, vous ne saviez donc pas que vous aviez
au Parnasse un aimable patron à invoquer ? Martyr
enjoué et résigné au milieu des douleurs atroces d'une
goutte continuelle, il conservait, comme Scarron, le
sel de l'esprit gaulois; mais, plus chaste et plus sensible que l'auteur du *Roman comique*, il a chanté surtout les désastres de son pays.

> N'attendant de celey ni profit ni renom,
> Passant mou tristou-z-an j'instruirai mou nevon. »

En effet, Blanc la Goutte était, lui aussi, un historien et un archéologue en même temps qu'un poète.
Son œuvre, intitulé *Grenoblo malhérou*, est le récit de
la désastreuse inondation de 1733, avec toutes les infortunes et souffrances publiques et privées qui en
furent la conséquence. M. Rahoult n'a eu qu'à suivre
les scènes énergiquement tracées par cette main
fébrile et souffrante :

> A pena din le man poei-je teni mon livro ;
> Je n'ai plus que lou z-yeux et quatro deigts de libro.

pour classer de la façon la plus heureuse et la plus
variée les très remarquables dessins qu'il avait amas-
sés. Le poème est charmant, l'édition est superbe, le
sujet plein d'intérêt et de curiosité, les gravures sont
d'un travail admirable et les compositions du peintre
sont d'un maître. Il y en a une qu'on pourrait appeler
un véritable chef-d'œuvre; c'est celle qui sert d'illustration aux vers suivants :

> Le fenet, le fillet, lou z-efan se désolont;
> Lou z-homme consterna faiblament lou consolon. »

Ce bel ouvrage s'adresse aux gens de goût de tous
les pays, et quiconque sait le français peut comprendre
le limpide et gracieux dialecte de Blanc la Goutte.
Une telle publication est une gloire pour le Dauphiné,
non seulement en ce qu'elle lui restitue son passé archéologique (tout en lui conservant les restes encore debout de ses vieilles richesses), mais aussi en ce qu'elle
ressuscite un de ses morts illustres, ignoré pourtant
au delà de ses horizons, et digne d'être entendu et
goûté de toute la France. Le talent si sûr, si élevé, si
consciencieux et si ferme de MM. Rahoult et Dardelet
est de même un titre et une richesse pour le Dauphiné.
Nous pensons bien que le Dauphiné le sait et qu'il en
est fier. Faisons-lui donc notre compliment et demandons au ciel de nous donner, dans chaque province de
France, des artistes de cette valeur, dévoués corps et
âme à l'illustration de nos souvenirs historiques et à
l'étude de nos types et de nos sites.

Nous trouvons dans un très intéressant recueil, publié aussi à Grenoble par M. Pilot, en 1859, les détails suivants sur Blanc la Goutte.

François Blanc était né en 1662, puisque l'on constate qu'il est mort en 1742, âgé de quatre-vingts ans. Il fut marié à mademoiselle Dimanche Pélissier en 1689, et eut d'elle quatre filles et deux fils. Les quatre filles furent toutes mariées à des marchands. Les deux fils du poète moururent avant lui, dans les années 1733 et 1740, années néfastes, marquées par les terribles inondations qu'il a si bien chantées. Sa femme était morte en 1737. « Ce poète patois, dit la notice, qui a eu pour devanciers, dans son genre, Laurent de Briançon et Millet, composa différentes pièces de vers qui n'ont pas toutes été publiées. Deux principalement l'ont popularisé dans notre ville : *Grenoblo malhérou* et le *Jacquety de le Quatro Comare*. Il y a moins d'un demi-siècle que des personnes bien élevées, et pour qui la langue patoise était facile, se plaisaient à faire journellement des citations de Blanc la Goutte. » Ces ouvrages ont été édités à Grenoble une douzaine de fois. Ils sont donc encore grandement appréciés dans le pays, et ils vont devoir à la superbe édition illustrée de MM. Rahoult et Dardelet une popularité plus étendue. Tout le midi de la France voudra faire connaissance avec le poète dont l'idiome se rapproche de tous ceux des pays de langue-d'oc. Tous les amateurs de beaux dessins et de belles gravures prendront là occasion de déchiffrer sans effort un des plus faciles de ces idiomes, et de goûter un des plus gracieux rimeurs de cette littérature méridionale, si riche et si intéressante.

L'auteur de la notice que nous avons consultée se plaint avec raison du dédain de Champollion, qui, dans son ouvrage « sur les patois ou idiomes vulgaires de la France et en particulier sur ceux de l'Isère », s'est borné à nommer Blanc la Goutte. M. Pilot le venge de ce dédain en donnant une nouvelle édition du *Jacquely de le Quatro Comare*, qui est une satire charmante et que tous les Grenoblois doivent désirer de voir illustrer par MM. Rahoult et Dardelet à la suite de *Grenoblo malhérou*; car M. Rahoult n'est pas seulement paysagiste : il groupe avec goût des figures excellentes, et, sous son crayon, les plaisantes matrones Pissisen, Jappeta, Faliben et Franqueta, débris archéologiques de la race humaine non moins intéressants que les vieilles tours et les antiques rochers de l'Isère, reprendraient vie, ainsi que la belle Fleuria, la cousine Beneyta, l'épouseur Patagoulliat et les petits *ferluquets, contou de novelles ;* enfin tout ce petit monde de province du siècle dernier, grouillant de couleur sous la plume rieuse et légère de Blanc la Goutte. Il y a du Balzac danc ce bonhomme. Espérons que le succès de *Grenoblo malhérou* engagera MM. Rahoult et Dardelet à compléter la publication de ce modeste et agréable chroniqueur des douleurs et des gaietés dauphinoises.

Nohant 23 octobre 1860.

POST-SCRIPTUM

Mais, complétée ou non, l'œuvre de Blanc la Goutte vient de recevoir l'hommage d'une illustration splendide. Tant que *Grenoblo malhérou* a été en cours de publication, il était difficile, même à la plus bienveillante appréciation, de ne pas craindre quelque défaillance des artistes-éditeurs avant la fin d'un travail si considérable. Eh bien, il s'est complété avec un progrès sensible, de livraison en livraison. Ce beau livre est donc un des plus sérieusement illustrés qui aient jamais paru. Et pourtant, l'époque est aux merveilles en ce genre. Le crayon de Jacques et celui de Gustave Doré nous ont révélé une nouvelle application de l'art et prouvé, contre toute vraisemblance, contre toute prévision, que les œuvres du génie littéraire pouvaient être rehaussées par *l'image* et parler encore à la pensée par les yeux. Mais, à côté de ces grands imagiers modernes, on doit maintenant placer M. D. Rahoult et son graveur, M. E. Dardelet. Il faut même leur faire une place à part, et jusqu'à présent unique, puisqu'il n'y a pas de comparaison à établir entre la fougue exubérante, la poésie fantaisiste des compositions en vogue, et la tranquille richesse de nos artistes grenoblois. Ici, aucune interprétation libre, aucune concession à l'entraînement, aucun empiétement de l'esprit sur le cœur, aucun emportement et aucune intervention de l'artiste entre

le public et le sujet. Il ne semble pas qu'il vous le
fasse voir par ses propres yeux, on dirait qu'il a voulu
prendre l'œil réaliste de tout le monde pour le voir
lui-même. Partout un dessin ferme, pur, consciencieux et fidèle ; partout un drame poignant de vérité
naïve, une réalité grouillante dans les moindres détails.
Rien pour l'effet, et partout un effet sûr et profond.
L'illustration est bien comme le poème, la peinture
exacte d'un désastre relaté dans une forme nette,
humoristique, comique et déchirante en même temps.
C'est le fait authentique avec ses incidents burlesques
et ses épisodes navrants. En regardant avec attention
ces innombrables dessins, depuis le sujet principal du
chapitre jusqu'aux microscopiques vignettes où s'agite
toute une population en désarroi au milieu d'un petit
monde qui s'écroule, on se surprend à rire et à pleurer ; car on croit assister à l'événement. On oublie
qu'ils ne sont plus, ces beaux seigneurs, ces bons
bourgeois, ces pauvres ouvriers, ces dames charita-
bles, ces paysans éperdus, ces moines effarés, ces
miliciens intrépides, ces femmes qui emportent leurs
enfants, ces enfants qui emportent les vieillards. On
les plaint, on les aime, on les connaît, on voudrait
courir à leur aide. On se persuade que l'on est leur
contemporain, leur voisin, leur ami, leur compère.
Merveilleuse puissance du vrai et du bon! Qui se
souciait à Paris de l'inondation de 1733 à Grenoble?
Tant d'autres sinistres ont passé depuis sur tous les
points de la France! Et voilà que ce désastre, con-
fondu, sinon oublié, dans le nombre, revit comme un

fait immense, et grave dans la pensée une date ineffaçable! C'est qu'il est excellent aussi, ce texte attendri et enjoué, solennel et bonhomme, de Blanc la Goutte. C'est un petit chef-d'œuvre. Mais aussi, comme il a été senti et traduit par l'artiste! quelle intimité de sentiment s'est établie entre le poète et l'imagier! Comme ils sont bien les enfants du même pays et comme ils parlent bien la même langue, ingénue, touchante et maligne!

Espérons que ce monument, édifié avec des ruines, véritable musée archéologique portatif, ne sera pas apprécié et encouragé par les seuls Dauphinois reconnaissants, et que toutes les bibliothèques de la France et de l'étranger voudront s'enrichir d'un ouvrage unique en son genre et si parfait comme exécution, gravure et typographie, que Paris et Londres n'ont encore produit rien de mieux.

Janvier 1865.

XIII

EXPEDITION DES DEUX-SICILES

SOUVENIRS PERSONNELS

Par MAXIME DU CAMP

Les lecteurs de la *Revue des Deux Mondes* ont déjà goûté cet excellent travail, que la publication en volume va répandre avec avantage pour l'auteur et pour l'œuvre, pour l'homme et pour l'idée.

L'homme est connu. Il est jeune, indépendant, aisé; il s'appartient; une conviction pure et forte s'est emparée de sa vie sans incertitude, sans discussion. Il l'a servie, il s'est donné au vrai, au juste; pas de nuage, pas de déviation dans cette très noble existence.

Il est poète, réellement poète et artiste, romancier original, rêveur fantaisiste; il a beaucoup voyagé; il aime et comprend la nature, l'art, le mouvement et le repos, la rêverie et l'action.

Mais, avant d'être un poète, c'est un homme, chose

22

plus rare! Il a écrit, il a mis sa croyance dans ses
écrits. Il a trouvé que ce n'était pas assez, il a voulu
donner plus que son talent, il a donné sa volonté et sa
vie à la plus belle des causes, au salut de l'Italie. Il
s'est enrôlé sous le drapeau de Garibaldi.

Était-ce un coup de tête ? On pourrait le penser d'a-
près le malaise de certaines existences morales au
temps où nous vivons, d'après le goût des aventures
qui caractérise les âmes poétiques, d'après la curiosité qui est l'heureux lot de la jeunesse. Eh bien,
quand on a lu la relation que nous avons sous les
yeux, on est frappé du sérieux de l'acte et de l'écrit.
C'est une belle action et c'est un beau livre, n'hésitons
pas à le dire ; mais c'est aussi un bon livre et une
bonne action.

La France militaire avait fait son œuvre sur les
champs de bataille du nord de l'Italie ; la science avait
donné ses ressources, la bravoure éprouvée et la jeunesse ardente avaient donné leur sang et leur élan.
L'Autriche était chassée du Milanais ; mais, au midi, la
liberté n'était pas conquise, l'unité n'était pas faite.
Nous n'avons pas à juger ici le trop d'incertitude des
uns, le trop d'impatience des autres ; nous croyons
qu'en dehors de la logique des faits historiques, il y a
une intervention mystérieuse, une logique de l'enthousiasme, une sagesse téméraire où la main de Dieu
se charge de tracer le poème divin des rédemptions.
Maxime Du Camp compare Garibaldi à Jeanne d'Arc.
Jamais Garibaldi n'a été mieux compris, jamais il né
sera mieux défini.

La France devait être représentée aussi dans cette campagne irrégulière, merveilleuse, inspirée. Elle ne pouvait l'être que par un très petit nombre de ses enfants; elle en avait tant donné à Solferino et à Magenta! Elle avait largement ouvert ses entrailles généreuses: il semblait qu'elle eût épuisé le plus pur de son sang. Pourtant, quelques-uns s'étaient réservés pour la dernière lutte, et, parmi ceux-ci, Maxime du Camp s'est chargé de représenter la classe des écrivains penseurs et artistes. Sachons-lui-en beaucoup de gré; son dévouement nous honore tous.

Il est impossible de se jeter dans les périls d'une aventure épique et de faire bon marché de sa vie avec plus de modestie et de simplicité. L'auteur de cette relation touchante et forte nous parle à peine de lui, ne se cite que comme témoin oculaire, et ne se donne même pas la satisfaction philosophique de nous initier aux motifs de sa résolution. Le *moi* est pour ainsi dire absent, et pourtant, à travers cette réserve pleine d'un goût bien rare chez les gens de lettres, sa personnalité d'artiste se révèle heureusement à chaque page. Il voit la nature et les pittoresques scènes de mouvement qu'il traverse sur terre et sur mer; il les voit en peintre fidèle, concis, ému, trois qualités difficiles à réunir dans un rêve si agité. Un beau et brave sang-froid lui a permis de tout regarder, de tout sentir, de tout comprendre, depuis le langage mystérieux du flot mourant sur le sable jusqu'à la parole inspirée des héros qu'il coudoie. Il examine ces hommes, il les raconte et les traduit en historien et

en peintre, et pourtant toutes ses facultés sont lucides;
car, à travers l'enthousiasme du fait et les poignantes
émotions du drame dont il est un des acteurs les plus
occupés, il voit la grâce des courbes du rivage, la majesté des grands reliefs des montagnes; il savoure le
silence des forêts, la rêverie des bivacs, la beauté
des couleurs du matin, la placidité des nuits étoilées;
il est impossible de mieux *voyager*, dans le sens des-
criptif du mot. Il est presque naturaliste, du moins il
l'est suffisamment pour nous faire connaître, au moyen
de larges esquisses, la nature des contrées qu'il par-
court et l'essence des choses qui le frappent. Tout
cela dans une mesure parfaite, sans chercher l'effet, et
avec un évident désir d'encadrer fidèlement l'épopée
qu'il retrace. Sachons-lui gré de ce soin charmant qui
ne corrige pas ici l'aridité de l'histoire — car rien
n'est aride dans ce brillant épisode, — mais qui en fait
ressortir toute la poésie.

Il serait, du reste, impossible de séparer Garibaldi
et ses hardis compagnons de cette poésie; mais, avec
lui et avec eux, le danger contraire était à éviter. Rien
d'emphatique heureusement dans ce récit, où, la part
faite à l'inspiration secrète et au rôle inspiré, nous
voyons la vraie figure du héros de l'Italie et celle de
ses plus éminents associés à la clarté vraie d'un jugement sain et solide. Les événements généraux de cette
phase historique, le rôle de la France, celui de Cavour,
celui des diverses castes et des principales figures qui
les représentent, sont appréciés avec une sagesse
pleine de dignité, de mesure et de sincérité. Nul em-

portement, nulle aigreur au sein de cette tourmente,
une grande foi et une grande bonne foi, antithèse délicate pour la conscience et vaillamment résolue par
un esprit juste et bien trempé.

Ce livre, plein d'intérêt d'un bout à l'autre, nous
l'avons lu deux fois avec la même sympathie et la
même satisfaction. Il nous a expliqué plus d'une
énigme de détail, et nous a confirmé dans une appréciation générale instinctive. Nous nous étions dit :
« Cela devait être ainsi » ; et c'est un plaisir sérieux
pour nous de voir qu'il en a été ainsi, car nul doute
ne peut s'élever contre la franchise et le bon sens du
narrateur.

Ajoutons que des épisodes saisissants sont, au
point de vue de l'art, écrits de main de maître : la
mort du petit trompette sicilien, les imprécations de
la vieille dame de Maïda, la mort de Lupatelli et de
ses compagnons, celle de Paul de Flotte, et toutes les
tragédies de la bataille au bord du Vulturne.

En dépit des déchirements de cœur qui se font en
lui chaque jour dans cette campagne, le narrateur est
Français ; c'est vous dire qu'il a de l'esprit et que
son ironie achève souvent avec une amère gaieté
l'œuvre de son indignation ; mais le respect des sentiments nobles domine cette fièvre généreuse, et nous
ne pouvons mieux terminer notre appréciation que
par celle de M. Maxime Du Camp sur M. de Flotte et
M. de Pimodan : « Chacun d'eux, dit-il, représentait
bien une des vertus de cette France contradictoire,
vertus qu'on a appelées l'esprit de routine et l'esprit

22.

d'aventure, mais que je nommerai avec plus de justesse la fidélité et la recherche du mieux. Pour ma
part, je ne plains pas ces deux hommes, si différents
l'un de l'autre à la surface et si semblables au fond
par l'abnégation, le courage et le dévouement ; car ils
sont tombés pour la même cause qu'ils avaient librement choisie, et je pense que, lorsqu'un sacrifice
sérieux et désintéressé s'accomplit quelque part, il
est bon que la France y soit représentée par un de
ses enfants. »

On ne peut ni mieux penser ni mieux dire.

Nohant, 30 août 1861.

XIV

PRÉFACE

DES

REVOLUTIONS DU MEXIQUE

PAR

GABRIEL FERRY

Gabriel Ferry de Bellemare ne doit pas être consi-
déré seulement comme un artiste : il eut le double
mérite d'être un conteur attachant, et un voyageur
véridique. Ses récits ont donc une sérieuse valeur,
sa fiction sert de piédestal à des observations dont
l'histoire des mœurs peut largement faire son profit,
et, aujourd'hui surtout, ils donnent la mesure de ce
que la France retirera de son intervention dans les
affaires du Mexique.

Gabriel Ferry naquit à Grenoble en 1809 ; son père
était engagé dans des affaires commerciales avec le
Nouveau-Monde ; après avoir achevé d'excellentes

études au collège de Versailles, Gabriel fut envoyé à Mexico[1], dans la maison de commerce de son père. Mais Gabriel Ferry fut bientôt emporté par l'ardeur de connaître et de posséder en artiste ce monde si bizarre, si pittoresque et si révoltant ; cette civilisation qu'il a lui-même qualifiée de *douteuse*, et dont il a décrit les drames terribles ou burlesques avec tant de verve et d'exactitude !

Il voulut bientôt parcourir le Mexique tout entier et même pénétrer dans l'immense désert qui le sépare, au nord, des États-Unis, où Cooper, dont il devait un jour devenir l'émule, a placé tant de scènes de ses admirables romans.

Une affaire importante, que son père avait nouée avec la Californie, alors presque entièrement sauvage, lui permit de traverser la Sonora, de voir ensuite les quelques huttes qui devaient être, vingt ans plus tard, la ville de San-Francisco, de pénétrer dans le désert, après avoir navigué quelque temps dans le golfe de Californie, de revenir sur ses pas à travers les dangers de ces routes *mal hantées*, d'explorer une partie du littoral, enfin de consacrer quatorze mois à une promenade de *quatorze cents lieues* à cheval.

Acteur ou témoin oculaire de toutes ces aventures qu'il a racontées plus tard, il se piquait de n'avoir presque rien inventé, et de devoir autant à la fidélité de sa mémoire, qu'à la fécondité de son imagination. Cette double faculté était en lui pourtant, et ses

1. A la fin de 1830.

riches observations se rattachent généralement au fil conducteur d'une fiction ingénieuse et toujours originale. Il écrit bien, il est sobre et rapide, il a de l'humour, il voit vite et comprend tout. Il est observateur exact et peintre suffisamment coloré ; aussi la popularité ne lui a pas fait défaut, et c'est justice.

Plus tard, en 1840, Ferry vit et parcourut l'Espagne, au plus fort de la guerre civile qui désolait alors ce beau pays ; les carlistes et les christinos lui rappelèrent souvent à la mémoire des exploits dont il avait été témoin, quelques années auparavant, sur les routes de la Sonora.

Il n'écrivit que durant les cinq dernières années de sa vie, et son début dans la *Revue des Deux Mondes*[1], fut très apprécié. Il ne songeait pas encore à faire des romans ; il esquissa, d'une main ferme, les événements et les personnalités historiques qui l'avaient frappé, et qu'il avait été à même de bien étudier.

Il écrivit ensuite les *Scènes de la vie sauvage au Mexique*, celles de *la Vie mexicaine* proprement dite, et celles de *la Vie militaire*.

Ses souvenirs prirent alors la forme du roman : *le Coureur des Bois, Costal l'Indien, les Squatters, Tancrède de Chateaubrun, la Chasse aux Cosaques, la Clairière du Bois des Hogues*, eurent un grand retentissement et captèrent toutes les classes de lecteurs. Il n'écrivait pourtant qu'à ses moments perdus ; car il

---

1. En 1850-51, il a écrit, pour *l'Ordre*, un compte rendu du Salon de cette année. — Cet essai a été remarqué.

était homme d'action avant tout, et il rêvait toujours les expéditions lointaines.

Il avait acheté une charge de courtier d'assurances maritimes, dont il se démit pour devenir directeur d'une compagnie créée dans le même but.

A la fin de 1851, le gouvernement français lui confia la mission d'aller recevoir à San-Francisco les nombreux émigrants que la fièvre de l'or entassait sans prévoyance et sans ressource sur les rivages californiens.

C'était une mission honorable, délicate, presque héroïque. Les difficultés et les périls qu'elle comportait tentèrent le généreux explorateur. Il partit, hélas ! pour ne plus jamais aborder !

Le 2 janvier 1852, il s'embarquait à Southampton à bord de *l'Amazone*, magnifique paquebot de la Compagnie anglaise. Quarante-huit heures après, on venait à peine de perdre de vue les côtes d'Angleterre, que l'incendie envahissait *l'Amazone* [1].

Deux chaloupes où l'on se précipita pêle-mêle furent submergées ; une troisième, ne contint plus que vingt passagers ; mais Gabriel Ferry n'y était pas ! Il avait prévu et constaté le sort des deux premières embarcations ; il ne s'était point hâté de profiter de la dernière planche de salut, et, quand cette barque fut pleine, il répondit à ceux qui le pressaient d'y prendre place :

« Mourir pour mourir, j'aime autant rester ici ! »

1. Voir sur cet horrible désastre toutes les feuilles du commencement de janvier 1852.

Il prit ce parti avec une tranquillité extraordinaire, peut-être avec le sentiment secret d'un dévouement héroïque : on le lui a attribué ; sa fermeté d'âme durant les angoisses du drame de l'incendie a autorisé ses compagnons à le penser et à le dire ; car cette terrible et noble mort est déjà passée à l'état de légende.

La chaloupe qui portait les derniers débris de l'équipage, et qui errait au hasard dans les ténèbres sur une mer houleuse, entendit, vers cinq heures du matin, une explosion terrible.

C'était *l'Amazone* qui sautait avec le reste de ses passagers.

Ferry, plus égoïste ou moins stoïque, eût pu être sauvé, car la barque fut rencontrée, et les passagers recueillis, au bout de quelques heures, par une galiote hollandaise.

Les études contenues dans ce volume posthume ont été conservées manuscrites jusqu'à ce jour, parce que la famille de Ferry n'avait pas trouvé encore à leur publication une opportunité suffisante.

Quelques fragments seulement de ces travaux historiques ont été imprimés dans divers recueils du vivant de l'auteur [1].

Aujourd'hui, réunies en faisceau et complétées par les notes manuscrites de Gabriel Ferry, ces biographies à la Plutarque, étudiées sur nature, écrites d'un style nerveux et coloré, forment une véritable his-

---

[1]. Notamment dans *le Courrier français.*

toire des révolutions du Mexique, une histoire que ne
peuvent se dispenser de consulter tous les hommes
qui voudront comprendre l'état présent de ce beau
pays, et juger sainement de son avenir.

Avec quel intérêt ne lira-t-on pas les vicissitudes
étranges de l'expédition de Xavier Mina ; les manœuvres politiques et militaires de cet égoïste Padre
Torrès, qui compromit la révolution mexicaine pour
avoir voulu la confisquer à son profit en laissant en
péril son principal auxiliaire, l'héroïque Mina !

L'histoire de l'empereur Iturbide n'est pas moins
accidentée, moins dramatique ni moins féconde en
enseignements pour les hommes de tous les partis.

Mais le récit dans lequel l'écrivain s'élève à la plus
grande hauteur comme historien, c'est celui de la vie
de Santa-Anna, c'est l'étude de ce caractère si singu-
lièrement formé des éléments les plus opposés, de
cette âme romaine si fortement trempée, qui animait,
par un singulier jeu de la nature, un corps sujet à des
accès de sybaritisme chronique.

Les luttes de ce héros étrange, tour à tour fanatique
de la légalité et vainqueur implacable, contre le généreux et magnanime Bustamente, qui eut la gloire
de conclure avec l'Espagne le traité de paix dans
lequel l'indépendance du Mexique fut proclamée et
reconnue, ces luttes dramatiques et fécondes en incidents bizarres, sont racontées avec cette verve entraî-
nante qui sait prêter aux événements historiques tout
l'intérêt du roman le plus mouvementé. On sent
que l'auteur n'apprécie pas moins les vertus et les

tentatives pacifiques du président ami des Arago, et les talents d'un homme d'État de la taille de don Luca Alaman, que le courage entreprenant et la bravoure téméraire des célèbres guerilleros qui les ont précédés.

Avec quelle vérité et quel éclat de couleur Gabriel Ferry sait peindre le théâtre si mobile et la mise en scène si brillante de ces drames révolutionnaires du Mexique, on le devine aisément quand on a lu les beaux livres auxquels il a dû sa légitime célébrité.

Dans ses autres ouvrages pourtant, on ne l'a connu que voyageur et romancier ; celui-ci nous fait apprécier et regretter en lui un remarquable talent d'historien.

Nohant, 14 août 1863.

23

XV

LES VAGABONDS

PAR

MARIO PROTH

Il y a du talent dans ce livre, une forme élégante, du feu, de l'esprit, de la couleur et une certaine personnalité ardente qui ne déplaît pas.

Il paraît même écrit au point de vue d'une *déclaration de caractère personnel*, si l'on peut ainsi parler, plutôt qu'à celui d'une déclaration de doctrines littéraires. Mais la solidité du talent de l'auteur est-elle de niveau avec la solidité de son courage? Voulant à tout prix être *lui-même*, sans aucun égard pour personne, est-il partout bien d'accord avec lui-même? ne subit-il aucune fascination, aucune prévention? C'est là l'écueil de tout parti pris. Aussi cette ardeur de personnalité n'est-elle peut-être pas encore arrivée chez lui à la force véritable, et le parti pris annoncé contre toute espèce de doctrine ne se soutient-il pas d'un bout à l'autre avec une logique bien serrée. Ceci rend sa critique, aussi obscure par endroits, qu'elle est lumineuse et brillante en d'autres endroits.

Il me répondra, et je le cite avec plaisir lui-même : « A cette œuvre, humble et pure fantaisie littéraire, nous n'avons jamais attaché la moindre prétention philosophique. Les prétentions de ce genre sont tout à fait en dehors de notre tempérament comme au-dessus de nos moyens. On n'y entreverra donc pas l'ombre d'un système préconçu, et c'est à peine si l'on y saisira un plan. — Notre parti le plus simple était de n'en pas prendre du tout. Abandonnée à elle-même, et libre de toute préméditation personnelle, notre pensée, qui n'avait rien de plus logique à faire, vagabonda sur la grand'route des siècles. »

M. Mario Proth était parfaitement libre de former et de suivre ce projet. Tout artiste a le droit d'aller au gré de son imagination. Mais s'est-il tenu parole à lui-même ? s'est-il abstenu de philosopher ? Non, et sa liberté d'esprit a donné un continuel démenti à son système d'abstention. C'est que son esprit est plus sérieux que fantaisiste, et qu'en dépit de lui-même, il éprouve et manifeste l'impérieux besoin de juger. Or, qui juge, discute et disserte, et dès lors il n'est guère permis de trancher sans dire pourquoi et sans le bien savoir soi-même.

Je ne suppose nullement que M. Mario Proth ne le sache pas ; je crois, au contraire, qu'il a des idées très arrêtées sur le détail et l'analyse ; mais ou il manque de synthèse, ou il ne se donne pas la peine d'enchaîner ses idées de manière à la faire ressortir. Il est difficile, après l'avoir lu, de saisir la morale de son livre et d'en faire son profit. Que l'on ne se récrie pas contre ce mot de morale, que je n'entends pas ici dans un sens étroit et pédantesque. Mais tout livre veut prouver quelque chose, et ce que le livre des *Vagabonds* prouve est difficile à dégager. C'est un feu d'artifice ingénieux, original, parfois gracieux, parfois brutal, et où tant d'aperçus profonds et passionnés vous frappent, qu'on enrage un peu de ne pas bien savoir où l'on va.

Je crois que l'auteur a voulu se résumer ainsi : L'intelligence est une noble *vagabonde* qui ne souffre aucune entrave. L'individu ne relève que de lui-même, et plus il se fait libre, plus il développe sa force. Il la perd dès qu'il l'enchaîne au char du *convenu*.

Voilà du moins ce qui ressort pour moi de ce passage sur la jeunesse actuelle :

« Nous appartenons à une génération tout aussi capable d'élans généreux et de passion ardente que telle ou telle de ses devancières, mais qui cherche anxieusement sa voie à travers des ruines, vers des horizons nouveaux. Cette génération, dont les pensées s'éveillèrent gazouillantes et confuses vers l'aube de 1848, ne se laisse prendre aux négations désolantes non plus qu'aux adorations étourdies. Sévère et impitoyable, ainsi qu'on le verra bien, comme ne le fut oncques génération, les vains jeux de la forme

l'ennuient au suprême degré, mais le rire imbé-
cile de Pasquin l'agace. Elle a travaillé, puisqu'on lui
a fait des loisirs ; elle cherche, et peut-être est-elle
en train de trouver. Étrangère aux trépidations pro-
phétiques, armée contre la désespérance et dédai-
gneuse par-dessus tout de la puérile métaphysique,
elle marche résolument vers son idéal : une fusion
sereine et puissante de la science qui va grandissant,
et de la poésie qui ne saurait mourir ; ou, en d'autres termes, à sa poétique nouvelle, elle donnera pour
base inébranlable la science. »

Ce passage est excellent, et je voudrais que le livre
entier en fût le développement net et clair. Eh bien, il
ne me le semble pas, ou l'auteur ne sait pas encore
bien s'assimiler les facultés et le vouloir de cette jeunesse impartialement logique, ou elle ne l'est pas autant qu'il le croit. J'aime mieux lui donner tort et croire
à son idéal, en l'accusant de ne pas avoir poursuivi cet
idéal sans défaillance, dans l'exécution de son ouvrage.

M. Mario Proth dit de cette jeune génération :

« Elle a sacrifié volontairement les grosses réalités
du présent aux lointaines intuitions de l'avenir. Mais
aussi, comme elle le surveillera jalousement, cet avenir
âprement voulu, et comme elle saura s'y faire la part
unique et indivisible du lion ! »

Dieu entende M. Mario Proth ! Veuille la Providence, qui se hâte lentement vers son but depuis tant
de siècles, se hâter un peu plus, sauter par-dessus
beaucoup de siècles jugés nécessaires par les vieux

esprits, et s'incarner, sous forme de progrès réel et
prompt, dans l'âme de la jeunesse actuelle! Qu'elle
brûle ce que le passé adorait, soit! pourvu qu'elle
fasse vraiment du feu, de la flamme, de la chaleur et
de la lumière pour le siècle futur. Qu'elle soit jalouse
de son œuvre, qu'elle le défende, qu'elle s'y fasse la
part du lion, et surtout qu'elle ne vieillisse pas! car
vieillir, s'est donner sa démission. L'homme ne doit
pas vieillir, il n'en a pas le droit. Qu'il perde ses cheveux, ses jambes, son appétit, peu importe, c'est la
loi de la nature; mais qu'il perde son cœur et sa conscience, cela n'est nullement fatal et nécessaire, et je
doute beaucoup que ceux dont l'âme vieillit aient
jamais été jeunes. Donc, que la jeunesse d'aujourd'hui
soit vraiment jeune, et elle nous fera l'avenir.

Mais alors, pourquoi l'auteur des *Vagabonds* nous
dit-il ailleurs, vers la fin du livre, « qu'il n'y a plus
de jeunes que les vieux » ? Il y a bien d'autres bou-
tades où, dans une heure de tristesse et d'ennui, il
passe d'une contradiction à une autre sans l'avouer,
c'est-à-dire sans y prendre garde, car il est un écrivain sincère; mais est-il permis d'être un écrivain
étourdi?

Allons, oui: encore cette année, si vous voulez.
Mais soyez plus maître de votre fougue dans le prochain
ouvrage, et ne dites pas dans une nouvelle boutade,
que vous vous souciez fort peu de cette *litanie* du
progrès! Vous ne vous souciez pas d'autre chose, et
si l'on vous disait que vous ne croyez à rien et ne
prouvez rien, vous vous fâcheriez contre vous-même.

Je crois voir que M. Mario Proth a la généreuse prétention d'incarner en lui la jeunesse littéraire, car il réclame ardemment toutes les franchises qui lui sont dues. Il dit qu'elle brisera tous les obstacles et fera sa place au soleil. Qui l'en empêche? qui n'a besoin de cet élément nouveau qu'elle doit apporter dans le monde? où sont les obstacles réels au talent véritable? Mais le véritable talent doit être logique avant tout, puisque — c'est M. Mario Proth qui le dit — la force de la jeunesse est dans un certain positivisme élevé, également ennemi de la désespérance et de l'illusion. Il s'agit pour elle, avant d'affirmer qu'elle est ainsi, de bien définir ce qu'elle entend par illusion et désespérance. Je ne crois pas qu'elle accepterait l'auteur du présent livre pour son représentant, s'il appelait illusion toute pensée socialiste, et désespérance tout blâme d'un individualisme absolu.

La jeunesse est et sera toujours généreuse. L'individualisme est son droit. Mais tout droit correspond à un devoir, et sa mission est de trouver l'accord de ce que M. Proth appelle la *grande amitié*, c'est-à-dire l'amour de l'humanité avec l'amour de soi, c'est-à-dire la légitime aspiration à la liberté.

Je ne crois pas la jeunesse aussi superbe et aussi acerbe que lui à l'endroit du peuple et des utopies démocratiques. Le peuple n'est-il pas, lui aussi, une jeunesse qui aspire à connaître, à sentir et à manifester? Je n'aime pas qu'on raille sa souveraineté d'un jour: elle fut assez douce et assez généreuse tant qu'on le laissa à ses propres inspirations. En eût-il abusé réellement autant que le prétendent ceux-là mêmes qui l'ont enivré et démoralisé à un moment donné, sa future souveraineté serait encore tout aussi légitime que celle à laquelle M. Mario Proth aspire ; car l'auteur des *Vagabonds* a été un enfant lui-même, c'est-à-dire un naïf et un ignorant, avant d'être un homme de savoir et d'intelligence, et aucun tuteur n'eut le droit de déclarer qu'il resterait enfant.

Après toute cette discussion, je me sens à l'aise pour lui dire encore qu'il a beaucoup de talent et qu'il en aura énormément s'il le veut.

Courage donc, et qu'il me laisse finir par le mot qui finit son livre : « Le doute n'abat que les faibles, il arme les forts. — Ainsi soit-il !

Février 1865.

23.

XVI

LE DROIT AU VOL

PAR

NADAR

La vérité a deux modes d'existence marqués par deux phases distinctes : celle où elle n'est pas démontrée, et celle où elle peut être prouvée.

Dans la première, elle s'appuie, d'abord sur la foi, qui est l'instinct du bon et du beau, et puis sur le raisonnement, et enfin sur la certitude intellectuelle.

Dans la seconde, elle repose sur l'expérience, sur le fait accompli. — Honneur aux hommes d'initiative qui dégagent l'hypothèse première, la souveraine induction, du chaos des rêves, des mille tâtonnements de la pensée aux prises avec l'inconnu! Quand ces grands et généreux esprits ont réussi à bien poser la question à résoudre, ils ont déjà fait un grand pas. Ils ont ouvert la voie.

Arrivent alors les hommes d'application, non moins utiles, non moins admirables, qui, par d'habiles et patients essais, font que l'hypothèse devient découverte. Le génie est devenu dès lors une force matérielle, l'idée qui n'était encore que promesse est devenue le grand bienfait dont s'enrichit l'espèce humaine.

Ainsi de toutes nos conquêtes dans le domaine de la science et de l'industrie. Toute lumière a son crépuscule précurseur, et qui aperçoit l'un peut prédire l'autre. Mais tous ne voient pas poindre la première aube d'une vérité, et c'est à ce premier état de lueur indécise qu'elle est contestée, parfois repoussée avec passion, tant est formidable l'apparition de ces grands astres de progrès qui bouleversent les notions de l'habitude, détruisent en quelque sorte le monde du passé, et font, le jour où leur rayonnement éclate au-dessus de l'horizon, entrer l'homme dans de nouvelles conditions d'existence.

Ainsi de la vapeur, de l'électricité, et de tout ce qui, depuis moins d'un siècle, a modifié si essentiellement la vie générale et particulière en nous et autour de nous.

Lisez, dans le travail qui suit nos courtes réflexions et dans les *Mémoires du Géant,* ce livre si naïvement dramatique, les protestations, les persécutions même que soulève toute vérité à l'état de recherche et de démonstration. C'est quand elle a besoin de recueillement, d'étude et d'encouragement, que l'ironie et l'impatience de tuer se dressent autour d'elle.

« Fais-toi preuve ! lui crie-t-on de toutes parts, et nous croirons en toi. »

La vérité répond :

« Aidez-moi à mûrir, à me manifester. Donnez-moi les moyens d'être un fait, et, pour cela, connaissez-moi, ne me niez pas. Je ne suis qu'une idée, une âme, pour ainsi dire, et vous voulez me toucher avant de m'avoir permis de prendre un corps ! J'existe, pourtant ; j'existe dans une sphère aussi réelle pour les yeux de l'entendement que si j'étais déjà le fait palpable. Respectez-moi, hélas ! car me nier, c'est vous nier vous-même. Je suis vôtre, puisque je vous apporte l'avenir, et dire que je ne serai jamais, c'est dire que vous ne voulez jamais être. »

Parmi les adeptes, vulgarisateurs ardents et serviteurs dévoués de la vérité à l'état de démonstration, Nadar, ni savant ni spéculateur, mais grand logicien, selon moi, et homme de solide vouloir, apporte ici sa parole à la fois émue et réfléchie. Cette parole, résumée dans *le Droit au vol*, a une valeur, une force véritables. Qu'on la pèse sans prévention, et tout esprit sérieux sentira qu'il y a là une de ces questions magnifiques qui ne peuvent pas être insolubles, du moment qu'elles sont bien posées.

Paris, 2 novembre 1865.

XVII

RIMES NEUVES ET VIEILLES

PAR

ARMAND SILVESTRE

Voici de très beaux vers. Passant, arrête-toi et cueille ces fruits brillants, parfois étranges, toujours savoureux et d'une senteur énergique. Faut-il chercher dans l'expansion lyrique la manifestation d'une personnalité? Oui et non. D'abord, non. Le vers est une musique qui vous élève dans une sphère supérieure, et, dans cette sphère-là, les idées et les sentiments se sentent délivrés du contrôle de la froide raison et des entraves de la vraisemblance. C'est un monde entre ciel et terre, où l'on dit précisément ce qui ne peut pas se dire en prose. Un tel privilège est dû à la beauté d'une forme qui n'est pas accessible au

vulgaire, ou du moins à l'état de vulgarité douce qui
est le fond des trois quarts de la vie pratique.

Permettons donc aux poètes de dépasser la limite
du convenable et du convenu, ou plutôt exigeons cela
de quiconque ose toucher à la lyre sacrée. Qu'ils ne
parlent pas, qu'ils chantent, et que les plus grandes
hardiesses soient purifiées par le chant inspiré. Qu'il
en soit de la poésie comme de la statuaire, où le nu
est souvent plus chaste que la draperie.

Ainsi donc, ne cherchons pas dans le lyrisme plus
de réalité que le lyrisme n'en peut donner sans devenir prose, et ne prenons pas pour un vrai païen le
poète qui fait des sonnets païens. Ces sonnets sont-ils
l'expression virile ou délirante du culte de la beauté?
Oui, puisqu'ils sont très réussis et très beaux. C'est
l'hymme antique dans la bouche d'un moderne, c'est-
à-dire l'enivrement de la matière chez un spiritualiste
quand même, qu'on pourrait appeler *le spiritualiste
malgré lui;* car, en étreignant cette beauté physique
qu'il idolâtre, le poète crie et pleure. Il l'injurie presque et l'accuse de le tuer. Que lui reproche-t-il donc?
De n'avoir pas d'âme. Ceci est très curieux et continue sans la faire déchoir la thèse cachée sous le prétendu scepticisme de Byron. de Musset et des grands
romantiques de notre siècle. Ceci est aussi une fatalité
de l'homme moderne. C'est en vain qu'il invoque ou
proclame Vénus Aphrodite. Ce rêve de poète, qui
embrasse ardemment le règne de la chair ne pénètre
pas dans la vie réelle de l'homme qui vit dans le poète.
Pluton et le christianisme ont mis dans son âme vingt

siècles de spiritualisme qu'il ne lui est pas possible de dépouiller, et, quand il a épuisé toutes les formes descriptives pour montrer la beauté reine du monde, et toutes les couleurs de la passion pour peindre le désir inassouvi, il retombe épuisé pour crier à l'idéal terrestre : « Tu n'aimes pas ! »

Voilà pourquoi, après avoir dit : « Non, le lyrisme n'exprime pas l'homme réel, » on peut dire aussi : « Oui, le lyrisme révèle le fond de l'âme du poète, et moins il a la prétention de se montrer en personne dans ses vers, plus il traduit les tendances supérieures de son être. »

Ici vit le grand combat qui, depuis deux mille ans *et plus* (beaucoup plus !), tourmente et stupéfie l'âme humaine. C'est l'éternel « pourquoi » des générations avides d'un idéal mal cherché et qui semble insoluble encore à la plupart des hommes. Ce n'est pas ici le lieu pour philosopher et pour insinuer une vague intuition, une tremblante espérance de cette solution tant rêvée. C'est, d'ailleurs, aux poètes eux-mêmes qu'il faut la demander. Ils sont les précurseurs des métaphysiciens, s'ils ne sont pas les vrais métaphysiciens ; qui sait ? Pour moi, je n'affirmerais pas bien résolument le contraire, et je dis que la lumière naîtra d'une sensation traduite par l'élan poétique. Une impression spontanée, chez un esprit supérieur, caractérisera tout à coup l'homme nouveau. Sera-ce l'amour ou la mort qui parlera ? peut-être l'un et l'autre, peut-être que, dans l'extase du plaisir, excès de vitalité, ou dans la volupté du dernier assoupissement, paroxysme de lucidité, l'âme se sentira complète. Alors, la vraie poésie chantera son hymne de triomphe. Les mots *esprit* et *matière* feront place à un mot nouveau exprimant une vérité sentie et non plus cherchée, et ce qu'un révélateur aura éprouvé passera à l'état de vérité, en dépit de toutes les discussions métaphysiques et de toutes les analyses anatomiques.

Nous n'en sommes pas là. Jamais la scission entre le rôle de l'esprit et celui de la matière n'a semblé plus prononcée en philosophie et en littérature. Donc, l'homme est encore trop jeune pour se comprendre et se connaître lui-même. Tant mieux! c'est un grand avenir ouvert pour les poètes et les artistes.

Les chants que voici sont des cris d'appel jetés sur la route. Ils sont remarquablement harmonieux et saisissants. Ils ont l'accent ému des impressions fortes, et le chantre qui les dit est un artiste éminent, on le voit et on le sait du reste. Souhaitons-lui longue haleine et bon courage ; nous avons lu ses vers en épreuves : nous ne savions pas encore son nom ; notre admiration n'est donc pas un acte de complaisance.

Paris, 10 mars 1866.

POST-SCRIPTUM [1].

Je n'ai rien à changer dans l'appréciation que je faisais, il y a huit ans, des premières poésies d'Ar-

1. Écrit pour l'édition des *Poésies* réunies, publiée en mai 1875.

mand Silvestre; le poète a tenu ses promesses. Il n'avait jamais eu besoin de patronage et le lecteur ne doit voir dans le mien qu'une maternelle sollicitude. C'est une modestie de sa part de vouloir qu'elle lui soit continuée; mais, comme il y a dans cette modestie un sentiment filial, je ne veux pas m'y soustraire.

En publiant aujourd'hui des poésies anciennes et nouvelles, Armand Silvestre a éprouvé le besoin d'un classement logique. Il a divisé les divers ordres de sentiments et d'idées qui l'ont inspiré, et il est retombé, après des années d'intervalle, sous les mêmes impressions avec des pensées presque identiques. Il a désiré que cette continuité de sa vie apparût dans son livre.

La division qu'il a adoptée me paraît traduire très bien les ordres de choses qui ont absorbé son existence.

Il y·a eu progrès pourtant. En elle-même la forme lyrique n'est point une chose qui se gâte ou s'améliore. La pensée est le chant d'oiseau qui, après les premiers tâtonnements, s'élance à son développement pour ne plus s'altérer; mais, si le poète, à son début, est déjà le virtuose qu'il sera toujours, l'homme marche, s'éclaire, se complète et aborde les sujets de son émotion avec des forces nouvelles. On ne saurait dire pourquoi son vers a plus d'attrait ou de puissance, si l'on ne s'attache qu'à la forme, mais on s'en rend compte quand on songe à l'aspect que prennent les choses en raison du vol plus élevé de l'âme et de l'ampleur de ses voyages dans le monde de la pensée.

Nous souhaitons et nous croyons pouvoir annoncer bonne chance à cette manifestation, aujourd'hui complète, d'un talent exquis où la force et la grâce sont toujours au service d'une émotion ardente et profonde.

Nohant, décembre 1874.

XVIII

JEANNE PICAUT

DRAME EN TROIS ACTES

PAR MAXIME PLANET

Le public de la Châtre a accueilli avec bienveillance un essai dramatique, intitulé *Jeanne Picaut*, de M. Maxime Planet, tiré d'un roman célèbre d'Alexandre Dumas. D'abord, l'auteur de la pièce porte un nom aimé au pays et presque partout en France. Ensuite il est jeune et sans prétentions. Enfin il donne un bon exemple que devraient suivre ses contemporains de la province; *il essaye*. Essayer leur intelligence, n'importe dans quel genre, et livrer avec confiance ces essais naïfs au jugement de leurs amis et de leurs compatriotes, c'est ce que devraient faire tous les jeunes gens aux heures de loisir si nombreuses qu'ils perdent souvent en promenades sans but et en flâne-

ries sans résultat. Les parents auraient tort de croire
que le travail du loisir porte préjudice au travail de la
profession. Tout travail exerce au travail, et plus on
s'habitue à ne pas perdre une heure de sa vie, mieux
on vaut, plus on est capable et actif. Si vous recher-
chez la vie des hommes de talent et de mérite, vous y
verrez dès le jeune âge une surabondance d'occupa-
tions et mille essais dans tous les sens. L'eprit cherche sa voie, et un peu d'inconstance au commencement est chez eux l'indice d'une forte persévérance
dans l'âge mûr. Le temps n'est plus où la jeunesse,
docile à la coutume et à la loi de famille, acceptait sans
raisonner l'état que ses parents lui choisissaient.
Certes cela était bon, alors qu'il n'y avait pas encom-
brement et que la profession était une sorte d'héritage
respecté de tous. Il n'en est plus ainsi; la route est
couverte d'aspirants à toutes les carrières, et, pour s'y
faire jour, il faut plus de facultés, de volonté et de
luttes qu'autrefois. De là le découragement de beaucoup d'enfants excellents et bien doués, que la famille
presse et gourmande, mais ne peut plus aider bien
efficacement à percer la foule. On les voit alors s'é-
teindre dans l'ennui ou s'étourdir dans le désordre.

Le remède serait peut-être de leur donner le temps
de se former et de se connaître. Aux sacrifices que l'on
fait — et que l'on doit faire — pour leur éducation
première, il faudrait joindre la patience d'attendre que
l'arbre puisse porter ses fruits. Ce n'est pas au lendemain du baccalauréat qu'un garçon est capable de
savoir à quoi il est propre. Et, d'ailleurs, si la vie de

Paris leur est dangereuse, la vie de province ne l'est pas moins dans un autre sens. Elle engourdit parce qu'elle est triste, parce qu'on ne sait plus s'amuser, parce qu'on ne s'entend plus, parce qu'enfin, la vie étant devenue très positive et très âpre, on a oublié que la jeunesse a droit au plaisir et qu'elle en a besoin. Faites-lui des plaisirs honnêtes et intelligents ; ayez un théâtre, et, quand vous en aurez un, allez-y ; encouragez les artistes, et vous en aurez de bons, qui feront de vrais efforts pour répondre à vos sympathies. Ouvrez des conférences, organisez des lectures. Ayez des collections d'histoire naturelle et des ouvrages qui permettent aux vocations de prendre tous ces chemins-là. En vous obstinant à faire de vos fils des gens d'affaires, des médecins ou des fonctionnaires, vous étouffez toutes les autres vocations qui sont pourtant tout aussi méritoires et tout aussi honorables. Si vous poussiez les jeunes gens à se faire connaître, à s'instruire les uns les autres et à instruire le peuple par des cours gratuits, par de la musique enseignée méthodiquement, par des représentations de théâtre, par une revue littéraire locale, que sais-je ? par tous les moyens qui n'ont d'essor qu'à Paris, vous verriez se révéler des aptitudes que vous ne soupçonnez pas, et, si ces aptitudes manquaient, vous auriez du moins des enfants capables de se mesurer avec le public et habitués à manifester simplement et librement la tendance de leur esprit.

La ville de la Châtre semble avoir fait d'elle-même les réflexions que je lui suggère, en se portant en

foule au sepctacle de dimanche dernier et en applaudissant avec une sympathie marquée l'essai dramatique d'un de ses enfants. Les acteurs ont joué avec
zèle, conscience et ensemble cet essai inspiré par
de bons sentiments et l'amour du vrai.

17 juin 1868.

XIX

AU PAYS DE L'ASTRÉE

PAR

MARIO PROTH

Voici, d'une personne que nous aimons, un très bon livre qui nous fait grand plaisir. Jusqu'ici, l'auteur avait montré plus de talent dans le détail que dans l'ensemble ; à présent tout y est. Nous n'avons plus qu'un reproche à lui faire, et encore n'est-ce point une critique à l'écrivain, c'est une remontrance amicale adressée à l'homme : nous trouvons dans sa plaisanterie contre les noms et les choses d'hier et d'aujourd'hui une certaine âcreté qui ne nous semble pas assez philosophique pour un esprit de cette portée. Quand on voit les grandes choses de haut, il n'est pas permis de se battre avec les petites, c'est trop descendre à leur niveau. On risque, d'ailleurs, à ce tra-

vail d'aversion contre la médiocrité, de se tromper
systématiquement et d'écraser de beaux papillons que
l'on prend pour de vulgaires chenilles.

Ceci posé, prenons et louons de bon cœur, car ce tort
est l'excès d'une qualité précieuse. M. Mario Proth aime
le grand et le fort dans toutes leurs manifestations
naturelles ou artistiques. La nature particulière de son
talent est la vigueur. Il a le style alerte, coloré, brillant, tout rempli d'érudition universelle, sans être
chargé de fatigant archaïsme. Le tour est vif, l'expression heureuse, le trait incisif, cruel même; mais, quand
c'est réellement le méchant et le mauvais qu'il vise
dans l'histoire et dans l'art, cette cruauté indignée est
une équité et une puissance.

Bien peu de nous ont lu à fond et bien compris
l'Astrée. M. Mario Proth, soit hasard, soit vouloir, a
découvert et véritablement prouvé que ce fameux
livre, oublié et démodé, valait la peine qu'on ne se
donne plus de l'étudier et de l'interpréter.

Nous-même, qui, par un hasard particulier, l'avions
étudié quelque peu, nous voyons bien à présent, qu'il
a plus de mérite et de valeur que nous ne pensions ;
nous avions été charmé de la partie descriptive et des
vers; nous avions passé légèrement sur la pensée
toute gauloise et sur l'érudition extraordinaire pour
le temps où il fut écrit. Le travail consciencieux et
amusant (notez ces deux points-ci) de M. Mario Proth
restitue au sire d'Urfé la part de gloire qui lui appartient, et nous fait comprendre pourquoi et comment
ce créateur du roman français moderne fut si apprécié

de ses contemporains, et encore plus tard, jusqu'à Jean-Jacques Rousseau, qui le goûta si fort dans sa première jeunesse.

Jean-Jacques... écrivons vite ici ce nom vénéré, pour ne pas chercher une nouvelle querelle à M. Mario Proth, qui le hait d'une haine impie, sans se douter, sans s'apercevoir qu'il lui doit une forte part de cet *individualisme* qu'il est si jaloux de proclamer.

Il y a encore ici, dans ce cerveau très puissant, une lacune que le temps et la réflexion combleront à coup sûr. L'individualisme (le mot est bien barbare sous la plume d'un écrivain aussi élégant et aussi indépendant que lui) — l'individualisme n'est qu'un aperçu de la vérité ; c'est un droit sacré de penser et d'agir à sa guise tant que cette part de vérité n'écrase pas sa sœur jumelle, qui pourrait s'appeler le socialisme et qui a droit de vie à tout aussi juste titre. Aucune vérité n'a droit de mort sur les autres vérités, car il y en aura en apparence plusieurs jusqu'à ce que le couronnement de cet édifice-là soit trouvé.

Toutes nos réserves faites, suivons M. Mario Proth comme un guide vraiment intéressant et sûr à la recherche du monde enchanté de *l'Astrée ;* il a toutes les aptitudes et toutes les facultés d'un heureux explorateur ; il sera, nous osons le prédire, un éminent critique quand le bouillonnement de sa jeunesse se dégagera de l'excès de sève qui, sous prétexte de personnalité, tombe à l'*exclusivisme.* Il est bien permis, il est même bien nécessaire qu'un artiste et un critique aient une croyance ; sans cela, point de méthode

dans le travail ; mais, si cette croyance se fait trop absolue, elle frise bientôt ce que l'on pourrait appeler
un mysticisme réaliste, et, en devenant intolérante et
hargneuse, elle rétrécit son horizon et use rapidement
son énergie. L'énergie véritable, vitale de la critique
est de voir chaque chose au point de vue de la conception qui l'a produite. M. Mario Proth l'a très bien
senti, du reste, en se plaisant avec tant de laisser
aller à l'érudit et charmant travail que nous venons de
lire. D'abord l'histoire de d'Urfé et de sa famille, qui
est, en même temps, une très remarquable page de
l'histoire du moyen âge et de la renaissance ; et puis
l'analyse excellente du livre de *l'Astrée*, ses tendances
ses intentions, sa cause et son but, ses défauts trop
faciles à railler aujourd'hui, ses qualités difficiles à
surpasser, ses résultats, son influence sur la littérature et sur les mœurs. Tout ami des lettres, tout esprit préoccupé des enseignements de l'histoire voudra,
sinon relire *l'Astrée*, du moins lire avec attention l'a-
nalyse de Mario Proth, et, pour ceux qui ne demandent
qu'une teinture strictement nécessaire de ces choses,
il est indispensable qu'ils se munissent d'un renseignement si rapide, bien que très complet, et si amusant, bien que très sérieux.

Autre mérite de ce travail. La nature y est bien
vue, bien comprise et bien exprimée : certains paysages sont dessinés de main de maître, et le savant y
trouve, aussi bien que le peintre, la notion nécessaire à
sa satisfaction intuitive. M. Mario Proth est très instruit
en toute chose, ce qui donne une grande lucidité à

son coup d'œil et la netteté nécessaire à son expression. La grande instruction littéraire que chaque page,
chaque phrase de sa façon révèlent, est aidée par le
mot propre à chaque aspect des choses. Il décrit un
château comme un poète, d'autant mieux qu'il sait
bâtir dans sa pensée comme un architecte, peindre et
sculpter en imagination comme un artiste. Il voit d'autant mieux un paysage qu'il est assez naturaliste pour
distinguer la réalité sous l'idéal ; et, en ceci, il est
digne d'apprécier les descriptions d'Honoré d'Urfé,
qui ont ce double mérite dans la forme appropriée à
la mode du temps. Si d'Urfé voit partout des nymphes
et des divinités, il voit aussi les formes et les couleurs
dont les causes premières ne lui échappent point, et
l'exactitude de sa peinture est telle, que l'auteur de
l'excursion *au pays de l'Astrée* a pu se servir du livre
comme d'un guide parfait pour retrouver le cadre des
principales scènes.

En outre, l'auteur de cette recherche nous a découvert un pays enchanteur tellement oublié, tellement
inconnu aujourd'hui, que plusieurs Lignons et plusieurs localités se disputaient l'honneur, réputé vain,
d'avoir inspiré la muse de M. d'Urfé. Son château,
son vrai château existe pourtant encore en partie, et
ce qui en reste est, paraît-il, une merveille. Nous
irons, les touristes y courront, et un homme de goût
un peu riche achètera et restaurera ce chef-d'œuvre.
Il est impossible que la révélation qui nous en est
faite dans un si remarquable ouvrage ne porte pas
ses fruits. De même que la renommée d'Honoré d'Urfé

va recevoir la dorure que le temps lui avait enlevée. Il suffirait de lire les citations que M. Mario Proth en donne pour être touché de ce mélange de sagesse et de fraîcheur qui caractérise sa forme; et, quant au fond, lisez ce que son commentateur dit de la *galanterie* entendue dans le sens sérieux de la civilisation et du progrès des idées, vous serez convaincu avec moi que *l'Astrée*, ce rêve souvent indigeste, mais toujours sincère de l'âge d'or, a été une belle et forte expression de l'idéal français de la renaissance.

Nohant, 18 juin 1868.

XX

GUSTAVE TOURANGIN

Le 29 janvier 1872 a marqué la fin d'une des plus recommandables existences qu'il nous ait été donné de connaître et d'apprécier.

Gustave Tourangin, né à Bourges le 7 février 1815, consacra toute sa vie exclusivement aux sciences naturelles. Il les possédait toutes à un degré éminent et avait sur leurs corrélations des idées aussi ingénieuses que vraies. Il était le vrai naturaliste qui, en poursuivant le détail des choses avec une clairvoyance et une patience infinies, n'oublie jamais leur ensemble, et remonte de cause en cause à l'immense et sublime logique de l'univers. On a beaucoup regretté qu'une débile santé et une modestie excessive l'aient empêché de publier ses innombrables observations. Il avait pourtant le don de bien dire ; ses lettres particulières étaient admirables ; et il avait la clarté et le charme d'une élocution heureuse.

Il possédait l'ornithologie, l'entomologie et la botanique d'une manière toute spéciale, et chaque jour il enrichissait le catalogue de sa mémoire des plus intéressantes découvertes. Combien ceux qui l'ont connu regrettent qu'il n'ait pas laissé des notes à défaut de manuscrits ! Il était de ceux qui croient ne savoir jamais assez pour établir un travail utile.

Et quel autre pourtant eût pu faire faire de nouveaux progrès à des sciences si nouvelles encore !

Il donnait ses observations et ses précieuses récoltes à qui les lui demandait. M. Boreau lui a dû pour une bonne part le complément considérable et indispensable de son excellente *Flore du Centre*. Dans un milieu moins indifférent que la France aux études naturelles, Gustave Tourangin, forcé et stimulé, eût mis de l'ordre dans les sciences et eût rendu de grands services.

Il s'est contenté de jouir de la nature pour lui-même et d'en faire profiter quelques-uns. Peut-être se réservait-il d'occuper sa vieillesse à un travail plus durable et plus général. La mort l'a surpris peut-être au moment de la réalisation à laquelle nous cherchions toujours à l'amener ; c'est une perte réelle et sérieuse pour les sciences, et, pour ses amis, c'en est une irréparable et cruelle. Il avait le charme pénétrant d'une bonté à toute épreuve, d'une patience sans borne, d'un désintéressement absolu, trop absolu, de toute personnalité.

Nulle existence n'a été plus pure, plus studieuse et plus noble ; il ne lui a manqué, pour être une des gloires du Berry, que de l'avoir voulu. Quoi de plus touchant et de plus respectable qu'une telle modestie !

Décembre 1872.

XXI

LE BLEUET

PAR

GUSTAVE HALLER

Je crois, malgré le pseudonyme, que ce charmant livre est l'œuvre d'une femme.

Il y a de ces délicatesses de sentiment, de ces recherches d'analyse qui me semblent appartenir à un esprit plus pénétrant et plus contenu que celui de l'homme.

L'homme qui joue le principal rôle dans cette simple et touchante histoire, a, dans tous les cas, un cœur de femme; mais il a aussi le caractère d'un homme bien trempé, et ce mélange de tendresse et de fermeté fait de lui un type assez neuf. Est-il vrai? Je veux l'admettre; on ne discute pas ce qui plaît et intéresse. Dans tous les cas, l'auteur, en voulant être romanes-

que, ce que je crois très nécessaire à un romancier,
nous montre qu'il sait fort bien étudier les caractères
les plus opposés, et tous les types qu'il nous montre
ont un grand relief.

La forme nous paraît très bonne, correcte et sobre.
Nous croyons que le public encouragera ce remarquable essai d'un homme excessivement délicat ou d'une
femme très fortement douée.

Nohant, 1er juillet 1875.

XXII

JACQUES DUMONT

PAR

MÉDÉRIC CHAROT

M. Médéric Charot n'appartient à aucune école. Il cherche le vrai, et il le trouve, parce qu'il le sent profondément, parce qu'il est vrai lui-même. C'est un jeune homme sincère qui n'essaye pas de se vieillir par des théories de désenchantement ou de fausse expérience de la vie. Il dit ce qu'il voit et ce qu'il éprouve ; aussi ses écrits ont-ils une fraîcheur de jeunesse et des senteurs de printemps. Il décrit la nature en poète, sa prose a la concision du vers et la sobriété du peintre qui résume en traits précis. Rien d'affecté dans sa manière, il ne cherche pas l'effet. Il semble qu'il connaisse le secret des vrais maîtres, et qu'il sache par quels moyens simples on rend la logique de ses im-

25

pressions. Est-ce par de grandes études littéraires qu'il est arrivé à la science de la bonne peinture? Nous croyons savoir qu'il n'a point eu tant de beaux loisirs, et qu'il a cédé sans résistance à une droiture naturelle de l'esprit. Ses récits sont si vrais, qu'on les croirait faits de mémoire. Il a vu les personnages qu'il met en scène, et les choses auxquelles il touche lui sont familières. Il connaît son sujet tout comme un vieux praticien, mais il ne l'épuise pas par la recherche exagérée du détail. En un mot, il ne décrit pas pour montrer ce qu'il sait, mais pour faire voir ce qu'il a vu avec de bons yeux, sains et jeunes.

Mai 1876.

FIN

TABLE

436 TABLE

FIN DE LA TABLE

Imprimerie de Poissy — S. LEJAY et Cⁱᵉ.

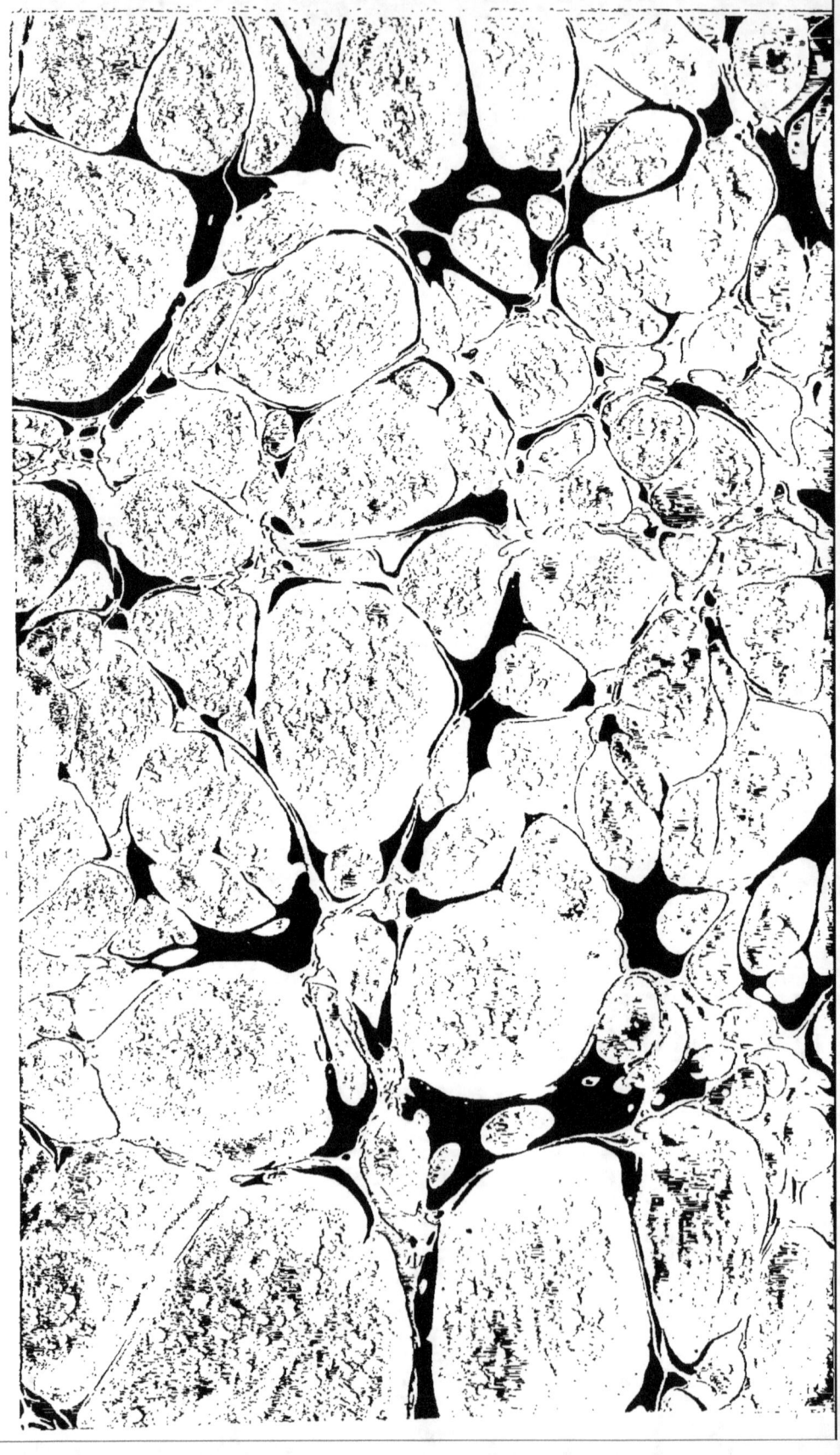

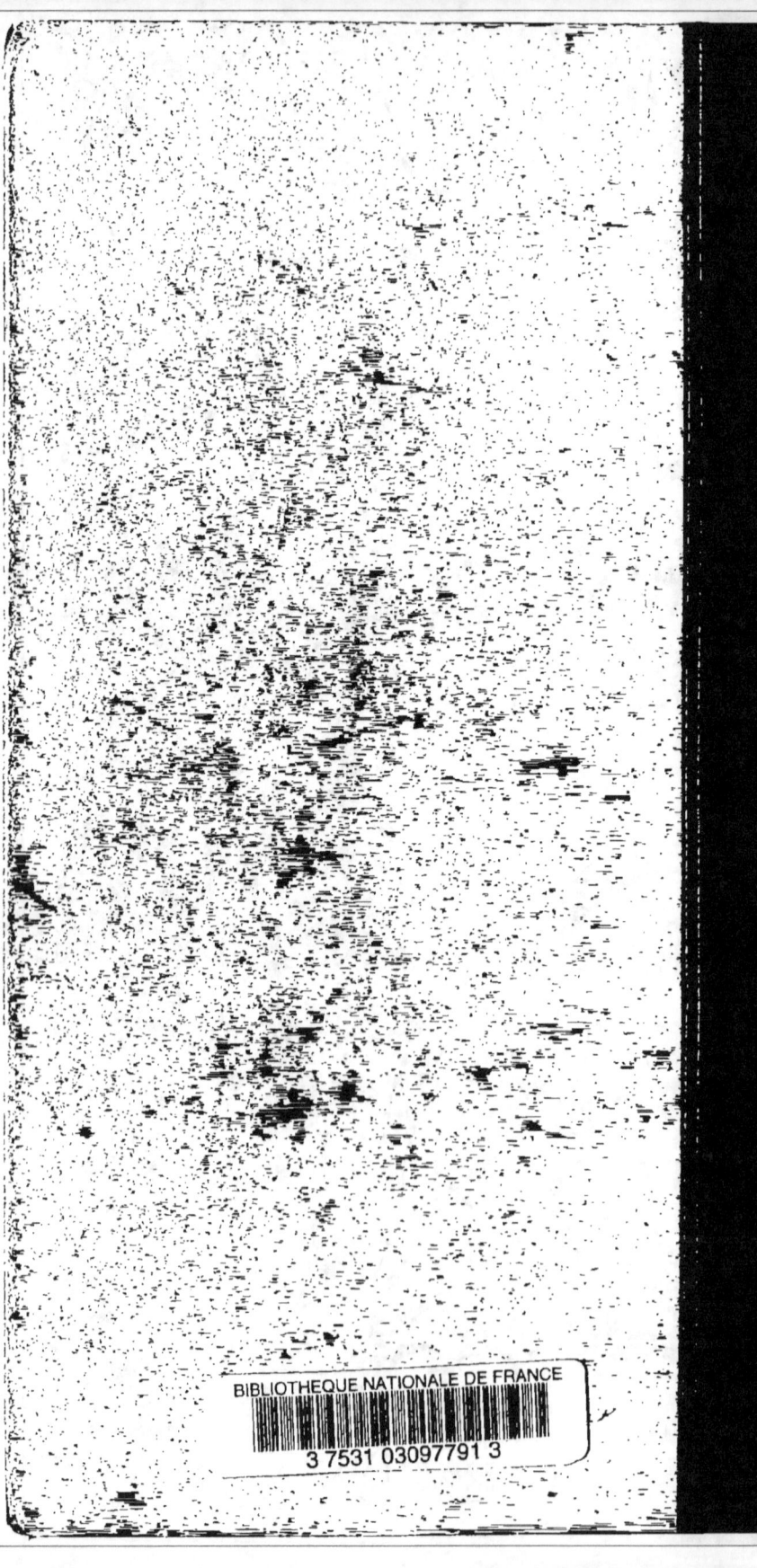

www.ingramcontent.com/pod-product-compliance
Lightning Source LLC
Chambersburg PA
CBHW070753030726
47504CB00003B/539